Christiane hat die DDR verlassen, doch bei dem Mann, den sie angeblich heiraten wollte, ist sie nie eingetroffen. Stattdessen lebt sie illegal in New York und schlägt sich als Kellnerin durch. Dann begegnet sie Jeff, der sie an ihren eigentlichen Ehrgeiz und ihre Begabung erinnert. Unter großen Opfern bauen sie eine Experimentierbühne auf. Acht Jahre später hat sich alles geändert: Die Mauer ist weg. Die westdeutsche Fotografin Leah verliebt sich in New York in die Amerikanerin Jo, die sich beharrlich ihrem Werben entzieht. Doch bald wird das Doppelleben unmöglich. Die Entwicklung holen Christianes Geheimnisse ein, und mit der Freiheit zu vergessen findet Leah schließlich ein Bild, das bleibt.

Antje Rávic Strubel veröffentlichte die Romane ›Offene Blende‹ (2001), ›Unter Schnee‹ (2001), ›Fremd Gehen. Ein Nachtstück‹ (2002), ›Tupolew 134‹ (2004), ›Vom Dorf. Abenteuergeschichten zum Fest‹ (2007). Ihr Werk wurde mit zahlreichen Preisen geehrt, ihr Roman ›Kältere Schichten der Luft‹ (2007) war für den Preis der Leipziger Buchmesse nominiert und wurde mit dem Rheingau-Literatur-Preis sowie dem Hermann-Hesse-Preis ausgezeichnet, der Roman ›Sturz der Tage in die Nacht‹ (2011) stand auf der Longlist des Deutschen Buchpreises. Antje Rávic Strubel wurde mit einem Stipendium in die Lion-Feuchtwanger-Villa in Los Angeles eingeladen sowie als erster Writer in residence 2012 an das Helsinki Collegium for Advanced Studies. Zuletzt erschien 2016 der Episodenroman ›In den Wäldern des menschlichen Herzens‹. Antje Rávic Strubel lebt in Potsdam.

Weitere Informationen finden Sie auf www.fischerverlage.de

ANTJE RÁVIC STRUBEL

OFFENE BLENDE

Roman

FISCHER Taschenbuch

MIX
Papier aus verantwortungsvollen Quellen
FSC® C083411
www.fsc.org

Erschienen bei FISCHER Taschenbuch
Frankfurt am Main, März 2017

Die Erstausgabe erschien 2001
im Deutschen Taschenbuch Verlag GmbH & Co. KG, München

Satz: Fotosatz Amann, Memmingen
Druck und Bindung: CPI books GmbH, Leck
Printed in Germany
ISBN 978-3-596-29740-5

In Erinnerung an Steffi Schneider
1942–1990

»Wirkliches Licht zieht sich bei der
Erinnerung an Licht zurück.«

Column McCann

Prolog

Wenn das Mädchen das rechte Bein etwas hochzieht, kann es unter sich die Furchen des Weges sehen. Der Boden ist gefroren und knirscht unter den Tritten des Tieres, der Esel schiebt Atemwolken vor sich her.

Das Mädchen weiß, daß man es nicht allein reiten lassen wird, obwohl der Waldweg zu beiden Seiten von Holzplanken abgesichert ist und der Esel diesen Weg öfter am Tag geht.

Die Türme der Wartburg sind schon von der Verleihstelle der Esel unten am Parkplatz aus zu sehen. Während des Ritts auf den Miet-Eseln jedoch bleibt die Burg verschwunden, und selbst im Winter, wenn alles Laub von den Bäumen gefallen ist, sieht man die Wartburg erst wieder, wenn man direkt davorsteht.

Die Eselswärter am Parkplatz tragen Wattejacken und sprechen wenig, als könnten sie die Kälte so aus sich heraushalten. Sie wissen genau, daß sie von den Tieren und den Leuten gebraucht werden, es gibt sonst keine Burg, die man mit einem Esel erreichen kann. Das gefällt ihnen. Sie kümmern sich vor allem um den Zustand der Tiere. Sie haben ihnen abgewetzte, karierte Decken über die Rücken gelegt und sie in einer langen Reihe an den Holzzaun gebunden, wo sie Gras aus den Kiepen reißen. Die Köpfe der Tiere gehen dabei ruckartig zur Seite, und die Männer lassen ihnen beim Fressen Zeit. Ständig kommen Leute vom Parkplatz herüber. Sie haben schon eine lange frierende Schlange vor dem Kassenhäuschen gebildet, in der es keine Bewegung zu geben scheint, obwohl es aussieht, als würden die Tierwärter in regelmäßigen Abständen den vordersten Esel losbinden. Die Leute trampeln mit den Füßen den Boden, schlagen die Hacken gegeneinander und haben die Köpfe in die Mantelkragen hineingezogen. Wenn es endlich soweit ist, gehen die Männer nur bis zum Rand des Gatters mit; den Weg zur Burg kennen die Tiere inzwischen besser als sie selbst.

Man muß sich ganz auf die Esel verlassen. Der Weg ist so gewunden, daß Christiane nicht sagen kann, nach welcher Biegung die Burg auftauchen wird, obwohl sie ihn schon dreimal geritten ist; im letzten Jahr und in den beiden Jahren davor. Nur manchmal kann sie ihre Eltern weit vorn zwischen den kahlen Herbststämmen ausmachen.

Es ist ein bißchen wie die andere Hälfte der Stadt, in der sie im Januar 1961 geboren wurde. Diese Hälfte kann man nur umfahren oder vom Flugzeug aus betrachten, obwohl sie sich von dort durch nichts von der eigenen Hälfte zu unterscheiden scheint. Christiane bemerkt diese Teilung erst viel später und auf einer Karte. In den ersten Jahren gibt es vor allem die blinden Stellen in ihrem Kopf, an die sie noch nicht herangewachsen ist. Auf der Karte liegt die andere Hälfte der Stadt in reinlichem Weiß da und ist von einer roten Linie umrahmt. An der südlichen Peripherie, ziemlich dicht an der roten Linie, arbeitet ihre Mutter. Sie fährt mit dem Fahrstuhl zu ihrer Fünf-Stunden-Schicht auf den Tower hoch, der weit draußen auf dem Rollfeld steht. Nach fünf Stunden beginnt die Konzentration nachzulassen, und sie überläßt ihren Platz einem Kollegen. Wenn ihre Mutter arbeitet, sieht sie weder das Rollfeld schräg unter sich noch die Flugzeuge vor ihr auf den Landebahnen. Sie setzt sich in den Drehstuhl und steckt den Kopf unter den schwarzen Bogen der Kopfhörer. Oben im Tower zählt nur der Blendbereich des Monitors. Unzählige weiße Punkte bewegen sich über die Radarkreise. Das sind die Flugzeuge in ihrem Frequenzbereich,

Air India, Con-Air, Pan Am, Aeroflot, Interflug, die über Eisenach kommen, über Rostock vielleicht, gestartet in Prag oder in Helsinki, und wenn sie über der anderen Hälfte der Stadt sind, wird ihre Mutter von den Pilotenstimmen über Kopfhörer angerufen. Sie weiß die Flugbahnen schon, kurz bevor der Monitor sie aufzeichnet, sie denkt den Bogen des weißen Punktes um Millimeter voraus, um ihn nicht mit anderen Punkten kollidieren zu lassen, und übersetzt das, was sie sieht, in eine unsichtbare Bewegung in der Luft. Es ist ein Ritual, das in einer Sprache abläuft, die sonst wieder in Namen von Flüssen, griechischen Buchstaben und Männern zerfällt. Ecco, Delta, Charlie. Für die Zeit vor dem Monitor und in Verschaltung mit den Stimmen in den Kopfhörern bilden die Namen feste Luftstraßen. Ihre Mutter denkt dabei nie an die Flugzeuge, sondern immer nur an die Punkte, die auf dem Bildschirm auftauchen.

Wenn das Flugzeug tatsächlich landet, ist der Punkt bereits vom Monitor verschwunden.

Christiane sieht lieber von der Plattform aus den Flugzeugen zu. Den langen Anläufen, bis sie die Abhebegeschwindigkeit erreichen, dem Zögern, mit dem sie aufsteigen, wie die Sonne auf dem Metall strahlt, wenn sie die Räder einziehen und sich seitlich legen, als seien sie jetzt mit allem einverstanden, was kommen würde.

Die Startbahnen sind in braunes Gras hingestreckt, und das Mädchen ist fasziniert von der Geradlinigkeit, mit der sie in das Feld hinausgebaut sind, um dort einfach zu enden. Es ist, als führten sie auf etwas hin, dabei ist es nichts als eine unsauber abgebrochene Kante, mit der der Asphalt belassen worden ist. Das ist anders als der Weg, der sich immer am Berg hält und seitlich zu ihm nach oben führt.

Herbst und der Ritt auf die Wartburg fallen für Christiane zusammen. Es gibt die Krähen im Geäst, ihr rauhes Geschrei, den Dampf, der aus dem Fell des Tieres aufsteigt, je höher sie kommen, den Geruch nach Sattelleder und parfümierten Taschentüchern. Der Geruch nach den Taschentüchern geht von ihren Verwandten aus, die rechts und links neben dem Esel hergehen, ihr Onkel hat sich den Zügel über das Handgelenk gehängt. Das flügelleichte Parfüm ist in der Kälte besonders intensiv, so daß es bis zum Wiedersehen im nächsten Jahr nie vollständig aus Christianes Erinnerung verschwindet. Nur aus den Geschenkpapieren von Tante und Onkel zu Weihnachten riecht es noch mal so. Es ist ein seltener Geruch, und deshalb hält sie es aus, daß man sie nicht allein reiten läßt, obwohl sie schon groß ist.

In Eisenach wohnen sie in einem Hospiz, in dem jedes Zimmer den Namen einer anderen Stadt hat, und man kann von Zimmer zu Zimmer reisen. Ihr Onkel wohnt in Kabul, und wenn er sich auf den Weg zu ihr nach Paris macht, braucht er nicht mal Reiseverpflegung. Ihre Mutter steckt den Kopf aus Kairo heraus, das Handtuch als Schleier fest um den Kopf gewickelt. Christiane geht über die Flure und stellt sich den Ort, an dem ihre Verwandten leben, zuerst wie dieses Hotelzimmer vor. Mit einer abgeschliffenen und weiß lackierten Holztür, und wenn sie sie öffnet, ist auf der rechten Seite eine Duschkabine und geradeaus steht das ausladende Bett. Die Verwandten sind immer schon da, bevor sie mit ihren Eltern ankommt, und fahren nie gleichzeitig mit ihnen wieder ab. Sie besitzen ein Auto, aber man kann nicht sicher sagen, ob sie es überhaupt brauchen, die meiste Zeit steht es unbenutzt im Hinterhof des Hospizes. Christiane vermutet, sie lösen sich jedesmal nach den drei Tagen auf wie die Atemwolken der Tiere.

»Wo wohnt ihr denn eigentlich?«

Der Vater senkt seine Kuchengabel langsam wie einen Kopf.

»Iß erst mal den Quark auf.«

Es gibt ein Café auf der Wartburg, das voll ist und laut, und sie müssen auf einen Tisch warten. Am Eingang ist ein großes Pappschild aufgestellt, vor dem die Leute stehenbleiben, die Schultern angezogen wie ihre Mutter zu Weihnachten vor dem Altar. In der Ferne gehen Kellner mit eckigen Kaffeekannen durch den

Raum. Sie sieht ihren Vater auf die Uhr sehen und wie der Onkel abwinkt und laut lacht und ihr Vater nicht mitlacht.

Während sie Löffel auf Löffel in sich hineinschiebt, ist es still am Tisch. Als der Kellner den Kaffee bringt, nimmt die Mutter sie an die Hand. Hinter ihnen schließt sie die Toilettentür.

»Du bist doch jetzt schon richtig groß. Das ist nämlich schwierig zu verstehen. Es ist etwas, was man niemandem erzählen darf. Auch nicht der besten Freundin.« Ihre Mutter dreht den Wasserhahn auf. Sie wäscht sich die Hände. Christiane hat sie bis dahin immer erst danach die Hände waschen sehen.

»Und warum nicht?«

»Ich hätte Probleme auf der Arbeit. Verstehst du? Es darf niemand außerhalb der Familie wissen.«

»Was denn?«

Nürnberg kommt unter den Zimmernamen nicht vor. Dahin geht man nicht über den Flur. Sie stellt sich neben ihre Mutter und fängt auch an, sich die Hände zu waschen. Sie waschen sich eine Weile einträchtig nebeneinander die Hände.

»Sie sind heimlich hier. Verstehst du das?«

Sie nickt. Es muß etwas Ungeheuerliches sein. Vielleicht gehört es zu den Stimmen aus der Luft, mit denen ihre Mutter spricht.

»Wir können da nicht hinfahren, und du darfst auch niemandem erzählen, daß wir uns hier getroffen haben. Das muß dein Geheimnis bleiben.«

Es ist ganz klar. Das erklärt auch diesen Duft. Er ist einzigartig, weil er mit nichts vermischt worden ist.

Ihre Mutter trocknet sich die Hände an der oberen Hälfte des Frotteehandtuchs ab. Christiane schüttelt ihre Hände aus und reibt sie an den Oberschenkeln trocken, weil das Handtuch unten schon naß ist. So ist das also, wenn man erwachsen ist. Man hat ein Geheimnis, von dem niemand sonst etwas wissen darf. Das ist viel besser, als allein reiten zu dürfen. Sie hofft nur, daß die Stimmen aus der Luft auch bald mit ihr sprechen werden, damit sie das Geheimnis besser versteht. Christiane schlendert ganz unauffällig unter dem Arm ihrer Mutter hindurch aus der Toilette hinaus.

Alle ihre Worte werden zukünftig immer erst durch dieses Geheimnis hindurchgehen müssen, ausgedünnt wie Haare unter der Bürste.

ONE
Jahrestage

Die Sonne hätte eine Folie sein können, ein dünner, durchsichtiger Belag, der über dem gesamten Flughafengelände hing. Wenn der Wind kam, hob sich die Folie wie Wasser und sprühte Gischt aus glitzernden Schaumtropfen über die Gebäude, die Tankstation, auf die Dächer der Leitfahrzeuge und in die flirrenden Abgase aus den Düsen startender Maschinen. Die Sonne fiel aus den Glasfenstern des Abfertigungsgebäudes auf den Asphalt, sprang von dort auf die Fahrzeuge und traf die beschlagenen Scheiben der Busfenster. In langen Wellen trieb sie über das Rollfeld und verzerrte mit der Entfernung die Sicht. Rollfeld und Grasflächen und die Schrebergärten dahinter verschwammen schon wenige Meter über dem Boden, als sollte eine vorzeitige Entdeckung dessen, was tatsächlich zu sehen war, verhindert werden.

Christiane zog ihren Jackenärmel über den Handballen und wischte ein Guckloch in das beschlagene Busfenster.

Durch das Guckloch strahlten ihr das Rollfeld und der Himmel entgegen. Sauber ineinandergefügte Betonplatten reflektierten die silbernen Körper der Maschinen, und nirgendwo gab es Risse, aus denen Unkraut wuchs. Selbst die Tore der Gepäckabfertigung sahen reinlich und akkurat aus und standen in diesem weißschimmernden wie zusammenphantasierten Licht.

In der Ferne kam eine weiße Boeing in Sicht, die Reifen des Fahrwerks so hoch wie ein Mensch.

Christiane saß in einem Bus, der nicht von Fliegen und Straßenschmutz beflogen war wie die Linienbusse in Eisenach, und die Frau neben ihr trug ein nach West-Orangen duftendes Parfüm.

Sie erinnerte sich an das Kompliment, das ihr vorhin jemand in der Abfertigungshalle gemacht hatte, als gehörte sie schon dazu. Als wäre das die einfachste und selbstverständlichste Sache der Welt.

Aber vielleicht war es das auch. Sie hatte sich so oft in diese Situation hineinphantasiert, daß sie sie perfekter beherrschte als die Menschen um sie herum. Nur für das Kompliment hatte sie sich nicht bedankt, aus Angst, ihre Stimme würde sie verraten. Die Stimme hätte vor Aufregung angefangen zu klirren. Statt dessen hatte sie sich bemüht, die Bordkarte betont gelangweilt und ebenso zwischen Zeige- und Mittelfinger geklemmt vorzuzeigen wie der Geschäftsmann neben ihr.

Durch das Guckloch im Busfenster sah sie das Paradies.

Dann hielt der Bus. Die Türen zischten auf, die Gespräche um sie herum wurden kurz unterbrochen, bevor sie im Inneren des Flugzeuges neu sortiert fortgesetzt werden würden.

Christiane betrat vorsichtig die Gangway. Es kam ihr vor, als dürfte sie sich in diesem Licht nur sehr langsam bewegen. Sie ließ die Frau mit dem Orangenparfüm vorbei und Männer, die sich über ihre Sitzplätze beschwerten.

Eine Hand auf dem Geländer, dachte sie noch einmal an das Mädchen, das sie auch jetzt, 19 Jahre später, noch war. Obwohl das Hospiz und der Entzug der Staatsbürgerschaft und die erste Liebe schon hinter ihr lagen. Aber das Mädchen war immer noch da, als stünde es drüben auf der Plattform des Abfertigungsgebäudes und sähe zu, wie die Maschine ohne es abhob. Kabul, Paris, New York.

Bevor Christiane in den Flugzeugrumpf tauchte, drehte sie sich noch ein letztes Mal um.

Sie stand ganz oben auf der Gangway. Um sie herum waren

nur der Morgenhimmel und ihre über den Schläfen verwehten Haare. Sie hielt die Haare über der Stirn zurück und versuchte, von hier aus das Ende der Startbahn zu erkennen. Die abgebrochene Kante, mit der der Asphalt belassen worden war. Aber die Startbahn verschmolz übergangslos mit dem Himmel.

Sie stand hoch oben am Anfang der Startbahn und dachte an ihre Mutter. Ihre Mutter mit den schwarzen Kopfhörern und den weißen Punkten vor sich auf dem Bildschirm. Sie saß in ihrem Tower auf der anderen Seite der Welt und würde den Punkt, in dem ihre Tochter saß, nicht von den übrigen Punkten unterscheiden können.

Mit dem Flug über den Atlantik begann etwas, was sich ihre Mutter nie würde vorstellen können.

Christiane atmete durch und lächelte jedem, der ihr nach die Gangway hochdrängte, ins Gesicht. Als die Stewardeß ihr unbekannte Tageszeitungen anbot, antwortete sie mit einem korrekten, auswendig gelernten englischen Satz.

Sie suchte nach Sitz 9A und schloß dann für einen Moment die Augen. Neben ihr saß die Frau mit dem Orangenparfüm.

Das Paradies begann mit diesem weißen Licht. Die Stewardessen servierten Lachsfilets, sprachen englisch und konnten es sich leisten, die Sonne im Bordfenster zu ignorieren. Als sie sich zu ihr hinüberbeugten, um ein Erfrischungstuch zu reichen, wich Christiane unmerklich zurück. Sie hätte sonst irgend etwas sagen müssen, ohne zu wissen was, dabei hatte sie auf einmal das Gefühl, alles sagen zu müssen, unbedingt der Frau neben ihr sagen zu müssen: *Sehen Sie doch mal. Da draußen. Sehen Sie das nicht auch?*

Jemanden teilhaben zu lassen, mehr noch, teilhaben lassen zu dürfen, während die Turbinen aufdrehten und das Flugzeug noch einmal zum letzten Bodencheck stehenblieb, bevor es an Geschwindigkeit gewann und abhob.

Zwischen zwei Bissen Lachsfilet sagte Christiane: »Das kriegt man nicht alle Tage, was?«

Die Frau mit dem Orangenparfüm lächelte ein junges, aber unbedeutendes Lächeln. Sie stocherte mit der Gabel im Aluminiumbecher und ließ die Hälfte zurückgehen. Über der Tragfläche leuchtete die Sonne.

Die schönsten Bücher, die es über Amerika gab, waren von Leuten, die niemals da gewesen waren.

Abziehbilder hatte es gegeben, die man sammeln konnte. Aber niemand hatte jemals eine vollständige Reihe besessen. Allein sie zu betrachten war ausreichend. An dem Theater, an dem Christiane gearbeitet hatte, hatte es Menschen gegeben, die nur dafür lebten. Zuerst hatte sie das bei den Garderobenfrauen gesehen.

Wenn Christiane während der Vorstellungen zum Rauchen hinausgegangen war, hatten die Garderobenfrauen ihr manchmal und hinter den Mänteln verborgen die Bilder gezeigt. Sie waren dünn und handflächengroß, mit roten oder grünen Rändern. Man konnte sie nach Automarken, Rockgruppen, Politikern oder Gebäuden ordnen. Sie waren abgegriffen und die Motive darauf kaum noch erkennbar, aber je abgegriffener sie waren, desto mehr liebten sie die Bilder. Es waren die Lücken, die sie daran liebten, die Gesichter der Rockstars oder die Kotflügel der Autos, die sie sich neu zusammendenken mußten.

Christiane verließ sich nicht auf die Lücken, sondern auf die Verbindungen zwischen den Dingen. Wie sie die Schauspieler in ihrer Bewegung über die Bühne herstellten. Sie kamen von der Seite, gingen hinüber zu einem Stuhl in der Mitte, betrachteten ihn, drehten ihn herum, gingen weiter nach vorn an den Bühnenrand. Es war ein Weg, der unterbrochen war von längeren oder kürzeren Pausen, aber schließlich zeichneten ihn die Stühle auf der Bühne nach, sobald die Schauspieler sie streiften. Die Bewegung konnte man auch später noch anhand der Stühle nachvollziehen.

Die Stühle von der letzten Probe würde man inzwischen weggeräumt haben. Nur die Garderobenfrauen würden noch eine Weile über die junge, unauffällige Kollegin reden, hinter den Mänteln versteckt, aber das einzige, was als Erinnerung an sie bleiben würde, wären die Gerüchte über eine Flucht. Auch das hätte sie der Frau mit dem Orangenparfüm gern erzählt.

Sie hätte sie auch um einen Gefallen bitten können. Es war Ende Mai, und Christiane hatte sich absichtlich um drei Wochen verspätet. Trotzdem hatte sie immer noch Angst, der Mann, dem sie die Ehe versprochen hatte, würde auf sie warten. Er würde mit dem Fotoapparat dastehen und jeden Augenblick ihrer Ankunft festzuhalten versuchen. Er würde sie vor alle Sehenswürdigkeiten der Stadt stellen, die dann für ihn eine neue Bedeutung bekamen.

Sie hätte die Frau mit dem Orangenparfüm bitten können, vorauszugehen. Aber sie fiel schon auf wegen des Anoraks, den sie trug.

Die Leute am Laufband trugen Fellmäntel, gefütterte Lederjacken oder Baumwollschals. Sie trugen Hüte oder hauchdünne Seidenhandschuhe, als hätte jeder einen Teil des Körpers, der ihm wichtig war, schmücken wollen.

Das Laufband sprang mit einem Surren an. In ihrem Dederon-Anorak mußte sie zu sehen sein wie ein Leuchtfeuer. Sie zog die beiden Koffer vom Band und stellte sich in die Schlange vor dem Zoll. Niemand sah sie an. Nur der Zollbeamte gab ihr einen kurzen Blick, nahm ihr den Paß aus der Hand und knickte an den Seiten herum. Sie besaß nichts außer ihrer Unterwäsche, den Hemden und einer Vase, von der sie sich nicht trennen wollte.

Als sie in die Empfangshalle kam, durch die automatische Glastür hindurch, dachte sie jeden Moment, in seine Augen zu sehen. Er hielt die Augen halb geschlossen, die dünnen Wimpern berührten fast seine Wange, während er ein ihr unbekanntes Bild in seinem Objektiv sah.

Sie hatte gern mit ihm getanzt. Seine Schulter roch jedesmal warm und nach chemischen Reinigungsmitteln. Sie hatte ihm kleine Zettelchen in die Schuhe gesteckt, die er als Unterpfand daließ bis zur nächsten illegalen Unterbrechung einer Transitreise. Später kam er öfter. Er besuchte sie monatlich, um die Behörden von der verlangten ernsthaften Absicht zu überzeugen. Rein politische Gründe, wie er sagte. Und alle Rechte vorbehalten. Dabei hatte er sie bereits als seine Ehefrau in den Mietvertrag eines New Yorker Apartments eintragen lassen. Das sagte er nicht beim Tanzen. Das sagte er nebenbei und als er, das zweite Paar Schuhe in der Hand, in ihrer offenen Wohnungstür stand. Nach einem Jahr endloser Anträge wäre es selbstmörderisch gewesen, das Verfahren an dieser Stelle abzubrechen.

An der Abspannkordel entlang standen Menschen in Dreierreihen und hielten Schilder vor der Brust. Maxwell-House-Limo. YMCA-Bus. Keines der Schilder sprach sie an, niemand hielt sie auf, niemand wandte sich ihr zu. Die Blicke der Menschen stießen sich an ihr ab. Es waren Blicke, die nicht suchten, sondern sich an jeden zu richten schienen, der sich angesprochen fühlte.

Der Meeting Point bestand aus einer Reihe von rötlich geschwungenen Plastehalbschalen, die eine Ausformung für den Po hatten. Sie blieb eine Weile sitzen. Die Koffer beidseitig neben sich gestellt. Sie wurde ruhiger. Selbst wenn er es geschafft hätte, jeden aus Frankfurt kommenden Flug abzupassen, würde sie der Mann, der sie hatte heiraten wollen, im Gewühl der Menge nicht finden.

Als jemand mit einem Kaffeewagen vorbeikam und nach ihren Wünschen fragte, schüttelte sie den Kopf. Dann ärgerte sie sich, nicht doch etwas gekauft zu haben von diesen paar hundert geschenkten Dollars, und fragte nach einem Donut.

Die Handgriffe waren gewohnt. Aber trotzdem stak sie hervor. Sie stak aus dem Gewohnten hervor, obwohl es die gleichen Hände waren, die über die Plaste strichen, die gleiche Zunge, mit der sie die Zuckerglasur vom Donut leckte. Selbst der Haarschnitt war mitgebracht. Sie konnte sich die Haare hier schneiden lassen, am Ende der Ankunftshalle blinkte ein Friseurspot. Sie konnte sich die Finger maniküren lassen. Sie hätte einen Wagen mieten und in einem Saab oder Lincoln davonrauschen können.

Aber sie konnte es nicht tun. Nicht, weil sie nichts besaß, sondern weil sie zuviel mitgebracht hatte.

Sie fuhr mit dem Flughafenbus zur U-Bahn in Richtung Manhattan. Dann, hoch über Brooklyn, entdeckte sie die Skyline, die gegen den frühen Abendhimmel strahlte. Lichtkränze umstanden die Spitzen der Häuser, und während die Bahn auf einem Hochgleis dahinratterte, drückte Christiane das Gesicht gegen das Fenster, als könnte sie sich das Bild wie einen Abdruck in die Stirn pressen.

Nur der Anblick, als sie aus der U-Bahn kam, überraschte sie wirklich. Aus den Fenstern der Häuser gegenüber war das Glas gebrochen, so daß man in die Räume dahinter sehen konnte; Höhlen mit heraushängenden Kabeln und Graffiti an den Wänden. Die Hochstraße am Hudson war gesperrt und bog sich unter rostenden Stahlträgern. Und überall waren die Penner, die ihre Decken für die Nacht ausbreiteten. Sie lagen eingerollt auf den Lüftungsgittern der U-Bahn, vor verfallenden Fassaden, in Haltestellenhäuschen, und sie rochen schon von weitem, streng und nach süßlichem Tabak. Es war überraschend, weil alles so sehr den Beschreibungen und den Fotos glich, die daheim zur Abschreckung in Umlauf waren. Wenn Christiane zurückgekehrt wäre und davon erzählt hätte, hätte man sie für eine vom Staat gehalten.

Das Obdachlosenheim nördlich der Bowery unterschied sich äußerlich kaum vom Auffanglager der letzten Wochen. Das war ein ebenes, einstöckiges Gebäude gewesen, durch das die Menschen durchgegangen waren wie Güterzüge. Kaum jemand war länger als einen Monat geblieben. Für diese Zeit wurden sie mit Lebensmitteln und Spendenkleidern beladen und bekamen Daten, als hätten sie noch nie welche gehabt.

Christiane hatte auch hier nichts anderes erwartet. Die Vorhalle war leer. Ein Styroporbecher lag umgekippt auf einer Couch in der Ecke, wo ein Fernseher lief. Ein asiatisch aussehender Pförtner lehnte im Kabuff neben der Theke.

Sie mußte einen Fragebogen ausfüllen. Lebensstand, Alter und Beruf, Nationalität und Sprache, und der Pförtner hatte Anweisung, daß alles vollständig und mit Kugelschreiber auszufüllen war. Die Liste war zehn Seiten stark, und Christiane ging sie Punkt für Punkt durch. Zuerst kamen die Nationalitäten, die in Obergruppen wie White oder Hispanic aufgeteilt waren, darunter folgten die Länder. Das Land, aus dem sie kam, war nicht angegeben.

Sie winkte dem Pförtner. Er war ein Stück kleiner als sie, und während sie mit ihm sprach, zupfte er an den Trockenpflanzen auf der Theke. Schließlich tippte er dreimal mit dem Finger auf die Spalte, die sie noch nicht angekreuzt hatte, und schüttelte den Kopf.

Christiane war erschöpft und fremd und mehr als zwei Stunden durch die verrotteten Straßen geirrt. Sie stand da, sah dem Finger des Koreaners zu, wie er sich bewegte, sah ihn den Kopf heben – die Augen auf einen Punkt hinter ihr an der Wand gerichtet. Seitlich neben ihrem Kopf vorbei. Nicht einmal durch sie hindurch. Er konnte nicht einmal durch sie hindurchsehen. Dann hätte sie nämlich da sein müssen. Glas vielleicht oder Luft, aber wenigstens etwas. Er zuckte die Schultern und drehte den Ton des Fernsehers wieder lauter.

Sie zog die Buchstaben auf dem Papier vor ihr mit dem Kugelschreiber nach. Ein einziges Kreuz als Unterpfand für die Nacht. Wenn es aber nichts gab, wo sie herkam, gab es auch nichts, wo sie ankam. Sie hatte oft genug Choreographien ausgearbeitet. Komplizierte Abläufe, aber alle hatten einen Anfangspunkt und ein Ende. Schließlich machte sie ihr Kreuz bei Germany.

Dann ging sie den Fragebogen noch einmal hoch und änderte

ihren Vornamen. Sie änderte ihn, ohne besonders darüber nachzudenken. Vielleicht aus einem Gefühl heraus. Vielleicht weil sie sich kurzzeitig nicht mehr an die eigene Unterschrift erinnerte. Vielleicht auch wegen ihrer Angst auf dem Flughafen. Das waren Gründe, die ihr hinterher durch den Kopf gingen, aber keinen fand sie ausreichend. Der Pförtner sah überhaupt nicht hin, als sie ihm den Bogen zurückgab. Er überprüfte nur das Kreuz und legte ihn dann zu anderen in eine Kiste.

Nach der ersten Nacht im Heim war sie wieder ein Kind. Sie riß alles an sich und ließ es fallen, sobald sie genug davon hatte. In den Läden berührte sie das Obst in den Stiegen, fühlte die Colabüchsen in den Eisschränken.

Sie kaufte nichts. Es reichte ihr, die Formen zu verstehen. Sobald sie etwas kaufen würde, dachte sie, wäre alles wieder verschwunden.

Vor einem Klarinettisten in der Straße blieb sie stehen. Aufgehalten von dem plötzlichen Klang, der die Schritte um sie herum in eine einzige Harmonie brachte. Der Klarinettist grinste ihr zu und beugte den Oberkörper über dem Dollarschein, den sie ihm in den Kasten warf. Am Tag darauf fiel ihr der Klarinettist an derselben Stelle nicht mehr auf. Sie fand ein Buch und las die ersten Seiten. Während des Umblätterns vergaß sie, worum es ging. Sie war haltlos. Sie konnte sich Dinge nur dadurch merken, daß sie ihr nicht mehr auffielen.

Die längste Zeit, die sie sich an etwas erfreuen konnte, waren zwei Tage. Sie freute sich über die billige Lederjacke vom Trödelmarkt. Mit dem glatten Leder unter der Wange konnte sie schneller einschlafen abends. Es erinnerte sie an nichts. Sonst lag sie wach und zählte die Rhythmen, die der Verkehr auf der Straße schlug. Gegen vier Uhr morgens, hatte sie herausgefunden, waren die Abstände zwischen den Autos am größten.

Sie saß im Metropolitan Museum auf einer Bank und sah zu, wie die Sonne am Obelisken vor dem Fenster herabging. Der Mann neben ihr erzählte eine Geschichte. Über das Museum.

Über den Park draußen. Sein Finger berührte die Spitze des Obelisken. »Der kommt aus Frankreich. Ein Geschenk. So wie Sie.«

»Bitte?«

»Kommen Sie aus Frankreich?«

»Nein.«

»Ich dachte. Sie haben einen europäischen Akzent.«

»Ich komme nicht aus Frankreich.«

»Die Franzosen haben das als ein Geschenk gebracht, und weiter hinten gibt es einen Saal mit einem Tempel. Von den Ägyptern. Auch ein Geschenk. Mögen Sie Tee?«

»Entschuldigen Sie, was haben Sie gesagt?«

»Ich habe gefragt, ob Sie Tee mögen.«

Er folgte ihr bis nach draußen. Sie hörte seine Schritte, ein tappendes Geräusch auf den Steinfliesen. Dann schien es, als käme er nicht mehr hinterher. Die Leute schlossen sich hinter ihr, drängten sie heraus, an die Luft, die Treppenstufen hinunter. Es war früher Abend. An der Ampel holte er sie ein.

»Lassen Sie das!«

»Warten Sie doch. Ich wollte Ihnen noch etwas zeigen.«

»Ich habe keine Zeit.«

»Dann zeige ich es Ihnen morgen. Oder übermorgen. Das spielt keine Rolle. Sie müssen den Tempel sehen, wenn Sie schon mal hier sind.«

»Ich kenne den Tempel.«

»Ach, Sie kennen ihn.«

»Lassen Sie meinen Arm los.«

»Sie haben mir noch nicht gesagt, ob Sie Tee mögen.«

Auf der anderen Seite der Straße ließ er sie los. »Ich bin fast jeden Tag hier. Falls Sie den Tempel doch noch sehen wollen.«

Nach dieser Begegnung war sie besessen von Schaufenstern. Nicht wegen der Auslagen, der teuren Schmuckstücke in den Läden der Lexington Avenue, sondern wegen ihres Kopfes, wegen der Bluse, die sie trug. Sie sah sich über den Auslagen auftauchen und wieder verschwinden und wieder auftauchen. Es kam ihr vor wie ein einziger Schritt von Schaufenster zu Schaufenster; sie war verschwunden, während sie den Fuß anhob, und wenn sie ihn aufsetzte, kehrte sie zurück.

Wenn Harvey sie zwei Tage später nicht angesprochen hätte, wäre sie an ihm genauso vorübergegangen wie an dem Klarinettisten. Sie nahm ihn gar nicht wahr. Sie fühlte nur die Wärme, die von ihm ausging. Sie hätte sich gegen die Wärme lehnen können wie an eine Wand. Er zeigte auf Details in den Bildern, während sie durch die unteren Säle des Metropolitan gingen. Eine Farbe, ein Dreieck, ein zu hell geratener Fleck. Eine Linie, die plötzlich abbrach. Es waren die Details, durch die Christiane eine Vorstellung von ihm bekam.

Harvey, der mindestens siebzig war und kurzatmig, der klaustrophobisch reagierte in U-Bahnen und Bussen, ging die ganze Strecke ins Village mit ihr zu Fuß. Sie wollte kein Taxi, für das er hätte bezahlen müssen.

Wieder griff er nach ihrem Arm. »Wo führst du mich hin, meine Liebe?«

Vor der Tür wollte sie ihn verabschieden, er wußte dann, wo er sie finden konnte, aber er sollte nicht weiter kommen, als bis vor die Haustür. Harvey schob den Hut über die Stirn zurück.

»Was ist? Hast du keinen Schlüssel?«

»Das ist ein Obdachlosenheim.«

»Und? Kommt man da nur zu bestimmten Uhrzeiten rein? Ich muß mich dringend hinsetzen.«

Sie ließ ihn ein, aber die Kabine, in der sie seit zwei Wochen hauste, betrat Harvey nicht. Er sah ihr von dem halbgeöffneten Vorhang aus zu, wie sie darin herumging. Unruhig. Ohne zu wissen, was sie ihm anbieten sollte. Schließlich schob sie ihm einen Stuhl auf den Gang. Eine halbe Stunde später gab sie dem Koreaner den Schlüssel zurück. Sie hatte die Koffer dabei.

Als das Taxi hielt, wollte sie wieder zurücklaufen, mit beiden

Koffern in den Händen. Harvey sah sie über das gelbe Autodach hinweg an. Er schwitzte unter der Brille. »Steig ein. Wir haben ein Geschäft gemacht. Wir sind jetzt Vertragspartner.«

»Ich werde dir dankbar sein.«

»Kein Problem. Dankbarkeit ist etwas sehr Angenehmes, wenn man alt wird.«

»Du weißt doch, was ich meine.«

»Komm, steig ein.«

Im Russischen Viertel ließ er das Taxi halten und kaufte Piroggen, während sie wartete. Er dachte, es wäre passend. Vor dem Fenster hörte sie russische Wortfetzen. Russische Musik, die sie kaum ertragen konnte. Die Piroggen, die er brachte, waren klitschig und warm, und das Öl tropfte auf die Ledersitze. »Ich wußte nicht, ob Marmelade oder Nußfüllung besser ist. Ich kenn mich mit den Dingern nicht so aus. Schmeckt's?«

Sie riß mit den Zähnen Stücke aus dem öligen Teig. Harvey lehnte neben ihr in den Rücksitzen. Der schmale Körper, breit um die Hüfte, wie bei einer Frau. Harvey nahm sie bei sich auf, ohne daß sie ihn danach gefragt hätte. Verpflichtete sie, etwas zu tun. Sich zu bedanken, die Hand mit den Piroggen zum Mund zu heben, zu lächeln. Ab morgen katalogisierte sie seine Bilder, gegen freie Unterkunft. Christiane verkürzte die Pausen zwischen Hinunterschlucken und Abbeißen, bis sie es fast gleichzeitig tat. Krümel und Nußstücke fielen auf ihren Kragen. Sie aß. Das war ihre Antwort.

In seiner Wohnung vor dem Einschlafen, nachdem sie sich das Sofa auseinandergeklappt hatte, klopfte er dünn gegen die Tür. Sie sah nur den Kopf im Türspalt gegen das Flurlicht dahinter. Ein dunkler Fleck genau auf der Hälfte zwischen zwei Linien.

»Du konntest nicht wissen, daß ich den Tempel nicht kenne.«

»Du hättest dich mal sehen sollen. Wie du an den Bildern vorübergegangen bist. Du kannst kein einziges gesehen haben.«

»Ich verstehe nichts von Kunst.«

»Niemand, der so durch die Säle geht wie du, ist da, um sich Bilder anzugucken. Aber jetzt schlaf erst mal ein bißchen.«

Sie zog vorsichtig die Decke hoch. Als müßte sie sich jedes Millimeters versichern. Die Wolle kratzte ein bißchen am Kinn. Sie hörte, wie er die Tür zuklinkte, und dann seine Schritte über den Flur.

Wenn er früh aus dem Haus ging, stellte sie Stühle ins Wohnzimmer. Drei seiner ockerfarbenen Holzstühle. Sie stellte sie im Dreieck der Tür gegenüber und dachte sich verschiedene Wege aus zwischen ihnen. Mal begann sie an der Tür, dann an einem der Stühle, manchmal lief sie hindurch, ohne einen davon zu berühren. Die Gardinen im Zimmer waren hochgezogen, so daß alles Tageslicht hineinfiel. Davon war mehr im Zimmer als von ihr. Viel mehr. Die Choreographie war ein Fehler. Anhand der Stühle ließ sich nichts nachvollziehen. Sie durchwühlte seine Schränke nach Kreide. Mit einem kurzen, abgebrochenen Stück Rosa malte sie in Strichen die Wege auf das Parkett, die sie ging. Sie zog so viele Striche hinter sich her, bis das Dreieck großflächig ausgemalt war. Und weil jetzt die Stühle als Eckpunkte überflüssig waren, nahm sie sie weg.

»Erklär mir die Fehler.«

Harvey stand in der Tür, als sie auf ihr Kunstwerk zeigte. Er stand lange in der Tür. Dann hob er die Schultern.

Die Küste von Long Island lag östlich von New York, und mit dem Auto hatten sie kaum eine Stunde gebraucht. Harvey war auf eine Party eingeladen, und er hatte darauf bestanden, daß sie mitkam. Es war ein kühles Wochenende, vereinzelt kam die Sonne durch, und der Strand bildete eine einzige gerade Linie. So waren Entfernungen nicht auszumachen.

Christianes Füße bewegten sich unter ihr, die Schritte schaufelten Sand in ihre Schuhe und ließen ihn wieder hinaus, sobald sie den Fuß anhob. Der Schlag der Wellen blieb langsam und gleichmäßig und immer auf gleicher Höhe. Es war, als ob nur der Sand durch sie hindurchlief. Und sie stand da, auf einem Bild, links neben den Wellen.

Auf dem Rückweg hob sie Seetang auf, nahm ihn mit für die Stufen der Villa. Auf jede Stufe legte sie eine Pflanze, bis in die Küche hinein, wo sie schon beim Frühstück waren. Harvey und seine beiden Freunde.

Die Freunde sahen auf, als sie ein Messer aus der Schublade nahm.

Sie stellte sich dicht neben Harvey und fing an, Butter langsam und sacht über ein Stück Toast zu streichen. Dann Marmelade. So sacht sie konnte. Er sollte sehen, daß sie die Anspannung von gestern nacht vollständig losgeworden war am Strand.

Gestern nacht auf der Party in einem kleinen Restaurant in der Nähe hatte er sie mit Gesprächspartnern versorgt. New Age Jazz. Sagte man ihr. Cannelloni. Nudeln mit fingerdickem Durchmesser und Fleischfüllung. Sagte man ihr. Schwarzwasserfieber. Erklärte man ihr. In westafrikanischen Steppen. Levis ist besser als Wrangler wegen der *rivets*. Man muß auf die Nieten achten, wenn man Jeans kauft. Und ›Star Wars‹ hast du nicht gesehen? Die Musiker spielten New Orleans Jazz mit Bass und Saxophon.

Später gingen sie zu viert die Straße bis zur Einfahrt der Villa. Es war zwei Uhr früh, und Christiane war dabei, Witze zu erzählen. Sie versuchte, sich an alle zu erinnern, die sie jemals gehört hatte. Schon im Restaurant hatten ihr plötzlich alle zugehört, und jetzt auf der Straße fielen ihr immer neue ein. Es war überhaupt nicht schwer, die Freunde grinsten und klatschten, wenn sie in gebrochenem Englisch, aber mit der nötigen Spannung die Pointe so lange wie möglich hinauszögerte. Sie achtete nur auf das Lachen der Freunde. Plötzlich unterbrach einer. Sie hatten die Schlüssel im Restaurant vergessen und mußten zurückgehen.

Harvey sah Christiane unter den Lichtern der Straßenlaternen reden, sie war verändert, aufgedreht, ihre Einfälle waren schnell und komisch, aber er ließ sich nichts anmerken. Vielleicht hielt er es für Glück. Er dachte, wenn sie redete, hatte sie einen Anfang gefunden.

Sie gingen nebeneinander die Einfahrt hoch. Es war so dunkel, daß das Weiß vom Haus wie eine Lampe strahlte. Mit dunklen Stellen, wo die Rolläden heruntergelassen waren. In der Ferne fuhren Autos.

Christiane sah Harveys Kopf als Schattenbild auf den Steinen. Dann blieben sie stehen. »Warum dauert das so lange?!«

Harvey hatte nicht reagiert. Er zuckte nicht mal die Schultern. Das Weiß vom Haus setzte seinen Schatten klar und präzise vor sie auf die Steine. Wie mit einer Reißnadel. Wenn sie den Schatten heraushob, würde ein Loch darunter sein, dessen Rand Harveys Form hatte.

»Das ist abgekartet. Alles. Das ist doch alles abgekartet. Und du steckst dahinter. Warum kommen sie denn nicht wieder? Scheiße! Deine verdammten Scheißfreunde. Die lassen uns hier in der Scheißdunkelheit stehen! Was glauben die eigentlich, wer sie sind?!«

Der Alkohol, der in ihr summte wie Strom. Der sie nach dem erstbesten in ihrer Nähe greifen ließ, einem Zweig, mit dem sie auf Harvey losging. Die Blätter am Zweig waren so lose, daß sie abfielen, noch während Christiane ausholte. Der Schwung war ganz leise, nur die Autos in der Ferne waren zu hören, und sie sah, wie Harvey einen Arm hob, um seinen Hut festzuhalten. Der Arm ging nach oben, während der Zweig auf ihn herunterging. Auf den Arm, den Hut, dann war Harvey verschwunden. Sie schlug ins Leere, der Zweig ging nach unten durch. Sie hatte sich auf Widerstand eingestellt, darauf, daß der Zweig aufschlug. Auf ein Geräusch. Eine Antwort. Nichts. Kein Widerstand, keine Grenze, nicht mal der Schatten. Nichts, was sie hielt.

Sie kippte vornüber. Kippte in diese absolute, totale Leere der Nacht.

Als seine Freunde die Auffahrt hochkamen, hielt Harvey die Lippen ins Taschentuch gepreßt.

Sie strich weiter Butter auf einen Toast und hatte dabei einen klaren, erschütternden Gedanken. Klar und geradlinig wie der Strand von Long Island: Sie hatte das Paradies gesehen. Es hatte zwei Monate und vier Tage gedauert. Jetzt wäre sie gern zurückgekehrt.

Aber es gab keine Möglichkeit mehr zurückzukehren.

TWO
Auf eigene Hoffnung

Jeff saß am liebsten an jenem Tisch direkt am Fenster, an dem sich einer totgesoffen hatte. Ein Dichter. Obwohl das nicht das Wichtigste daran war. Wichtig war, daß er sich totgesoffen hatte, das zeichnete diesen Tisch aus. Es verlangte Würde, hier zu sitzen. Ketchup klebte am Rand und war hart geworden, die Aschenbecher wurden selten geleert.

Mit der Frau hinter der Bar hatte er bisher kein Wort gewechselt. Obwohl er sie schon vier Monate lang beobachtet hatte. Er ließ sie nicht aus den Augen. Jetzt, wo es draußen schneller dunkel wurde, konnte er ihr im spiegelnden Fensterglas zusehen, und sie würde denken, er sähe auf die Straße.

Vor dem Fenster lag einer dieser hundsleeren Samstagnachmittage. Die abgenagte Schönheit von Häusergittern und Baumstämmen zeigte nur um so deutlicher, wie leer die Stadt war. Dabei herrschte in dieser Gegend der Stadt an den Wochenenden sogar Hochbetrieb. Aber die, die heute unterwegs waren, wohnten meist nicht hier. Sie schritten die letzten dürren Sonnenflecken ab, träge und gelähmt von ihrem Glück. Die Anwohner dagegen machten Bottle-Parties oder fuhren nach Harlem, wo das Bier auch an den Wochenenden den gleichen Preis hatte.

Die Frau hinter der Bar war ihm sofort aufgefallen. Ihr Haar trug sie kurz und ohne erkennbaren Schnitt, als lohnte sich die Mühe nicht, auf die Haare zu achten. Während er ihrer Gestalt im Fensterglas folgte, hielt er den Kopf leicht gesenkt. Inzwischen hatte er jeden ihrer kleinen Fehler ausgekundschaftet. Er war sicher, daß sie im Laufe der Zeit noch viel mehr preisgeben würde.

Nur ein einziges Mal, an ihrem ersten Tag, hatte Jeff etwas zu ihr gesagt. »Kaffee und Käsesandwich. Den Kaffee mit Milch.«

Sie hatte auf seine Bestellung genickt. Jedesmal, wenn Jeff danach das »White Horse« betrat, nickte sie zu ihm herüber, und nach kurzer Zeit brachte sie ihm Kaffee und Sandwich an den Tisch.

Während er hier war, machte er niemals Notizen. Er hatte alles dabei; die schwarze Tasche, die Papiere, Stifte. Aber er mochte das Gefühl einer Situation im Kopf, in der es die phantastischsten Fehler gab, und solange er im »White Horse« war, wollte er nichts daran ändern.

Als er an diesem Nachmittag die Kneipe betrat, war es still, und die Frau nahm zwei Stühle vom anderen Ende der Theke herunter. Als sie ihn hereinkommen sah, winkte sie ihm zu. Nur kurz, als hätte sie eigentlich nach dem nächsten Stuhl greifen wollen. Aber sie hatte bereits alle Stühle heruntergestellt.

Sie hatte ihn oft genug hereinkommen sehen, wie er den Schlips vom Hals zog, sobald er sich hinsetzte. Wie er die Salatblätter aus den Sandwich-Scheiben heraussortierte. Wie er die Haut an den Nagelbetten aufriß, während er so tat, als ob er aus dem Fenster starrte. Als hätte sie ihn nicht längst durchschaut. Sogar die Bewegung seiner Augen konnte sie dirigieren. Immer, wenn sie hinüber zur Spüle ging und von der Spüle zur Küchendurchreiche, ging sein Kopf mit. Nur wenn sie sich schnell zu ihm umdrehte, ging sein Kopf weiter, durchbrach die Konturen ihres Spiegelbilds, als folgte er einem Fußgänger vor dem Fenster. Manchmal ging sie mit Absicht viermal von der Spüle zur Küchendurchreiche, nur um zu sehen, wie sein Kopf hin- und herpendelte.

Ihr Nicken, noch bevor er überhaupt zur Tür herein war, verhinderte, daß er zu ihr herüberkommen konnte. Sie fürchtete, daß er herüberkommen und sie am Arm mit sich zerren würde, während die anderen Gäste verstohlen wegsahen. Sie hatte etwas Falsches gesagt oder zu laut gesprochen, und ihr fremdartiges Sprechen hatte sie bloßgestellt. Er würde kommen, sie nach ihrer Arbeitserlaubnis fragen, nach dem Visum und dann ihren Arm packen, mit den aufgerissenen Nägeln in ihren Oberarm greifen und sie auf die Straße hinausführen wie ein Gentleman; solange sie im Lokal waren ganz wie ein Gentleman, aber waren sie erst draußen, war ihr Gesicht in der Pfütze zu sehen; je häufiger sie nein sagte, desto deutlicher. Kopfüber in der Pfütze, es war eine Verwechslung, das Bild in der Pfütze gehörte in ein anderes Land, und niemand kam und holte sie, befreite sie aus diesem Griff, mit dem Blut unter den Nagelrändern; kleine klumpige Aufwürfe seiner Nervosität am Fenster, als er noch über den reibungslosen Ablauf nachgedacht hatte. Reibungslos und unauffällig.

Samstags blieb er, bis sie zumachten, das war gegen drei Uhr morgens. Die U-Bahnen fuhren um diese Zeit nur noch unregelmäßig, und sie war jedesmal beunruhigt, wenn sie ihn hinter sich her zur selben Station laufen hörte. Sie hatte vermutet, er würde es absichtlich tun, und war an einer Straßenecke stehengeblieben.

Als Jeff an diesem Samstag hereinkam, versuchte sie, ihm einen Platz anzubieten. Sie legte ihre Hand mit der geöffneten Handfläche nach oben auf einen der Barhocker. Die Lichter der Bar waren noch nicht eingeschaltet, und er gab vor, sie nicht zu verstehen, und zeigte zu seinem Tisch am Fenster. Aber ihre Handbewegung aus dem Halbdunkel war eine stumme Verpflichtung. Er mußte schon deshalb zu ihr hinübergehen, weil er nicht wußte, wie er sonst auf diese Handbewegung reagieren sollte.

Die Frau sagte kein Wort, während er umständlich die Tasche

abstellte und sich setzte. Er hätte jetzt gern ihre Stimme gehört. Sonst wurde sie geschluckt vom Lärm der Kneipe, in Rauch und Gerede, wo es ihm unmöglich war, sie von den anderen zu unterscheiden. Jetzt, am späten Nachmittag, war es still. Jeff hatte ihre Stimme nie gehört. Sie fehlte einfach.

Der Barhocker, den sie ihm anbot, stand am hinteren Ende der Theke, so daß sie nur in seine Nähe kam, wenn sie Milch aus dem Kühlschrank nehmen mußte. Sie stellte die Espressomaschine an, füllte die Eiswürfel nach und zählte das verbliebene Geld in der Kasse, damit später die Abrechnung stimmte. Er sah weg. Aber er saß genauso eisern dort auf dem Barhocker, die Ellbogen vor sich auf die Theke gestützt, wie er sonst immer an seinem Tisch saß. Sie hätte gern mit jemandem geredet. Jemand, der nicht fragte, wo sie herkam, mit dem sie über ganz normale Dinge reden würde. Er war der einzige nach Monaten, mit dem sie begann, es sich vorzustellen, obwohl sie den Grund nicht hätte nennen können.

Damals an der Straßenecke schien er sie übersehen zu haben. Er war an ihr vorbei über die Straße und zur U-Bahn an der 14. Straße gegangen.

Vielleicht lag es an seiner unbeholfenen Art. Er schien immer noch zu glauben, sie hätte seine Blicke nicht bemerkt. Wenn sich ihre Augen zufällig trafen, tat er so, als müsse er blinzeln.

Während des ganzen Abends versuchte er, ein Gespräch mit ihr anzufangen. Dann ging er nach Hause. Sie konnte sicher sein, daß er wiederkam.

»Sind Sie so was wie ein Agent? Wegen der Tasche.«

»Ich schreibe Softwareprogramme für Architekten. Damit kann man Fertighäuser berechnen. Villen. Was Sie wollen.«

»Tatsächlich.« Sie ging mit dem Lappen über die Bar.

»Ich dachte, ich würde *Sie* beobachten.«

Jeff war absichtlich noch früher gekommen als gestern. Er saß auf dem Barhocker und sah sie an, wie sie ungeschickt die Gläser über die Bürsten stülpte, die Gesten der Freundlichkeit, die sie überhaupt nicht beherrschte. Er war überrascht, als sie plötzlich anfing mit ihm zu reden.

Sie sprach langsam, merkwürdig akzentuiert und mit altmodischen Worten. Es war eine schwerfällige Melodie, die er als deutsch identifizierte und die ihm klarmachte, daß sie hier noch nicht viel gesprochen hatte. Aber wie sie lächelte und darüber hinwegging, als wäre ihr nichts davon anzumerken, faszinierte ihn. Er beschloß, nichts dazu zu sagen. Außerdem erinnerte ihn die Art, wie sie sprach, an früher.

Er hatte früher mit Beton gearbeitet und ohne Handschuhe. Davon war die Haut an den Fingerkuppen und in den Handflächen aufgerissen, und vom Zusammenwachsen waren schwarze Striche übriggeblieben. Er hatte die Mischmachinen bedient, aus denen der flüssige Beton in die Baugruben schwappte. Dann war er mit einem Brett darübergegangen, bis der Boden eben war und eine feste Schicht die zukünftigen Kellerräume von der Erde ringsherum abtrennte. Bei jeder Berührung mit dem flüssigen Material war die Haut weiter aufgerissen. Das war schmerzhaft gewesen, aber vor allem hatte es ihm das Gefühl gegeben, ganz nah am Leben zu sein.

Er hatte mit Beton gearbeitet, um den Büros zu entkommen und den Anzügen, die jede Woche gewechselt werden mußten. Für ihn waren Anzüge wie Papphäuser. Wie das Papphaus seiner Mutter, das auf einem Feld in Michigan stand. Es war ein großes, gelbes Haus, und es war auf Rädern angeliefert worden. Wenn der Roggen hochstand, war das Haus darin nicht mehr auszumachen. Es war gelb gestrichen wegen der Tiere, die im Herbst gejagt wurden. Auch die Menschen trugen dann gelb. Jede Familie, die in dieses Gebiet zog, bekam zuerst eine Anzahl gelber Westen und Kappen ausgeteilt, die sie von Oktober bis November tragen mußten, sobald sie aus dem Haus gingen.

Damit die Jäger sie nicht mit Wild verwechselten. Es war gefüttertes, festes Wetterzeug, von dem der Regen abperlte, und die Leute waren froh, daß sie es auf diese Weise kostenlos bekamen. Die Schüsse der Jäger waren überall im Feld, ununterbrochene Fragen und Antworten, durch die der Schlaf wie durch ein Sieb fiel. Aber wenn er aus dem Fenster seiner Mutter sah, war nur das Korn da. Das Gelb. Sonst nichts. Als gäbe es für zwei Monate keinen Menschen mehr. Selbst ihn gab es nicht mehr, sobald er in dem gelben Haus am Fenster stand. Nur für die Zeit, die er im Beton arbeitete, hob er sich von der Umgebung ab.

Jeff wartete darauf, daß sie weiterredete. »Würstchen mit Ketchup, Scheißwetter draußen«, sagte jemand neben ihm und klopfte mit seinem Schlüsselbund auf den Tresen, und die Frau, deren Namen er noch nicht wußte, ging hinüber zur Küche, um die Bestellung aufzugeben.

»Und Sie müssen hier jedes Wochenende –?« versuchte er es, als sie zurück war. »Ist das nicht anstrengend?« Sie lachte.

Anfangs hatte die Arbeit sie abgelenkt. Die Handgriffe waren ungewohnt. Wenn das Spülen zu lange dauerte, schmolzen die Eiswürfel im Whisky, den sie gerade abgefüllt hatte, oder sie hielt das Bierglas beim Zapfen nicht in der richtigen Schräglage, und der Schaum schwappte über. Aber nach ein paar Tagen kannte sie die Bewegungen schon auswendig, und es kam alles wieder. Die Enttäuschung, die unerwartete Ratlosigkeit darüber, in diesem Land zu sein. Ein endloses Wippen der Gedanken. Und eine Angst, die so aussah, als wäre es die Angst davor, wieder ausgewiesen zu werden. Dann hatte sie angefangen, sich mit Jeff zu beschäftigen.

»Ein bißchen strengt es schon an«, sagte sie. »Da haben Sie recht.«

»Sie klingen nicht sehr begeistert.«

»Nein«, sagte sie, »aber dafür macht man das ja auch nicht, oder?« Sie lachte wieder.

»Nein? Verdient man denn so gut?«

»120 Dollar die Woche. Plus Trinkgeld –«

Jeff sagte nichts darauf. Er dachte an Projekte, in denen er dasselbe in einer Stunde verdiente. Als er nachschenkte, rann ihm der Kaffee über den Tassenrand. Sie kümmerte sich darum ohne ein Wort.

»Sind Sie Schauspielerin?«

»Wieso?«

»Alle Kellnerinnen im Village sind Schauspielerinnen.« Während er seine Ärmel aufknöpfte und umschlug, vermied er es, sie anzusehen. »Ich dachte schon, Sie wollten gar nicht mit mir reden.«

»Bei der Lautstärke –«, sagte sie.

»Drüben am Tisch hätte ich Sie gut verstehen können.«

Jeff war ein gewöhnlicher Gast, ein bißchen verschroben, und niemand sonst im »White Horse« schenkte ihm Beachtung. Er war der einzige hier, der Milch wollte. Sie füllte die Milch in eine Kanne, bevor sie sie ihm hinüberschob.

»Wie haben Sie die Frage gemeint, vorhin?« fragte sie.

»Welche Frage?«

»Ob ich hier jedes Wochenende – Finden Sie das merkwürdig?«

»Ich weiß nicht. Wollten Sie nie was anderes machen?« Seine Augen forschten wie vorher, drüben am Tisch. Nur waren sie jetzt noch näher, und sie konnte die kurzen Wimpern erkennen, eine Narbe an der linken Braue. Die Augen forschten entlang der Nischen ihrer Schlüsselbeine, in ihren Haaren und in den Öffnungen zwischen den Blusenknöpfen. Es waren Augen, die sich für das Öffnen von Blusenknöpfen interessierten. Das beruhigte sie. Vorsichtig rückte sie an der Milchkanne.

»Das ist schon etwas anderes jetzt«, sagte sie.

Als Jeff sich umdrehte, saß ein Mann an seinem Tisch am Fenster und sah auf die Straße.

»Ja«, sagte er. »Das ist schon anders.« Das Gesicht des Mannes spiegelte sich im Glas. Er war die ganze Zeit von hier aus deutlich zu sehen gewesen.

Die Frau tauschte seine Kaffeetasse gegen ein Rotweinglas. Wenn er jetzt mit ihr trank, würde morgen früh nichts korrigiert sein. Er brauchte noch wenigstens drei Stunden. Sie ging mit den Fingern in den Flaschenhals, um einen Korkkrümel herauszufischen, als gingen die Finger in seine Jeans.

»Sie haben recht«, sagte sie und betrachtete den Krümel auf ihrer Fingerspitze. »Ich war mal am Theater. – Nur, weil Sie gefragt haben.« Dann klickte sie ihr Glas gegen seins. »Das haben Sie gut gemacht.«

Er wußte nicht, was sie vorhatte. Das Glas lag in ihrer halbgeöffneten Hand, und sie hob es ihm entgegen. Jeff schob die schwarze Tasche mit der Schuhspitze unter die Bar. »Noch habe ich gar nichts gemacht«, sagte er.

Sie schlief mit ihm, und die Fremdheit verging, nachdem sie sich einmal an den Geruch seiner Haare gewöhnt hatte. Schlehenshampoo. Das Kissen roch danach und das Laken, und wenn er ihren Kopf auf seinen Oberschenkel herunterzog, rochen auch dort die Haare nach Schlehenshampoo.

Er hatte nicht vorgehabt, in seine Wohnung zu gehen. Er konnte sich nicht vorstellen, wie sie dort hineinpaßte. Zwischen die beiden Computer und die riesigen Stehlampen, die er gegen die Nacht draußen gerichtet hatte, um länger arbeiten zu können. Er hatte nur eine Hälfte seines Bettes bezogen, und es war unpassend, diese Frau zu sich zu nehmen, wie er im Laufe der Zeit, die er in New York wohnte, hin und wieder eine Frau mitgenommen hatte.

»Sie haben doch noch hier zu tun.«

»Sie glauben mir nicht?«

»Das sollte kein Vorwurf sein.« Er klappte die Handflächen gegeneinander. »Ich lauf Ihnen ja auch nicht weg.«

»Ich würde gern gleich gehen.« Plötzlich war es das erste, was geklärt werden mußte. Sonst würde es allem übrigen im Weg stehen. Es war etwas Ähnliches wie das Angebot, sich zu duzen. Versäumte man es im richtigen Moment, blieb immer die Unsicherheit in der Anrede. Er trank den Wein nicht hektisch. Er wurde nicht naß auf der Oberlippe, als sie ihm schließlich zunickte und den Mantel nahm. »Wir können nicht zu mir. Ich wohne hier nicht.«

»Was?« Er rannte fast in ein Taxi. »Wo schlafen Sie denn?«

»Bei einem Bekannten.«

»Aber Sie arbeiten doch schon vier Monate hier.«

»Ja. Für 120 Dollar die Woche.«

Als sie ins Bad ging und der Lichtstreif über ihre rechte Schulter fiel, wollte er sie nicht ansehen. Es war nicht irgendeine Frau in seinem halbbezogenen Bett, in die er eindrang, während die Sterne des Bildschirmschoners über ihren Nacken liefen. Es war etwas, was ihn über dieses Wochenende hinaus beanspruchen konnte.

Als sie ihn morgens verließ, fing sie die Wohnungstür ab, bevor sie ins Schloß fallen konnte, und zog sie geräuschlos hinter sich zu. Auf der Straße fuhr sie sich durch die Haare. Sie sah den Mann hinter den Fenstern im obersten Stock, in denen die Sonne spiegelte, immer noch schlafen, breitbeinig und auf dem Bauch. Sie blieb eine Weile so stehen. Sie dachte an das Klappern seiner

Schuhe auf dem Holzboden, das metallische Rasseln der Übergardinen auf der Drahtstange, seinen elektrischen Rasierer. Und sie hörte ihn mit dieser Gelassenheit in der Stimme fragen: *Are you an actress?*

Mit dieser Frage hatte er sie tiefer berührt als während der restlichen Nacht. Davon wußte er nichts. Er schlief und roch nach Schlehenshampoo, aber sie stellte sich darin den Geruch nach Farbe und dem eingetrockneten, parfümierten Schweiß vor, nach dem es in allen Theatergarderoben der Welt roch. Für einen Moment und hier unten auf der Straße fühlte sie sich von diesem Mann, den sie noch nicht kannte, zutiefst verstanden.

Während sie zur U-Bahn ging, versuchte sie, nicht mehr an die vergangene Nacht zu denken. Sie versuchte, sich das Geräusch des Beifalls vorzustellen, wie es aus den knackenden Lautsprechern kam. Sie hatte den Beifall meistens hinten in den Garderoben gehört, während sie Blumentöpfe über das Fensterbrett schob. Sie ordnete die Töpfe von rechts nach links, nervös, bis das Stück vorüber war. Die ganze Zeit über brachten die Lautsprecher an der Tür das Geschehen auf der Bühne zu ihr in die Garderobe. Sie hatte das Fenster angekippt, so daß auch Zweitakter und Arbeitswelt zu ihr hereinschwappten und der Beifall aus den Bühnenlautsprechern nach draußen dringen konnte, zwischen die Schichten in nächtlichen Fabriken, an die rollenden Produktionsbänder für Ersatzteile und Fahrzeugkarosserien.

Wenn der Chor kam, knackte der Lautsprecher und verschob die Stimmen zu einer breiigen Tonfolge, als würde er aussetzen. Der Chor stand am Ende der Bühne. Alle zehn Schauspieler waren barfuß. Sie bewegten sich langsam nach vorn, bis an die Rampe, und schmetterten von dort die Sätze nach unten, dunklen Kopfumrissen entgegen. *Frommes Dasein ist Gottesdienst, Unüberschreitbar aber bleibt Der Machtbefugten Machtgebot.* Im Schatten des Chors waren sie sicher. Mit seiner Stimmgewalt wechselten für ein paar Sekunden tatsächlich die Machtbefugnisse im Land. Danach kamen sie in die Garderoben zurück, beschwerten sich über das offene Fenster und den Gestank von draußen, der sich bald mit dem Gestank von fetter Schminke und Haarspray vermischte. Niemand wußte, ob sie morgen wieder spielen würden oder ob jemand da unten gesessen hatte, der die Wahrheit des Chors nicht ertragen konnte.

Christiane ging in Richtung U-Bahn. In übertriebener Klarheit sprach sie die Sätze des Chors in den Verkehr hinein. Erst vorsichtig, aber als niemand auf sie achtete, immer lauter. Sie sprach gegen eine Geräuschkulisse von hupenden Taxis, heulenden Sirenen und dem Geschrei aus Bagelshops an, die wie ein zweites, störendes Band über ihrer Erinnerung lag.

Jeff ließ sich auf das Laken zurückfallen, nackt wie er war, und während er an sie dachte, liebte er sie noch einmal in seine Hand. Langsam. Und als er kam, stand die Sonne im Fenster. Es war längst zu spät, um noch pünktlich in der Firma zu sein. Er wusch sich und machte unnötigerweise Frühstück für zwei. Draußen war der Winter angebrochen.

... touch me with your naked hand, touch me with your glove – Jeff kannte die Felder, das Gelb, die Kinos in den Vorstädten. Das kannte er, wenn es wie ein Riß über die Haut ging und auch, was man machen mußte, um sich nicht anzustecken mit dieser neuen Krankheit. Aber jetzt, nachdem er mit ihr zusammengewesen war, kam es ihm vor, als würden die Leute ihn stärker wahrnehmen. Er ging durch die Straßen, und die Leute unterbrachen kurz den Gang ihrer Gedanken, der schon so sehr dem ihrer Beine angeglichen war, daß sie nicht mehr darauf achteten; unter Ausschließung ihrer selbst hatte sich beides miteinander verständigt. Aber jetzt trafen ihn auf einmal Blicke. Es kam ihm vor, als hätte sie den nur zentimeterstarken aber unüberwindbaren Abstand, der ihn während seines bisherigen Lebens von der übrigen Welt getrennt hatte, aufgehoben. »Deine Schultern sind wie ein Bogen gespannt«, hatte sie gesagt. Und jetzt dachte er an seine Schultern als eine klare Linie. Sie hatte die Eckpunkte festgelegt, rechts und links unter seinem karierten Hemd, die die Grenze zu den anderen kennzeichneten. Manchmal geriet er sogar in ein Gespräch.

Sie tat es ab. »Du hast nur zu wenig darauf geachtet. Weißt du, wovon ich träume?«

THREE
Wie der Stahl gehärtet wurde

Es konnte ein Saal sein, ein Keller, ein geräumiges Dachgeschoß. Es war Mitte Dezember, und vor dem Fenster des »White Horse« lag zwei Tage lang Schnee. Er war matschig und wurde von den Autoreifen auf den Gehweg geschleudert.

Bevor Jeff die Kneipe betrat, klopfte er seine Schuhe so laut gegen den Türrahmen, daß die anderen Gäste hochsahen. Wie ein Postbote kam er herein, den Arm voll Zeitungen, die er auf dem Tresen ausbreitete. Ein Postbote, der das Glück im Briefumschlag hatte. Und er brachte es immer zu ihr herüber, ohne den Tisch am Fenster überhaupt noch zu beachten.

»Du siehst durchgefroren aus.«

Er ging den Immobilienteil der Zeitungen durch, in denen es Apartments gab, die zu teuer waren und ungeeignet, und sie folgte seinem Finger, der ohne anzuhalten über die Zeilen rutschte. Gegen vier Uhr wurde es draußen dunkel, und sie schob ihm eine Kerze hinüber. Wenn jemand zur Tür hereinkam, tropfte im Zugwind das Wachs auf die Zeitung herunter, die er nah an die Kerze gezogen hatte.

»Unsere einzige Chance«, sagte er im Januar, als die Angebote sich immer noch nicht verbessert hatten, »ist ein kleines Theater. Vielleicht können wir eins übernehmen. Von mir aus gern eins, was runtergewirtschaftet ist. Das ist billiger. Und ich hätte wieder mal was zu basteln.«

Er arbeitete den Zeitungsstoß durch, als handelte es sich dabei um die Angelegenheit eines Kunden. Am Ende der Seite stoppte sie seinen Finger ab. Es kam ihr vor, als hätte sie versucht, nach einer verbotenen Stimme aus der Luft zu greifen. »Ich habe keinen Pfennig.«

»Du hast die Idee.«

»Mach es nicht mir zuliebe, ja?«

»Wem zuliebe soll ich es denn machen?«

»Ich kann es dir nicht zurückzahlen.«

»Paß auf. Immobilien kriegst du jetzt für ein Taschengeld. Das ist nur eine Frage der Organisation. – Komm. Ich bin lange genug im Geschäft.«

Er wischte die Druckerschwärze vom Zeigefinger in sein Taschentuch und lehnte sich zurück. Ihr Gesicht war weiß wie das seiner Mutter nach den langen Wintermonaten in Michigan. Er schob mit dem Fuß das eiserne Gestell des Barhockers noch ein Stück weiter von der Theke weg. Er brauchte die Theke zwischen sich und ihr. Als würde er sonst etwas durchbrechen. Auch nach Monaten wahrte er noch immer den Abstand zu ihr. Selbst wenn er neben ihr her ging, hielt er sich etwas entfernt. Er hatte gedacht, der Abstand zu ihr ließe ihm mehr Zeit zu reagieren. Jetzt fiel ihm auf, daß er sie auf diese Weise einfach besser hatte betrachten können.

»Aber du könntest alles mögliche mit dem Geld machen. Eine Reise, neue Computer, keine Ahnung.«

»Computer stellt die Firma, und Reisen interessieren mich nicht. Außerdem kann ich ganz gut für mich selbst die Verantwortung übernehmen.«

Von den einsamen Straßen am Samstagnachmittag sagte er nichts.

Als sie davorstanden, sah sie ihn nur an. »Wir sind verrückt, oder?«

Jeff steckte die Hände in die Hosentaschen und zählte die Hausnummern. Das Schild an der Tür war unleserlich.

»Hundertdreiundfünfzig, hundertvierundfünfzig! – Und sieh dir die Steine an! Feste rote Backsteine.«

»Sag ich doch. Verrückt.«

Es war ein langgestrecktes Gebäude, den rechten Teil hatte eine Umzugsfirma gemietet. Die oberen Stockwerke standen leer. Am linken Eingang lehnte eine Tafel, auf der eine Komödie angekündigt und später durchgestrichen worden war. Der Eisenrost davor zum Abtreten der Schuhe war mit Kippen und Papier vollgestopft, und unter den Fenstern hing die überschüssige Wärme vor den Auslässen der Gasheizung wie aufsteigende Nässe.

Eine linoleumbezogene Treppe führte in den Keller hinunter, der ihnen zu einem Sonderpreis angeboten worden war. Der Zuschauerraum und die Bühne lagen im Souterrain. Dazu ein kleiner Vorraum mit einer völlig verdreckten Theke, ein Kassenraum mit Durchreiche und zwei enge Garderobenräume. Die Bühne hatte keinen Unterboden, die Hälfte der Scheinwerfer lag abmontiert in der Ecke. Es gab wenig Platz, und es roch. Aber diesen Geruch hätte Christiane immer und überall wiedererkannt. Er hinterließ einen gummigen Nachgeschmack auf der Zunge.

An der Decke zog sich eine Doppelspur von Neonröhren entlang, die erst nach minutenlangem Zünden ansprang. Jeff besichtigte die Technik, kroch unter die Bühne, und als er wieder hervorkam, hatte sich sein Haargummi gelockert. Er wirkte auf einmal verändert, weniger eisern, als er noch in der Bar ausgesehen hatte. Es gefiel ihm. Das sah sie an der Art, wie er die Kabel prüfte, mit einer einzigen, ganz auf die Aufgabe konzentrierten Handbewegung.

Sie stand da und sah sich alles genau an. Die Brandlöcher in den Sitzen, den zerkratzten Fußboden, die Flecken am Vorhang.

Es sah gräßlich aus. Aber sie hatte das Gefühl, etwas sehr Schönes zu sehen.

Es war die Schattenlosigkeit der Dinge, die das Einfügen nahtlos möglich machte. Als er herüberkam, nahm sie ihn in den Arm. »Was meinst du?«

Im Keller unter dem Zuschauerraum stand der gleiche frische Betongeruch, den sie von zu Hause kannte. »Schwamm«, sagte Jeff und zeigte auf grünlich schimmernde Stellen an der Decke. »Das kostet Zeit.«

Es würde eine Sauerei werden, den Schwamm aus den Kellerräumen zu entfernen. Sie würden zum Proben in einen Raum im ersten Stock ausweichen müssen. Er hatte vier breite Fenster, deren Rahmen vom Rost zerfressen waren. Aber die Heizung funktionierte, und jemand hatte den Boden abgeschliffen.

Sie wartete, bis Jeff die Fensterfront abgegangen war. Hinter ihm blieb eine Spur brauner Farbsplitter auf dem Boden zurück. Als er sich umdrehte, sagte sie: »Wir müssen uns was überlegen. Fenster lenken ab. Beim Proben mußt du einen Raum haben, der von nichts ablenkt. Schauspielern ist immer das Wetter zu schlecht oder die Sonne blendet oder sie können die Farbe der Gardinen nicht leiden.«

»Dann müssen sie sich halt ein bißchen anstrengen«, sagte Jeff und schlug die Hände wegen der Farbsplitter aneinander.

»Aber warum sollen wir halbe Sachen machen. Wo wir schon mal so weit sind. Zum Proben brauchst du einen abgeschlossenen Raum.«

»Können wir nicht mit dem anfangen, was wir haben«, sagte Jeff.

»Wir sind keine Amateurbühne!«

»Aber wir sind hier in New York!«

Sie sah ihn über die Schulter hinweg an. »Du bezahlst alles«, sagte sie dann langsam, »du gibst deinen Job auf, und ich weiß nicht, wie ich das jemals wieder gutmachen soll.«

»Laß das.«

»Nein, ich meine es so.«

»Laß es.«

»Du kannst jederzeit gehen. Vielleicht hast du dir was ganz anderes vorgestellt, und wer weiß, dann bist du sauer. Tut mir leid, wenn es – Was machst du da?«

»Ich gehe.«

Sie sah ihn an und kam langsam auf ihn zu. Sie ging an der halbgeöffneten Tür vorbei und weiter, bis sie nur noch einen Handgriff entfernt vor ihm stand.

Die Fältchen an den Schläfen waren jetzt ganz glatt, nur noch weiße Striche. Er roch den Kaffee, den sie heute morgen getrunken hatte, und es war auf eine bestimmte Art gefährlich. Als könnte diese Frau problemlos durch ihn durchgehen. »Guck mich nicht so an. Ich kann dir nur sagen, daß das so nicht geht.«

»Bist du Regisseur oder ich?« fragte sie.

»Kennst du dich hier aus oder ich?« antwortete er.

Sie dachte nicht wirklich daran, in sein Gesicht zu schlagen. Das war absurd. Sie wollte nur sein Denken dem Gesicht anpassen. Als müßte sie ein letztes Mal etwas an die richtige Stelle rücken, um sicher zu sein. Er schlief noch in seiner großen Wohnung und konnte jeden Moment laut werden. Er hat die Lampen nicht ausgestellt, dachte sie, die Lampen nicht und die Computer auch nicht.

»Was soll das heißen, daß ich mich hier nicht auskenne?«

»Nichts. Es soll gar nichts heißen.«

Als er lächelte, wurde sie ruhiger. Er zog sie an sich und hielt sie fest. Eine ganze Weile. Sie drückte den Mund an seine Schulter, während sie dastanden und kein Wort sagten, und versuchte sich an ihn als den Gast zu erinnern, dem sie im »White Horse« einen Platz angeboten hatte. Unbeholfen und ein bißchen verschroben. Ein Mann, der versuchte, aus einem Programmierer einen Theatermanager zu machen. »Jeff«, sagte sie, »vergiß es. Es war nicht so gemeint.«

»Wir sollten ein bißchen vorsichtig sein.«

»Ich weiß«, sagte sie. »Ich habe nur genug vom Vorsichtigsein.«

»Keine Angst. Für den Raum hier wird mir schon was einfallen.«

Für einen Moment sagte sie nichts. Sie drehte sich zum Fenster, das auf eine Stadt hinausging, von deren Einbildungen und Phantasien ihr bisher nichts eingeleuchtet hatte, und trotzdem hatte sie immer wieder versucht, das Gegenteil vorzuführen. Jeff schien nicht darauf zu achten. Er hatte auch nicht darauf bestanden, recht zu behalten. Als sie ihn die Tür wieder zumachen hörte, spürte sie eine Dankbarkeit, die ans Unerträgliche grenzte. »Und warum denkst du, daß ich mich hier nicht auskenne?«

»Du sprichst anders. New England vielleicht. Ich dachte, du bist aus irgendeiner Gegend, wo sie korrekter sprechen. Und wegen der Ampeln.«

»Welche Ampeln?«

»Du wartest, bis sie umschalten. Das machen alle, die noch nicht lange da sind. Daran erkennt man sie sofort. Das hab ich anfangs auch so gemacht.«

Jeff ist kein guter Beobachter, dachte sie, er war lange nicht so gut wie die Menschen, die in ihre Träume traten, als wäre es hellichter Tag. Wäre Jeff ein guter Beobachter gewesen, hätte er bemerkt, daß sie nicht auf die Ampeln geachtet hatte, sondern darauf, so zu tun, als käme sie aus New England.

Noch einmal arbeitete er in Beton. Er nahm die Fenster raus und entfernte die Blendrahmen. Er besorgte Steine, die die Stärke der Hausmauer hatten, und bevor er sie der Lagerfuge aufsetzte, umhüllte er sie vollständig mit einer Schicht Mörtel. Die Türen ließ er offenstehen beim Arbeiten, damit der Mörtel richtig austrocknen konnte. Außerdem genoß er die Gelegenheit, diese Frau mit ihrem hinreißenden Akzent hin und wieder auf dem Flur vorbeigehen zu sehen. Er konnte es nicht ertragen, lange in einem Raum zu sein, ohne zu wissen, wo sie war oder was sie tat.

Er war wie die Strandmöwen, die er früher am Lake Michigan beobachtet hatte; sie folgten den Leuten auf den auslaufenden Schiffen, manchmal kehrten sie sofort wieder um, manchmal folgten sie ihnen weiter hinaus. Das hatte nichts Unterwürfiges, schließlich blieben auch die Möwen immer am selben Ort; es kam nur selten vor, daß sie nicht mehr zurückkehrten.

Jeff merkte, wie er begann, sich behutsam bei dieser Frau einzurichten. Sie verfolgte ein Ziel. Möglicherweise war sie sich darüber selbst nicht klar, aber die Art, mit der sie im letzten halben Jahr immer wieder Spielpläne durchgesehen und Aufführungen besucht hatte, war unmißverständlich. Sie war jung, und er spürte ihre Unsicherheiten sehr genau. Aber wenn sie lachend vor ihm auf der Kellertreppe stand und den Kopf zurückwarf, sah er ihre Energie und einen unbändigen Willen, den sie nur meist hinter einer übergroßen Korrektheit verbarg.

Nachmittags ging er in den zweiten Stock hinauf und öffnete dort alle Fenster. Die Straßen lagen im Frost. Überspült von einer Sonne, die das Eis glitzern ließ, aber nicht schmelzen würde. Die Blätter auf dem Gehweg waren noch bunt vom Herbst, die Farbe war ihnen eingefroren. Vor ein paar Tagen war ein extremer Kälteeinbruch gekommen, der die Arbeit verlangsamte. Er mußte den Mörtel vollständig ausstreichen, damit sich nirgendwo Wasser sammeln konnte. Es würde frieren und sich ausdehnen und das Gemäuer von innen aufsprengen.

»Neu hier?« rief ihm ein Mann zu. Er stand in der offenen Tür des Cafés gegenüber.

»Glückwunsch. Binden sich aber echt was mit ans Bein. Die vor Ihnen sind damit voll den Bach runtergegangen. Ist doch kaum noch jemand gekommen. Sah ganz schlecht aus«, rief der Mann. »Ganz schlecht. Sollten besser Ihre Finger von lassen. Das war schon immer eine Bruchbude. Schwarzes Loch! Hab das doch beobachtet. Absolut schlecht gelegen. Der kalte Wind vom Hudson ist die Hölle. Na trotzdem; viel Glück!«

Die Steine jeder zweiten Reihe ordnete er versetzt zu denen in der ersten Reihe an, so daß er jeweils am rechten und linken Ende Platz für einen halben Stein übrigbehielt. Dort schlug er ein Stück der alten Wand frei, um den Stein so einfügen zu können, daß die eine Hälfte mit der alten und die andere mit der neuen Mauer verzahnt war.

Sie saß auf einem niedrigen Hocker neben den Steinpaletten und dem Wasser für den Mörtel und sah zu, wie er die rauhe Steinhaut mit Mörtel bestrich. Sie konnte sich nicht davon lösen. Sie starrte auf seine Hände, in denen die schwarzen Risse wieder aufgegangen waren. Handschuhe wollte er nicht.

»Du machst dir deine Hände kaputt«, sagte sie und hatte das Gefühl, er würde die Worte zwischen die Steine einarbeiten. »Der Mörtel reißt dir die Haut auf.«

»Sie reißt auf, und dann geht sie wieder zu und immer so weiter. Wie früher. Das macht nichts.«

Seine Finger wurden vom schneidenden Tag rot wie die Steine, dann weiß und fühllos, und Jeff dachte an seine Mutter, an das Papphaus, das gelb war wie die niedrige Sonne auf dem Gehsteig. Sein Atem ging immer flacher nach draußen.

Er arbeitete nicht langsamer und nicht schneller, wenn sie zusah, aber er würde aufhören, wenn sie ginge. Sie war für alles hier verantwortlich; für sein vom Schweiß feuchtes Haar, den Knoten, zu dem es nach hinten weggebunden war, und für die grauen Spritzer auf seiner Stirn.

Am frühen Abend wurde der Lichtstreifen im Zimmer schmaler, bis die im Gegenlicht flirrenden Staubteilchen verschwanden. Es war ringsum dunkel. Sie lehnte sich zurück, unsicher, wie weit die Wand von ihrem Rücken entfernt war, der Stift fiel herunter. Sie tasteten über den Boden, stießen gegen den Spachtel und erwischten einen Finger des anderen, ein Stück Teppich. »Ich habe die Taschenlampe doch hier irgendwo hingelegt.«

Es war egal, wie man ihre Stimme hörte, dachte Jeff. Sie war im Dunkeln nicht anders. Es war unmöglich, ihr ein Bild zuzuordnen, wie er es sonst tat, wenn er mit einer Frau im Dunkeln lag und ihrer Stimme ein Gesicht fehlte. Diese Stimme entfernte sich und kam näher, und das war alles. Als müßte er ihr erst sehr lange zuhören, bis sich aus dem Dunkel Bilder herausheben würden.

»Hast du sie?«

»Nein. Ich weiß nicht mal mehr, ob hier die Tür oder das Fenster ist.«

»Blöd von mir. Vielleicht können wir es am Geruch erkennen. Warte.« In jeder Richtung, in der sie es probierte, roch es nach frischem Mörtel. Beim Einatmen schmeckte die Luft feucht, und der Hall des Atems hielt sich Sekunden länger als zuvor.

Und dann krachte es. Etwas splitterte, als sei Glas heruntergefallen, und etwas klackerte über den Boden. Dann war es still. »Ich hab gedacht, hier ist eine Stufe.«

»Alles in Ordnung?«

»Meine Uhr hat's erwischt. Ich bin mit dem Arm gegen einen Pfosten geknallt.«

»Wo bist du?«

»Hier. Hier.«

Sie tastete nach ihm, erwischte den Jeansstoff eines Beins und lehnte sich daneben an die Wand, um die Koordinaten des Gesprächs nicht zu verlieren. Er hatte keinen Versuch gemacht, nach den Bruchstücken der Uhr zu suchen. Der Jeansstoff unter ihren Fingern war sandig und in der Kälte starr geworden. Wenn sie mit den Fingern höher ging, kam der Buckel des Knies, und ging sie noch höher, würde es einen Laut geben. Sie konnte diesen Laut hinauszögern. Oder sie konnte ihn gleich haben. Mehr ließ sich über das Material unter ihren Fingern nicht sagen.

Hier drin war sie jetzt wie er. Nur noch fühlbar in ihren starr gewordenen Klamotten.

»War die Uhr wertvoll?«

»Nicht besonders. Ich habe sie mal in einer Thanksgiving-Überraschungstüte von irgendeiner Supermarktkette gehabt.«

Er wollte nicht, daß ihre Hand noch höher ging. Dann hätte er an ihre übernächtigten Augen am Morgen denken müssen. Nachdem er ihr den Kaffee ans Bett gebracht hatte – sie war immer noch nackt – hatte er das Gefühl gehabt, sie hätten sich die ganze Nacht nur bemüht, einander keine Unannehmlichkeiten zu bereiten.

»Ich bin Jo.«

»Aha.«

Sie nickte. Sie mußte genickt haben. Jeff hörte hin und wieder ihre Bewegungen. Sonst nichts. Die Hand auf seinem Bein war längst verschwunden. Während des Bauens war noch die Stadt zu hören gewesen, das untergründige Rauschen, das nie nachließ. Zum ersten Mal, seit er aus Michigan gekommen war, hörte er nichts als das dünne Rascheln eines einzigen Menschen, das schon entstand, wenn man zwei Finger aneinanderrieb.

Er stand auf, schob die Werkzeuge, an die er mit dem Fuß gestoßen war, zusammen und tastete sich an der Wand entlang, um die Tür zu finden. Er merkte deutlich die Unterschiede. Die neugemauerten Stücke waren kalt und feucht. Für einen kurzen Moment überlegte er, welcher Wochentag heute war.

Seine Schritte entfernten sich nach rechts, und sie hörte ihn fragen: »Kannst du was erkennen?«

Am nächsten Morgen lag sie eine Weile mit offenen Augen da. Unter den Fingern ihrer rechten Hand spürte sie die Sprungfedern einer Klappliege. Es kamen viele Orte in Frage. Aber spürbar war nur der nackte Stoffbezug der Liege. Sie hatte ohne Kopfkissen geschlafen, und die straffe Bespannung ließ sie Ellbogen und Schultern sehr deutlich spüren.

Neben dem Schreibtisch brannte noch die Stehlampe. Es war das erste Licht an diesem Morgen, es verhinderte das Zurücktreten ins Halbdunkel, in die schwankenden Gegenbereiche der Nacht, in der es den riesigen Schrank im Zimmer nicht gab und keine Orientierung, in denen Orte in Frage kamen, an denen sie gewesen war, solche, von denen sie nur gesprochen hatte, oder Orte, die sie kurzzeitig bewohnt hatte, ohne wirklich dort gewesen zu sein.

Ihre Schuhe standen neben der Liege. Von den Schuhen aus war es ein leichtes, die Linie zum Schreibtisch zu ziehen und von da aus weiter zum Fenster und auf die Straße hinaus und zu wissen, wie es draußen aussah auf dem stillen Gehweg und sich von da aus sitzen zu sehen, wo sie jetzt saß, die Hände hinter dem Rücken aufgestützt auf einer wackligen Liege, hundertvierundfünfzig Barrow Street. Im ersten Stock eines heruntergekommenen New Yorker Off-Off-Theaters. Sie war noch nicht ganz zurückgekehrt. Oder angekommen. Denn woher sollte sie zurückkehren.

Aber die Berührung mit den Schuhen, dem Kleid, dem Notizbuch, auf dem Kaffeespritzer zu knittrigen Ringen eingetrocknet waren, bezeichnete einen Ort, an dem sie und die Gegenstände im Licht der Stehlampe gleichermaßen anwesend waren.

Von draußen kam das helle Scharren, mit dem Steine über Asphalt geschoben wurden. Jeff räumte die überzähligen Steine auf die Straße für irgend jemanden, der sie brauchte und sich holen kam. Als würde er letzte Sandsäcke aus dem Ballon abwerfen. Vielleicht wußte auch er, wie das war, noch nicht angekommen zu sein. Es war ein banales Gefühl. Man versuchte, etwas hinter sich zu lassen und neu zu beginnen, und dann fand man einfach nicht mehr zurück und warf verzweifelt immer noch mehr Gewicht ab. Sie knipste die Lampe aus.

Durch die Ritzen der Jalousie drang das Morgenlicht. Es war dünn und unsicher über den plötzlich eroberten Raum, wie sie selbst. Es reichte nicht weiter als bis zur Hälfte des Zimmers.

Sie hörte, wie Jeff die Treppe hochkam, wie er die Hosenbeine abschlug, um sie vom Baustaub zu befreien. »Hast du etwa die ganze Nacht am Schreibtisch gesessen?«

»Warst du es nicht, der gesagt hat, nachts kann man sich am besten konzentrieren?«

»Ist ja auch so. Nachts fällt es auf, wenn man weggeht. Oder sich nur bewegt. Man weiß sofort, wo der Lichtschein aufhört.«

Wenn sie ging, in ihren Träumen, war es immer Tag. Die Sonne stand ganz normal im Mittag, und jeder konnte sie sehen. Sie ging auf die Straße, verstaute die Sachen im Kofferraum eines blauen Autos und ging. Ihre Träume paßten nicht hierher. Sie war sie losgeworden wie das Nicken.

Jeff stand in der Tür, wie er gestern abend dagestanden hatte, auf die Klinke gestützt, das Sektglas in der Hand, obwohl er eigentlich Sekt gar nicht mochte. Aber gestern abend hatte er das Theater taufen wollen, als wäre es ein Schiff. Only champagne will do! hatte er gesagt, aber da war es schon nicht mehr um die Schiffstaufe gegangen. Er hatte ihr das Glas entgegengehoben. So you are a communist, hatte er gesagt und an ihr herauf und herab gelacht, als könnte er sie damit umreißen. That don't impress me much. – Und sie: Not everybody there is a communist. – Don't care, sagte er, I'm not much into Reagan's Foreign Affairs anyway and old McCarthy is long gone. Ich bin kein Freund der großen Politik.

»Du hast es längst gewußt, oder?«

»Klar. Du hast doch nicht etwa darüber die ganze Nacht gegrübelt, oder?« Jeff ging zum Fenster. Als er die Jalousie aufzog, drang ein kühles Licht von draußen ins Zimmer. Ein früher Märztag mit der Aussicht auf Wind.

Jeff stand da im Halblicht des Morgens, trug das Haar über der Rechteckstirn gebündelt und mit einem krümeligen Gummi in den Nacken gezwängt, dieser Teilhaber des Paradieses (own, to own, to be owned, owner, he looks as if he owns the place), eines Paradieses, das anfangs so überwältigend gewesen war. Aber dann war die Zeit der Touristin vorbei, und sie war immer noch da gewesen. Das Paradies war ausgefranst wie Jeffs Haargummi.

Noch immer trug sie die Liste mit den Namen der Oscarpreisträger in der hinteren Hosentasche. Sie hatte den Versuch, Amerikanerin zu werden, für eine Frage des Gedächtnisses gehalten. Aber es nützte nichts, die Oscarpreisträger auswendig zu wissen, und Jeff war so höflich gewesen, ihr den Fehlschlag zu verheimlichen. Jetzt sagte er: Don't worry. No one cares.

»Dabei habe ich versucht, sehr gut zu sein.«

»Ich weiß. Aber wozu?«

»Keine Ahnung. Um hier sein zu können. Findest du das so schlimm?«

»Nein.« Er spielte mit der Zugvorrichtung der Jalousie. »Jo.« Er zog das Wort in die Länge.

Sie ging näher auf ihn zu, um sein Gesicht zu sehen, ganz nah und unverstellt, wie es im Morgenlicht aussah. Eine Haarsträhne hing ihm über sein rechtes Auge herunter, und sie strich es ihm über den Kopf nach hinten. Als sie dabei vor ihm auf Zehenspitzen ging, rutschte ihr der Träger des Kleides über die rechte Schulter herunter. Er tat nichts, um den Träger wieder hochzuschieben. »Und jetzt?«

»Ich habe mir heute nacht was überlegt. Was hältst du davon, wenn ich mit den Schauspielern zusammen ein völlig neues Stück entwickle?«

»Ist das einer von diesen geheimnisvollen kommunistischen Zaubern?«

»Nein. Das ist ganz normal. Ich würde mich einfach sicherer fühlen.« Sie hatte mit ihm geschlafen, und jetzt erwartete er, daß sie etwas Entscheidendes sagte, etwas, was die Fehler erkennbar machte und die Situation ausmalte, etwas in der Art, was man sagte, wenn man aus einer anderen Gegend kam, etwas über die dortigen Verkehrsverhältnisse, das Klima, und wie lange es dauerte, bis die neuesten Filme dort angekommen waren. Vielleicht stellte er sich auch vor, sie gehörte einer Art Religion an. Etwas, was sie so interessant machte, wie sie noch im »White Horse« für ihn gewesen war. Aber tatsächlich gab es nichts, was sie ihm sagen konnte, nichts, außer ein paar Ungereimtheiten (Männer mit grauen Dederon-Socken in Römersandalen), den Pflichtimpfungen gegen Kinderkrankheiten, Knüppelkuchenessen am offenen Feuer. Dazu kam noch die Erleichterung und ein Punkt der Scham, weil es nichts zu erzählen gab. Keine Legende, keine Heldin. Nichts.

»Das ist eine ganz normale Arbeitsweise«, sagte sie noch mal. »Man beginnt mit Improvisation. Das ist Handwerk. Das wird überall so gemacht.«

Jeff schob eine Hand in die Hosentasche. »Da kann ich nicht mitreden. Ich bin kein Theatermensch.«

Hoch und ein bißchen unschlüssig stand er da. Aber die Schatten unter seinen Augen waren verschwunden, und sein Gesicht sah an der Seite, wo das Licht vom Fenster drauffiel, ganz zuversichtlich aus. »Du solltest ein bißchen was frühstücken«, sagte er dann.

»Ich habe keinen Hunger.«

Als sie ihn über den Gang in Richtung Treppe gehen hörte, war sie für einen Moment erleichtert. Sie hörte seinem Schritt nach, mit dem er jeden Morgen hinüber zu O'Heave ging, bei dem es Spiegeleier für zwei Dollar im Angebot gab. Jeff liebte das Breitwandformat, ein ausgedehntes Frühstück, lange Diskussionen darüber, wie die Arbeit zu bewerkstelligen war, bevor man sie begann. Christiane stopfte das Bett in den Schrank.

Eine ganz normale Arbeitsweise. Sie hatte es nicht getroffen. Als wären ihre Worte zusammengewürfelt aus hundert verschiedenen Sprachen und nicht die geradlinige Übersetzung einer einzigen. Sie schloß die Schranktür und ließ die Jalousie wieder halb herunter. Im Haus war es still. Es roch nach abgestandenem Kaffee und feuchtem Stein.

Dann zog sie den Koffer unter der Klappliege vor und nahm die Vase heraus. Es war eine hohe Vase aus durchsichtigem, klarem Glas und ohne jede Verzierung. Sie beschlug sofort an den Stellen, wo ihre Finger das Glas berührten, und eine Weile polierte sie das Glas auf ihrem Hosenbein. Der Vase war nichts anzusehen. Und doch war sie der einzige Beweis dafür, daß es ihre Eltern und alles, was sie vorher erlebt hatte, tatsächlich gab.

Sie entschied sich für die hintere Ecke des Schreibtischs. Wenn sie dort saß und durch das Glas sah, wurden die Dinge ein bißchen fließender als gewöhnlich.

Als sie in den Keller hinunterging, ließ sie alle Türen hinter sich offen.

Sie hatte von Eisenach geträumt. Sie hatte alles deutlich vor sich gesehen; die hellgrau verputzten Häuser und den Milchladen an der Ecke. Den Milchladen mit dem süßlichen, molkigen Geruch ausgelaufener Milch, in dem man sich die Ärmel hochkrempeln mußte, wenn man in den Milchkästen nach einem unbeschädigten Beutel fischte. Die meisten Beutel waren aufgerissen, und kurz vor Ladenschluß fing die Milch an zu stinken.

Sie verstaute ihren Koffer in Tücher gewickelt in einem Bretterverschlag neben Kartoffelsäcken und Bierkästen.

Für die Arbeit besaß sie nur die Kenntnis von Bewegungsabläufen und eine Bildersprache, angeeignet in einem Land, das die Dinge andersherum sah. Aber sie hatte diesen Zustand des Neuen so oft vorhergedacht, herbeigewünscht, herbeigeredet, daß er nicht mehr anfechtbar war.

Als sie den Verschlag verließ, hatte sie das Gefühl, am Ende des Gangs stünde jemand. Ein Schatten hatte sich verändert, kaum ein Schatten, vielleicht nur ein Schatten, den der Gedanke an Eisenach warf. Sie wartete. Sie stand im Halbdunkel des Kellers, in den das Licht vom Treppenhaus kaum hineinreichte.

Am Ende des Flurs erkannte sie die Kontur eines Menschen.

Das Treppenhauslicht summte.

Dann erschien ein Jungengesicht hinter der Glastür, das weiß und reglos zu ihr herübersah. Wir müssen die Tür tagsüber abschließen, sonst kann hier schlichtweg jeder rein, hatte Jeff gesagt, es gibt zuviel Obdachlose in dieser Stadt. Vielleicht gehörte das Gesicht einem dieser Strichjungen mit den rotgeschnaubten, aufgeplatzten Nasen, der sich in der Kartoffelwärme bis zum Abend zusammenrollen wollte.

Er hielt die Augen weit aufgerissen, obwohl es ihm nicht gelingen konnte, aus dem Hellen, wo er stand, zu ihr ins Dunkel zu sehen. Er drehte die Pupillen an den oberen Rand der Lider, als hoffte er, etwas zu sehen, wo nichts zu sehen war. Als sie auf den Jungen zugehen wollte, hörte sie Jeff. »Hey! Was machst du da?« Seine Stimme verwischte im Echo des Kellers.

Die Tür zog in leichter Bewegung Schatten über den Boden. Das Gesicht des Jungen war verschwunden.

»Warum kommst du nicht her? Ich weiß, daß du da bist.«

Die Neonröhren klickten, und das Kellerlicht klatschte gegen den Jungen an der Wand. In den Holzstreben des Bretterverschlages stand er wie in der Begrenzung einer Guckkastenbühne. Er war reglos. Die Augen hielt er zusammengekniffen. »Sie wollen mich hier nicht haben.«

In dem schmalen Streifen Sicht schien der Abstand, den der Junge hielt, noch größer. Das Kinn hatte er zur rechten Schulter gedreht, wie in einer Geste der Abweisung unter effektvoll eingesetzter Beleuchtung. »Sie wollen mich hier nicht.«

»Das hat doch niemand gesagt.«

»Sie wollen mich hier nicht haben.«

»Wer bist du denn?«

»Sie wollen mich nicht, und auch hier wollen sie mich nicht haben.«

»Bist du ein Schauspieler?«

»Sie wollen mich hier nicht haben.«

»Wer denn? Wer hat das denn gesagt? – Hey! Wer das gesagt hat!« Als Jeff den Jungen an den Armen nahm, hielt dieser die

Hände so fest an beiden Seiten um die Hosennaht gekrampft, daß der ganze Körper mitgeschüttelt wurde. Sie ging nicht dazwischen. Sie hatte das Gefühl, der Junge wäre ihr weit voraus. Er wehrte sich nicht gegen Jeffs Griff. Er ließ sich schütteln. Er sah Jeff dabei an, als wäre es eines dieser herbeigewünschten Ereignisse, für die man sehr viel geben würde. Und plötzlich sah sie in dem Jungen aufreizend deutlich ihre widergespiegelte Situation. Diese Stadt, hatte Jeff mal gesagt, interessiert sich nur für sich selbst. Sie durften den Jungen nicht wegschicken.

»O. K.« Jeff ließ ihn los. »Das war keine gute Idee.«

»Sie wollen mich hier nicht haben«, begann der Junge wieder. »Aber ich kann Motorengeräusche nachmachen. Am besten die von Trucks. Ich kann auch einen Lachsack nachmachen und echte Orgelpfeifen. Nicht die elektronischen! Und ich kann Akkordeon spielen wie die Russen. Wissen Sie, wie die Russen Akkordeon spielen? Sie hocken sich hin dabei. Und wissen Sie, warum?«

Jeff schüttelte den Kopf.

»Weil es so was ist wie Beten. Das hat mir meine Tante erzählt, aber es ist nicht gut, ihr alles zu glauben. Die Russen haben früher im Hocken gebetet, und jetzt beten sie nicht mehr, und deshalb brauchen sie das Akkordeon.« Der Junge war vielleicht dreizehn. Er hörte so abrupt auf zu sprechen, wie er angefangen hatte, ebenso mechanisch, als wären die Worte in ihn hineingesprochen worden und er hätte sie nur wiederholt.

»Und du kannst das auch im Hocken?« Sie sah, wie Jeff sich umdrehte und in Richtung Treppenhaus ging.

»Willst du uns das nicht mal vorführen?« Der Junge antwortete nicht, rückte aber ins Bild, eingezwängt unter Jeffs Arm, der ihn vor sich aus der Tür schob und die Tür zumachte. Sie hörte die Stimmen leiser werden und im Treppenhaus verschwimmen.

»Wie heißt du?«

»James.«

»Und weiter?«

»Den Nachnamen sage ich erst, wenn ich hierbleiben kann.«

»So ist das.«

Sie schloß den Bretterverschlag ab, klappte den Deckel des Glasbehälters herunter und schaltete das Licht aus. Kurz vor dem Büro hatte sie sie eingeholt.

»Das ist James. Ich habe ihn gerade getroffen.«

Sie sah den Jungen eine ganze Weile an.

»Er kann Akkordeon spielen wie die Russen«, sagte Jeff.

»Tatsächlich? Wie die Russen? Und was weißt du von den Russen?«

»Sie machen nie das, was wir machen. Sie wachsen einfach nur auf«, sagte James und legte den Kopf zur Seite. Die Daunenweste stand ihm wie ein Paket um die Oberschenkel.

»Ist das immer so?«

»Ich weiß nicht, ob das immer so ist, aber das ist alles, was ich weiß.«

»Und woher weißt du das?«

»Meine Tante hat es mir erzählt, und auch wenn ich nicht alles glaube, was sie erzählt, das glaube ich schon.«

»Erzählt deine Tante viel von den Russen?«

»Sie erzählt mir alles, was ich wissen will, und wenn ich sie nach den Russen frage, dann erzählt sie auch das.«

»Deine Tante kennt sich wohl gut aus?«

»Er ist hier, um dir zu sagen, daß er Schauspieler werden will«, sagte Jeff.

Sie achtete nur auf den Tonfall des Jungen, auf das Zucken seiner Arme und wie er den Kopf hielt. Er war keinen Schritt weiter ins Zimmer hereingekommen. Er stand an der Tür und hielt seine Hände leicht eingeknickt an den Hosennähten. »Wie alt bist du eigentlich?«

»Vierzehn«, sagte er. »Vierzehneinhalb. Aber ich kann schon eins mit achtzig Bässen spielen.« Seine Beharrlichkeit machte ihn älter, als er war, und sein ganzes Glück hing jetzt von dem ab, was sie sagte.

»Du müßtest vielleicht eine Menge Text behalten.«

»Das kann ich.«

»Das ist harte Arbeit.«

»Ich kann hart arbeiten, wenn man hart arbeiten muß.«

»Und du müßtest aufhören, diesen Unsinn zu reden.«

Der Junge reagierte nicht. Erst, als sie ihm die Hand hinstreckte, kam er näher, kippte den rechten Handrücken nach unten und ließ sie seine feuchte Handschale fassen.

Sie sah ihm nach, wie er, sein Beutelchen über der Schulter, vom Treppenabsatz verschwand, hörte sein unregelmäßiges Atmen noch ein Stockwerk tiefer, dann nicht mehr. Sie hatte es nicht gewagt, ihm die Kammer neben dem Büro anzubieten, die noch leerstand.

Der Junge hat gar keine Tante, hatte sie später zu Jeff gesagt. Er schläft nebenan, in einer windstillen Ecke, auf alten Ausgaben der ›New York Times‹, und manchmal wird er darin lesen und nur die Hälfte verstehen, und das kommt dann dabei heraus. Sie hielt absichtlich das Gesicht von Jeff abgewandt. Als könnte er überhaupt verstehen, wie unangenehm es ihr war, daß Lehrbuchstoff, den sie für verlogen gehalten hatte, stimmte.

Der Junge war der einzige, an den sie auf diese Weise eine Rolle vergeben würde.

Jeff zuckte die Schultern und setzte eine Annonce in die ›Time Out‹.

Als die ersten zum Vorsprechen kamen, stand Christiane hinter der Jalousie am Fenster im ersten Stock. Es war Anfang April, und die Sonne erreichte schon mittags das Dach gegenüber. Mit Daumen und Zeigefinger drückte sie zwei Lamellen auseinander.

Die Schauspieler trugen Kleidung, die ausstellte, was sie anzubieten hatten. Ein Gesicht, einen Bartansatz, muskulöse Beine und Solariumsbräune bis zur Hüfte hinunter. Sie kannten sich nicht, und es sah aus, als hätten sie keinen Grund, sich darum zu kümmern. Sie begnügten sich damit, einander zu übersehen. In den Off-Off-Theatern ringsum wurden Aufführungen gewöhnlich inszeniert wie Kataloge, aus denen sich die Agenturen das beste heraussuchten.

Haut gehört zum Showbiz, hatte ihr jemand gesagt. Die Schauspieler da unten betraten das Haus wie Menschen, die von überall mitnahmen, was sie brauchten, und weiterzogen, wenn es ihnen verweigert wurde. Elegant und selbstgefällig.

Sie dagegen verstand sich nur auf die leisen, die verhüllten Spielweisen. Sie wußte, wie man den Chor Wahrheiten sprechen lassen konnte wie Galanterien.

Sie trat vom Fenster zurück. Damals hatte sie sich immer die Betonung gewünscht. Aber jetzt, als die innere Person des Schauspielers schon auf den ersten Blick sichtbar war, fiel ihr nichts ein. Sie stand im Türrahmen und wußte nicht, was sie diesen Personen geben mußte, damit sie blieben.

Kennen Sie Meyerhold? Wenn Sie Meyerhold kennen, können Sie sich – wenn Sie Meyerhold kennen, dann können Sie sich ungefähr vorstellen, wenn Sie Meyerhold kennen –

Jeff rief durchs Treppenhaus. Er hatte den Saal gefegt und Stühle hineingetragen, für mehr als vierzig Leute, auch wenn nur fünfzehn zu erwarten waren. You never know! Und seit dem frühen Morgen ging die Kaffeemaschine.

Sie pulte mit dem Zeigefinger an einer widerständigen Stelle der Bürotür, Lackstücke spritzten weg. Sie regneten auf die Hosenbeine, auf Schuhspitzen und Bluse, die vorstand über dem Knopf am Bauch. Sie drückte mit der flachen Hand dagegen, und die Bluse stand immer noch vor. Es kam ihr vor, als wäre sie gemeinsam mit der Hose eine viel zu schlichte Kombination, hundert Prozent Baumwolle, und die Jeans war keine Markenware. Sie konnte nicht hinuntergehen mit dem vorspießenden Knopf an einer Hose, die häßliche Konturen zwischen die Beine warf. Es war unmöglich. Solange Jeff die Schauspieler noch nicht hereingebeten hatte, konnte alles noch rückgängig gemacht werden.

Die Jalousie klackerte gegen das Fensterbrett. Die Zeit lief ab. Sie lief, ohne sich darum zu kümmern, daß sie vielleicht an ihr vorbeilief, irgendwo anders weiterging, aber ohne sie und ohne, daß jemand sie vermißte. Das war möglich. Schließlich war es hier schon lange vorher so gewesen, alles war immer schon, auch ohne sie, so gewesen, obwohl das unmöglich zu glauben war. Fünfundzwanzig Jahre wären einfach weggekürzt.

»Jo! Kommst du?«

Jeff würde den Hals hochrecken. Er würde sich über dem Geländer verdrehen, so nervös war er zwischen Menschen, mit denen er nicht umgehen konnte. Nervöser als sie. Er fing Bekanntschaften immer mit Entschuldigungen an. Die Jalousie klackerte.

Als sie schließlich unten ankam, war die Bluse unter ihren Achseln naß. Aber die Schauspieler sahen aus der Nähe betrachtet völlig normal aus.

Als sie anfangen wollte, sah niemand herüber. Die Reaktionen waren anders hier, wo die großartigen Redner herkamen, dachte sie und räusperte sich auffällig in ihre Hand. Gegenüber saß eine Schwarze, mit der sie, ohne zu überlegen, sofort Kameradschaft schloß. Aber auch die Schwarze sah hinüber an die gemauerten Fenster, in die Mappe vor sich auf dem Tisch oder manchmal zu den feuchten Stellen an ihrer Bluse.

»Fangen wir doch am besten damit an: Das Stück spielt in einer kleinen Stadt in Europa. Im Osten ... Es gibt einen Mann, der immerzu am Fenster sitzt und den die Nachbarn besonders freundlich grüßen, es gibt einen Balkon im ersten Stock eines Neubaus, aus dessen Waschbetonwand jemand ein großes Stück herausgeschnitten hat, wie als Schlupfloch für eine Katze, aber in der Wohnung gibt es keine Katze, und niemand weiß, wer dahintersteckt. Es gibt die Friseuse, die nur eine einzige Frisur schneiden kann, und eine entsprechende Anzahl gleichaussehender Menschen. Es gibt die Verkäuferin, die für ein Päckchen Kaffee jedem zu Willen ist, und einen Tankwart, der kein Interesse hat, das Öl nachzufüllen. Es gibt eine Burg, auf die man mit Eseln reiten kann.«

Die Frau gegenüber wölbte die Lippen, pulte mit der Zunge an den Schneidezähnen, als wäre da etwas hängengeblieben, ein Krümel vom Frühstück, dabei mußte sie soeben noch vor dem Spiegel gestanden haben. Rot und unauffällig gekonnt waren die Lippen nachgezogen, als ließen sie überhaupt nur die besseren Sätze zu.

»... das ist einer Stadt bestes und allerreichest Gedeihen, Heil und Kraft, daß sie viel feiner, gelehrter, vernünftiger und wohlerzogener Bürger habe ...« Sie machte einen Fehler nach dem anderen. Vielleicht mußte sie leiser sprechen. Vielleicht mußte sie sich auf den Tisch wie auf einen Barhocker setzen.

»Der Musiklehrer in der kleinen Stadt ist in den Tankwart verliebt, ohne davon zu wissen, sonst hätte es ihn das Lehrerleben gekostet. Es gibt eine Schülergruppe, die sich wöchentlich um das Unkraut vor dem Gedenkstein kümmert, für die Brennnesseln gibt es Körbe, die aus Draht geflochten sind, damit die Erde durch die Maschen durchfallen kann, und an der Korbwand aus Draht und Blättern verbrennt man sich die Haut. Eine Gruppe führt Aufsicht auf dem Schulhof und eine andere sammelt Altpapier und finanziert damit den Aufbau in Mosambik. Und es gibt den Jungen.«

»Es hat keinen Schluß. Ein Stück muß doch irgendwie ausgehen, und dieses Stück hat keinen Schluß«, sagte James nach einer Weile. Er war aufgesprungen. Die Schauspieler sahen sich an, die Körper nah beieinander, und einer tippte immerzu seinen Zeigefinger gegen die Wange. Vielleicht begannen sie nie mit Stücken, von denen sie nicht wußten, wie sie ausgingen.

»Noch nicht. Der Schluß ist nicht vorhersehbar. Er muß sich erst entwickeln. Wir werden damit improvisieren. Sie werden Figuren in sich selbst entdecken, die wir ausbauen können und zu Figuren dieser Stadt machen. Ich will Ihnen nicht vorgeben, was Sie zu spielen haben.«

Der Junge erinnerte sie an irgend etwas. Er ging mit den Hosennähten um, als säßen dort Fliegen. Am liebsten hätte sie ihn wieder auf seinen Platz gedrückt. Die lange Pause strengte an.

»Das ist doch Kinderkacke«, sagte jemand. »Ohne Plot kein Konflikt, keine Motivation und so weiter.« Er warf sich die Jacke über und ging. Sorry. Not for me!

»Man muß nicht immer einen Schluß haben, wenn man keinen braucht«, sagte James plötzlich. »Die Russen spielen immer ohne Schluß. Die Russen spielen auch immer einfach weiter, sie machen daraus ganz lange Lieder.« Jemand lachte.

Ihr Kopf begann auseinanderzugehen. Er ging und ging, bis er so weit von den Händen und dem übrigen Körper entfernt war, daß sie sich nicht mehr rühren konnte. Endlich stand Jeff auf, und sein Mund machte Bewegungen, als ob er sprach. »Laßt sie doch ausreden!« Oder etwas Ähnliches. Es reichte, um den Kopf zurückzuholen.

Und mitten im Satz sah die Schwarze dann plötzlich herüber. Sie hatte die Hände unterm Kinn gefaltet und sah herüber, konzentriert und ohne zu blinzeln. Als wäre sie gerade angesprochen oder aufgeweckt worden.

Später, als sie James zur Tür brachte, sagte er: »Es macht wirklich nichts, daß es keinen Schluß hat.«

Sie hatte ihn schon öfter zur Tür gebracht; nicht, weil es notwendig gewesen wäre oder aus Höflichkeit, sondern, weil er dann vielleicht eine Weile mitten auf der Straße stehen würde. Sie würde ihn dort stehen sehen, unschlüssig, wohin er sich wenden sollte, und vielleicht zurückkehren. Aber er ging, die Füße einwärts gekehrt und ohne sich umzudrehen, zum Hudson River hinunter. Das Betörende an dem Jungen war, daß er erwachsen war, ohne sich darum zu bemühen.

»Ich habe es Ihnen versaut, nicht wahr?« Er stand mit der

Schulter gegen das Türglas gelehnt, damit die Tür nicht zuschlug. »Ich habe es Ihnen versaut. Aber ich kann es wiedergutmachen. Bestimmt. Ich werde den anderen erzählen, daß es nichts macht. Es macht wirklich nichts.« Er mußte während der ganzen letzten dreiviertel Stunde an nichts anderes gedacht haben. Dann ging er wie immer die Straße zum Hudson River hinunter, und die Glastür klickte, abgefangen vom Türschwinger, ins Schloß.

Als sie zurückkehrte, verbrannte sie sich zuerst die Lippen am Kaffee, den Jeff ihr reichte. Er saß vor der aufgeschraubten Thermoskanne, nüchtern und sachlich wie die Sätze, die er benutzte, wenn ihm etwas nicht paßte. Sie drückte die Lippen in den Unterarm.

»Trink erst mal was. Es gibt so Momente, da erinnert man sich nur noch daran, wie schlecht man gewesen ist.«

Sie fand nicht heraus, ob seine Sätze kürzer waren als gewöhnlich. Er hatte die Knie übereinandergeschlagen und sah sie an, wie sie die Jacke auszog und über einen Stuhl warf. Wie sie erneut die Kaffeetasse nahm. Park the body! Sie lehnte sich gegen seinen Rücken, um nicht länger so angesehen zu werden. Jeffs Rücken war warm, und sein Kopf reichte ihr auf diese Weise bis kurz unter die Brust. Jemand, der auf der genau gegenüberliegenden Position stand, konnte sie als Standbild wahrnehmen; sie um ein ganzes Ende größer, seinen Kopf an der Brust wie ein Kind. Im alten Rom hätte man so Theater gespielt, mit einem Rahmen um alles und gestellten, sekundenlang eingefrorenen Bildern. Der Rahmen gefiel ihr. Sie stellte den Jungen da hinein, so, daß er stolz aussah, wie er im Keller durch die Latten des Verschlags hindurch ausgesehen hatte. Sie stellte auch die Kleinstadt hinein, mit dem Prinzenteich, dem Automobilwerk und dem Loch in der Balkonummantelung. Es war eng. Bei normalen Ausmaßen einer Bühne konnte man so mit drei, höchstens mit vier Schauspielern gleichzeitig arbeiten.

»Na siehst du.« Jeff sprach über die Schulter zu ihr hoch.

»Jetzt machst du schon wieder den Eindruck einer halbwegs durchbluteten Person.«

»Konnte damit irgend jemand was anfangen?«

»Einer hat zumindest seine Mappe liegengelassen.«

»Höchstens diese Frau –«

»Margerit.«

»Ja. – Täuscht vielleicht auch.«

»Hör mal. Weißt du, was so klingt?« Er schlug mit den Knöcheln von unten gegen die Tischplatte. »Mißtrauen klingt so. So dumpf.«

Margerit kam zwei Tage später und bewarb sich mit einem Monolog, der ihrer Hautfarbe entsprach. Bevor sie anfing, bat sie um ein Glas Wasser, und als sie ging, war das Glas voller Lippenstift.

Christiane hielt es zuerst für einen Versuch, sich lustig zu machen. Dann stellte sie fest, daß Schauspieler, die sich hier bewarben, hauptsächlich Typen reproduzieren konnten. Sie hatten nur das Dürftigste gelernt und mußten sich ganz auf ihr Äußeres verlassen. Sie spielten immer das gleiche und veränderten den Typ nur, wenn ihr Alter sie dazu zwang.

Jeff grinste. »Was hab ich gesagt?« Er sah vom Sägebock hoch, und das Kellerlicht traf sein Kinn. Vor Tagen hatte er die Spanplatten in einem Handwagen besorgt. Jetzt lief regelmäßig die Kreissäge, und überall roch es säuerlich trocken nach Holzleim. Er führte die Spanplatte am Sägeblatt entlang wie Glas und markierte deutlich die Stellen, bevor er den Bohrer ansetzte. Sein fleckiges, kariertes Hemd hing ihm offen von den Schultern.

Jeff arbeitete mit Präzision, damit es nicht aussähe, als würde er sie drängen. Manchmal ließ er den Jungen die exakte Bemessung der Winkel überprüfen. Stunden brachte er damit zu, ihm einzelne Handgriffe zu erklären, das Funktionieren der Scharniere, die Berechnung des Lots.

Aber manchmal kam er während des Vorsprechens nach oben in den Bühnenraum und stand überraschend in einer Ecke. Sein Kopf im Dunkel neben dem Vorhang war kaum zu erkennen. Er sagte nichts und zog sich zurück, bevor das Vorsprechen beendet war. Aber sie sah ihn, wie er da stand und auf etwas wartete, von dem sie nicht wußte, was es war. Oder er beobachtete sie beim Telefonieren. Er beobachtete, wie sie die Kisten mit den Kostümen ausräumte, die ihre Vorgänger hinterlassen hatten. Jedesmal hatte sie das Gefühl, er schliche ihr nach. Aber es fiel ihr schwer zu unterscheiden, ob er das Theater meinte oder sie.

Bevor sie nach unten ging, hatte sie die Bürotür bisher immer hinter sich abgeschlossen. Sie besaßen das Haus nicht allein, und es war schon vorgekommen, daß sich jemand von der Umzugsfirma im Eingang geirrt hatte. Auf dem Schreibtisch lagen die Mappen mit den Bewerbungen der Schauspieler und den großen Farbfotos ihrer Gesichter, und sie hatte Angst, die Mappen könnten verschwunden sein, wenn sie zurückkam.

Die Fotos hatte sie sich lange angesehen. Sie hatte versucht, die Stärke hinter den Gesichtern ausfindig zu machen. Unten im Saal konnten sie reden, und das Reden war eine verführerische Ablenkung. I'm the one! Who, but me. Sie war fasziniert von den Versuchen der Schauspieler, sie irrezuführen, den unverlangt vorgetragenen Episoden, die in der fremden Sprache restlos undurchschaubar blieben. Die Fotos brauchte sie, um sich noch einmal an alle und daran, wie etwas gesagt worden war, zu erinnern.

Jetzt ließ sie die Tür wegen Jeff offen. Wenn er mochte, sollte er sich die Fotos jederzeit ansehen können.

Als sie ins Treppenhaus kam, hörte sie den Jungen Nägel ins Holz treiben, unregelmäßig, weil er manchmal noch abrutschte, mit seinem Hubzwecken-Bizeps, wie Jeff sagte, this hop-o'my-thumb-biceps of yours, wenn er ihn aufziehen oder aufstacheln wollte.

Der Junge war jeden Tag da, und manchmal streifte er durch

das obere Stockwerk, als wollte er sich nun doch einen Platz suchen. Sie sagte nichts dazu. Den Platz mußte sich jeder selbst suchen, und der Junge war inzwischen am weitesten von allen. Ihre Erklärungen nahm er so ernst, daß er die anderen glauben ließ, alles, was sie tat, wäre berechtigt.

James war groß für sein Alter. Sein Aufzug war gefunden, gestohlen oder sonstwie zusammengeklaubt, in öffentlichen Toiletten oder im Fluß gewaschen. In den Klamottenkisten der Garderobe, zwischen Militärmänteln, Galakleidern und verschiedenen Sorten von Hüten, entdeckte sie eine Hose, die ihm paßte. Die Hose würde noch einige Zentimeter unten überstehen, aber sie würde ihn schon viel weniger ausgesetzt erscheinen lassen.

Von den Garderoben führte ein Gang auf die Bühne. Sie war noch zu früh, der nächste Termin lag in einer halben Stunde. Die Bühnenbretter bewegten sich ein wenig, als sie die Bühne betrat, und es kam ihr vor, als liefe sie unter Wasser. Die Geräusche von außen drangen kaum herein, Unterhaltungen schmolzen zu gleichförmigen Tonfolgen zusammen, Schritte verblaßten. Das Sägen war nur ein winziges fernes Zirpen. Es waren Geräusche ohne Ursprung, in die alles hineinzuphantasieren war.

Sie schob den Vorhang beiseite. Der Zuschauerraum lag im Halbdunkel.

Wenn das Mädchen den Kopf drehte, konnte es am Eingang seine Eltern stehen sehen. Die Scheinwerfer waren abgeschaltet, und das Licht der Notleuchte reichte nicht bis in die hinterste Ecke. Seine Eltern standen da und warteten. Als stünden sie in der Schlange vor der Deutschen Oper und es wäre Weihnachten.

Die Karten für den dritten Rang gab es nur zu Weihnachten und mit Anstehen. Wenn sie in der Schlange standen, nahm ihr Vater Christiane auf die Schultern. Von oben konnte sie den kleinen Kassenschalter am Ende der Schlange deutlich erkennen und Lichter, die im Dunkeln über die Spree liefen. Die Leute verbeugten sich vor dem Kassenschalter wie der Mohrenkönig auf der Holzpyramide vor Christus und traten dann glücklich zur Seite. Christiane sah immer schon lange vor ihrem Vater die Bewegung in der Schlange voraus. So war sie viel klüger als er. Es war ein merkwürdiges Gefühl. Sie rutschte auf den Schultern herum und wünschte sich, später ihren Vater so auf die Schultern nehmen zu können.

Die Eltern standen immer noch am Eingang und warteten. Sie gingen vor der Tür auf und ab, klappten mit dem Fuß eine verrutschte Teppichkante um, öffneten die oberen Knöpfe der Mäntel und sahen sich suchend um. Christiane war sicher, daß ihre Eltern nicht ohne sie gehen würden. Sie würden so lange warten, bis ihr Kind aufgetaucht war. Sie würden es nicht allein gehen lassen, obwohl es nun schon groß war und schon viele Male allein irgendwohin gegangen war. Aber sie würden warten. Und sie dachten dabei nie an die verlorene Zeit, sondern immer nur an die Dinge, die dazwischengekommen sein konnten.

Als das Mädchen auf seine Eltern zulaufen wollte, rutschte ihm der Vorhang weg. Er gab den endlos leeren Raum frei, in dem sich der Körper so leicht auflösen konnte.

Christiane streifte im Halbdunkel einen Tisch. Sie griff nach der Tischkante und hielt sich daran fest, bis ihr Körper wieder zu ihr zurückkam. Bis sie wieder auf der Bühne in der Barrow Street stand mit dem Geruch nach Farbe und altem Parfüm und zwanzig hintereinander ansteigenden Sitzreihen, deren Leder verschlissen und voller Brandlöcher war.

In der Nacht wachte sie von einem heftigen Anfall auf. Die Liege zitterte, und es mußte im ganzen Haus zu hören sein. Sie preßte beide Hände um die Stahlfedern, bis das Zittern aufhörte. Es war ein grundloser Anfall. Die Menge der Tränen war mit nichts zu rechtfertigen. Der Kopfkissenbezug war schon durch, und morgen früh waren die Augen zugeschwollen, und Jeff würde voller Ungeduld sein und um die Proben fürchten. Etwas nicht in Ordnung? Hast du dir was getan? Es ist schrecklich, schon morgens einem traurigen Menschen zu begegnen.

Es war mit nichts zu rechtfertigen. Am Morgen huschte sie mit dem Kopfkissenbezug ins Bad und nahm den Fön, damit der Bezug schneller trocknete. Die Nässe steckte in den Zipfeln und in der Knopfleiste und zog sich nur langsam in den Stoff zurück.

Als sie das Bad verließ, saß der Junge auf den Treppenstufen hinter der offenen Flurtür, den Hinterkopf gegen die Wand gelehnt. Er war auf einen gegenüberliegenden Punkt konzentriert und bemerkte sie nicht.

Es war ein stilles Bild, wie er da saß. Die Daunenweste war ihm von den Oberschenkeln zurückgerutscht. Seit es wärmer war, trug er nur noch die Weste. Seine nackten Arme staken daraus hervor.

Sie blieb stehen. Die bewegungslose Anwesenheit des Jungen machte den Abschied von gestern nacht endgültig. Sie betrachtete den Jungen im Gegenlicht, das durch die hohen Fenster im Treppenhaus fiel und seine Arme zu dünnen Schienen einschmolz. Spillerig. Er hielt sie auf die Knie gestützt; zwei unsichere Gestalten, die sich keiner Lenkung unterwerfen wollten. Er war in der unbetonten Einsamkeit von Häuserecken und Bürosilos aufgewachsen, und die Unsichtbarkeit gehörte ihm an wie die Weste.

Sie lächelte, während sie ins Büro ging. Die Bürotür schloß leise. Die Hose für den Jungen hing über der Stuhllehne, und sie strich einen Fussel vom Stoff. Auch die Mappen lagen noch da. Sie begann sie durchzusehen, um schließlich in der Stille des Büros fünf Schauspieler auszuwählen.

Sie wollte von ihnen, daß sie still saßen. Eine Viertelstunde, ohne sich zu rühren. Das war das Wichtigste, was sie für das Stück brauchten, und Christiane verlangte es von ihnen, bevor sie einen Text gesprochen oder irgend etwas anderes getan hatten. Es war schwierig, weil sie sich ganz auf die Stille konzentrieren mußten, und dann das Jucken ausbrach wie das Husten in der

Oper. Sie waren mit Zeugnissen und großformatigen Porträts gekommen, aber sie kratzten sich an der Hüfte oder niesten, sobald es über fünf Minuten hinausging.

Sie wollte den Atem so leise und gleichmäßig, daß er sich in das Atmen der anderen einfügte. Gemeinsam. Ich will ein gemeinsames Atmen. Ein. Aus. Pause. Ein. Aus. Pause. Ihr seid eine Gruppe, also laßt mich eine Gruppe sehen!

Theaterarbeit war keine Kunst. So, wie sie es gelernt hatte, war es harte körperliche Arbeit, wie ein Tunnelbau, aus dessen unterirdischer Dunkelheit man sich mühevoll herausgraben mußte. Am Anfang gab es nur die allen sichtbare Oberfläche, und solange man nicht darunter ging, war es kein Theater.

Sie zog zwei Kreidestriche quer über den Fußboden, an denen sie die Schauspieler einer hinter dem anderen entlanglaufen ließ. In der Kleinstadt liefen die Menschen geradlinig, und die wenigen anderen taten so. Das So-tun funktionierte am besten mit einem kurzen, eingebauten Zwischenschritt, der an den Strich zurückführte.

»Den Strich nehmen wir später noch weg.«

Margerit tat gelangweilt. Einer fing an zu lachen, zwei, dann eckten sie ungelenk und absichtlich aneinander an, und sofort fielen sie in ihre alten Rollen zurück. Es gelang ihnen nicht, ihre Körper frei zu machen von festen Vorstellungen. Wenn sie anfingen, sich zu bewegen, waren sie immer schon die Person, die man ihnen beigebracht hatte. Auf privaten Schauspielschulen, in Workshops oder den wenigen, überteuerten Kursen einer Hollywoodberühmtheit. Sie achteten nur darauf, sich voneinander abzuheben.

Und trotzdem spürte sie immer noch Dankbarkeit, diese ewige Selbstverkleinerung, die jeder erfolgreichen Inszenierung im Weg stand. Sie war ja dankbar. Sie durfte hier sein und arbeiten. Aber trotzdem wollte sie keine standardisierten Reproduktionen der amerikanischen Welt liefern, nichts von dem, was sie in den anderen Off-Off-Bühnen gesehen hatte.

»Noch mal von vorn bitte. Konzentriert euch! Achtet auf jede eurer Bewegungen. Ich will, daß ihr erst mal alles vergeßt.« Für das Vergessen hatte Jeff eine Bretterkonstruktion entworfen, die sich an der Wand des Probenraums entlangzog. So erschien der Ort, an dem sie probten, fremd. Die Konstruktion bestand aus einer doppelten Reihe von Holzbrettern mit Nietenverbindungen, in die Quadrate gesägt worden waren wie Fenster, mit Gaze bespannt. Zwischen der ersten und der zweiten Reihe verlief ein erhöhter Gang, der so breit war, daß ein Mensch bequem dort entlanglaufen und das Geschehen im Inneren des Saales beobachten konnte. Es war ein aufwendiges Mittel. Man betrat diesen Raum nicht mehr nur durch eine Tür, sondern zusätzlich durch eine zweite, die Teil der Konstruktion war. Aber sie hatte erwartet, es würde ausreichen. Mit der Umgebung veränderte sich gewöhnlich auch die Art, sich zu bewegen.

»Die Hände, James, achte auf deine Hände. Noch das kleinste Zucken ist wichtig.«

James fing an, wie Chaplin an der Bretterwand entlangzulaufen, und starrte dabei auf seine Hände. Bei jedem Schritt knickte er die Knie ein.

»Gut so. Und wenn ihr jetzt noch weniger aneinander vorbeilaufen würdet, als wärt ihr Luft – Ihr seid eine Gruppe, eure Bewegungen hängen nicht nur von euch allein ab.«

»Aber das tun wir doch!« Margerit stöhnte und warf sich auf einen Stuhl. »Wir gehen hier seit einer halben Stunde zu fünft im Kreis. Das ist eine Gruppe. Was denn sonst?«

Nicht jeder konnte von draußen auf sich selbst sehen, von der Barrow Street oder von sonst einem außerhalb gelegenen Ort aus, auch Margerit nicht. Das war keine Frage der Übung. We are a group! Sie standen da und sahen sie an, fünf Einzelwesen, scharf konturiert und voneinander getrennt und so, als hinge alles von jedem allein ab. »Willst du, daß wir alle dasselbe machen?«

»Ich mache nie das, was andere machen«, sagte James.

»Nicht dasselbe. Aber durch die anderen werdet ihr doch erst zu einer Figur!«

»Ich mache nicht das, was andere machen, weil das, was andere machen, die anderen machen und nicht ich«, sagte James wieder.

»Der Rhythmus der anderen, James, wie in den Liedern. Du brauchst dich nur in diesen Rhythmus einzufügen. Das kannst du doch, oder?«

»Ich kann es versuchen, aber versprechen kann ich es nicht.«

»Also ich weiß nicht.« Margerit holte Luft und ließ sie laut aus ihren rotgeschminkten Lippen wieder aus. »Ich weiß nicht. Ich glaube, ich verstehe meine ganze Figur nicht.«

»Du hast noch gar keine Figur. Keiner von euch hat eine.«

»Aber wenn ich hier stehe, muß ich doch eine Figur haben. Was denn sonst!« Für Margerit lag der Saal, in dem die Barrow Street weder zu sehen noch zu hören war, immer noch in der Barrow Street, und sie hatte es in drei Wochen Arbeit trotz der abgedichteten Fenster und der Holzkonstruktion nicht geschafft, das zu ändern. Die Schauspieler beharrten auf einer Figur, als wäre die Figur ihr einziges Versteck.

Jeff kam von der Empore herunter. Er mußte eine ganze Weile schon da gestanden haben, im Halbdunkel hinter der Gaze, ohne daß sie ihn bemerkt hatte. Es war keine Tür gegangen. Von dort aus hatte er den Übungen zugesehen, dem langen Einatmen, der Phase des Stillsitzens und einer ganzen Palette von Bewegungen, unter denen er sich nichts vorstellen konnte. You're asking the wrong man! Jetzt blieb er auf der obersten Stufe stehen.

Die Schauspieler sahen ihm entgegen, als wären sie für jede Ablenkung dankbar. Aber vielleicht bildete sie sich das auch nur ein.

Jeff strich mehrmals schnell mit der geöffneten Hand über die entgegengesetzte Seite seines Kopfes. Er war ungeduldig. Je länger die Proben dauerten, desto weniger schien er einverstanden mit dem, was er sah. Keine Kleinstadt der Welt konnte ihm sein

Geld zurückgeben. Don't be stupid. I love it. I said, it's o.k. I love it. Aber seine Haltung war eine andere.

»Tja«, sagte Jeff und strich über sein Kinn, als trüge er Bart.

»Tja«, sagte Margerit.

»Tja«, hätte am liebsten auch Christiane gesagt und alle Fenster aufgemacht, die es nicht gab.

Aber vorher sagte James in seiner Chaplin-Pose plötzlich: »Die Russen haben das in den Liedern. Wir müssen das doch auch haben. Wenn wir nicht die Russen sind, müssen wir das woanders haben.«

»Wo sollen wir was haben?« sagte Jeff.

»Vielleicht haben wir das beim Baseballspielen.«

»Beim Baseball?«

»Wir haben das bestimmt beim Baseballspielen. Beim Baseball müssen alle gemeinsam spielen. Da nennen sie das im Team spielen.« Die Schauspieler sahen sich an. Erst sich und dann den Jungen.

Seit James die Hose aus dem Fundus trug, war er nicht mehr so ängstlich. Sie paßte ihm noch nicht, aber Christiane hatte die Aufschläge umgenäht, und sie schien ihm zu gefallen. Er hatte heimlich die Kammer neben dem Büro bezogen, und gegen zehn hatte sie ihn regelmäßig aufs Klo gehen gehört und dann das Schaben seiner Kleidung, wenn er sich auszog. Als sie ihn gestellt hatte, war er nicht ausgewichen. Ich muß hierbleiben, hatte er gesagt. Die Hose wird geklaut, wenn ich nicht hierbleibe, weil alles, was man hat, geklaut wird, wenn man schläft. Und deshalb darf man nicht schlafen, auch wenn man schlafen muß, sagt meine Tante. In der Kammer neben dem Büro konnte er ungestört schlafen und seine russischen Lieder spielen, die nicht russischer waren als die ›New York Times‹. Sie störte das nicht.

Die Lieder waren seine Träume, und in den Träumen lagen die Fakten klar auf der Hand. Es gab Verschiebungen, Menschen mit falschen Gesichtern, merkwürdig kahle Orte, aber Tatsachen blieben Tatsachen. Die Statistik der Kleinstadt sagt, daß sich die Einwohnerzahl auch über einen Zeitraum von mehr als zwanzig Jahren nicht verändert, kleine Schwankungen durch geburtenstarke Jahrgänge eingerechnet.

Während die Schauspieler sich ansahen, legte Christiane eine Hand neben die andere vor sich auf den Tisch. »Das ist doch mehr eine Thematik des Sports«, sagte sie.

»Kein Grund, es nicht auszuprobieren«, sagte Jeff.

»Hey, Jamey«, rief jemand, »als Kind wollte ich immer zu den Giants.«

»Der einzige Weg, zu sagen, wer ich bin«, dozierte Margerit, »geht über meinen Körper.«

Als Jeff, den Arm voll gleichfarbiger Hemden, wieder heraufkam, hatte sie immer noch vor, die Sache richtigzustellen. Die Konzentration auf kleinste Bewegungseinheiten des Körpers hatte nichts mit der Körperlichkeit von Baseballspielern zu tun. Aber sie stülpten sich die Hemden über den Kopf, zupften daran herum, machten Handstände, um zu testen, ob es saß, und knufften sich abschließend in die Seite. Es gefiel ihnen.

Dieselben Schauspieler, die sich gerade noch gegen jeden gemeinsamen Rhythmus gewehrt hatten, zogen ohne ein Wort Hemden an, die sie vollkommen gleich aussehen ließen. Ihre Steifheit schien darin verschwunden. Plötzlich glühten sie vor Erwartung, rissen Witze und erzählten sich, wie sie als Kinder waren. Und bei all dem schienen sie kein bißchen erstaunt über sich selbst.

Möglicherweise zogen sie die Hemden nur an, weil es ihnen ein Amerikaner gesagt hatte.

Aber Jeff hatte nichts gesagt. Er hatte die überzähligen Hemden in eine Ecke geworfen und saß unbeteiligt auf einem Stuhl. Er sah zu, wie jemand einen Wurf imitierte, dabei weit ausholte, als sollte der Ball über die Bretterwand hinausgehen und weiter, bis auf die Straße und über die Straße hinweg, und wahrscheinlich sogar bis an den Rand von Manhattan und auch von da aus noch weiter, und zwar direkt auf ein Feld irgendwo in Michigan, um in einem gelben Haus zu landen, und als sein Gegenüber reagierte und den Ball kurz vor der Bretterwand abstoppte, schlug Jeff ein Bein über, legte die Fingerspitzen zusammen und sagte: »Können wir jetzt arbeiten.«

Christiane nickte, ohne sich zu rühren. Vor ihr standen fünf gleichaussehende Schauspieler, einer saß und ließ seine Phantasien gehen, und sie hatte geglaubt, ein Brettergestell wäre ausreichend. Eine Konstruktion, die die Umgebung veränderte. Aber ihre Arbeitsweise war den Schauspielern so fremd wie für sie die Regeln eines Baseballspiels. Man hätte sie auf das Spielfeld stellen können, und sie hätte sich nicht zu bewegen gewußt. Auch Schauspieler konnten unmöglich spielen, wenn ihnen jede Verbindung zu dem, was sie kannten, fehlte. Sie brauchten einen vertrauten Ausgangspunkt wie die Hemden, der es ihnen erlaubte, die Rollen zu vergessen, unter denen sich ihr Körper versteckt hielt.

Noch einmal ging sie an die Bewegungen. Ein Laufen, ein Hinsetzen waren erst dann gut, wenn es alle Geschmeidigkeit verloren hatte. Die Schauspieler keuchten vor Anstrengung, die ihnen das eckige, unförmige Hinsetzen bereitete. Aber sie ließ die Übung noch viermal wiederholen, und mit jedem Mal wurde es besser. Sie sah die Aufmerksamkeit in den Gesichtern, die ganz auf die Muskeln und ihr Zusammenspiel konzentriert waren, und am Ende setzte sich jeder ohne Anstrengung auf eine merkwürdige und ihm doch eigene Weise.

Von irgendeinem Punkt an versuchte Jeff, auf ihre Armbanduhr zu sehen. Sein Kopf kroch näher an sie heran, aber ihre Uhr war unter dem langärmeligen Hemd verdeckt. Er versuchte auf die Uhr zu sehen, als wüßte er nicht mehr zu sitzen. Als sie ihren Arm wegnahm, nickte er in Richtung der Schauspieler. »Was soll das werden?« Is this some kind of Bolshevik gesture?

James trat in die Kreismitte vor. Er stopfte das Hemd in der Hose fest und ging in eine Pose, die ihn zaghaft und unhörbar

Platz nehmen ließ. Er kniff die Augen zusammen, während er sich, den Oberkörper leicht vorgebeugt, immer tiefer auf den Sitz herunterschraubte.

Christiane vergaß, sich um Jeff zu kümmern, und skizzierte ein Strichmännchen von James ins Notizbuch: So tritt der Junge auf den Balkon, wenn er begreift, was eine Wanze ist, und erst viel später wird er begreifen, daß er selber die Wanze ist. Und wenn keine Wanze da ist, wird er die Wand sein, in der eine Wanze steckt. Und während er noch dabei ist, das zu begreifen, kann er schon nichts mehr dagegen tun. Seine Kinderstimme, die langsam anfängt zu springen, schallt über den Spielplatz, zwischen die Menschen am Ruderteich. Er hört die Frauen am Förderband mit den Männern Ecken verabreden, in denen nach Feierabend angefaßt werden darf, und kennt die Regungen dieser Menschen so gut wie sich selbst. Sie leisten sich nicht viel, aber sonntags oder an runden Geburtstagen werden sie anfällig für das Außergewöhnliche, das sie unvorsichtig werden und ihre Gedanken anecken läßt. Das sie erzittern läßt, sobald jemand überraschend vorübergeht und sie dabei erwischt. Sobald jemand wie der Junge, der diese Regungen kennt, ohne ein Wort an ihnen vorübergeht.

»Na schön. Alle tragen dieselben Hemden. Und seit sie die Hemden tragen, können sie sich ein bißchen besser verrenken. Sonst noch was?« Jeff verließ vor Probenende den Raum. Sie bemerkte es zu spät, um ihn zurückzuhalten. Nur den Satz hörte sie nachklingen und wie die Tür zuschlug.

Nachts setzte sie sich an den Schreibtisch im Büro und sah im Lichtkreis der Lampe die Skizzen durch. Sie arbeitete. Die Träume hatten aufgehört.

Als Jeff nach elf mit seinen kurznägligen Fingern gegen das Türglas klopfte, war sie erschöpft, aber sie hatte zum ersten Mal das Gefühl, es ginge voran. Auch wenn Jeff nichts davon bemerkt hatte.

Er trug das Shirt mit den Sternchen auf der Brust, für das er sich schämte und das er trotzdem trug. Er mochte es, ihr dabei zuzusehen, wie sie es ihm auszog.

Diesmal zog sie ihm das Shirt nicht aus.

Als er später nach oben ging, lag das Zimmer konturlos im Durchgangsgrau der Morgenstunden. Die Jalousie trat in das Fenster zurück, das übergangslos die Farbe der Wände erreichte. Jeff zögerte.

Er suchte nicht seine Schuhe, als er sich im Zimmer umsah. Er blieb vor der Liege stehen. That's money down the drain! Wasted on some stupid aerobics. I thought we were doing theater! Er stand vor der Liege, als sollte sie seine Ader am Hals wachsen sehen. Dann schlüpfte er in seine Latschen und ließ es. Er küßte sie noch einmal am Oberarm, aber nur, um mit der rechten Hand nach dem Haargummi unter der Liege zu angeln. »Du bist eine großartige Dramatikerin«, sagte er. Es klang ironisch. Aber sie konnte sein Gesicht dabei nicht erkennen.

Vielleicht begann Jeff schon an diesem Morgen, ihre Sachen zu durchsuchen. Als hätte sie Antworten wie Reste von sich in den Schreibtischschubladen versteckt. Zwischen den Geschäftsbriefen. In der Kaffeedose. Etwas, was ihm eine Richtung, irgendeinen Hinweis gab. Das kleinste Geräusch schreckte ihn auf, und bevor er anfing zu suchen, prägte er sich präzise die Lage der Gegenstände ein. Trotzdem hinterließ er Spuren; unmerkliche Verschiebungen der Kaffeedose auf dem Schrank, eins seiner Haare im Schreibblock. Sie wurden zum Auslöser der Arbeit, und deshalb unternahm sie nichts dagegen. Eine komplette Szene schaffte sie in zwei Stunden, nachdem wieder Splitter seines abgekauten Nagels auf einem Briefumschlag gelegen hatten.

Er war aufgebracht vor Neugier, schlich sich in die Proben, schlich wieder hinaus und wäre in ihren Kopf geschlichen. So schlich er sich an die Ordner im Büro im zweiten Stock, unhörbar vom Gang aus. Im Glaseinsatz der Tür warf sein Körper einen flüssigen Schatten. Er mußte reglos am Schreibtisch stehen, angespannt bis in die Muskeln am Hals. Durch die halboffene Tür strömte Luft, Frühlingsluft, ein berauschender Flaum auf seinen Unterarmen, über die im Gegenlicht der Aktenordner mit den Skizzen für die fertigen Szenen ragte.

»Ich möchte gern wissen, wie du jetzt riechst.«

»Was?«

»Ich möchte wissen, wie du riechst.«

»Wie soll ich denn riechen? Ich hab das gleiche Rasierwasser wie sonst, und du hast mich noch nie danach gefragt.« Mit Wucht schlug er den Ordnerdeckel herunter auf seine rechte Hand, die zwischen den Deckeln klemmen blieb. Er mußte denken, sie stünde schon ewig hier. So langsam wie möglich zog er die Hand heraus, zum Abhacken, Wegzaubern, Einschmelzen langsam.

Sie beschäftigte sich mit ihrer Hosentasche. »Ich würde es gern wissen.«

»Das ist doch keine Liebesgeschichte, oder? Das war doch noch nie eine.«

»Nein. Aber als ich dich das letzte Mal gerochen habe, haben wir beide so getan, als wäre es eine. Ich möchte nur sicher sein, daß du immer noch so riechst.«

Etwas mußte ihm einfallen, und es mußte sehr gut sein. »Wir arbeiten hier zusammen, und es ist keine Liebesgeschichte, nicht mal eine Affäre. Warum willst du das dann wissen?«

»Sind dir noch nie Leute begegnet, bei denen du auf Anhieb wußtest, mit denen verträgst du dich nicht? Nur wegen ihres Geruchs?«

»Ohne überhaupt mit ihnen zu sprechen? Nein.«

Sie betrachtete das Tuch aus ihrer Hosentasche, intensiver als es für ein Tuch nötig war, das seit Wochen in dieser Hosentasche steckte. Als könnte das Tuch, zwischen den Requisiten herausgefischt, in die Heimat einer bestimmten Situation zurückführen.

»Außerdem haben wir schon miteinander gesprochen.«

»Ja. Aber davor war es eine Affäre, und da nimmt man Gerüche anders wahr.«

»Und?«

»Von hier aus kann ich das nicht feststellen.« Sie berührte seine Brust direkt zwischen den beiden obersten Knöpfen des Jeanshemdes. Die Heimat von Erinnerungen war nicht übertragbar.

Jeff fing ihre Hand ab. Dann schien er sich zu erinnern, daß der Ordner, den er mit Mühe und Not auf den Tisch geschoben hatte, auffällig schief stand. Er ließ die Hand wieder los und schnippste hastig einen Knopf nach dem nächsten auf. »Und?«

»Ich rieche gar nichts. Das muß von deinem Körper kommen.«

»Ich werde mich in diesem Büro nicht ausziehen. Ich schwitze und außerdem –«

»Das beeindruckt mich gar nicht. Hier. Nimm das Tuch. Schieb es dir unter die Sachen, dann riecht es wie du. Na los!« Es war ein spezielles Tuch, teures Material, das Körpergeruch über längere Zeit speicherte. Er benutzte es wie einen Lappen, mit dem man Schallplatten von Staubteilchen befreite. In Jeffs irritiert ruckender Hand lag das Tuch wie aufgebahrt.

»Nun mach schon.«

Er schrubbte einmal von der Brust zum Bauchnabel hinunter. Dann gab er ihr den Lappen zurück.

Der Mörtel hatte den Schlehengeruch aufgesaugt, nur ein Schweißfilm war noch übriggeblieben. »So ist das.« Sie zog das Tuch mit den Fingern glatt und legte es zwischen die Ordner auf dem Tisch.

Jeff knöpfte sein Hemd wieder zu. »Jo, ich finde, du bist mir jetzt eine Erklärung –«

»Christiane. Ich heiße Christiane.«

»Seit wann das denn?«

»Schon meine Eltern haben mich so genannt.« Es gab eine winzige Pause.

»Also gut: Chris. Aber ich finde trotzdem, daß du mir langsam eine Erklärung schuldig bist.«

Er stand am Schreibtisch und tat so, als wäre die Tatsache, daß sie jetzt Christiane hieß, noch das normalste von allem. *Chris.* Er hatte sie sich sofort in seinem Amerikanisch zu eigen gemacht. Aber vielleicht war es das auch. Hier konnte man sich Namen erfinden, so viele man wollte, und keiner kümmerte sich darum.

»Ich habe versucht, eine Situation nachzustellen«, sagte sie dann. »Wie wir das auf den Proben machen. Um dich herum wird eine Situation geschaffen, die du nicht kennst. Und du reagierst darauf, wie du immer auf unbekannte Situationen reagieren würdest. Als du selbst. – Du warst nicht übel.« Für einen kurzen Moment war Jeff irritiert. »Du hast es nicht gemerkt. Du hast gedacht, es wäre ernst, dabei war es eine gestellte Situation, ein Spiel, aber du hast wahrhaftiger reagiert, als du es je tun würdest, wenn du wüßtest, daß es sich um eine gestellte Situation handelt. Es hat funktioniert, nicht? Die Schauspieler verstehen es. Sie halten sich mit dieser Methode für glaubhafter.«

»Ach ja?«

»Ja. Es ist ein Trick. Es kommt darauf an, das Bewußtsein auszutricksen. – Ich wollte dich nicht überrumpeln. Ich wollte dir das nur zeigen.«

»Mit einem Lappen.«

»Ja. Mit etwas aus dem Stück.«

Er stand noch am Schreibtisch, das Hemd halb zugeknöpft und drehte den Zopf über den Handrücken, unsicher, als hätte er sich eine Niederlage einzugestehen. Dann ließ er den Zopf los, der langsam über seine rechte Schulter nach hinten rutschte, und hob den Kopf. »Also gut.« Er ging zur Tür, und an der Tür drehte er sich noch einmal um. Er sah sie an. Er hatte sie lange nicht so angesehen. »Chris also«, sagte er und grinste. »Auch nicht schlecht. Aber sie werden dir Löcher in den Bauch fragen.«

Nachdem Jeff gegangen war, lehnte sie sich an die Wand. Das

Thermometer war in den letzten Tagen gestiegen, und in den Räumen war es auch ohne Heizung angenehm warm. *You are a great dramatist.* Sie sah Jeff zu seinem Computer zurückkehren, wo er seit Tagen die Werbung entwarf, und die Maus unentschlossen hin und her schieben. Er hatte die Computer hierher geholt, er hatte Reparaturen gemacht, und er hatte längst seine Distanz zu ihr aufgegeben. Die Jalousie klimperte. Mit dem Abend traten die Gerüche im Zimmer stärker hervor. Es roch nach Holz und Staub und Büroartikeln und nach dem, was sich täglich auf der eigenen Haut sammelte.

In der Tür hatte er sie angesehen wie damals an der Theke im »White Horse«. Wenn aus einem Computermenschen ein Theatermensch werden konnte, war auch alles andere möglich. Sie stellte sich vor, wie Jeffs Handfläche eng an ihrer lag, trocken, unaufgeregt, ein Händedruck nach der Premiere. Es war nicht schwierig, in dieser Stadt durchzufallen. Es war das leichteste überhaupt. Es war eine fremde Stadt, hundertvierundfünfzig Barrow Street, obwohl sie nur einen Steinwurf von Eisenach entfernt war und sich nicht stärker davon unterschied als Schönheit von Schrecken, wenn sie eng beieinanderlagen.

FOUR
Über Fotografie

Lärm trieb Leah wie Sand in die Augen. Autos stoppten, die Faust auf der Hupe oder im Schoß einer Frau, Fuß auf dem Gas, Excuse me als Freifahrtsschein, die Ampel blinkte Don't walk, Menschen schoben sich zwischen Autohecks und Family, und die Sirenen wie Kaugummiblasen, die gegen Häuserwände trieben, vibrierten, zitterten, bevor sie auf den Gehsteig stürzten und platzten, ungehört im Trappen der Schritte, dem Trappen von Ledersohlen, Plastikabsätzen, zertreten und weggewischt wie Fetzen Papier und Hasch in den Straßen, in die sie sich stürzten, weil sie dazu da waren, die Italiener, Griechen, Juden, ein Russe spielte Mundharmonika, weil sie es nicht aushielten hinter ihren Jalousien, in den schmalen, überheizten Apartments, in denen sich niemand um die Heizung kümmerte, in denen Ritzen geblieben waren im Mauerwerk, die die Aircondition nicht füllen konnte, Ritzen, durch die im Winter die Kälte kroch und im Sommer die Abgase und die Sirenen, die wie die Heizungen niemand abstellte, und die aus den Gullis dampfte, den Taxis zwischen die Räder, daß sie aufgingen in gelben Flammen, und die Sirenen dazu, den ganzen Tag die Sirenen der Polizeiautos, sie blubberten an den Straßenrändern, wurden aufgelesen von den Bettlern und achtlos weggeworfen, weil sie nicht sattmachten, den Spruch nicht befolgten, der ihnen ins Gesicht geschrien wurde, um Gottes abgefuckten Willen einen Penny zu opfern, und vielen Dank sich zu verpissen, wenn das letzte Geld für die U-Bahn draufgegangen war, das waren die Straßen für die Kamera, die berstenden Formate, die selbst hochkant den stürzenden Linien nicht standhielten, den Bögen, Zacken, Goldspitzen, die keine Sonne an ihren Fronten bis auf die Straßen herabließen, in denen der Blues stand, last night I was inside of you, in den Straßen, der Blues in den wandernden Hosen der Schwarzen, die Kneipenbesitzer, die bei Sonnenuntergang auf der Schwelle standen, come in, enjoy die Zigarette im Mundwinkel und die Sirenen, die ganze Zeit die Sirenen, auch nachts, wie Sinuskurven aus schwellenden Lichtern, blau und orange gegen die Hauswände, vermischt mit den Leuchtschriften gaptowermusic mexican food – das brannte und rief die Feuerwehren aus Disneyland, und ein schwarzer Cop stieg aus und schob einem Falschparker die Pistole unter die Jacke –

Leah bog an der Ecke zur 42. Straße links ab. Das Resultat nach der Entwicklung solcher Bilder war ein geronnenes Stillschweigen. Nichts davon fand sie auf den Fotos wieder. Sie sah immer sofort nur die beste Ausleuchtung, die möglichen Perspektiven, komplizierte Farbzusammensetzungen auf einer bestimmten Papiersorte, und sie bewunderte Leute, die sich Mitte der Neunziger mit einer lächerlichen Marlboro immer noch fühlen konnten wie der Cowboy am Feuer.

Ein Mann verkaufte Fleischspieße aus einem wackligen Blechkanister. Er streckte einen Finger aus seinem löchrigen Handschuh nach der Minolta und verwechselte sie mit einer Touristin. »Soll ich mal Sie –«

Sie fand, daß ihr Amerika viel zu vertraut war. Der Central Park sah aus wie der Tiergarten, wenn die Männer der Stadtreinigung die Holzkohlenreste noch nicht beseitigt hatten. Es gab ein paar Unterschiede; etwa die Art, wie Amerikaner das Besteck hielten. Sie aßen nur mit der Gabel. Sie nahmen die Gabel in die rechte Hand, um die linke frei zu haben für die Wanderung unter dem Tisch oder um nach dem Kellner zu schnipsen, was praktisch war, aber nicht ausschlaggebend. Oder die Wasserbehälter mit ihren rostigen Füßen auf allen Dächern. Früher hatten sie die Haushalte der Stadt mit Wasser versorgt, dann hatte man sie nicht mehr gebraucht und einfach stehengelassen. In den Straßen war das genauso: Überflüssiges wurde stehengelassen. Entweder man stellte es am Bordstein ab oder in den Hausfluren, und nach ein paar Tagen fand sich jemand, der es noch brauchte, und dann war es verschwunden. Aber auch in Berlin wurden alte Möbel auf die Straße geräumt.

Sie folgte der 42. Straße bis zur Third Avenue. Den Stadtplan hatte sie auf dem Tisch liegengelassen. Es gehörte zu dieser Stadt, durch die Straßen zu gehen, ohne etwas vorzuhaben. Am Ende schien es, als hätte man eine Menge wichtiger Dinge getan, was gleichermaßen gut und enttäuschend war. Enttäuschend war es, wenn sie in die Wohnung zurückkam, wo sich nichts verändert hatte und sie nur feststellte, daß sie vergessen hatte, neues Klopapier zu kaufen.

Sie kam in eine Gegend, wo breitschultrige Männer ihre Autos neben Verbotsschildern auf dem Gehsteig parkten, und bog später wieder in Richtung Broadway ab. An der nächsten Straßenecke brachte sie ein schwaches Interesse für eine Laterne auf. Das Glas war herausgebrochen, ein Spinnennetz zog sich vom Lampenstiel zum Gehäusedach hoch und verursachte an sonnigen Stellen dünne Reflexe im Glas. Sie entfernte die Schutzhülle vom Objektiv der Minolta, und mit der Sonne knapp über der rechten Hauswand schoß sie ohne abzusetzen einen Film durch. Zwischen einem Auslösen und dem nächsten stand nur die kurze Pause der Neuorientierung, ein Zehntel Veränderung des Blickfeldes. Sie würde so weitermachen, immer einen neuen Abschnitt der Laterne im Visier, während der letzte verschwand, bis sie eine andere Laterne vor sich hatte.

»Hat einen Stein abgekriegt«, sagte jemand hinter ihr.

»Sieht so aus.«

»Du liebst Details?«

Leah drehte sich um. Die Frau war einen Kopf größer als sie. Aber vielleicht nur, weil die Straße leicht anstieg.

»Das ist mein Job.«

»Naturgesetz oder Grausamkeit? Was meinst du?«

»Pech gehabt, würde ich sagen.« Bad luck. Das mußte hier weniger fatal klingen; das Glück war als Möglichkeit immer noch dabei. Dann fiel ihr auf, wie kurz ihre Sätze waren. Wie unfreundlich das klang. Aber die Frau redete schon weiter.

»Kann man davon leben?«

In den Büros mußte gerade Lunchpause sein. Sie konnte jetzt also zur Unterhaltung der Büroangestellten Amerikas beitragen und sagen, daß sie es liebte zu duschen; je nach Tageszeit mit einer Cola oder einem mexikanischen Bier neben sich auf dem Badewannenrand, und daß das mexikanische Bier hier viel billiger war als in Deutschland. Und wenn sie sich die Haare fönte, hatte sie immer Angst, tot umzufallen; den Fön und die feuchte Colabüchse gleichzeitig in der Hand. Aber wer sich die Zeit vertreiben wollte, begann gewöhnlich mit der Frage nach der Uhrzeit oder einer Bemerkung zur Architektur.

»Warum lachst du da?« Die Frau trat aus dem Schatten der Hauswand heraus. Ihr oranges Tuch leuchtete auf.

»Naja. Findest du Sachen, die du nicht kapierst, nicht auch meistens komisch?«

»Das hast du schon herausgefunden.«

»Ja. Ich bin ja nicht mehr fünf. Außerdem ist das nicht besonders schwer, wenn man neu ist und bestimmte Regeln nicht kennt, oder?«

»Es gibt keine«, sagte die Frau leichthin. »Du kannst sie dir ausdenken. Und wo kommst du her?«

»Wo ich aufgewachsen bin?« Ein schmales Wolkenband ließ das Sonnenlicht jetzt nur matt auf die Laterne fallen. Sie hielt die Kamera schräg, um den schwachen Streifen direkt auf der Linse zu haben. Sie wartete mit dem Auslösen, bis die Spinnenfäden kaum merklich vom Wind bewegt wurden. »Wo ich herkomme? Oder wo ich wohne.«

»Hier hat jeder mehrere Adressen.«

»Tatsächlich.« Sie sah zu, wie der Frau langsam das Tuch von der Schulter rutschte. Die schien es nicht zu bemerken. Sie stand reglos, bis das Tuch auf dem Gehweg gelandet war. Leah bückte sich. »Kannst du das noch mal machen? Das war cool.« Es war ein oranges Seidentuch und würde auf dem Bild ein Fremdkörper sein. Es konnte künstlich wirken, hinzugefügt. »Könntest du das noch mal für mich machen? Genauso, mit der Laterne im Hintergrund?« Mit dem Teleobjektiv würde sie es präziser bekommen, aber sie entschied sich dagegen, weil es zu lange dauerte, die Objektive auszutauschen und sich die Frau dann vielleicht nicht mehr an exakt die gleiche Bewegung erinnern konnte. »Laß doch das Tuch einfach noch mal locker runterfallen.«

Leah setzte die Kamera an, aber im selben Moment drückte die Frau ihr die Kamera beiseite.

»Hör auf.«

»Warum?«

»Das ist eine von meinen Regeln.«

Die Kamera noch auf Kopfhöhe, sah Leah die Frau zum ersten Mal länger an.

Sie trug dünnen Lidstrich, die Haare waren fest an den Schläfen zurückgekämmt. Darunter zeigten sich Sommersprossen. Auf den Wangenknochen und am Kinn. Unzählige Pünktchen, auch auf dem Handgelenk, als die Frau ihr Tuch zurechtrückte. Das Tuch stand seltsam gegen die Lederjacke ab. Es paßte nicht zu ihr. »Versteh ich nicht«, sagte sie dann. »Und deinen Namen? Darfst du den verraten?«

»Jo«, sagte die Frau.

»Jo?«

»Ja. Ich hatte noch einen anderen. Aber der ist mir verlorengegangen. Das heißt, an einem bestimmten Tag war er nicht mehr da.«

»Tut mir leid«, sagte Leah und stellte sich vor, wie der Name eines Tages in der Mittagshitze die flirrende Straße entlang verschwindet, während eine Frau am Fenster sich mit dem Schweiß eine Träne aus dem Gesicht wischt. Dann nahm sie die Kamera wieder hoch und erwischte für das nächste Bild den Moment, in dem die Spinnweben vom Wind nach oben gerissen wurden. Die Laterne begann ihr zu gefallen. »Und du bist von hier«, sagte sie, um nicht unhöflich zu sein oder weil sie das mit den Regeln irgendwie nicht begriffen hatte.

»Eigentlich Chicago«, sagte die Frau wieder so leichthin. »Als ich vor zehn Jahren hergekommen bin, hat hier alles ein bißchen so ausgesehen wie die Laterne. Runtergekommen. Willst du sie nicht auch aus der anderen Richtung draufbekommen? Ich kann ein Stück zur Seite gehen.«

Es war nicht wirklich nötig, die Frau hatte dicht am Portal des Backsteinhauses gestanden, aber da sie darauf bestand, wechselten sie die Plätze.

»Fotos sind faszinierend«, sagte die Frau. »Sie haben es nicht nötig, etwas vorzumachen.«

Leah war sicher, daß sie gerade dabei war, einige ihrer besten Bilder zu machen. Die Sonne stand günstig, die Frau redete Unsinn, aber das schien im Moment nicht wesentlich zu stören.

»Sie zeigen das, was zu sehen ist«, sagte die Frau. »Sie verbergen nichts.«

»Achja? – Man kann aber etwas auch so zeigen, als würde es sich bewegen. Wenn man mit gerichteter Verwischung arbeitet, sieht es aus, als raste das Objekt über das Bild. Oder man baut die Komposition so, daß das Bild eine Eigendynamik bekommt und sich von innen heraus bewegt. Guck! Siehst du das?« Das Licht bündelte sich jetzt direkt auf dem Glasboden. Gorgeous, sagten die Amis. »Das ist alles noch superleicht.« Jetzt, wo sie das Bild im Kasten hatte, konnte sie großzügig sein. »Eigentlich nichts Besonderes. Die exzellenten, die Haute Couture unter den Bildern sind nämlich die, auf denen man nichts Bewegliches mehr sieht. Absolut nichts. Keine Bewegung, obwohl sich während der Aufnahme alles bewegt hat.« Sie schraubte einen rötlichen Farbkorrekturfilter auf das Objektiv, aus Angst vor Schatten. »Die zeigen dann echt, wie das funktioniert mit der Bewegung. Du siehst nichts außer statischen Linien; Gebäude, Plätze, von denen die Menschen wie weggewaschen sind. Aber so was will sich keiner angucken, deshalb macht man das nur vereinzelt und mit Spezialtechnik, Stativ und allem Drum und Dran. Da muß man mit Dauerbelichtung arbeiten; fünfzig, sechzig Minuten, so lange, bis schließlich alles, was sich währenddessen vor der Kamera bewegt hat, verschwunden ist. Damit könnte man die Straßen hier fotografieren und hätte am Ende keinen Menschen mehr auf dem Bild.« Sie stellte sich vor, wie das in New York wirken würde; Times Square oder Fifth Avenue wie ausgerottet, riesige Gebäude, und die Fensterscheiben klapperten im Wind –

Die Frau sagte nichts. Sie strich sich die Haare zurück und sah in die Sonne.

»Eine etwas gespenstische Vorstellung, oder?« fragte Leah und nahm die Kamera herunter. »Die Straßen hier ohne Menschen?«

»Nicht gespenstischer als andere Dinge auch.«

Es gab eine Pause, in die hinein der Auslöser klickte, den Leah aus Versehen gedrückt hatte.

Die Frau lächelte.

»Na jedenfalls macht das heute kaum noch jemand«, sagte Leah und war plötzlich wütend. Sie verschloß das Objektiv und schob es in die Tasche, während sie sicher war, daß die Frau ihr immer noch lächelnd dabei zusah, als wäre sie fünf. Der Kameragurt auf der Schulter hatte sich verdreht und drückte.

Die Frau lächelte tatsächlich immer noch. Dann kam sie herüber. Mit einer kurzen, behutsamen Bewegung richtete sie den Gurt auf Leahs Schulter. Leah spürte die Fingerknöchel. »Ich wünschte, ich könnte noch bleiben.«

Der Gurt saß besser, und die Frau ließ ihre Hand keinen Moment zu lange dort liegen. Sie holte eine Visitenkarte aus der Jackentasche, drehte sich dann um und wurde, als sie an der Laterne vorbei und die Straße wieder hochging, kleiner.

Die Karte stammte aus einem Supermarktautomaten. Jo Markert. Adresse in Brooklyn. Leah drehte die Karte eine Weile in den Fingern und versuchte sich an das Gespräch zu erinnern. Sie versuchte an alles zu denken, worüber sie geredet hatte, und es fiel ihr nicht mehr ein. Über die letzten vier Sätze kam sie nicht hinaus.

Auf dem Rückweg holte sie ihre Klamotten aus der chinesischen Wäscherei an der Ecke. Kaum sichtbar klebte der Laden unter einer Feuerleiter, und von der Straße aus war nur die uralte Waage im Fenster zu sehen. Ein Monstrum. Die eiserne Nadel mußte jedesmal über die Hälfte der gesamten Anzeigen kriechen, um ein Pfund anzuzeigen.

»Wie schnell brauchen Sie es denn?« fragte die alte Frau jedesmal unter den Wäschesäcken hervor und lächelte. Das Lächeln hatte ihr tiefe Falten um den Mund gezogen, so daß es sie keine Mühe mehr kosten konnte. Vielleicht hatte sie seit Jahren nicht mehr gelacht, und das Lächeln war einfach da. Es begrüßte sie am Morgen, und es würde bis zum Abend, wenn Leah die Wäsche holte, nicht wechseln.

»Könnten Sie es bis fünf fertig haben?« Anfangs hatte sie sich bemüht, die Reihenfolge der Worte zu verändern. »Ich würde gern gegen fünf wieder vorbeikommen.« Oder: »Um fünf?« Dann hatte sie sich der Beständigkeit des Lächelns angepaßt.

Es brachte Glück. Als sie das dritte Mal ihre Wäsche abholte und dabei das zerkratzte Secondhand-Stativ aus dem Fotodistrikt in der Hand hatte, hatte die Chinesin ihr den zweiten, überzähligen Raum angeboten. Dort wurde Wäsche gelagert, die niemand mehr abholte. Ihr eigenes Apartment in einem baufälligen Haus nebenan war für einen Atelierraum zu klein. You will always get what you want through your charm and personality.

Die Prophezeiung aus einem chinesischen Glückskeks. Die Frau von vorhin ausgenommen.

Die Chinesin hatte ihr beim Aufräumen geholfen. Als Gegenleistung stopfte Leah dreimal die Woche schmutzige Wäsche in große Bastkörbe und sparte auf diese Weise die Ateliermiete.

Ziemlich gerissen, Frau Kollegin, würde Bodo dazu sagen, selbst gerissen, aber gutmütig und mit dem faszinierenden Talent, noch die schärfste Kritik wie ein Kompliment klingen zu lassen.

Headshots hielt Bodo für die beste Art draufzugehen.

Bodo hatte sie in der Lounge des Deutschen Konsulats kennengelernt, inmitten einer Menschenmenge, wo sie betont unauffällig von allen Seiten angestarrt worden war. Man kannte sich.

»Na, Mädchen, neu an der Front, was? Dann komm mal mit. Aber nicht, daß du denkst, ich bin Künstler!« Bodos Haare sahen aus, als hätte er nicht gewußt, in welcher Richtung er sie scheiteln sollte. Sie standen in Büscheln vom Kopf ab. »Ich gehör nicht zu diesem Volk hier. Auch wenn ich jede Woche hierherkomme.« Er nickte einer Frau im Vorbeigehen zu. »Lauter Illusionisten. Aber Kunst kommt nicht von Können, auch Kunst kommt von käuflich, verstehste. Nee, ich bin Fotograf. Damit bin ich ganz zufrieden. Ich bin Bodo«, sagte Bodo, nahm die Hand von ihrem Arm und streckte sie ihr entgegen.

»Haste'n Kaffee für unsere neue Frontfrau?« rief er einer Frau im Hintergrund zu, die sich mit einer Thermoskanne zwischen den Rücken hindurchschlängelte. »Das ist die Kulturtante hier. Die macht auf Soziales. Kümmert sich um die verlorene Künstlergeneration. Deshalb bin ich nämlich hier. Hier gibt's immer was zu futtern. Biste allein?« Er schob sie vor einen Computer. Über den Bildschirm rutschte langsam eine Liste mit Uhrzeiten und Veranstaltungsorten. »Das alles werden wir heute verpassen. Da sind ein paar klasse Empfänge dabei.« Bodo lachte.

»Aber Künstlerin biste doch nicht, oder? Sonst habe ich mich wieder schlecht eingeführt.« Er sah sie an, seine Augen hinter der Brille waren still, sie paßten nicht zu der Aufregung, mit der er seinen Auftritt umgab.

»Wir sind Kollegen«, sagte sie.

»Meine Güte, die Konkurrenz schläft aber auch nie! Haben Sie schon Pläne für heute abend, Frau Kollegin? Erst verführe ich Sie, dann greife ich den Eispickel unter dem Bett.«

»Das mit dem Eispickel macht in diesem Film aber die Frau, wenn ich mich richtig erinnere«, sagte sie. »Das fällt nicht in Ihren Rollenbereich.«

Die Frau aus dem Hintergrund gab ihr einen großen Becher Kaffee. »Zucker ist leider gerade ausgegangen«, sagte sie. »Wenn Sie Zucker mögen, meine ich. Sie sind also neu hier?«

»Die junge Dame ist schon unter meiner Obhut«, sagte Bodo. »Mach dir mal keine Sorgen.«

»Ich bin Fotografin.«

»Oh. Da sind Sie sicher an einem unserer Kataloge interessiert, wir organisieren eine Menge Ausstellungen. Wenn Sie uns gleich Ihre Adresse dalassen könnten –« Sie zog einen Stapel Bögen unter der Kanne auf dem Tablett hervor. »Ich bin Frau Schall.«

»Ich bin Pressefotografin«, sagte Leah.

»Achso«, machte Frau Schall und schob die Kataloge unter die Kanne zurück. »Da werdet ihr euch ja gut verstehen, ihr zwei«, sagte sie, schwenkte mit Tablett und Kanne einen Bogen um sie herum und ging.

»Eigentlich liebe ich alle Menschen«, sagte Bodo und sah ihr hinterher. »Als guter Fotograf sollte man das. Ich fotografiere schließlich keine Tassen.« Er klopfte sich auf die Brusttaschen. Der Taschensaum war an den Rändern geknäuelt und bog sich nach oben. »Haste Zigaretten?« fragte er.

»Ich rauche nur manchmal.«

»Alte Frontgewohnheit.« Er lachte. »Also, worauf warten wir?

Auf nach Soho. Ein Freund von mir gibt 'ne Party. Ein Wahnsinniger. Aber ich mag ihn. Er ist ein bißchen … Hm.« Bodo machte einen Scheibenwischer aus seiner Hand. »Was? Trauste dich jetzt nicht? Du mußt hier Leute kennen, verstehste. Sonst kommste zu gar nichts. Presseausweis haste schon beantragt? Gut. Sonst kannste mit diesen Gelagen hier nichts anfangen.« Er zeigte auf den Bildschirm. »Wenn du den Ausweis hast, funktioniert alles prima. Du kannst hingehen, wo du willst und wo es genug zu essen gibt.« Er lachte wieder. Er schien überhaupt nur sprechen zu können, wenn er gleichzeitig lachte. »Du hängst dir eine Kamera um, und schon kannste mit Michael Douglas seelenruhig über die Qualität der Lachsbrötchen schwatzen.«

Leah verzog das Gesicht.

»Ach«, sagte er. »Ich dachte, ihr Mädels steht auf Michael Douglas.«

Am nächsten Tag ging sie mit der Kamera auf die rote Linie. Die rote Linie verband Brooklyn und Manhattan, kreuzte das Wallstreetviertel, ging quer durch Greenwich Village hindurch, unterhalb des Empire State Buildings entlang und schließlich hoch nach Harlem.

Auf der roten Linie sammelte sich alles, was jemals in den Straßen zu finden war. Es gab Krampenhüte, Frauen mit Rabenschnäbeln an den Fingerkuppen, Schwarze, denen die Hosen in den Kniekehlen hingen, als hätten sie nie genug Platz zum Gehen, Aktentaschen und Jungen in Taucherbrillen. Die Plastiksitze in den Waggons waren so schmal, daß die Hände immer auf die Schöße der Nachbarn gerieten, und früh oder gegen fünf Uhr nachmittags gab es eine unglaubliche Anzahl Hände auf den verschiedensten Schößen.

Sonntags war die Linie Richtung Brooklyn überfüllt mit Frauen in sauberen, gut gebügelten Blusen und Kindern mit Schleifen im Haar. Die Männer rochen nach Kölnisch Wasser wie auf Familienausflügen ins Marburger Schloß, wo man den abgeleckten Zeigefinger ins Gesicht gepiekt bekam, um Reste vom Frühstücksei von der Wange zu rubbeln.

Sie machte Aufnahmen, wenn die Menschen im Gedränge des Ausgangs die Kamera übersahen und nicht rechtzeitig den Kopf abwenden konnten.

Unter der Schutzkappe fand sie die Visitenkarte. Jo Markert, Brooklyn. Haare an den Schläfen zurückgekämmt und dünne Sommersprossen. Bis Brooklyn war sie bisher nie gekommen. Sie schob die Karte in die Tasche zurück und fand, Jo Markert war eine gute Gelegenheit.

Tell me the truth, sagte jemand, und da wachte sie auf; das war die Wahrheit, an diesen Stellen ging es nie weiter. Es war kurz nach zehn und bewölkt. Die Wolken überlappten den Traum. Sie hatte in einer dieser weißen Limousinen gesessen, einer von denen, die so lang wie drei Autos waren. Das Leder der Sitze hatte an ihren Schenkeln geklebt, rotes Leder, sie war allein mit dem Fahrer gewesen und wunderte sich, wie er das Einparken hinkriegen würde, wo es schon für gewöhnliche Autos keine Parkplätze gab. Er parkte einfach nicht. Diese Limousinen fuhren immer nur weiter. Sie hatte ihm vorher die Straße genannt, aber sie mußten längst daran vorbeigefahren sein, das Fahren war ein gleichmäßiger Fluß, sie wollte ankommen und aussteigen, aber sie war unfähig, auch nur die Hand zu bewegen, festgeklebt mit ihren nackten Schenkeln am roten Leder. Sie lehnte sich vor und rief etwas, aber die Worte verjüngten sich mit der Länge des Wagens, an dessen Endpunkt der Fahrer sein mußte. Es war niemand da. Niemand außer einer Gestalt, die unter einem der Sitze hervorkroch, eine Sektflasche in der Hand und mit dem Knall des Korkens nach der Wahrheit fragte.

Der Himmel in der Fensterecke über ihrem Kopf war weiß. Wenn sie jetzt nicht aufstand, würde sie immer in der Limousine bleiben. Eine ewige Weiterfahrt wäre das. Leah stieß die Decke mit den Füßen weg. Der Fußboden war kalt an den Zehen, und sie versuchte, sich an die Gestalt aus dem Traum zu erinnern, bevor die Einzelheiten verschwammen. Sie konnte nur einen Mund erkennen, rot wie die Ledersitze.

Regen strich gegen das Fenster. Sie machte Kaffee. Sie blätterte ein paar Magazine auf und ließ sie liegen. Sie begann, ihre Fotomappe durchzugehen, und sah nur den Traum. Er war unscharf, schlecht aufgelöst wie die Fotos. Die Gestalt hatte keine Umrisse. Es war ein glaubhafter Traum, seine Bilder verwackelt wie Objekte, die man in der Bewegung aufnimmt. Der Traum war um Längen besser als diese Fotos vor ihr. Es waren alte Aufnahmen, Bilder von Hinterhöfen, in denen Tomaten und Hanf gezogen wurden, mit löchrigen Regenrinnen, aus denen das Wasser schon hoch oben über dem Boden herausspritzte, ein rostiges Fahrradgestell ohne Räder an der Wand. Ein Bild von Torsten, wie er mit dem Kopf über der Schreibmaschine hing. Torsten hätte sie wegen ihres Traums der Schwarzmalerei bezichtigt. Er hatte sich vorgenommen, mit einer Stadtteilzeitung die Welt zu retten. Er lebte von den Hinterhöfen, den Kellern im Prenzlauer Berg. Seine Unversöhnlichkeit hatte Leah begeistert. Mit dem Fotoalbum auf den Schenkeln dachte sie eine Weile an seine geschwollene Unterlippe und verzieh ihm die schlechte Qualität und jeden seiner mißratenen Versuche.

Sie war gegangen, bevor die Pelzläuse in die Hinterhöfe gekommen waren, Designer und Architekten aus Erlangen und Bochum. Schon aus Marburg war sie vor dem Pelzlausjournalismus geflüchtet. Torsten hatte sie an jenem letzten Morgen deutlich in Erinnerung, seine verkrustete Unterlippe, über die er mit dem Taschentuch wischte. Sie hätte ihm damals gern etwas Aufheiterndes gesagt. Aber es gab nichts Aufheiterndes, und später hatte er sie zum Flughafen gebracht.

Diese Fotos konnte sie Henry nicht anbieten. Henry war ein Windhund. Aber er war Bodos Freund, und es war keine Frage gewesen, daß sie mit Bodo auf die Party ging. »Halt dich an Henry«, hatte er unterwegs gesagt. »Den brauchste, um an Fotoagenturen zu kommen.«

Die Party fand in einem Loft in Soho statt, das viel zu groß war für die Möbel. Sie bedeckten kaum die Hälfte der blauen Wände. Es gab vier Sofas in diesem Zimmer, und jedes Sofa sah aus, als wäre es verschämt in sich zusammengesunken. Auch die Leute auf den Sofas sahen so aus. Je später der Abend wurde, desto mehr sanken sie in sich zusammen und ineinander. Es roch nach Marihuana und frischem Heu. Hin und wieder ging eine fingerdicke Papierrolle herum, die sie jedesmal ablehnte. Sie war geschäftlich hier. Henry, der Windhund, war mit der Enkelin eines libanesischen Millionärs verheiratet. Im Moment war er betrunken und auf einem der Sofas beschäftigt. Sie hoffte, er würde sich noch eine Weile halten, damit sie mit ihm reden konnte. Es war eine laute Party, aber eigentlich passierte nichts. Man saß da und trank und rauchte, und manchmal kreischte eine Frau. Das war meistens Henrys Frau, die sehr oft und hoch fuck you sagte und diesen Ausbruch in monotonem Blubbern beendete.

Bodo saß auf dem Boden gegenüber, den Hinterkopf an die Wand gelehnt und sah ruhig über den Raum hin. Er schien sich wohlzufühlen, obwohl er außer Henry niemanden kannte.

»Bodos neue Eroberung, ha?« Henry war herübergekommen und stützte drei Finger auf die Sofalehne. »Na, macht nichts.« Seine Augen wankten über ihr Gesicht, sie konnten den Blick nicht mehr halten, aber für seinen Zustand sprach er noch ziemlich klar. »Das gibt sich. Das gibt sich gleich nach der Heirat. Ich sitze manchmal neben ihr auf der Couch und guck sie so an, wie du eben manchmal guckst bei 'ner Erleuchtung, und denke, hey, die kennst du doch gar nicht. – Ich kenne sie gar nicht«, sagte er. Seine Finger waren schlank, und er zog sie rhythmisch die Lehne hoch und wieder herunter. »Aber was soll das eigentlich? Ist doch normal. Oder? Völlig normal. Willst du wissen, wo ich sie herhabe? Ich habe sie aus der Bar, gleich hier über die Straße. Ich war nicht so gut drauf. Anschreiben und so. Da habe ich sie kennengelernt. Was, Bodo? In dieser miesen, kleinen Bar schräg gegenüber.«

Bodo sah zu ihnen herüber, dann stand er auf und kam mit der Kamera auf sie zu. »Danke«, sagte er nach dem grellen Blitzlicht, und das Sofa wippte, als er sich neben sie fallen ließ.

»Du mit deinen blöden Bildern«, schrie Henry, »und dann sind sie verwackelt, und ich sehe aus wie Sitting Bull an diesem SCHEISSberg.« Er kam um die Lehne herum, setzte sich im Schneidersitz vor sie hin, und die Hand fuhr jetzt über seinen Unterarm.

»Erzählst du schon wieder die gleiche Geschichte?« fragte Bodo.

»Hey, sie kennt sie noch nicht. Außerdem ist das eine originelle Geschichte, und deshalb kann man sie so oft erzählen, wie man will. Nach zwei Wochen habe ich sie nämlich geheiratet«, sagte er zu Leah. »Das große Los. Jetzt muß ich nicht mehr anschreiben lassen. Und das Originellste ist, daß ich sie liebe. Glaubt sie nicht. Tu ich aber. Sie schläft bis mittags, dann kämmt sie sich, und dann kommen ihre Freundinnen, und sie sitzt mit ihnen und trinkt Kaffee. Solange sie was zu reden haben, kann ich meinen Job machen.«

»Deswegen wollte ich mit dir reden«, sagte Leah und hielt seine Hand fest.

»Hey«, sagte er und strich den Rhythmus jetzt über ihren Handrücken. Seine Fingerkuppen waren feucht. »Aber ich kenne sie wirklich nicht! Das einzige, was ich von ihr weiß, ist, daß ihr Opa die Selbstbedienung erfunden hat. Originell, oder? Du sitzt da an der Bar, überlegst noch, wie du dem Typen an der Theke klarmachen sollst, daß er dir das Bier auf Pump rüberwachsen läßt, und dann kommt so eine Enkelin an deinen Tisch gewandert, und du bedienst dich einfach. Das verkrafte mal, Babe. Der Opa hat in so 'nem Lebensmittelladen geschuftet, bis er die Kohle hatte, sich den Laden unter den Nagel zu reißen. Problem war nur, daß er kein Wort Englisch konnte, nur seinen libanesischen Singsang, hatte ja keine Zeit für College und so. Steht er da in seinem Geschäft und kapiert nicht, ob die Leute Eier oder Senf kaufen wollen, weil er ihre Sprache nicht kann. Also, nicht dämlich der Alte, sagt er sich, sollen sie mir doch zeigen, was sie wollen. Sollen sich ihren Kram selbst nehmen und bingo, das Geschäft läuft. Klasse, oder?« sagte Henry und winkelte plötzlich die Hände hinter den Kopf. »Du bist hier wegen Fotos, oder?«

Sie war überrascht und sah Bodo an, als wäre er es, der durch einen Trick dem Gespräch diese Wendung gegeben hatte, und weil sie nicht wußte, ob die Wendung gut oder schlecht war. Bodo grinste. »Du mußt dir immer erst seine Geschichte anhören.«

»Alles wahr«, sagte Henry. Er nickte gelangweilt zu einem körperbeladenen Sofa hinüber, und wieder schrie eine Frau.

»Ich kann dir nichts versprechen«, sagte er dann. »Ich muß erst deine Mappe sehen.« Er roch nach Whisky.

»Und das Geschäft«, sagte sie. »Das läuft dann nur manchmal?«

»Ich bin gerührt«, sagte er und war tatsächlich gerührt. Er wischte sich mit dem Ärmel über die Stirn. »Die Kleine ist neu hier, was?« Als Bodo nickte, drehte er sich ihr wieder zu: »Paß auf, Babe. Du machst einen guten Deal und kannst die nächsten drei Wochen in Miami Beach verbringen, im Fünf-Sterne-Hotel oder Gott weiß wo. Dann geht alles wieder von vorn los. Und wenn's schlecht läuft, läßt du halt drei Wochen anschreiben. So sieht's aus. Schätze, ich bin jetzt eine Ausnahme. Wenn du solide Dollars erwartest, dann mach lieber Headshots.«

Für Henry blieben ihr nur die Laternen. Die Sammlung war ein Heiligtum. Alle zweihundert Fotos hatte sie in einer roten Kiste im Handgepäck mitgebracht. Die Laternenbilder waren ihre ganze künstlerische Geschichte. Seit ihrer ersten Kamera hatte sie Laternen fotografiert. Laternen besaßen Persönlichkeit, und als sie das herausgefunden hatte, hatte sie begonnen, sie zu fotografieren, damit es ihr nicht wieder verlorenging. Inzwischen war es längst mechanisch geworden. Leah fotografierte die Laternen nicht wahllos, aber auch nicht wählerisch, nur mit dem Eifer einer Sammlerin. Eine alte Gaslaterne verdiente ebensoviel Aufmerksamkeit wie eine hochmoderne Sparlampe mit ihrem fahlgelben Licht.

Das Bild mit dem Spinnennetz war kein großes Wunder. Es hatte ihr gefallen, weil sie wußte, wie es nach der Entwicklung sein würde. Hoch, stolz, ein bißchen gespenstisch. Auch Henry konnte es gefallen. Es war eine amerikanische Laterne.

Der Tag verschwamm in einem gleichförmigen Grau. Sie schnipselte eine Annonce aus, um sie dann wegzuwerfen, entdeckte, daß noch genau zwölf Bilder auf der Minolta waren, und wählte schließlich die Nummer auf der Visitenkarte.

Das Treffen begann mit einer Peinlichkeit, mit einer groben Verwechslung der Tische. Sie hatte sich die Frau mit einem orangefarbenen Tuch vorgestellt, wie auf der Straße, und steuerte zuerst auf den falschen Tisch zu.

»Entschuldigung.« Die Frau trug eine ockerfarbene Anzugjacke und zuckte die Schultern. Sie zeigte auf das Sofa neben sich. Am Telefon hatte Leah eine gute Minute gebraucht, um zu erklären, wer sie war.

Der rote Plüsch gab nach. Sie plumpste nach unten.

»Oh, Stilmöbel«, sagte sie und versuchte zu husten oder irgendwie anders den Abgang zu überspielen und stand wieder auf. »Teuer und unbrauchbar.«

Die Frau nickte: »Unecht.«

»Viel zu weich.«

»Pompös.«

»Und unbequem.«

Leider kam der Kellner dazwischen und versenkte Jo Markert

in eine Umarmung. »Hab ich euch warten lassen«, sagte er. »Ah, tut mir entsetzlich leid.« Er schlug den Handrücken flach gegen die Stirn, legte den Kopf in den Nacken und seufzte. »Dieses Café macht mich krank!«

Leah setzte sich der Frau gegenüber auf einen Stuhl. Von diesem Stuhl aus war es möglich, sie ungeniert anzusehen.

»Was hältst du davon, wenn du dein Versäumnis mit zwei Milchkaffee wiedergutmachst?« sagte die Frau. Und dann zu Leah: »Du magst doch Milchkaffee?«

»Ob sie das mag? Natürlich mag sie das«, sagte der Kellner. »Schon weil sie mit dir an diesem Tisch sitzen darf, mag sie das.« Er hatte die Hand wieder von der Stirn heruntergenommen.

»Wie ist der Applepie?« unterbrach ihn Jo.

»Unbedingt. Das ist ein ganz vorzüglicher Applepie, ein halbes Leben im Ofen und trotzdem noch hmmm –« Er küßte die Luft: »Saftig!« Er fingerte ein Notizbuch aus der Hosentasche, sah kurz hinüber zum Eingang, richtete sich dann plötzlich lang auf und drückte die Schultern durch. »Ein Applepie ist ein ausgezeichneter Wunsch.« Er war jetzt vollkommen ernst. »Möchten Sie ihn kalt oder heiß? Mit viel oder wenig Zimt? Wenn Sie ihn heiß wünschen, könnte es allerdings einige Minuten dauern.« Sie bestellten ihn heiß, und der Kellner nickte gemessen und ging ebenso gemessen zur Bar hinüber.

»Was war denn mit dem plötzlich los?« fragte Leah.

Jo zeigte zur Tür. »Das passiert ihm bei bestimmten Männern.« Der Mann an der Tür sah eine Weile zur Bar hinüber und ging dann wieder auf die Straße hinaus.

»Und dir?« fragte Leah, ohne Jos Augen zu verlassen. »Passiert dir das auch?«

Jo sah zurück. Wie jede Frau gewöhnlich zurücksehen würde. Ihre Hände waren ringlos, was nichts heißen mußte, mit kurzen gepflegten Fingernägeln. Wieder trug sie dünnen Lidstrich. Man konnte nie wissen, ob die andere das Spiel verstand. Man mußte sich jedesmal neu zu erkennen geben. Jo sah sie an, und in ihren Augen wiederholten sich die Spiegel des Cafés und die falschen Goldrahmen darum, und die Spiegel doppelten Jos Augen. Es war ein langer Moment. Sie wußten beide genau davon. So ein Moment kam dem Cowboy am Feuer am nächsten.

Leah erinnerte sich an die erste Nacht mit neunzehn, an das leichte Wippen des Bettes im ersten Stock eines Einfamilienhauses, die Frau hieß Sophie und war viel dicker als sie. Ihre Haut war samtweich wie das Laken, ein rotes Laken, das hatte sie zuerst verunsichert, wie um Himmels willen konnte man sich ungezwungen auf ein rotes Bettlaken setzen. Aber Sophie hatte leicht über ihren Nacken gestrichen, war um sie herumgegangen und hatte sie zu sich heruntergezogen. Ihre Küsse waren so, wie sie es sich nie vorgestellt hatte. Morgens wäre sie am liebsten still liegen geblieben, nie wieder wollte sie sich von dem roten Laken erheben, und sprechen wollte sie auch nicht. Aber Sophie hatte darauf bestanden und sie ins Bad geschickt. Sie benutzte viel mehr Kosmetik als Leah. Die ganze Breite des Badewannenrandes stand voller Flakons, Tuben, Abschminkpinsel und Lippenstifte, und Leah hatte heimlich eins nach dem anderen ausprobiert und anschließend mit Klopapier wieder weggewischt. Daran dachte sie jetzt, unter den Augen der Frau gegenüber, und an einige verunglückte Nächte später, und als der Kellner wiederkam, dachte sie, daß sie jetzt schon viel zu lange in diese Augen gestarrt hatte.

»Schrecklich«, sagte der Kellner und konnte diesmal die Hand nicht an die Stirn legen, weil sie das volle Tablett hielt. »Sonnabend ist echt die Sado-Maso-Schicht! Die Touris kommen zu Rudeln hier reinmarschiert, bauen sich an der Theke auf und fragen: Haben Sie auch Kaffee!? Ja, sehe ich aus, als ob ich Schlipse verkaufe?« Er balancierte das Tablett in die Nähe des Tisches, und beim Absetzen platschte Schaum über den Rand der Kaffeeschalen.

»Hattet ihr jetzt einen oder zwei Milchkaffee?«

»Zwei«, sagte Leah.

Der Kellner lächelte Jo zu. »Wenn ich da an früher denke; wie harmlos die Menschen noch waren. Wie brav, fast ehrfürchtig sie ihre Wünsche geäußert haben.« Er machte einen Augenaufschlag, der nicht besonders brav aussah. »Früher hatten sie wenigstens Kaffeekultur.« Er saugte die Pfütze von der Tischplatte in den Zipfel seiner Servierschürze. Dann beugte er sich schnell zu Jo hinunter: »Hast du den gesehen? Vorhin am Eingang?«

»Der?« sagte Jo und sah Leah immer noch an.

»Viel zu alt. Klar. Viel zu alt. Das habe ich sofort gesehen.« Der Kellner lachte. »Natürlich. Natürlich gar nicht vergleichbar, mit diesem – wie hieß er noch? Damals, mit dem du –« Aber jetzt schien er etwas in Jos Augen entdeckt zu haben. Er richtete sich auf. »Ich lasse euch zwei Süßen jetzt mal besser in Ruhe.« Damit verschwand er hinter dem Vorhang neben der Bar, der noch eine Weile in den Goldgelenken klapperte.

»Manchmal sind es Männer.« Jo zog den Kaffeelöffel langsam zwischen den Lippen durch. Ein weißes Bläschen blieb an ihrem Kinn hängen. »Aber das ist nicht besonders interessant.« Sie wischte das Bläschen weg. »Oder?« Sie stützte die Arme wie ein Gestell auf die Tischplatte, und Leah schüttelte voreilig den Kopf. »Weshalb hast du mich angerufen?«

Leah betrachtete den Schaum. Er zerfiel wie Fotopapier unter Blutlaugensalzlösung. Wer das Spiel kannte, wollte keine Geständnisse. Die Frau hatte gezeigt, daß sie es kannte.

»Nur so«, sagte Leah. »Wegen deiner Hände.«

Jo ließ erwartungsgemäß ihre Hände unter der Tischplatte verschwinden. Und dann, ertappt von Leahs Grinsen, behielt sie die Hände besonders lange unter dem Tisch. Schließlich legte sie sie wie zufällig mit den Handrücken nach unten in die Mitte des Tisches zurück.

Leah fuhr leicht mit dem Zeigefinger über Jos rechten Handballen. Mitte Dreißig, schätzte sie, plus minus.

»Und? Was liest du da?«

»Du gibst deine Geheimnisse einfach so preis?«

»Versuch es doch«, sagte Jo.

Leah beugte sich weiter vor, tastete mit der Fingerspitze die Hügel der Handinnenfläche ab und fragte sich, ob die Stimme der Frau beim Sex heller werden würde. »Warte mal«, sagte sie dann. »Beweg dich nicht. Ich hab eine Idee.«

Der Verschluß der Minolta schnappte, sie hatte den Handballen im Visier, es mußte schnell gehen, bevor der Moment verschwand, bevor auch das Spiel und mit ihm die Frau und der Geruch nach ihrem Parfüm verschwunden war. Bildunterschrift: Flirt in Manhattan, November 95.

Die Kamera schlug gegen den Tisch, und dann gab es ein Geräusch von splitterndem Plastik.

»Was soll das?«

»Ich will nicht, daß du mich fotografierst.« Die Frau war von ihrem Stuhl hochgeschossen und stand im Gang. Ihre Jacke rutschte zu Boden.

»Man hätte nicht gesehen, daß du es bist auf dem Bild.«

»Dann brauchst du auch keins von mir zu machen.«

»Ich kann auch ein vollständiges Porträt von dir machen. Wenn es das ist.«

Sie hatten den Nebentisch aufgebracht. Die beiden Dänen sahen herüber, und Leah hatte schon wieder diese Vorstellung eines in der Mittagshitze flirrenden Verschwindens. »Traust du mir das nicht zu?« fragte sie. »Ich habe das gelernt.«

»Verschwendung«, sagte einer der Dänen. »Sie haben recht. Das muß man fest –« Er nickte ihr zu und stach seinen Eislöffel in Jos Richtung. »Fest machen.«

Als Leah die Kamera aufhob, war ein Sprung im Gehäuse des Objektivs, und sie fuhr ihn mit ihrem Zeigefinger ab, um zu sehen, wie tief er war.

»Tut mir leid. Wirklich. Sag mir, was das kostet.« Jo hatte sich wieder hingesetzt. »Gibt es Ersatzteile dafür in Deutschland?«

»Glaubst du, wir sind ein Dritte-Welt-Land?!«

Der Riß war tief. Er zog sich seitlich über das Gehäuse der Kamera und klaffte auseinander, wenn man mit dem Daumen dagegendrückte.

»Es gibt also Regeln«, sagte Leah dann. »Man weiß nur nichts davon.«

Die Frau sagte eine Weile nichts und rückte an ihrer Milchkaffeeschale. Dann lächelte sie. Ihr Lächeln lief von der Stirn abwärts, so daß die Stirn ganz glatt war im Gesicht. »Es tut mir leid. Ich möchte nicht fotografiert werden. Das ist alles.«

Das Lächeln war ein Angebot. Und diese Frau verstand es, das Angebot auf eine Weise zu machen, daß Leah dem Spiel für immer hätte entsagen müssen, wenn sie es ausschlug. Leah stopfte die Minolta in ihren Rucksack. Sie beschloß, den Riß für heute abend zu vergessen. Dann wechselten sie zu Wein. Als sich herausstellte, daß ihre Horoskope nur unter bestimmten Umständen füreinander geschaffen waren, erklärten sie den Rest des Abends zu einem solchen Umstand, um das Spiel zu retten.

Als sie das Café verließen, schwamm der Himmel im Straßenlicht und in Resten von Sonne.

»Wenn ich betrunken bin«, sagte Leah, »dann habe ich fünf Hände.«

»Das gibt eine gute Liebhaberin.«

Sie achtete nicht auf die Wohnung oder das Bett der Frau, sie hielt sie unter ihren Händen gegen die Wand, strich ihr die Hände um die Hüfte, und die Rippen lagen tiefer als gewöhnlich. Das fiel ihr auf, und die Zunge, erst an ihren Zähnen, dann am Oberkiefer und tiefer hinein gegen das Riff des Rachens. Ihr fiel auf, daß sie in diesem Moment Riff dachte. Sie stieß sich weg von der Wand, zwei Schritte, und achtete darauf, daß Jo ihr folgte.

»Das ziehen wir jetzt aus«, sagte Jo, ohne eine hellere Stimme zu bekommen. Noch nicht, dachte Leah, bevor sie nicht mehr dachte, bevor das Zittern kam, erwartet und rechtzeitig, das kam, als die Frau ihr geschickt mit einer Hand den Gürtel öffnete und sie an sich zog.

Als Leah ihre Apartmenttür hinter sich abschloß und die Kette vorhängte, war es still und noch dunkel draußen. Nur die Sterne waren blasser geworden.

Es war die Blässe danach. Sie machte das Atmen flach und still. So still, daß sie noch den Duft dieser Frau an sich spürte und in der Bewegung, mit der sie ihre Jacke auszog. Sie legte ihr Gesicht ans Fenster.

»Es gibt hier auch ein Bett«, hatte Jo noch gesagt. Aber es hatte keine Zeit gegeben für den Weg zum Bett, und ihr waren die Teppichfussel in den Mund geraten und zwischen ihren Kuß, und das war die einzige unangenehme Erinnerung an die vergangene Nacht.

Leah schob das Fenster hoch. Die Luft war kalt und roch nach Morgen. Hier oben am Fenster sah es aus, als wäre es eine Kunst, durch die Straßen hindurchzugelangen. Es waren schmale Straßen, und der Wind ging darin wie Zugwind, als hätte jemand vergessen, die Türen zu schließen. Die Linien der Häuser verjüngten sich nach unten, und die Straße war nur noch eine Schnur dazwischen, die verhinderte, daß die Häuser am unteren Ende vollständig zusammenwuchsen. Aber genau dort unten, an so einer Stelle, war sie heute nacht gewesen. In den Armen einer Frau, die sich wie ein ahnungsloses Mädchen von ihr verabschiedet hatte. Fast ein Grund, stolz zu sein. Und sie nahm sich vor, wenn sie doch mal zurückkehren sollte, nach Marburg oder Berlin, an diesen Ausblick zu denken, so lange es ging, und sich dabei vorzustellen, daß sie diese Aufnahme berühmt gemacht hatte.

Sie wartete noch ab, bis das Licht hinter den Häusern hochkam und die Sterne wegwischte. Dann ging sie in die Küche, machte Kaffee und verglich Jo mit der Person aus dem Traum.

Aber es waren nur die Nächte, die sich miteinander vermischten.

Gegen Mittag rief Henry an. »Wie geht's, Babe? Klingst, als hättest du das große Los noch nicht gezogen.«

»Ich bin nicht ausgeschlafen.«

»Warum versuchst du's nicht mit Kaffee? Und weswegen ich anrufe; ich brauch deine Mappe.«

»Das geht nicht. Der letzte Film ist noch nicht entwickelt, aber das ist der wichtigste.«

»Klar. – Wie lange, sagt uns das große Fotografeneinmaleins, braucht man für die Entwicklung eines Films? Babe? Keine Antwort? Du spielst gerade mit deinem Leben, verdammt noch mal. Jetzt paß auf. Morgen habe ich ein ziemlich gutes Date mit einer ziemlich guten Agentur, und ich könnte meinen Arsch darauf verwetten, daß dir in den nächsten zehn Jahren so eine Möglichkeit nicht mehr auf deiner kleinen Nase herumtanzt. Klar?«

Sie baute die Apparatur in ihrem winzigen Bad auf. Die Bäder quetschte sie nebeneinander in die Dusche. Im Dunkeln zog sie den Film auf die Spule, verschloß die Dose und schaltete die Uhr ein. Das Fixieren dauerte, und als sie endlich die Dose geöffnet und den Film gewässert und gesäubert hatte, war der Film fleckig. Zuerst dachte sie an Kontaktabzüge, um auszuschließen, daß sie etwas übersehen hatte. Aber es gab nichts zu übersehen. Eine Anfängerfalle. Durch den Sturz der Kamera war Licht an den Film gekommen. Die Silberhalogenidschicht war mit grauschwarzen Flecken und dunklen Höfen zugelaufen. Es gab keine Laterne, es gab kein Spinnennetz, es gab nur ihre lächerliche Hand mit der Zange, die die Abzüge wieder und wieder ins Wasser tauchte, bis das Material glitschig wurde und sich auch die letzten unscharfen Schattenrisse in kontrastarmes Weiß auflösten.

Sie verließ das Bad, als die Sonne unterging und wie zum Hohn lange ockerfarbene Streifen über den Fußboden zog. Leah sah das Foto der Laterne sehr deutlich vor sich. Sie kannte es in allen Einzelheiten. Sie sah voraus, daß der Glaskörper eines Tages ganz aufgebrochen und gesplittert sein würde. Es wäre eins der wenigen bewegten Bilder geworden, die einem je glückten, dachte sie und versuchte sinnloserweise, sich an den Namen der Straße zu erinnern.

Sie hatte das Fenster ein Stück hochgeschoben, und manchmal wehten die getrockneten Papierstücke auf dem Tisch hoch und fielen wieder herunter. Die Hauswand gegenüber bildete einen Rahmen um den Abendhimmel, aus dem gelbe Lichtlöcher stachen. Sie versuchte, die Schuld nicht der Frau zu geben. Sie dachte an ihre hundert neuen Versuche. Morgen. Und übermorgen.

Die Häuser waren zu hoch, die Straßen zu breit, die Taxis zu gelb, die Balkons unter den Feuerleitern leer und die Bilder schon im Entwickler mittelmäßig. Sie zeigten Ausschnitte, Fetzen, die aus jeder anderen Stadt stammen konnten. Der Stuck paßte in Wiener Stadtteile, die Straßencafés nach Frankreich, die Sonne war kalifornisch, wenn sie tief stand, und die Schatten erinnerten an die fetten Wacholderbüsche in den Marburger Vorgärten. In der Christopher Street leierte stundenlang dieselbe Musik aus Tattoo- und Handlese-Studios, Trommeln und Violine, es roch nach Duftöl, und das Obst war teurer als sonst. Aber es war schließlich eine Straße wie keine andere Straße der Welt, und Leah erwartete mindestens ein Wunder.

In den Schaufenstern bewegten sich Peitschen nach mechanischen Rhythmen, ein Perpetuum mobile der Liebesspiele. Blinkende, hüftschwingende Puppen versprachen Abenteuer in Leder, und ein Schwulenpärchen verschwand im Laden. Sie blieb stehen, zögerte, kalkulierte, sich als Peitschenschwingerin oder, schlimmer, als Gepeitschte wiederzufinden. Aber wegen der Schaufenster war sie nicht hergekommen. Die Ladenglocke bimmelte hoch und schnell, und hinter dem schweren Samtvorhang traf sie die Schwulen wieder, die einen Postkartenhalter betrachteten. In den Regalen standen Duftlampen, und es gab Seife mit Blümchengirlanden auf der Packung. Die Schaufenster waren nur Lockmittel. Von innen unterschied sich der Laden nicht vom Kerzenladen nebenan. So ging die Freiheit dahin. Mit dem Schimmer des Unsagbaren verschwand sie und ließ ihre recyclebaren, kosmetischen Hüllen zurück.

How you doing? sagte eine Frau.

Almost. Der Schwule haschte einer Karte hinterher; als er Erfolg hatte, bekam er von seinem Geliebten einen Kuß. Leah war enttäuscht. Als sie den Laden verließ, bimmelte ihr das Glöckchen hinterher. Nebenan saßen Menschen auf Barhockern hinter einer Glaswand und sahen nach draußen. Es war ein grüner Raum zwischen Marmorbögen, mit dem penetranten Röcheln einer Espressomaschine. Der Kaffee wurde in weißen, kurzen Schürzen serviert, die viel Hintern zeigten, und im Radio lief ein indischer Sender. Falsches Gold hing in dicken Kloben von der Decke. Ein Mann flüsterte einem anderen etwas hinter das Ohrläppchen, oder er leckte, das war nicht zu sehen. Er war blaß; der Rückstand der letzten Übelkeit, der weggeküßt werden mußte.

Sie stellte scharf. Der Mann nickte, die Tasse am Mund, dann der Mund ohne Tasse mit einem feuchten Teeschimmer auf den Lippen. Sie drückte auf den Auslöser, bis der Schwule sie ansah, ihr zurief, daß er nicht so billig zu haben sei, aber sie hatte die Bilder schon gemacht, entschuldigte sich und wies auf die Säulen.

Als sie den Film entwickelt hatte, nachts und nur unterbrochen vom gelegentlichen Glühen einer seltenen Zigarette, fand sie nichts davon wieder. Auf dem Bild saß ein Mann mit einem blassen Kinn hinter einer Kerze. Die Blässe konnte ebenso von einer frischen Rasur herrühren und reichte im besten Fall für eine romantische Postkarte.

Das Telefon klingelte, als sie verschlafen und unwirsch Entwickler und Chemikalienreste der letzten Nacht ins Klo schüttete. Es war Freitagmorgen. Draußen begann es zu regnen. Leah schloß den Luftschacht der Klima-Anlage, aber es zog weiter.

»Gratuliere, Babe! Du hast es«, rotzte Henry in den Hörer. »Rechne dich zu den wenigen auserkorenen drei Prozent! Könnt' ich glatt neidisch drauf werden. So eine verdammt geile Geschichte! – Kaum hier, und schon greift sie die Kohle ab. Mit einer zuckersüßen Nostalgieserie.«

»Die Laternen sind geschichtliche Dokumente«, versuchte Leah, »das hat mit Nostalgie nichts zu tun.«

Aber Henry rotzte weiter, von dem Essen und was er für einen guten Abschluß hingekriegt hatte, und sie warf währenddessen ein Tuch über die Klima-Anlage. Es war unwahrscheinlich, daß sie unter einer halben Stunde davonkam.

»Wolltest du mich sprechen, oder brauchst du nur jemanden zum Reden?«

Es zog nur geringfügig weniger als vorher.

»Hör mal«, sagte Henry. »Ich habe den Coup deines Lebens gelandet. Du hast ein Vorstellungsgespräch. Montagmorgen, elf Uhr. Das beste, was ich für dich herausholen konnte. Er interessiert sich für deine Mappe.«

»Das ist besser als alles.«

»Sag ich doch. Also zieh dir was Geiles an und dann –« Er schnalzte mit der Zunge und legte auf.

Das Wochenende verbrachte Leah vor ihrem Spiegelbild. Sie übte einen leichten Lebenslauf ein mit Sätzen, die sie aus dem Wörterbuch zusammenstellte. Passende Kleidung besaß sie nicht. Die hier üblichen Kostüme trug sie generell nicht, und Anzüge waren zu teuer.

Sie brachte der Chinesin ihre Jeans vorbei. Fertig zu Sonntag 5 p. m. Die Jeans entsprach ihrem Charakter. Und auf ihren Charakter, dachte sie, müßte man sich schon einlassen.

Das Büro der Agentur war in einem Gebäude zwischen Fifth Avenue und Madison. Ein schlaksiger Mann flippte aus dem Sessel, als sie eintrat.

»How you doing«, sagte sie und bemühte sich, das »g« am Ende nur sachte anklingen zu lassen.

»Jaja«, sagte er und klopfte auf ihre Mappe. »Sie sind nicht die erste heute.« Er kratzte mit den Nägeln über die Albumseiten und starrte dann aus dem Fenster, als könnte er sich nicht entschließen weiterzureden. Henry ist ein Looser, dachte Leah, und aus Mitleid boten sie ihm Freundschaftsdienste an, für die sie sich gleichzeitig schämten. Es gab nur einen einzigen Sessel im Büro. Es war ein Ablehnungsbüro.

»Miss Leah Kleinau«, sagte der Mann. »Nicht wahr? Die Laternen. Interessieren Sie sich auch für Jurten? Haben Sie schon mal welche fotografiert? Haben Sie nicht? In einer solchen Stadt werden Sie aber nicht darum herumkommen, sich für Jurten zu interessieren. Es ist das einzige, was es hier nicht gibt. Glauben Sie mir.«

Sie waren in der 31. Etage. Der Central Park lag am Ende einer geraden Bahn von Dächern. Kahl im Novemberhoch. »Es ist eine Erholung, an etwas zu denken, das einem nie im Leben begegnen wird«, sagte er. »Es hat mich drei Jahre gekostet, das herauszufinden!« Er verlangsamte sein Tempo. »Sie sind doch Miss Kleinau?« Sie nickte.

»Sie haben Talent.« Er legte seine rechte Hand auf die Sessellehne, es war eine gebräunte Hand mit sorgfältig manikürten Nägeln. »Aber ich muß Sie darüber informieren, daß Sie mitten in der Nacht angerufen werden können und in den nächsten fünf Stunden einen Auftrag fertig haben müssen. Wenn Sie den Job annehmen.«

Sie brachte ein strahlendes Lächeln zustande, direkt in sein gebräuntes Gesicht.

»Nun, das weiß man ja von Deutschen, daß sie gern arbeiten«, sagte er und legte die Hände auf den Rücken und räusperte sich.

»Ich möchte Sie nicht für ›Globe‹. Ich möchte Sie in meiner eigenen Agentur anstellen. – Haben Sie sonst noch Fragen?«

Sie zögerte. Ihr Visum war nicht für ausländische Firmen zugelassen.

»Machen Sie sich da keine Gedanken. Wir zahlen bar. Ich nehme an, Sie haben hier kein Konto.«

»Ich kann auch nichts unterschreiben.«

Er zuckte die Schultern. »Das interessiert mich nicht. Das interessiert die Steuerbehörde, aber nur, wenn Sie selbst dort hinlaufen. Wir wollen nur die Negative von Ihnen, und Sie bekommen zweimal im Monat einen Scheck. Einzulösen bei jeder Bank. Wenn es ein Problem gibt, wenden Sie sich an mich. Peters.« Er stand auf. »In Deutschland ist das wohl alles komplizierter, hm? Meine Urgroßmutter war Deutsche. Ich war nie da. Meinen Sie, ich habe etwas verpaßt?«

»Das kann ich nicht sagen. Aber wahrscheinlich nicht. Das ist wie mit den Jurten.«

Er sah sie erstaunt an, nickte dann erfreut und brachte seinen Sessel zurück in die Umlaufbahn Central Park.

»Auster?« fragte die Frau plötzlich und drehte sich um. »Du hast wohl ein bißchen zu viel von ihm gelesen, was?«

Leah blieb stehen, das Knie zum nächsten Schritt knickte in der Luft, dann merkte sie es und ließ es langsam auf das Pflaster herab. Stand stocksteif, als wäre sie nur in der Bewegung sichtbar. Wenn sie stillstand, konnte die Frau sie nicht bemerken. Würde vergessen, wie Leah ihr hinterhergelaufen war. Mehr als eine Stunde. Von Park Slope zur U-Bahn und wieder ins Freie, an Cafés vorbei und durch einen Drugstore hindurch, in dem sie zwei Packungen Seife gekauft hatte, die sie nicht brauchte. Sie hatte versucht, so unauffällig wie möglich zu sein. Aber in dem Moment, in dem sich die Frau umdrehte, fiel ihr Plan zusammen, er kam ihr lächerlich vor und kindisch.

»Wieso?«

»Wieso?« Der Abstand zwischen ihnen auf dem Asphalt verringerte sich. Leah sah zwei rutschende Schatten in Verlängerung der Schuhspitzen auf sich zukommen. »Weil ihr scheinbar beide glaubt, Fotos wären so was wie das Leben. Man braucht nur genug Fotos von einer Person zu machen und schon weiß man alles über sie. Man weiß soviel über sie, daß man sich am Ende sogar vorstellt, diese Person zu sein. Aber das ist ein Irrtum. Ihr habt beide die Psychologie vergessen. Das, was hier drin passiert. Die Bilder sind ein Irrtum.«

»Ich kenne keinen Auster. Ich mache meinen Job. Und ich dachte, du kennst dich hier aus und zeigst mir ein paar gute Motive.« Sie sagte das hastig und ohne die Frau anzusehen. Es war keine gute Idee gewesen. Aber unter der Telefonnummer hatte sich ständig nur der Anrufbeantworter mit einer penetranten Männerstimme gemeldet. Also war sie hingefahren.

Vor Jos Haustür waren ihr die Zehen abgestorben, und um drei hatte es angefangen zu nieseln. Aber als Jo endlich aufgetaucht war, hatten sie ihre Absätze wenigstens rechtzeitig angekündigt. Leah war ihr nachgegangen. Klick. Der Auslöser knallte durch die leeren Seitenstraßen. Leah konzentrierte sich auf den Schritt der Frau, ihr eigener Schritt im Rhythmus der Fremden. Klick. Sie hatte sich Jo immer wieder auf einem Foto vorgestellt. Jo hatte helle Haut, und helle Haut brauchte sanfte Farben. Aber sonst gab es nichts, was dagegen sprach. Menschen zierten sich oder verkrampften, wenn Leah die Kamera auf sie richtete, aber noch nie hatte sie jemand so bestimmt abgewiesen. Schon deshalb wollte sie so ein Foto haben.

»Tut mir leid, wenn ich dich belästigt habe.«

»Hm. – Das hast du.« Jo wartete und sah sie an, und sie wartete und sah die Frau an, ohne zu wissen, wie es weitergehen sollte. Sie stand steif und zurückgebeugt in der seltsamen Erwartung einer Ohrfeige und blieb bei ihrem Schweigen.

»Aber wenn du gern die Stadt sehen willst, kannst du das auch einfacher haben.«

»Ich wollte nur ein paar Fotos machen«, sagte Leah. »Ich meine, also –« Aber da gab es nichts weiter zu sagen. Jo hatte kühl reagiert. Es war unnötig, ihr noch irgendwelche Erklärungen zu geben. Sie gingen nebeneinander die Straße zurück, die sie hintereinander gekommen waren.

An der 8. Straße überquerten sie den Campus der New York University, aus den Fenstern hingen lila Fahnen, und eine Gruppe Japaner brach aus einer Cafeteria auf die Straße aus. Aus einem Kino roch es aufdringlich nach Popcorn. Jo ging neben Leah her, als wäre sie allein auf der Straße. Unaufmerksam wie eine Schlafwandlerin. Nur vorhin, als sie sich umgedreht hatte, dachte Leah, da hatte sie jede Einzelheit an ihr wahrgenommen.

»Du hast gesagt, du bist aus Berlin«, sagte Jo später, als eine Ampel sie auf einer Gehweginsel festhielt. »Dann hast du das Spektakel mit der Mauer erlebt?«

»Klar. Ich habe fotografiert. Ein Getümmel von Halbirren.«

Aber um die Aktion von vorhin vergessen zu machen, erzählte sie von knallenden Sektkorken, wie Männer ihre Fäuste auf Autodächer hieben, von überfüllten Parks und den Pärchen, die ihre Überhitzung aneinander löschten.

»Nun«, sagte Jo, »das klingt ja aufregend.« Und deshalb verschwieg Leah die Bierleichen in den Parks, die sich erst aufrafften, wenn die Müllentsorgung über die Kieswege knirschte. Verschwieg, wie falsch und übertrieben das alles gewesen war und daß sie die ganze Party genervt hatte.

Statt dessen sagte sie nur: »Ich habe einen guten Job gefunden damals.« Es war Rush-hour und Tausende von Angestellten versuchten, die Stadt zu verlassen. Sie wurden zwischen Rücken gequetscht, auseinander gedrängt und verloren sich für einen Moment aus den Augen, bis sie auf einen Platz mit Tauben und grünen Bänken gerieten. »Aber ihr habt so was jeden Tag hier. Menschenmassen bis zum Abwinken.«

Aus einem indischen Restaurant gegenüber trat ein Schlangenbeschwörer und stellte seinen Korb auf einem Tisch ab. Jo setzte sich auf eine der Bänke. »Es ist gut, daß du mir nachgegangen bist«, sagte sie plötzlich. Ihr Kopf war groß. Sie trug die Haare kurz, und im Scheitel standen sie in Fransen nach oben ab. Vor der grünen Bank wirkte ihr Kopf plötzlich riesig. »Ich hätte mich vielleicht nicht mehr gemeldet.«

Leah blieb am Ende der Bank stehen. Es war ihr peinlich, und sie beobachtete eine Lichtreklame.

»Keine Angst«, sagte Jo. »Ich wollte nur hören, wie es klingt.« Sie sah hinüber zu dem Schlangenbeschwörer, der angefangen hatte zu spielen. Es waren hohe Töne, eigentlich nur ein Ton, der in der Lautstärke variierte.

Vielleicht meinte Jo das gleiche. Vielleicht meinte sie auch, daß das vorhin nichts gewesen war und man darüber hinweggehen konnte, und der Fehler lag darin, daß Leah die Sprache nicht gut genug beherrschte. Jetzt, vor ihr auf der Bank, hatte Jo nicht mehr viel mit der Frau, mit der sie vor kurzem geschlafen hatte, zu tun. Nichts außer ihrer Gestalt. Das eine war vielleicht ein Foto und das andere war sie; beides war nicht zu unterscheiden, und man wußte doch, daß es nicht dasselbe war.

Der Korbdeckel gegenüber bewegte sich, etwas kam daraus hervor, aber es war zu weit weg, um es genau zu erkennen. Etwas Ausgestopftes, Plüschiges stieg über den Korbrand und verharrte tapfer in der kalten Luft, bevor es wieder verschwand.

Leah fuhr nicht nach Hause. Sie nahm nicht die U-Bahn, sondern stieg in den Bus Richtung Harlem. Sie wollte aus dem Fenster gucken und der Stadt zusehen, wenn es dunkel wurde. Die frühe Dunkelheit stand Manhattan. Die Manhattan-People zahlten für diese Dunkelheit, die im Gegensatz zu der Dunkelheit in den ärmeren Vierteln am Stadtrand inszeniert war, eine Leinwand für Lichtspiele und Farbstrahler. Sie würden für alles zahlen. Sie zeigten öffentlich, wieviel ihnen ihre Gelassenheit wert war. Sie hätten auch dafür gezahlt, beim Mauerfall dabeizusein, dachte Leah, wenn er nicht so überraschend passiert wäre. Der Mauerfall war ein amerikanisches Ereignis. Er bediente ihre Sucht nach Faszination und Aufregung.

Je weiter sie nach Harlem kam, desto mehr nahm die Farbe ab. Mit jeder Haltestelle ging Licht verloren. Vom Village bis nach Harlem brauchte der Bus fast eine Stunde. In der 193. Straße stieg Leah aus, kümmerte sich nicht weiter um die Dunkelheit und unterstellte Jo, daß sie sich heute auch nicht darum kümmern würde.

Peters hatte ihr die Adresse eines italienischen Restaurants aufs Band gesprochen. Es war ein verfallener Laden auf Hochglanz poliert und mit Deckchen auf den Tischen, damit man die Brandlöcher nicht sah; für jemanden aus der Umlaufbahn Central Park ein höchst uninteressanter Ort. Leah stellte die Füße des Stativs fest, und noch ehe sie damit fertig war, hatte der Chef bereits seine Söhne und seine Frau der Größe nach um sich versammelt. Sie standen im Halbkreis um eine Plastikpalme neben der Tür. Leah hätte die Söhne gern anders drapiert. Aber der Italiener war stolz, daß er sie alle beisammen hatte, und sie machte Aufnahmen mit der Palme im Mittelpunkt und wußte nicht, ob es Höflichkeit oder Gleichgültigkeit war. Die Italiener lächelten, bedankten sich überschwenglich und boten ihr ein frisches Glas Prosecco an. Peters hatte sie hierhergeschickt, um sie zu testen. Die Fotos würden nie in einer Zeitung erscheinen.

Nachts stellte sie sich Jo vor, wie sie der Gestalt aus dem Traum immer ähnlicher wurde. Zwischendurch wachte sie von der Kälte auf. Noch immer kam sie nicht mit der Heizung zurecht.

Am nächsten Morgen lehnte Jo wie verabredet am Geländer der 14th Street Station. »Ich hab's gewußt!« sagte sie. »Du bist pünktlich.« Sie drückte die Zigarette vorsichtig an der Mauer aus und schob sie zurück in die Schachtel. »Ich habe gedacht, wir fahren am besten zu Harvey. Er ist ein Experte für Brooklyn.«

Sie überquerten den East River, und im U-Bahnfenster setzte sich langsam das Mosaik einer Brücke zusammen. Der Wind glitzerte in den Stahlseilen, und die Brücke wiederholte sich auf Jos Mantel. Der Mantel reichte ihr bis an die Knöchel. Aber selbst, wenn sie die Sachen wechselte, wirkte sie auf merkwürdige Weise gleichbleibend. Der Gestalt aus dem Traum war sie völlig unähnlich.

Der Freund wohnte in einem Apartmenthaus in einer schlichten Gegend. Nur die Hausflure waren unübersichtlich angelegt und liefen an ihren Endpunkten auf Fahrstühle zu. Jo konnte sich nicht an die Lage des Apartments erinnern. Sie irrten eine Weile herum. »Es muß hier gewesen sein. Das letztemal war es noch hier.«

Sie kehrten zu den Klingelschildern zurück und rechneten die Lage der Wohnung anhand der Klingel aus. Leah war froh, daß Jo nicht nach dem Verbleib der Bilder gefragt hatte.

Der Mann in der Tür trug zerbeulte Kordhosen und einen Hut. »Das ist Harvey.«

»Oh«, sagte Harvey, »oh!« Er trat zur Seite. »Bitte nach euch. Nach links bitte.« Es roch nach Petersilie und Farbe. Gemälde bedeckten die Zimmerwände und standen in Dreierreihe hintereinander auf dem Fußboden. In der Mitte des Zimmers war eine Insel freigelassen, wo eine Tonschale mit frischer Petersilie stand. Als Harvey Leah über die Schulter hinweg die Hand gab und sie sich umdrehte, um ihm ihrerseits die Hand zu geben, sagte er: »Das ist für mich jetzt eine, gewissermaßen, doppelte Verwirrung, gewissermaßen.« Er war mindestens siebzig, und seine Augen verschwammen mit den Rändern der Hornbrille. »Meine Liebe, wo hast du gesteckt?« fragte er Jo.

»Ich habe eine Freundin mitgebracht.«

Er lachte. »Jaja, natürlich, das sehe ich. Sehr angenehm. Aber wo hast du so lange gesteckt, ich habe mich gesorgt, meine Liebe, na egal, ganz egal. Warum man es sich nicht gegenseitig einfach gutgehen läßt, nicht wahr. Aber wenn du nicht willst, nicht wahr, meine Liebe. Was ich dir auch gar nicht übelnehme. So lebe ich genügsam mit meinen Skulpturfrauen. Diese hier«, sagte er und zeigte auf eine Statue, »kommt aus Guinea. Ich habe sie am Straßenrand erstanden. Wie das so ist: Die wertvollsten Dinge ersteht man unerwartet und zu den beiläufigsten Gelegenheiten. Wo kommen Sie her, meine Liebe?«

Bevor Leah antworten konnte, zog er sie zu einem frei von der Decke schwebenden Bild.

»Sehen Sie sich das an«, sagte er, »hier drückt sich die Zirkulation der Luft aus und ihre magischen Auswirkungen auf den Betrachter. Wenn man lange genug hinsieht, schwankt nicht mehr das Bild, sondern man selbst.«

Mit seinem vorspießenden Hut ähnelte er einem Cowboy. Aber der Hut war zu schmal. Er war so schmal, daß er ständig in Harveys Gesicht rutschte und die Brille herunterdrückte. Jedesmal, wenn Harvey den Hut zurückschob, mußte er sein Gesicht neu ordnen. Das tat er ungefähr alle zwei bis drei Minuten.

»Sie ist aus Berlin«, sagte Jo in Leahs Rücken und zeigte auf das Luftbild. »Das halte ich übrigens für einen Witz. Das hat dir wieder irgend jemand geschenkt, weil du immer alle Leute bewunderst, die dir etwas schenken, und sie einmal in ihrem Leben jemandem ein Autogramm geben dürfen.«

»Ooch!« machte Harvey.

»Marburg«, sagte Leah.

»Die Farben taugen nichts«, sagte Jo.

»Neinnein, es ist großartig!« Harvey lud seine breiten Hände auf Jos Oberarme und zog sie neben sich. »Aus Berlin«, fragte er und ging zum Fenster hinüber. »Tatsächlich. Und jetzt? – Hier ...«, sagte er dann übergangslos, die Hand auf einem hüfthohen Glasblock, »... hier ist die Inkarnation des menschlichen Gehirns im Kristall zu sehen. Das habe ich schon etwas länger, mag sein, meine Liebe, daß du das schon gesehen hast, aber man kann es nicht oft genug betrachten.«

Jo zuckte die Schultern, und plötzlich spürte Leah eine Hand auf ihrem Rücken. Ganz kurz spürte sie jeden einzelnen von Jos Fingern an ihrem Schulterblatt. Kaum eine Sekunde, dann war es vorbei.

Jo folgte Harvey ans Fenster und sagte: »Nein. Es muß neu sein. Beim letzten Mal hattest du es noch nicht.«

»Wann war das letzte Mal?« fragte Harvey und lachte.

Eine Hand im Rücken war eine absolut unverfängliche Geste. Leah nahm die Kamera aus der Tasche und beschäftigte sich mit Harveys Hut. Sie wartete, bis der Hut wieder langsam vornüberkippte, den Brillenrand anstieß, und dann löste sie aus. Der Moment völliger Blindheit. In diesem Moment würde er nur auf dem Bild anwesend sein.

»Ich bin geschmeichelt«, sagte Harvey und schlug die rechte Hand gegen den Hut, wie um den Sitz auf dem Kopf noch mal zu überprüfen. »Mach nur so viele Bilder, wie du willst, meine Liebe. Sieh dir die anderen Räume an, und frag, wenn ich dir etwas erklären soll, frag ruhig und mach Fotos, dazu sind wir doch da, um es uns gegenseitig gutgehen zu lassen. Nicht wahr«, sagte er, legte Jo seinen Arm um die Schultern und ging mit ihr in die Küche.

»Wo kommt sie noch mal her?« fragte Harvey später an der Tür, nach einiger Aufregung mit dem Kaffee und unzähligen Freundschaftsversicherungen. Er gab Jo einen Kuß auf den Handrücken.

Jo entzog ihm die Hand und sagte: »Aus Berlin.«

»Sie kommt tatsächlich aus Berlin«, sagte Harvey.

»Marburg«, sagte Leah.

»Weißt du eigentlich, daß ich da schon immer mal hinwollte?« Harveys Kopf war leblos, er hielt ihn ganz still. Nur so hielt der Hut seinen Sitz ein wenig länger als sonst. Jo lehnte mit der Schulter am Türrahmen.

Vielleicht wurde jetzt eine Nettigkeit von ihr erwartet, eine Auskunft zur Berliner Szene. Aber Harvey sah nur Jo an. Und Jo, wie gebannt von diesem Blick, sah Harvey an, der in der halboffenen Wohnungstür stand. Leah war nicht gefragt. Sie kam aus Marburg oder Berlin, aber sie existierte hier nicht. Sie existierte nur als Begriff, als Vorstellung von einem europäischen Staat mit unangenehmer Vergangenheit. Es kam allenfalls darauf an, ob sie dieser Vorstellung entsprach oder nicht. Sie hatte keine Lust, es darauf ankommen zu lassen, und wandte sich ab, Richtung Treppe. Wenn Harvey nicht so alt gewesen wäre, hätte sie diesen Besuch als Beleidigung empfunden.

Auf der Straße holte Jo sie ein. »Er zahlt ein Vermögen für jedes Bild. Aber er ist in Ordnung.«

Sie nahmen ein Taxi. Jo ließ den Fahrer an der Südseite des Brooklyn Museums halten, zahlte und knotete den Schal im Nacken fest. »Komm, du mußt den Park sehen.«

Von fern sah der Park des Museums aus wie ein Spielplatz. An den Wegrändern und in der Rotunde am Eingang häufte sich das Herbstlaub, Schuhabdrücke und Radspuren hatten starre Gebilde in den Sand gefroren. Außer ihnen war niemand hier unterwegs. Die Stille ging kurz an das Geräusch ihrer Schritte über und begann, als sie vorüber waren, wieder von vorn. Das Konkreteste, an das Leah dachte, war Jos Hand in ihrem Rücken. Sie versuchte, sich abzulenken. Sonne, Wind, Frost und Marmor. Statuen säumten den Weg. Aber immer wieder kehrte sie zu Jos Hand zurück, und schließlich gab sie auf. Sie liefen eine Weile nebeneinander her.

»Man glaubt es nicht, wo das alles herkommt«, sagte Jo. »Selbst Harvey kennt nicht alles. Dabei sind wir oft hier. Es ist für ihn so etwas wie eine Lebensaufgabe, verstehst du?«

»Nicht alles«, sagte Leah. »Ich habe noch ein paar Probleme mit dem Slang.«

»Das meinte ich nicht.« Jo war überrascht. »Du sprichst sehr gut englisch.«

»Ich will nur manchmal etwas anderes sagen, als ich sage.«

»Und was ist das, was du dann sagen willst?« fragte Jo nach einer Pause.

»Nichts Bestimmtes. Ich weiß nicht. Es gibt Sachen, die sich in keiner Sprache besonders gut ausdrücken lassen, oder?«

Jo sagte nichts. Sie blieben vor einem Glaskasten stehen. Zwei Kindergesichter lehnten sich aneinander auf ihrem Königssitz, der aus dem gleichen Sandstein war wie sie. Renenote und Yuri; ein Priester und seine Frau aus einer 14. Dynastie zwölfhundert Jahre vor Christus, sagte eine Tafel. Leah fragte sich, welche Rolle Alter in einer Beziehung spielt.

»Nicht der Fall eines Staubkorns stört die mehr«, sagte Jo. »Sie sitzen immer so weiter.«

Es spielte gar keine Rolle. Es bedeutete so wenig, wie die Angabe dieser Jahreszahl auf der Tafel für eine Zeit, wo es Christus noch nicht mal gegeben hatte. Sie sah Jos Gesicht als dünnes Spiegelbild im Glas. »Eine von den Sachen, die ich jetzt gern sagen würde –«, sagte Leah und holte Luft, »– küß mich.«

Sie versuchte, Jos Augen zu erwischen. Sie erwischte die steinernen der Priesterfrau.

Jo antwortete nicht. Die Stille spannte sich wie ein Seil. Eine ungeheure, straffe Stille. Der Wind hatte sich gesetzt. Auf die Spitzen des Staketenzauns. Dann waren es plötzlich Jos Augen, blau und nach unten hin eingedunkelt. Sie kam um den Glaskasten herum, am Seil entlang, auf sie zu.

Als sie sich die Schulter am Glaskasten stieß, lächelte sie nur und war kein bißchen verlegen. Sie legte ihr die Hand in den Rücken, langsam diesmal und mit Absicht. Vielleicht hatte Jo auch den Park absichtlich ausgesucht.

Ein Spielplatz, dachte Leah unter Jos Lippen, sie waren auf einem Spielplatz.

Dann ging Jo auf die Toilette, und Leah wartete und dachte dabei an nichts. Das Herbstlaub war starr und dunkelbraun. Seit es hier lag, mußte es so oft geregnet haben, daß der Regen alle Farbe in den Boden gewaschen hatte. Der Priester und seine Frau saßen ungerührt wie vorher, Kopf an Kopf. Sie hatten schon all die Küsse der vergangenen Jahrhunderte gesehen und mußten schließlich gleichgültig geworden sein. Leah wartete und stellte sich Jos Stirn vor, mit den waagerecht verlaufenden Strichen. Langsam wurden ihre Finger taub vor Kälte, und sie schob sie in die Hosentaschen.

Jo kam nicht wieder.

Leah wartete, dann lief sie zurück. Sie ging vor bis zur Rotunde neben dem Eingang, aber Jo war nicht da. Sie war auch nicht mehr auf den Toiletten oder in der Eingangshalle des Museums.

Leah ging noch einmal den ganzen Park nach ihr ab, aber Jo war nicht mehr da. Sie mußte gegangen sein. Ohne ein Wort. Sie war verschwunden wie das Bild von der Laterne; nur das Licht war in diesem Fall kein flirrendes, der frühe Abend stellte die Menschen wie Stöcke in die Wege. Leah ging mehrere Begründungen durch, schwankte zwischen Angst und Kränkung und entschied sich für Kränkung. Jo war gekränkt wegen gestern oder weil sie Harvey nicht von den Berliner Galeristen vorgeschwärmt oder die Steinfiguren in ihrer Glasvitrine nicht entsprechend gewürdigt hatte.

Oder der ganze Nachmittag war schlicht Höflichkeit gewesen. Auch der Kuß und die Lippen – amerikanische Höflichkeit. Es hatte keinen Kuß gegeben. Die Lippen konnten genausogut in ihrem Kopf gewesen sein.

Zu Hause baute sie die Apparatur auf. Sie konnte es kaum abwarten. Die Bilder der gestrigen Verfolgungsjagd waren jetzt wie die Einlösung des noch ausstehenden Abschieds von Jo. Für die Arbeit hatte sie sich einen bestimmten Rhythmus angewöhnt, eine Taktfolge aus den Schatten ihrer Hände an der roten Wand. Sie hatte den Rhythmus der Enge des Raums angepaßt. Zwei Schritte mit einem Bild in der Klammer hin und zwei ohne Bild wieder zurück. Manchmal mußte sie eine helle Stelle nachbelichten und gab dafür eine Weile den Rhythmus auf. Sie belichtete oft nach, in geringfügigen Abstufungen, um zu starke Kontraste aufzulösen. Man mußte Hell und Dunkel so weit wie möglich einander annähern, um das Bild fließen zu lassen. Es war eine gute Nacht, und sie vergaß darüber alles andere. Es gab nur die Arbeit und den Rhythmus, vom Summen des Belichtungsapparates verstärkt. Dunkle Schemen fuhren über die Wand, der Schatten ihres Kopfes, riesengroß ihre Hände. Wie Rotundenblätter drehten die Fotos im Entwicklerbad. Aufgehoben vom Wind des letzten Jahres. Ein Absatz bohrte sich hinein und heftete das Blatt am Asphalt fest. Eine Fluchtsekunde lang. Dann hob sich der Absatz, gab das Blatt frei. Jos Absatz. Das Blatt drehte, trieb an die Oberfläche, wurde heller, dann gelb, trieb bauchoben im Kreis, machte schließlich ein Hohlkreuz in den Blattadern. Jos Gesicht daneben, in der Ferne noch zwischen die Wangenknochen gesunken, bis die Wangen aufgeblasen wurden, irgendwo unterhalb mußte ein Wind sein oder eine Hand, die das Gesicht emporhob, erst die Wangen, dann die Lippen und die Stirn. Daraus konnte etwas werden. Sie wartete und beobachtete, wie die Linien langsam stärker hervortraten. Sie hatte Jo aus weiter Entfernung aufgenommen und hätte sie jetzt gern größer gehabt, näher dran, mit scharfen Konturen wie das Bild aus Harveys Wohnung. Jo ging in der Ferne über die Straße. Die ganze Person war vollständig zu sehen, sogar der Schattenfleck der Hand am Riemen der Tasche auf Schulterhöhe. Links vorn das Werbeplakat für mexikanisches Obst. Alles war so, wie es gewesen war, nur viel zu klein. Sie hatte gehofft, wenigstens eine untypische Bewegung einzufangen, den winzigen Moment des Wegrutschens, den das Auge nicht sah. Aber es war nur ein gewöhnliches Foto von einer Frau, die in der Ferne über die Straße ging. Leah beugte sich dicht darüber und wünschte sich, daß ein einziges Mal die Logik der Fotografie versagte.

Sie wollte alles klar und deutlich und viel größer haben.

Vorher zündete sie sich eine Zigarette an und rauchte sie herunter bis an die Fingerkuppen. Rauchte sie weg wie eine zu große Erwartung. Der Aschestumpf zerfiel, und sie stand auf. Sie ging bis 40 mal 60. Es nützte nichts. Sie kam nicht näher dran. Bei Vergrößerung lösten sich die Bilder auf. Die erste Lektion ihrer Ausbildung. Die Stadt war in Formate getrocknet. Das Brooklyn Museum mit den Fahnen davor, Harveys Hut, ein Apfel vor Taxirädern. Die Regeln waren befolgt. Die Brennweiten stimmten. Es lohnte sich nicht, weiterzumachen, und sie schaufelte die Bilder in eine Schublade.

FIVE
Neuland unterm Pflug

Sie spielten Gefangene, er und die Schauspieler, er und sie, sie und die Schauspieler und er. Damit jeder wußte, was es hieß, Gefangener zu sein. Mit aufgerissenen Mündern nach Essen zu gieren, mit geöffneten Hosenställen nach Wärme. Das ganze Leben war anders für die Gefangenen. Es war ein einziges Fehlen von Wärme, es war das, was es nicht war. Manchmal war das Proben eine Schikane. Selbst für Christiane. Manchmal war es so, als müßte man sich zu viel fragen. Früher war das Fragen angenehmer, da hatte es Entwicklungsmöglichkeiten. Jetzt ging es darum, Gefangener zu sein, und schon fühlten sich alle angesprochen.

Dann spielten sie den verlorenen Jungen, sie mußten immer alle alles spielen, damit sie das Mitgefühl bekamen. Christiane legte Wert auf das Mitfühlen, das Mitfreuen, damit jeder lernte, die Arbeit der anderen zu schätzen. Alles Abstrakte war Lüge. Sie waren alle der Junge mit den gebückten Schultern am Balkonfenster, als er seine Geliebte auf den Unterleib küßte, weil er am Balkon nicht höher hinaufreichte. Sie zog den Zeigefinger über die Stelle, die er geküßt hatte und steckte sich den Zeigefinger in den Mund. Es war die schönste Stelle im Stück. Die allerschönste und die einzige, die sie den Schauspielern nicht hatte erklären müssen. Es gab auch sonst keinen Kuß im Stück, und das fanden sie merkwürdig. Sie waren an Küsse gewöhnt, und jetzt sollten sie sich angewöhnen, sich die Küsse hinter die Kulisse zu denken. Es ging nicht um Liebe oder Küsse, weil es dann um Menschen hätte gehen müssen, und es ging nicht um Menschen.

Dann nahm Christiane das Licht dazu, dunkles Grün, das über die Bühne kreiste wie ein Rundumlicht, nur in Grün. Sie schmiegten sich an das grüne Licht, das sie aus dem großen Metallhebel hervorholte, und wenn sie ihn ganz nach hinten kippte, konnte alles noch einmal von vorn losgehen. Ein Schauspielerstück war es geworden, das keine Zuschauer brauchte. Zu sehen blieb nur ein Rest wie Abgeschöpftes.

Auf dem Pult lagen die Blätter mit den Off- und On-Anweisungen für die Scheinwerfer, eine Lichtkomposition, aus der sich Gewaltakte schälten, die aussahen wie Liebe. Der Vorhang ging auf, und James war erwachsen geworden. Die Haare trug er kurz, seit er mit jemandem verwechselt worden war, kurz und schlicht gescheitelt, er sah brav aus, wenn er spielte. Christiane fuhr den Knopf für das Blendlicht auf acht, seine Finger wurden blau und unsichtbar, wenn er Margerit damit an den Rock ging, wie ein verschämter Sohn entlockte er ihr das Geheimnis, das nur ein Sohn entlocken konnte; Söhne wurden für die Gesellschaft gemacht. Es war ein Gesellschaftsstück geworden, es hatte seine Söhne, seine Sünder, den Edelknaben und die Mutter, und es hatte kein Ende. Auf und ab ging es im Rhythmus der Lichter. Alles, was die Schauspieler am Leib trugen, war echt. Die Jacke des Werkzeugmachers war gebraucht und glänzte, abgenutzt im Altern der Erfahrung an der Drehmaschine. An den Spitzen der Schleifblöcke zerschlissen die Ärmel.

Dann kam das Blackout und Nocturne No. 2; langsame Streicher, und jetzt war Jeff wichtig, weil nur er das Tape bedienen konnte. Margerit fing früher an zu tanzen als die Musik.

So ging es viele Stunden in die Nacht, umgeben vom Summen der Geräte auf dem Board. Über die Lautsprecherverbindung nach draußen kamen die Stimmen von der Bühne zu Christiane herein. Die Bühnenmikrofone hingen von der Decke, kleine

Schutzohren, denen sich die Schauspieler anbiedern mußten, wenn sie gut sein wollten, ohne den Kopf dabei abzuwenden; sonst kamen die Satzenden verschluckt oder gar nicht an. Es knarrte, wenn sie die Lautstärke regulierte, so alt war das Gerät, und in der Abdichtung saßen die Flusen. Stellte man es ab, waren nur die Mundbewegungen vor der Glasscheibe zu sehen. Sprache wie Luftschnappen, das war dann, als ginge der Raum auseinander wie Stratuswolken, und sie verlor das Gleichgewicht auf ihrem Hocker.

Auch im Zuschauerraum gab es Aufnahmegeräte, und nach der Vorstellung kam Jeff und stand nah an die Boxen vorgebeugt und lauschte, den Mund halboffen. Belauschte, wie sie die Sprache angenommen hatten und wie sie die Sätze in die Köpfe und unter die Gemeinplätze der Straßen mischen würden. Wie es sich forttrug von hier nach draußen. Bis jeder einzelne von ihnen wiederkam, ausgezehrt vor Erwartung und mit Neugier aufgeladen.

»Hast du gehört, was der Typ da gesagt hat?«

»Nein? Was hat er gesagt?«

»Er hat gesagt, so was hat er noch nicht erlebt.«

Christiane rettete die Notenblätter vor Jeffs Arm, mit dem er sich auf dem Pult abstützte. Ein blasser, verschwitzter Arm, wie er aus dem Jeansärmel ragte, an dem die Haare aneinanderklebten.

»Was hat er noch nicht erlebt?«

»Er will, daß es sofort weitergeht, er kann nicht einen ganzen Monat auf die Fortsetzung warten.«

Die Arbeit hielt banale Dinge ab, wie Gesundheit oder Geld. Sie überprüften gegenseitig die Kostüme an ihren Körpern, die Handschuhe, die ihre Fingerspitzen zu kleinen, ungesunden Flächen machten, mit denen sie sich berührten. Sie feuerten sich in ihren fremden Worten an, die vom vielen Benutzen längst ernst waren und wahr und viel zu spät gesagt, jetzt, wo der Vorhang aufzog.

Christiane ging vor der Aufführung in der Garderobe herum,

rückte noch ein Hemd zurecht, ein Halstuch oder wischte Schminkreste vom Waschbeckenrand. James hatte eine flache Brust, an die er ein Abzeichen geheftet trug; ohne Abzeichen ging er nicht raus, und als sie es ihm ansteckte, sah er sie an wie eine Braut. Aufgerissen und stolz und gar nicht brav wie auf der Bühne. Dann gingen sie, und wenn sie wiederkamen, würden sie die gleichen sein, obwohl sie jetzt ein ganzes Leben hinter sich hätten, nur ein bißchen erschöpft. So ist es gut, dachte Christiane, ein ganzes Leben hinter sich und das einzige Anzeichen davon ist eine kurzzeitige, mit Schlaf zu kurierende Erschöpfung.

Morgens, kurz nach sieben, wenn es noch still war und ihr nur die Putzfrau auf dem Gang entgegenkam, ging Christiane ins Büro hoch, um den Tag zu planen. Die Putzfrau nickte bei jedem Schritt und wedelte die Hände vor und zurück, um sie im Luftzug zu trocknen. Die blauen Turnschuhe der Putzfrau waren ein kleines Glück, das vertraute Quietschen der Sohlen jeden Morgen auf dem gebohnerten Flur. Dann verschwand sie, Eimer und Schrubber fest in der Hand, und Christiane nahm den Schlüssel vom Brett. Wenn die Putzfrau gegangen war, wurde es wieder still.

Sie öffnete den Schrank und wechselte die Sachen, der Duft nach Keller und Probenschweiß hing in den Achseln. Dann erwärmte sich der Anzug an ihrem Körper, und der Geruch ließ nach. Sie mochte die Stille am Morgen, den Lichtkreis der Arbeit auf dem Papier und ließ die Jalousie absichtlich unten. Viel gab es nicht mehr zu tun. In ein, zwei Monaten konnte die Fortsetzung auf der Bühne sein. Die Schauspieler waren schnell und erstaunlich erfinderisch geworden. Sie hatten selbständig Charaktere entwickelt, die nur noch aufgeschrieben und in einen Spannungsbogen eingebaut werden mußten, und Jeff würde nichts einfallen vor Staunen. Er würde auch kein Gesicht mehr machen. Die Kartenpreise mußten nicht gesenkt werden, und er brauchte auch das Konto nicht aufzulösen, wie sie anfangs befürchet hatten. Die Ausgaben gegen die Einnahmen hochgerechnet, die Gehälter für die nächsten Monate überschlagen, blieb sogar noch ein Überschuß, von dem sie sich ein neues Lichtpult kaufen konnten. Jeff würde das Pult aussuchen ohne ein Wort, aber wie eine große Errungenschaft. Und hinterher würde er heimlich lächelnd durch den Technikraum schleichen.

Türen klappten. Sie kamen vom Gang und aus dem Treppenhaus, der typische Morgenlärm, in dem sich die kleinen Geräusche gegenüber den großen hervortaten, Jeff, der pfeifend ins Bad ging, die Spülung rauschte, jemand polterte Bierkästen in den Keller. In den Werkstätten nebenan begann die Arbeit. Die Werkstätten waren Jeffs Idee, und vor ihren Türen pfiff er lauter, bis sie nicht nur das Pfeifen, sondern auch sein Atemholen dazwischen hören konnte, das Atmen, das so schwer in Bewegung umzusetzen war. Die Handgriffe in Eisenach waren begrenzt, ein Vorrat, mit dem gegeizt werden mußte. Kein Handgriff durfte verschwendet werden. Aber sie hatten gelernt, aus der Begrenzung eine Unzahl von Bedeutungen zu ziehen, und je größer die Vielfalt wurde, desto präziser mußten sie arbeiten. Die Schauspieler hatten ganze Tage damit verbracht, eine einzige Bewegung wieder und wieder durchzugehen, und einmal war auch das Pfeifen von Jeff darunter gewesen. Jeff hatte sich lustig gemacht, als er sich selbst darin erkannte, und es erstaunt wieder und wieder hören wollen.

Christiane hörte die Badtür zufallen und den Windzug, bevor sie zufiel, und achtete auf das Schleifen der Schuhe, kurz bevor sie auf dem Boden aufsetzten. Nur James hörte sie nie. Von ihm stand plötzlich der Schatten im Zimmer, an die gegenüberliegende Wand geworfen, und als Christiane sich erschrocken umdrehte, lächelte er mit hochgezogenen Schultern. Seinen Probenanzug trug er wie eine Robe, wütend über jedes Zeichen von Abnutzung. Er war nicht mehr der scheue Junge aus dem ersten Akt, den Kopf auf die Schulter gedrückt. Er begann sich abzugrenzen. Wenn er Aufsicht hatte, schrieb er jede Unregelmäßigkeit in ein Notizbuch.

Er schob ihr die Bestelliste auf den Tisch und trat auf den Zehen herum, bis sie unterschrieben hatte. Gestern war ein Rahmen gebrochen, der Aluminiumspiegel brauchte neues Papier, das alte war knittrig geworden und verriet die Improvisation. Sie überflog die Liste, aber wieder dauerte es ihm zu lange. Er hatte sich an die Erschöpfungen gewöhnt, das tägliche Proben brachte ihm nichts Neues, und sie mußte ihm bald eine Szene schreiben, die ihn aus dieser Abgrenzung herausholte, sonst würde er hart und starrköpfig werden.

»Ist das alles? Müssen wir nicht noch was am Bühnenboden ausbessern?«

»Das ist alles, was ich weiß.«

Sie unterschrieb die Liste mit Füller. James würde später damit die Flohmärkte absuchen. Wenn es neun war, knipste sie das Licht aus, den Tagesablauf im Kopf. Jeff verpaßte nie die Zeit und wollte pünktlich mit dem Frühstück beginnen. Bevor sie aus dem Zimmer ging, stellte sie die Heizung herunter und hörte das Gitter drüben vor O'Heaves Laden aufrasseln. Sie wußte ohne hinauszusehen, daß O'Heave jetzt auf die Straße kam, sich nach allen Richtungen umsah und streckte und dann wieder nach drinnen verschwand. Die Kenntnis der Gewohnheiten und Geräusche bildete eine entfernte Nachbarschaft. Sie duldeten einander, wie Nachbarn sich duldeten, wenn davon die Existenz abhing. O'Heave war Theaterleute gewöhnt, aber er mochte sie nicht, und seither hatte Jeff sich mit den Schauspielern geeinigt, das Bier woanders zu trinken, unten in der Bar oder im Sommer hinten im Hof. Sie ließ die Lamellen der Jalousie über die Finger flappen und O'Heave kleiner werden. Am Ende verschwanden auch seine Beine hinter den Plastestreifen, die das grelle Tageslicht aus dem Zimmer heraushielten, wo nur der Tagesplan zählte und die Kontrolle über das Stück.

Wenn Christiane herunterkam, war Jeff schon vom Gang aus zu hören, das Schlappen seiner ausgebeulten Turnschuhe, das Tellergeklapper. Er nickte ihr zu, während er für James eine Serviette zurechtlegte, links neben den Tellerrand, weil er mit Unruhe rechnete, wenn sich James auf die Hose krümelte und keine Serviette da war. Man gewöhnt sich zu schnell an Absonderliches, dachte Christiane. Morgens war Jeff ein Familienvater, der sich um das Frühstücksei kümmerte und fragte, ob es zu lange gekocht war, und den Kaffee türkisch brühte, um Filtertüten zu sparen. Dann fand sie ihn sehr absonderlich.

Sie nahm das Tuch von der Brotschneidemaschine und schnitt einen ganzen Brotberg ab. Drei der Schauspieler blieben jetzt immer über Nacht. Es hatte sich so ergeben. Es hatten sich viele Dinge ergeben, das Proben bis in den späten Abend hinein, das gegenseitige Aufmerken und eine angenehme Langsamkeit. Das Theater hielt die Hektik fern, die von draußen anstürmte und die Schauspieler mit Nebenjobs und Stundenlöhnen beschäftigte. Hier waren sie konzentriert und gaben sich ganz ihrer Rolle hin. Sie hatten gelernt, jedes Detail, jede Antwort als einen Vertrauensbeweis zu sehen. Sie hatten begonnen Fragen zu stellen, wo sie früher nur die eigenen kleinen Geschichten hatten gelten lassen. Es gab die üblichen ungehobelten Streitigkeiten, James konnte Margerit nicht leiden, woran sie selbst nicht unschuldig war mit ihrem ständigen Mein-Kleiner, aber es waren Streitigkeiten, wie sie in Familien und unter Geschwistern natürlicherweise vorkamen.

Auch die Diskussionen beim Frühstück hatten sich irgendwann so ergeben. Morgens wurden an diesem Tisch mit den unsauber gehobelten Kanten die Dinge besprochen, die zwingend waren. Das war ein langwieriger Prozeß, der nicht mit dem Frühstück beendet war. Nach dem Frühstück setzte er sich fort zwischen den Spinden im Umkleideraum, in den Duschen, vor dem Probensaal im Flur, und es war schwierig, weil von jedem eine klare Stellungnahme verlangt wurde. Die Diskussionen machten oft mürbe. Selbst den Schauspielern, die Auseinandersetzungen auf Proben gewohnt waren, sah man die Anstrengung jedesmal an. Aber danach, wenn auch der Letzte sich ohne

Zweifel mit den anderen einverstanden erklärt hatte, waren die Dinge zwingend und unverrückbar geworden.

Auch die zwei Tonnen Korn im Bühnenbild waren zwingend gewesen. Zwei Tonnen Korn verbrauchten das Bühnenbildbudget eines Broadwaytheaters. Aber es hatte sich morgens nach langer Diskussion so herausgeschält, und sie hatten das Korn, in das man sich ein- und wieder ausgraben konnte, in Säcken anfahren lassen.

James setzte sich. Er pflanzte sein Notizbuch hochkant auf den Tisch, als würde er lesen, die Ellbogen aufgestützt, das Buch an den oberen Kanten haltend. Man sollte bemerken, daß er nur so tat. Als Christiane den Brotkorb auf den Tisch stellte, ließ er das Buch sinken. »Ich möchte einen Vorschlag machen«, sagte er.

»Sieh mal einer an«, sagte Christiane, ohne aufzuhören, sich mit dem Brot zu beschäftigen.

Der Junge riß präzise und an einer imaginären Linie entlang, die er mit Daumen und Zeigefinger an der Mittelkante des Notizbuches bildete, ein Blatt heraus. »Das habe ich mir heute nacht ausgedacht und das ist etwas, das wir heute besprechen müssen.«

»Gib es Christiane«, sagte Jeff und spülte mit Kaffee nach.

»Und was ist das?«

»Es ist ein Plan, auf den wir schon längst hätten kommen müssen, aber weil noch keiner drauf gekommen ist, bin ich jetzt darauf gekommen.«

»Gib ihn Christiane.«

»Aber er betrifft nicht das Stück.«

»Wir sind hier kein Oberster Gerichtshof. Du kannst ihn genausogut zuerst Christiane geben.«

Der Junge wischte mit der Handfläche über das Blatt, als gäbe es auch da schon Krümel, obwohl er noch gar nichts gegessen hatte.

Entwurf eines organisierten Tagesablaufs
in tabellarischer Form:

1)	Schlafengehen	11 p.m.
2)	Schlafen 8 Stunden, Aufstehen	7 a.m.
3)	Waschen 10 min.	7.10 a.m.
4)	Duschen (fakultativ, 5 min.)	7.15 a.m.
5)	Ankleiden 5 min.	7.20 a.m.
6)	Frühstück 15 min.	7.35 a.m.
7)	Weg zur Arbeit 30–50 min.	8.25 a.m.
	(Den Ansässigen bleibt diese Zeit zur freien Verfügung)	
8)	Weg in die Garderoben 5 min.	8.30 a.m.
9)	Umkleiden 10 min.	8.40 a.m.
10)	Sammeln vor dem Probenraum 5 min.	8.45 a.m.
11)	Besprechung 15 min.	9 a.m.
12)	Proben 3 h	12 a.m.
13)	Kaffeepause 30 min.	12.30 a.m.
14)	Besprechung der zweiten Arbeitseinheit 15 min.	12.45 a.m.
15)	Mittagspause 1 h	1.45 p.m.
16)	Umkleiden, Sammeln 15 min.	2 p.m.
17)	Proben 3 h	5 p.m.
18)	Ruhestunde	6 p.m.
	(Wer es wünscht, kann auch schlafen. Dazu geht man in die Schlafstuben)	
19)	Aufführungsvorbereitung Erwärmungen, Repetitionen, Kostüme und Requisiten vorbereiten 1 h	7 p.m.
	(Wer will, kann hier noch einen Apfel essen)	
20)	Maske 45 min.	7.45 p.m.
21)	Sammeln 5 min.	7.50 p.m.
22)	Konzentration 5 min.	7.55 p.m.
23)	Auf die Plätze 5 min.	8 p.m.
24)	Aufführung 2 h	10 p.m.

James strahlte. Bis zur Erschöpfung mußte er in der Nacht mit seinem Bleistift in bemühter Kinderhandschrift Pläne geschmiedet haben. Er hatte viel zu stark aufgedrückt. Christiane bemühte sich, nicht zu schmunzeln.

»Wir haben gar keine Schlafstuben«, sagte sie. Das war das einzige, was ihr dazu einfiel.

»Es heißt doch nicht, daß man immer so weitermachen muß wie bisher, nur weil man bisher immer so weitergemacht hat. Oder?«

»Natürlich nicht. Hast du überhaupt schon etwas gegessen? Gib ihm ein Brötchen, Jeff.«

»Ihr wollt ihn nicht haben. Jetzt habe ich einen Vorschlag, und dann wollt ihr den Vorschlag nicht haben.« Die Wangen des Jungen leuchteten vor Anstrengung.

»Du hast dir viel Arbeit damit gemacht.«

Aber es war wichtig, ihm den Unterschied klarzumachen. Den Unterschied zwischen Dingen, die zwingend waren, und haltlosen Spielereien.

»Darf ich erfahren, worum es geht?«

Während Jeff las, faltete James die Serviette auseinander und legte sie sich über die Hose.

»Dann sollte also jeder so einen Plan in der Hosentasche haben, was?« Jeff hielt den Zettel, als sei er noch nicht fertig mit Lesen. »Wir hätten was in der Hand, daß die Leute pünktlich sind.«

»Sie sind deshalb nicht pünktlich, weil sie zu viel Zeit auf den Gängen verbringen, und auf den Gängen dürfen nur die Zeit verbringen, die Aufsicht haben!«

»Das sollten wir uns gut durch den Kopf gehen lassen.«

»Und wenn man die Zeit auf den Gängen verkürzt, bleibt mehr Zeit übrig zum Proben.« James rückte mit den Ellbogen vor, eine dünnlippige Aufregung im Gesicht, weil sich Jeff zu viel Zeit ließ. Sein merkwürdiges Spiel um die Rangfolge, wie er es manchmal in den Probenpausen begann, und der Junge dann mit hochrotem Kopf viel zu spät begriff, daß Jeff sich nur lustig machte.

Aber dann sagte er: »Genial. Wir kriegen die Leute endlich pünktlich zur Probe!«

»Sehr witzig.«

»Das ist kein Witz«, sagte James. »Das habe ich mir lange überlegt, und so, wie ich es mir überlegt habe, habe ich es in der letzten Nacht aufgeschrieben.«

»Siehst du«, sagte Jeff.

»Das ist doch nicht dein Ernst!« sagte Christiane.

»Wärst du darauf gekommen? Na siehst du.«

Christiane klappte ihr Bagel auseinander, zwei Hälften, die rechts und links am Tellerrand eine völlig neue Situation markierten.

Jeff ging immer noch den Zettel durch, machte mit einem Finger Zeichen am Rand, als wäre der Finger ein Bleistift. Es sah aus, als wollte er den Zettel gleich irgendwo anschlagen. Mütter machten Pläne für ihre Kinder, in jedem Büro gab es einen Arbeitsplan. Christiane schraubte das Marmeladenglas auf und wartete eine Weile, ungläubig und mißverstanden, als müsse sich die Lage jeden Augenblick klären. James fing an zu essen. »Dagegen kann man doch nichts sagen, oder? Christiane?«

»Natürlich ist dagegen was zu sagen. Es wird immer irgendwelche Zeitverzögerungen geben. Das ist im Theater so. Das läßt sich nicht exakt auf die Sekunde durchplanen.«

»Was heißt denn: im Theater. Das sind doch wir. Oder sehe ich das falsch?«

»Ich halte das ganze für einen Witz.« Es würde eine Diskussion geben, wie es sie allmorgendlich gab, nur der Gegenstand war sinnlos und überhaupt nicht zwingend. »Ich bin dagegen.«

Sie beobachtete James, wie er die Augen gespannt auf die Tischplatte richtete, als fände er dort schon sein Ergebnis, die Schulter nicht länger im Weg. Oder die Diskussion würde auf später verschoben, weil es bereits nach neun war und ihnen die Zeit weglief. Jeff stand auf und ging zur Tür.

»Ich dachte, du würdest so reagieren wie ich. Wie man reagiert, wenn jemand begeistert, aber noch nicht volljährig ist.«

»James ist frühreif«, sagte Jeff.

»Meinetwegen. Aber der Vorschlag ist Unsinn. Das weißt du doch.«

»Wir hatten noch keine Gelegenheit, das herauszufinden.«

»Mußt du immer erst alles ausprobieren, um es herauszufinden?« Sie holte ihn ein, bevor er hinausging.

»Ich dachte, wir machen hier etwas Neues, und dann machen wir doch immer nur wieder das Alte! Aber du denkst das nie, oder?«

»Nein. Das denke ich nie.«

»Und auch nicht, daß alles, was man macht, immer nur eine Wiederholung ist?«

»Schön wär's. Aber hätte ich mich dann ins Theater verlaufen? Einer wie ich? Einer vom Bau?« Er zeigte seine Hände. »Einer, der gelernt hat, wie man Computerprogramme installiert und Statik berechnet?«

»Und jetzt willst du, daß hier alles nach Programm läuft, ja. Jeder Tag exakt wie der vorherige.« Sie beobachtete sein Gesicht. Bis er sich losmachte, als hätten sie sich schon wieder berührt.

»Sie loben uns doch alle. Siehst du das nicht? Die Kritiker? Sie vergleichen uns mit einem Haufen Avantgardisten aus den Zwanzigern, weil sie nicht wissen, womit sie uns vergleichen sollen. Ich kenn mich ja nicht aus mit den Avantgardisten, aber einer aus den Zwanzigern bin ich bestimmt nicht.« Er dämpfte seine Stimme. »Wir haben einen Haufen Ideen, wir gehören zusammen, wie noch nie jemand zu jemandem gehört hat, jedenfalls nicht in meinem Leben, alles läuft gut, nur du denkst ständig, es ist alles nicht richtig –«

»Aber dieser Plan ist anmaßend. Fühlst du dich kein bißchen bevormundet, beherrscht, gemaßregelt, überhaupt nicht? Kein bißchen?« Sie kroch fast in ihn hinein, bis er den Oberkörper zurückbeugte. »Tut mir leid. Ich finde, es ist Unsinn.«

»Nein«, sagte er.

»Na, wenn das alles gar nicht so falsch ist und du es auch nicht falsch findest, wird es wohl auch gar nicht so falsch sein!«

»Hör einfach auf, dich darüber so aufzuregen. Okay?«

Als er die Saaltür aufschloß, versuchte sie, sich daran zu halten. Und dieses Mal wunderte sie sich nicht über sich selbst. Dieses Mal stellte sie nur fest, daß bestimmte Dinge nie zwingend sein würden, so, wie sie eines Tages festgestellt hatte, daß es das Paradies gar nicht gab.

»Alles in Ordnung?«

Sie nickte.

Gemeinsam gingen sie mit den Schauspielern die gestrigen Szenen noch einmal durch, hielten sich damit nur so lange wie nötig auf und begannen dann mit den Improvisationen für den Fortsetzungsteil. Sie lebte wieder ganz in der Kleinstadt, in der sich inzwischen einiges geändert hatte, der Junge war klüger geworden und hielt jetzt den Kopf nur noch schief, wenn er widersprach.

Das Korn lagerten sie in einem langgezogenen Trog, den man auf Rollen auf die Bühne fahren konnte, und im ganzen zweiten Akt war es ein Teil der Kulisse. In der Kleinstadt fand das Korn große Beachtung. Es war ukrainisches Korn, das man auf dem Marktplatz abgeladen und liegengelassen hatte. Der Junge entdeckte zuerst seltsame Gegenstände darin: benutzte Kämme, Milchbeutel, Tücher, eine zerborstene Fahnenstange und schließlich einen Miniatursender, den er nicht erkannte und mit nach Hause nahm und sich als Fundstück in den Setzkasten stellte.

Manchmal grub sich James danach mit dem ganzen Körper in das Korn ein und behauptete, es läge sich darin so kühl wie im Inneren einer Basilika.

Mittags gingen sie hinunter zur Bar, wo der Küchendienst ein leichtes Essen gemacht hatte. Er wurde wöchentlich gemietet und kochte mittelmäßig, aber dafür billig. Christiane konzentrierte sich auf das heiße Essen, wie sie sich vorher auf die Arbeit konzentriert hatte, und dachte nicht mehr an das Paradies und an all die Dinge, von denen sie angenommen hatte, sie wären zwingend.

Der Küchendienst hatte frittierte Kartoffeln gemacht und dazu eine Rahmsoße mit Gemüse, von der am Ende noch viel zu viel in den Töpfen war. Sie beobachtete über den Löffel hinweg die Leute, mit denen sie jeden Tag arbeitete, deren Tricks und Schwächen sie kannte und von deren Meinung sie abhängig war. Ein bestimmter Stolz ging von ihnen aus, den sie vorher nicht bemerkt hatte. Jeff hat ein feineres Gespür, dachte sie, er weiß, was außerhalb des Stückes in ihnen vorgeht. Sie saßen da, stießen sich mit den Ellbogen an beim Lachen und schienen den Plan für überaus gewöhnlich zu halten. Schweißt zusammen, sagte jemand. Uns kriegt so schnell keiner unter.

Die Einzelkämpfe vom Anfang waren verschwunden, längst ersetzt, und das war der beste Beweis dafür, daß Veränderung täglich stattfand. Trotz Erziehung, trotz Gesellschaft, trotz allem, was sie als Gründe zu benennen gelernt hatte. Sie diskutierten den Plan, ohne ein einziges Mal an seiner Vernünftigkeit zu zweifeln. Christiane trank einen Schluck Wasser. Kein Amerikaner war je Individualist. Das war enttäuschend, aber deutlich, sie waren patriotisch und hemmungslos, wenn es um Besitz ging, und vergaßen schon bei der ersten Gelegenheit jede Verantwortung. Dabei ging es gar nicht um Amerikaner, sondern um das Stück, und es war schwierig genug, das nicht aus den Augen zu verlieren.

»Willst du einen Nachschlag?«

Jeff ging mit dem Topf herum und holte dann die eingeweckten Kirschen von der Theke. Er füllte ihr das Kompottschälchen ganz voll. Ein bißchen Saft lief am Rand herunter und über ihre Finger, und sie bemerkte, wie er sich zurückhielt, um sie nicht darauf hinzuweisen. Sie leckte die Finger einen nach dem anderen ab. »Wäre es nicht wunderbar, wenn ich nicht so komisch wäre?« sagte sie.

»Du bist nicht komisch.«

»Im Moment nicht. Nein. Das macht das gute Essen. Willst du nicht auch noch was?«

»Ich habe schon zwei ganze Schüsseln voll gegessen.«

»Das ist gar nichts«, sagte sie, »zwei Schüsseln sind noch gar nichts. Mit zwei Schüsseln kannst du doch gar nicht mitreden. Eingeweckte Kirschen versteht man erst, wenn man soviel davon gegessen hat, daß man es gerade noch schafft, vom Stuhl zu fallen.« Manchmal wünschte sie sich sehr, er würde sie für komisch halten.

Sie einigten sich am Abend, kurz vor der Aufführung, auf einen dürren Kompromiß. Eigentlich war es gar keiner, denn nur die Schlafstuben wurden aus dem Plan gestrichen. Das Schlafengehen sollte jeder selbst festlegen können. Christiane beobachtete von hinten die einzelnen Köpfe im Zuschauerraum, ein Bein über die Armlehne gehängt. Als die Abstimmung ausgerufen wurde, schnellten die Finger nach oben, als ginge es um einen Wettbewerb. Sie meinten es nicht symbolisch, ihnen ging es um sich selbst, um das heimatliche Schwelgen in einer illusorischen Gemeinsamkeit, das die Tage gleichmäßig schön werden ließ. Sie sahen nicht zuerst das Stück, sondern die Anzahl der hochgereckten Finger. Die Mehrheit war überwältigend. Vierzehn von sechzehn, die Putzfrau nicht mitgezählt. James lehnte, hochrot im Gesicht, an einer Pappsäule und zählte laut.

Als er an ihr vorbei hinausging, sah er weg.

»Ich gehe morgen eine Bahnhofsuhr für den Flur kaufen«, sagte er später.

Christiane blieb noch eine Weile mit übergeschlagenem Bein sitzen und beobachtete Jeff, der benutzte Pappbecher und Papierschnipsel von der Bühne in einen Eimer sammelte. In einer Kleinstadt wie Eisenach passierte Ähnliches alle Tage, nur die wenigsten glaubten daran, die Prozedur war eine Show vor der Stadt.

Als Jeff der Eimer überlief, nahm sie die restlichen Becher und ging nach hinten. Sie schaltete das Pult ein, brachte die Lichter auf Position und ließ die Bühnenmikrofone eingeschaltet.

»Gratuliere«, rief sie Jeff durch das Mikrofon zu. Sie gönnte es ihm, ohne zu wissen, was genau. Vielleicht den Sieg, vielleicht aber nur einen absurden Plan, an den er so felsenfest glauben wollte.

»Wird sich zeigen«, rief er zurück, bevor er hinter dem Vorhang verschwand.

Die Mikrofone zeigten auf Halblaut. Der Hauptschalter blinkte, als sie auf Stand-by schaltete. Sie hörte Jeff vorn an der Kartenverkaufskasse, mit seiner Wortmelodie, die ein wenig zu sanft war. Wenn er die Kasse machte, verkauften sie jedesmal nur die Hälfte. Bevor sie in die Garderobe ging, knipste sie das Neonlicht aus und drehte das Saallicht soweit auf, bis der Raum im Morgendunst lag. Dem Vorhang gab sie ein blasses, blaues Licht.

In der Garderobe rückte sie einen Kragen zurecht und rief die Plätze aus. Die Schauspieler wußten dann, daß sie ihre Positionen einzunehmen hatten und ihnen noch fünf Minuten blieben, bis das Saallicht ausging. Es war eine Gefühlsentscheidung. Sie wußte genau, wie lange die Schauspieler hinter der Bühne brauchten, und machte das Licht immer rechtzeitig aus.

Ab morgen würde es nach der Uhr gemacht werden müssen.

Ein Tag so lang wie ein Leben, dachte sie, dabei hielt ein Leben kaum einen Tag, und am Abend war man immer schon wieder jemand anders. Von morgen an würde sie sich vorkommen wie eine Arbeiterin am Fließband.

Als sie nach der Vorstellung in den Hof hinunterkam, zerbrachen sie an der Hauswand Feuerholz. Sie hatten dort eine Feuerstelle gegraben. Jeff hatte das wenige trockene Holz unter den

Bäumen im Hof aufgesammelt und angezündet. Es war ein warmer Abend, und die Schauspieler brachten Lieder auf, gemeinsame Gesänge, die von den Hauswänden widerhallten, und irgendwo schlug dann ein Fenster. Sie hockten auf Steinen und umgedrehten Mülltonnendeckeln, manche hatten sich in den Werkstätten Klappstühle aus Holzresten zusammengezimmert. Nach und nach kamen sie alle herunter, erschöpft wie sie waren, und manche noch mit einem Gesichtsausdruck aus dem Stück.

Margerit kam ohne Strümpfe und trug noch ihr Kostüm.

»Sherry?« Jeff war von seinem Klappstühlchen aufgestanden, um einzugießen. »Wie ist es gewesen?«

»Hast du es nicht gesehen?«

»Ich habe es gesehen. Aber ich wollte von dir wissen, wie es gewesen ist.«

»Muß wohl gut gewesen sein, bei so einem Abend. Wenn man danach urteilt. Oder?«

»Wir urteilen immer danach, nicht, Christiane? Wir machen ein Abendbeurteilungstheater. Wir sind heiter oder zornig, je nach Wetterlage.«

»Und nach jedem Regen sind wir wie neu«, sagte Christiane. »Nein! Nicht wie neu! Wir sind neu.« Sie lehnte sich mit dem Rücken an die Hauswand.

Gewöhnlich rührten sie die Proben nicht an, wenn sie abends beisammensaßen, wie Verschworene gegen sich selbst, gegen ihren Eifer am Tag und die gehaßte Gewalt auf der Bühne, sie redeten davon, wie der Wein schmeckte und wie die Lieder richtig gesungen wurden, sie ließen sich Nackenhände wachsen und spielten mit Fingern im Haar. Die Gesichter, in die Handschalen gelegt, glühten vom Feuer. Manchmal buken sie Brot an Stöcken, klumpiger, nasser Teig, dessen untere Seite Christiane immer verbrannte.

»Hast du das, was du jetzt machst, schon einmal gemacht?« fragte Jeff Margerit.

Margerit hatte den Sherry gekippt, als wäre das Glas ein Hebel, an dem man sie wie eine Maschine herunterschalten konnte, und jetzt hielt sie das Glas in der Hand und sah zwischen ihnen hin und her.

»Natürlich nicht. Sonst würde ich das doch nicht machen.«

»Siehst du«, sagte Jeff, »sonst würde sie es ja nicht machen.«

Christiane sah Margerit zu, wie sie das Glas auf ihrem angewinkelten Knie abstellte. Das Glas wackelte, aber es fiel nicht herunter. Durch das Glas auf dem Knie sah das Feuer ölig und leicht braun aus und war vom Sherry nicht mehr zu unterscheiden.

Manchmal wollte jemand von morgen sprechen. Manchmal fluchte sie dann auf deutsch, und alle lachten und hielten es für einen großen Spaß. Manchmal setzte sich Jeff neben sie, und manchmal ging sie gemeinsam mit ihm nach oben.

Einmal brachte jemand eine Zeitung mit. Und wie zufällig blieb die Zeitung auf dem Stein neben ihr liegen. Die Überschrift auf der Titelseite pries das Ende vom Ostblock und den Sieg der demokratischen Kräfte. Ein Bild zeigte einen Wartburg vor Menschen mit Sekt.

Sie rührte die Zeitung nicht an.

Sie blieb sitzen, bis niemand mehr unten war und das Feuer langsam ausging. Sie blieb wie vom Dunkel eingenäht sitzen. Als wäre sie darin abhanden gekommen. Mit der Schuhspitze schob sie die Zeitung in die Reste der Glut und sah zu, wie sich die Seiten in der Hitze wellten und die Glut die Druckerschwärze fraß.

Als von der Meldung nichts mehr übrig war, träumte sie sich eine Frau heran. Eine mit aufgestelltem Kragen. Eine, die langsam und aufrecht näherkam, zwischen den beiden Bäumen hindurch und die Bluse verschwenderisch bis zum Brustansatz aufgeknöpft. Die Haut darunter eine schmale Orchidee. Sie griff der Frau in den Nacken, hastig vor Sehnsucht nach Berührung, umfaßte mit beiden Händen ihre Gelenke, die Rippen, eine Gratwanderung; die Rippen der Nacht waren durchsichtig. Die Frau beugte den Nacken kaum merklich, im Einverständnis sich zu küssen; auf die Schulterblätter unter dem Satin der Bluse, auf die Nackenwurzel, unters Haar. Sie träumte vom langsamen Aufknöpfen der Bluse, wie der Zeigefinger über die Haut ging. Sie waren beide ernst, zwei Schritte voneinander entfernt, mit geschminkten Lippen und konzentriert, als unternähmen sie eine Reiseplanung. Die Reise ging durch die kleine Kuppe des Zeigefingers. Sie träumte die Fährten der Frau, den Druck ihrer Lippen, das Risiko ihres blauen Satins, während sie Knopf für Knopf die Bluse löste, Liebhaberinnen der Langsamkeit. Einer endlosen Langsamkeit.

Christiane stand auf – mitten im Traum – und legte die Handflächen flach an die Hauswand, als könnten sich Härchen darunter aufrichten.

SIX
Ästhetik des Verschwindens

Auf den Silbertabletts der Kellner lag ein zweiter Park seitenverkehrt in der Sonne. Die Säulen vom Museumseingang ragten nach unten in den Tabletthimmel, und am oberen Rand stauten sich die Menschen und hingen wie Luftschlangen zwischen den Köpfen von Statuen. Livrierte Portiers posierten in Habacht-Stellung an der Treppe. Es war wärmer als in den Wochen davor, und jemand hatte den Arm eines steinernen Helden als Hutständer benutzt.

Leah sicherte sich ein Glas Sekt und behielt den Eingang im Blick. Peters wollte die Aufnahmen von so nah wie möglich. Schauspielerin, eine Hollywoodgröße, blond, circa einssiebzig, du wirst sie erkennen, hatte er ihrem Anrufbeantworter gesagt. Wir brauchen sie lebend, also wenn du nicht dicht genug rankommst, nimm das Tele. Am Ende hatte er einen Witz gemacht, während im Hausflur eine Tür knallte, und Leah hatte die Pointe nicht verstanden. Die Thomas, von der überall gesprochen wurde, war noch nicht da.

Der Park, der Empfang und die Schauspielerin boten einen Anlaß, sich zu zeigen. Man war schick und höflich, und es gab niemanden, der sich um irgendwas ernsthaft kümmerte. Wie ihre Eltern. Höflich und unbekümmert. Leah hatte den Verdacht, daß diese Höflichkeit das einzige war, was ihre Eltern außer ihr noch besaßen. Deshalb hatten sie sie nicht weglassen wollen. Sie ertränkte das hartnäckige Heimatgefühl im Sekt.

»Hallo, Süße! Geil siehst du aus.« Henry pellte sich aus der Menge und hob ihr auf drei Fingern sein Whiskyglas entgegen. »Hast du meine Frau gesehen?«

»Seid ihr zusammen hier?«

»Zusammen hier! Hätte ich dich dann gefragt? Oder traust du meinen Augen nicht? Haha.« Seine Augen schwankten über Leah hinweg. Bei jedem Versuch, sie anzusehen, rutschte er an ihrem Kinn ab. »Naja«, er stürzte das Glas an die Lippen, »hätte ja sein können. Die macht öfter so unberechenbare Sachen. Aber diesmal knallt es rein. Zwei Wochen ist sie schon weg.«

»Und sie hat nichts gesagt?«

»Nichts. Null. Nada. Ich meine, wir sind zusammen ins Bett gegangen, und sonst hat jeder sein Ding gemacht. Sie hat nicht mal einer von ihren tausend Freundinnen Bescheid gesagt. Oder die haben sich alle gegen mich verschworen. Der ganze Clan.« Er hob wieder das Glas, sah, daß es leer war, und ließ es fallen. »Dabei war ich der einzige, der sich um ihre Probleme gekümmert hat. Der sich wirklich gekümmert hat. Ich meine, nicht nur mal in den Arm nehmen und so –«

»Dann brauchst du dir ja keine Gedanken zu machen.«

Henry sah sie kurz an und leckte sich einen Tropfen von der Hand. »Meine gesamte Moral habe ich von Frauen gelernt«, sagte er. »Wenn sie nicht zurückkommt, kannst du mich in die Tonne treten.«

Henrys Frau begann Leah sympathisch zu werden.

Henry baute eine Faust auf ihrer Schulter auf. »Komm doch nachher mit zu mir, Babe! Was trinken. Ich hasse diese große Wohnung. Drei Zimmer und Klo!«

Sie rollte die Schulter nach hinten weg, und seine Hand fiel herunter. Es gab eine Pause. Ein Kellner kam vorbei, und Henry nahm sich eine Salzbrezel vom Silbertablett. Er zerdrückte sie in den Fingern und schob sich die Krümel in den Mund.

»Tut mir leid. Ich muß jetzt mal meinen Job machen.«

»Jaja. Wenn man Probleme hat, müssen alle ihre Jobs machen.« Er strich die Krümel von den Händen ans Jackett. »Schon gut, schon gut. Ich bin echt fertig, Babe, aber mach dir nichts draus.«

Der Kellner bückte sich nach dem Glas. »Mein Herr«, sagte er, »gehört das Ihnen?«

»Nichts gehört mir. Gar nichts.« Der Kellner verbeugte sich. Das war Routine. »Da ist übrigens dein Verehrer«, sagte Henry. »Da bist du wohl glücklicher als ich.«

»Sie hat eine Menge Verehrer. Ich bin ganz unten auf der Liste. Zu alt und kriegsgeschädigt«, sagte Bodo, als er herangekommen war. »Amüsiert ihr euch? Die Buffets zu solchen Anlässen sind mein Berufsgeheimnis. Der einzige Grund, sich mit diesen Leuten abzugeben. Da drüben gibt es Froschschenkel. Hast du jemals Froschschenkel gegessen, Tochter?«

»Sehen wir uns irgendwie ähnlich?«

»Nur, damit Henry nichts falsch versteht.«

Henry grunzte.

»Bist du der Thomas schon begegnet? Hoffentlich muß die nicht alle zwei Minuten Puder nachlegen«, sagte Leah. »Das ist mein erster großer Auftrag.« Aber die Unsicherheit war verschwunden. Mit Bodo ging das. Er würde sie irgendwie aus Henrys Fängen herauslotsen.

»Sie hat die Regisseurin für ihren nächsten Film mitgebracht. Die will ein furchtbares Nachkriegsdrama draus machen. Spielt in der Wüste, mit einem Mann, dem das Gesicht verbrennt. Und die Liebe«, sagte Bodo, und bei Liebe seufzte Henry auf.

»Was ist mit ihm? Das war sonst sein Lieblingsthema.«

»Er hat eine schlechte Erfahrung gemacht«, sagte Leah.

»Oh. Das haben wir alle. Und vielleicht mache ich mit dieser Regisseurin wieder eine.«

»Die ist nichts für dich«, Henry war wieder ganz da. Er grinste Bodo an. »Bei dir ist meine Frau auch nicht aufgetaucht, oder?«

»Ihr wart sowieso ziemlich unterschiedlich.«

»Ja«, sagte Henry, »sie war viel zu reich und viel zu durchtrainiert. Das muß man sich mal reinziehen! Sie ist viermal die Woche ins Fitneßstudio gerannt. Wer soll das aushalten.« Er wußte ganz gut, wie man das aushielt, und seine Hände knoteten am Schlips herum. Leah wurde ungeduldig. »Aber geredet hat sie wie ich. Ich sage euch, im Grunde war sie überhaupt nicht anders als ich. Im Grunde, meine ich. Versteht ihr? Ach Quatsch. Ihr kapiert das ja doch nicht!«

Bodo drückte Henry sein halbvolles Glas in die Hand. »Trink das. – Komm, Tochter. Vor fünf Minuten ist ihre Hoheit in einem dicken Lincoln vorgefahren, und wir sollten sie erwischen, bevor man sie erdrückt hat vor Begeisterung.«

Bodo war eine verläßliche Größe in der Menschenmenge. Er führte sie auf ein Knäuel glitzernder Damen zu, die von zwei Herren in weißen Anzügen mit Schnittchen versorgt wurden. Aus ihrer Mitte ragte eine hochgewachsene blonde Frau, deren Lippen zu einem Spottlachen geschminkt waren. Vielleicht hielt sie sich damit alle diese Leute vom Leib. Bodo blieb stehen. »Siehste? Die neben der Thomas?«

Die neben der Thomas trug ein Jeanshemd und fiel nicht besonders auf. Nur ihr Nicken fiel auf. Sie nickte ununterbrochen zu dem, was die Thomas sagte, und tippte ihr zur Bestätigung auf die Schulter.

»Kennst du die?«

»Ich dachte«, sagte er, und als sie ihn ansah, stellte sie fest, daß er mindestens fünfzig sein mußte. »Ich dachte, ich würde sie vielleicht kennen.« Er sah die Frau neben der Schauspielerin an, als hätte sie ihn betrogen oder als wäre sie, bevor er kam, für die richtige eingetauscht worden.

»Was ist denn mit der?«

»Hab sie verwechselt. Hätte mich auch gewundert, wenn sie zum Film gegangen wäre. Sie hält die meisten Filmemacher für Arschlöcher. Und nur weil sie eine bekannte Geste macht, muß man sie ja nicht gleich kennen. Oder?«

»Heißt das, wir kommen nicht so einfach an die Thomas ran, weil du ihre neue Regisseurin nicht kennst?«

Für einen Moment war Bodo weit weg, obwohl er noch ihren Arm hielt, aber das glich eher der Berührung mit einer der Statuen. Nur ein kurzer Moment, dann drängte er sich an den Duftballen der Kleider vorbei, mit dem angewinkelten Arm voran, als wäre nichts gewesen.

Das Teleobjektiv war überflüssig. Die Thomas hatte ein Gesicht, in dem sie nur ein bißchen die Lippen heben oder die Brauen verschieben mußte, und es zeigte die komplette Ausstattung von Erotik bis Distanz, von anschmiegsamer Katzenfrau zur geheimnisvollen Androgynen, von der ersten Nacht bis zur allerletzten, in der sich das Gesicht nur noch schwer aus der Müdigkeit schält.

Es war faszinierend. Die Lippen der Thomas waren keine Maske, sondern eine Form, unersättlich variantenreich bespielbar. Es war ein unbewegtes Gesicht. Es blieb endlos in seinen Möglichkeiten. Die Thomas sprach auch nicht, wenn sie sprach. Sie verlegte ihr Gesicht an die Orte, von denen sie redete. Es war aufregend, zu sehen, wie aus jedem Wort ein Ereignis wurde, das zu einer Landschaft gehörte. Die Thomas unterhielt sich fortwährend und wechselte von Kairo in die südamerikanischen Anden, in einen Teil des Peloponnes, die Malediven. Sie brauchte diese Orte nicht zu kennen, sie waren so echt wie ein Schauspielerlächeln.

Leah wünschte der Thomas Glück, als sie sich verabschiedete, und wußte, daß Glück ganz unangemessen war. Für einen Moment kehrten die Lippen der Thomas in die Spotthaltung zurück, bevor sie sich der nächsten Journalistin zuwandten.

Leah überließ Bodo den Massen am Buffet und ging in den Park hinaus. Der Park war, noch während sie fotografiert hatte, von den Silbertabletts heruntergerutscht und lag wieder richtig herum, mit dem Matschrand an Wegen und Statuen. Vor das

Bild der amerikanischen Schauspielerin hatte sich unweigerlich das Bild von Jo geschoben.

Sie ging durch den Park und suchte die Stelle mit dem merkwürdigen Kuß vor zwei glotzenden Priestern. Als sie am Glaskasten ankam, begann sie zu fotografieren. Sie fotografierte den ganzen Platz, jeden Busch, jedes abgesplitterte Stück Marmor oder woraus diese Statuen auch immer bestanden. Den Kasten fotografierte sie aus jeder Himmelsrichtung einmal. Sie jagte zwei Filme durch und schmeckte dem Kuß nach. Aber der Platz wurde mit jedem Auslösen nur fremder. Übrig blieb eine Kreuzung von Wegen, die zufällig an dieser Stelle zusammenliefen. Der Platz bewies gar nichts. Der Kuß hatte in ihrem Kopf stattgefunden.

Nebenan toste die Party. Der Ort mit den steinernen Zwillingsgestalten hatte seine Bedeutung verloren, wie das Gesicht der Thomas, wenn man es nicht ansah.

Am Buffet sprach Bodo aufgekratzt von irgendeinem Bombenangriff und wie er sich mit einem Splitter im Knie und in brüllender Hitze hinter die Frontlinie geschleift hatte. Zwei glitzernde Damen bestaunten ihn und riefen abwechselnd ihre Götter an vor Entzücken. Als er Leah bemerkte, entschuldigte er sich und kam herüber. »Wo warste denn, Tochter? Läßt mich hier den Helden spielen. Ich habe zuviel getrunken, da passiert mir das immer wieder. Erst beten sie dich an, und wenn du den Rücken kehrst, lachen sie dich aus. Verdammt. Haste alles, was du brauchst?«

»Was ist mit Henry?«

»Der hat sich die Regisseurin geangelt, der Hund. Stillt seinen Kummer an fremder Frauen Brüste. Und morgen früh gibt es den Katzenjammer.«

Trotzdem drehte Bodo sich noch einmal um, wie um sich zu vergewissern, daß sie immer noch nicht zu der geworden war, die er erwartet hatte.

»Eine Ex?« fragte Leah.

»Sieh mal an. Wir sind neugierig.«

»Von hier?«

»Hey, hey, hey. Fotografen sind für die Fotos zuständig, nicht für die Story.«

»Komm. Du hast mir noch nie was von dir erzählt. Und solange ich nichts von dir weiß, werde ich dich immer mit Michael Douglas verwechseln.«

»Und den kannst du nicht ausstehen, ich weiß. Also gut. Aber nur, um der Ähnlichkeit mit Michael vorzubeugen. Es war damals, als es noch Fahrstühle ohne Türen gab –«

»Haha.«

»Wart's ab, es wird noch tragisch. Damals also, wo man es romantisch fand, in verkommenen Wohnheimen mit einem Bier auf dem Fensterbrett zu sitzen, siebter Stock, und der Putz blättert, und man hat eine prächtige Aussicht über die Stadt. Unten die wahnsinnig breiten Straßen. Die Bürgersteige so, daß du Picknick drauf machen kannst. Ich habe mich immer gefragt, warum niemand auf die Idee gekommen ist, auf diesen Bürgersteigen Picknick zu machen.«

»Und wann kommt endlich die Dame ins Spiel?«

»Jetzt. – Weißte, was sie zum Abschied immer gemacht hat? So hat sie gemacht. Als wäre sie besorgt, daß ich ja ordentlich von ihr weggehe.« Bodo griff nach dem Kameragurt auf ihrer Schulter. Als er am Gurt ruckte, um zu zeigen, wie diese Frau das gemacht hatte, kurz, aber behutsam, stieß sich Jo von der Laterne ab, um auf sie zuzukommen und den verdrehten Gurt zu richten.

Leah zuckte zurück. Es war wie bei einem mißglückten Stille-Post-Spiel, bei dem das Wort am Ende noch das gleiche wie am Anfang war. Am Wort selbst war auch nichts auszusetzen, nur die Person, die es sagte, war die falsche. Bodos Finger waren eine Spur zu schwerfällig.

»Genug gehört?« Bodo klopfte ihr auf den Oberarm. »Die Froschschenkel sind interessanter, glaub mir. Es gibt nichts besseres als Froschschenkel, wie sie die Chinesen hier machen. Heiß und paniert.«

Sie schmeckten wie Hühnchen und waren nicht besonders

originell. Leah wischte das Fett vom Mund in eine Serviette, mit dem Gefühl etwas könnte schiefgehen. Als könnte sich ein Knöchelchen in der Luftröhre verfangen, oder die Thomas und der Park könnten sich als erfunden herausstellen.

Mit dem Tag im Brooklyn Museum war das schöne Wetter vorbei. Die Kälte zog in den East River ein und überzog ihn mit einer noch durchsichtigen Eisschicht. An Straßenecken und Kreuzungen wurde der Wind scharf und eisig.

Es war zu kalt zum Arbeiten. Die Kameras lösten nur noch manchmal und völlig unvorhersehbar aus, und hinterher waren die Finger steifgefroren. Leah richtete die Wäschekammer her und konzentrierte sich auf die Headshots. Familienbilder, Bewerbungsfotos, ein Hochzeitsbild. Zwei Stunden am Tag gehörten der Chinesin. Jeden Vormittag legte sie die rechten oberen Taschentuchzipfel auf die linken unteren in ein Dreieck, das noch einmal um die Hälfte verkleinert wurde, bevor es in die Folie kam. Das gab ein schleifendes Geräusch, und zurück in der Wohnung hatte sie immer noch dieses Schleifen im Kopf. Es war so aufdringlich wie die Erinnerung an das Laternenbild.

Sie mußte ihre Methode ändern. Es mußte ein Spiel sein. Sie durfte nicht nach dem Bild suchen, sondern mußte so naiv beginnen wie ein Kind. Mit guten Motiven war es wie mit Menschen, sie schlugen die Augen nieder, wenn man sie zu lange ansah. Sie war kein Kind. Dann fiel ihr ein Trick ein.

Den Vormittag verbrachte sie mit Kaffee in der Wohnung. Sie nähte Knöpfe an am geöffneten Fenster, weil die Heizung wie wahnsinnig bullerte und sich nicht herunterdrehen ließ. Sie half der Chinesin beim Wäscheeintüten, räumte die Wohnung auf, machte irgendwas, nur um zu vergessen, daß sie je fotografiert hatte. Sie vergaß es bis zum Mittag. Gegen zwei wurde der Hunger penetrant. Dann ging sie nach draußen, die Second Avenue entlang, wo die Bäume ihre Astspitzen in die blasse Sonne tauchten. Das Angebot links und rechts der Straße war unbegrenzt.

»Trattoria Dante«, »Hunan Lake«, »La Granita«, »Egyptian Cuisine«, »Taiwanese Dream«, und die Lunchpreise lagen um die Hälfte unter den Abendpreisen. Beim Japaner stand immer ein Teller auf dem Fensterbrett und wurde jede halbe Stunde mit frischen Sushirollen belegt. Sie nahm sich nie eine. Der Trick bestand darin, sich von den Gerüchen treiben zu lassen, um schließlich etwas zu entdecken, was sie bisher nicht gesehen hatte. Am Ende geriet sie jedesmal in einen schmalen Burritoladen zwischen der 53. und der 54. Straße und saß neben einer Juiceflasche voller trockener Gerstenstengel. Sie ärgerte sich, aber der Zufall war ebenso Teil der Methode wie die Zwillingsschwester, die sie für den Mexikaner hinter der Kasse erfunden hatte. Der Mexikaner verstand die Methode nicht oder mißverstand sie als Wunsch nach männlicher Begleitung, seiner konkreten Begleitung in ein Salsahinterzimmer, und solange sie nicht kam, nahm er schon mal ihren kleinen Finger, quetschte ihn jedesmal zwischen seine braunen Sandhände und streichelte sanft das Wechselgeld hinein. Sie saß dann da, wieder ohne Bild, weil sie das Burritovillage schon in allen möglichen Stimmungen und Perspektiven fotografiert hatte. Die Gemälde der Frauen an der gegenüberliegenden Wand wechselten nie, immer trugen sie die gleiche Sonne auf dem Buckel.

»Ich komme gerade aus Mexiko«, sagte sie Torsten am Telefon, den sie aus dem Schlaf gerissen hatte.

»Dann bleib am besten da«, sagte die Stimme, die Torsten gehören mußte. »Hier vergessen sie sogar, einem das Arbeitslosengeld zu zahlen.« Sie konnte ihn sich auch vorstellen, ganz gut sogar, mit vorgeschobener Unterlippe und Joghurtbecher. Nur der Raum um ihn herum war der Raum in einer Hörmuschel.

Als es auf Weihnachten zuging, legte ein tagelanger Eisregen den Verkehr lahm. Die Schaufenster waren hochgeschmückt und ausgestattet wie überdimensionale Puppenstuben. In den Musikboxen der Läden lag ›Jingle Bells‹ in der Schleife, aber wegen des Regens ging niemand aus, und die Dekorationen liefen ins Leere wie selbstgenügsame Gespenster. Die Agentur jagte sie ins Weihnachtsgeschäft, vor Riesenteddys und zu weißen Plastikbäumen. Der Regen wurde später wegretuschiert.

Manchmal meldete sich Peters noch nachts. Bei jedem Klingeln fuhr Leah zusammen und war dann jedesmal enttäuscht, obwohl sie das Geld brauchte. Bei jeder Zahl, die auf dem Display aufleuchtete, dachte sie, es wäre Jo.

Sie lag auf dem Bett und hielt sich für kindisch. Ein angenehmes Gefühl. Sie wußte auch nicht wirklich, ob es um Jo dabei ging. Jo hatte vielleicht gar nichts damit zu tun. Sie war in dieses Gefühl verliebt. Das Gefühl einer Notlage, einer Sensation, von etwas Unerklärlichem. Für eine Weile war sie von sich selbst gerührt.

Schließlich stellte sie den Anrufbeantworter ab und verabredete sich für den ersten Weihnachtsfeiertag mit Bodo.

Er hatte Henry mitgebracht. Henry ging in großen Schritten neben ihm her, die Jacke trotz Kälte offen über dem Schlips. Er redete ununterbrochen in einer ansteckenden Fröhlichkeit von seiner Frau. Er sagte »Henrys Frau«, als wäre Henry ein anderer. »Henrys Frau« war nicht zurückgekommen. Aber sie hatte ihm genug Geld für die nächsten fünf Jahre dagelassen. Niemand wußte, ob mit Absicht oder aus Versehen. Sie hatte die Scheine im Brotkasten gestapelt, ein Geschenk von Henry zum einzigen Geburtstag, den sie als Paar gefeiert hatten, und sie aß gar kein Brot. Henry war eines Nachts darauf gestoßen, als er betrunken nach Hause gekommen war und den Brotkasten mit dem Waschbecken verwechselt hatte. Er war mit beiden Händen hinabgetaucht und nur auf trockenes Rascheln gestoßen.

Seine schwankenden Hände hatten den Dollarhaufen auf der Suche nach dem Wasserhahn zerwühlt, bis er begriffen hatte, daß es der Brotkasten war und nicht das Waschbecken, in dem kein Brot war, sondern Dollarscheine. Vielleicht war es auch wieder nur eine Geschichte, von der der Taxilärm die Hälfte schluckte.

Aber Bodo bestand darauf, daß die Geschichte stimmte, und er bestand darauf, daß Henrys Frau es aus Versehen getan hatte. Er malte es Henry als moralische Erleichterung aus. Aber der lachte nur. Er hatte sie längst vergessen, und einen Teil des Geldes hatte er bereits mit der Regisseurin der Thomas durchgebracht. Nach der Party hatte er bei ihr im Studio angeklingelt, und sie hatte ihn mehrere Wochen auf einen Termin warten lassen. Den ganzen Dezember über hatten sie sich dann in ihrer Wohnung eingeschlossen und nur den Lieferservice hereingelassen, und jetzt hatte er ein Engagement in ihrem neuen Film. Sie brauchten in diesem Film eine Menge amerikanischer Soldaten, und nach Meinung der Regisseurin sah Henry amerikanisch aus. Wegen seiner hohen Wangenknochen und der breiten Finger. »Dabei hat sie garantiert nur nach meiner Kondition geguckt!« Er grinste.

Sie bogen vom Broadway ab. Ein Mexikaner öffnete vor ihnen die Restauranttür: »Tacos! Take one, get one free!« Es war nachmittag, und das Restaurant war leer.

»Dreharbeiten in Kairo,Tunesien und Italien«, sagte Henry. »Ich werd das alles voll vermissen. Und Statisten haben's megaschwer. Was ich so gehört habe. Die Kulis der Stars. Die ersten und die letzten am Drehort. Aber ich mache Karriere, findet ihr nicht? Vom lumpigen Ehemann einer Millionärstochter zum Statisten einer Hollywood-Diva. Geil, oder?«

»Ich möchte mal wissen, wie du das immer machst«, sagte Bodo.

»Wenn du nichts gelernt hast, bleibt dir gar nichts anderes übrig.«

»Ein Abschiedsfest also«, sagte Leah, nachdem sie sich dafür entschieden hatte, Henry in manchen Momenten abwechslungsreich zu finden.

»Erraten.« Er winkelte den Arm an. »Aber mein Flug geht erst nächste Woche, wenn du also noch mal Sehnsucht nach mir hast... Wie geht's denn dem alten Peters, diesem Erfolgshai?«

»Die Schecks schickt er pünktlich.«

»Er zahlt zu wenig.« Henry beugte sich vertraulich zur Seite. »Das hat er schon immer so gemacht. Sonst könnte er sich die zweite Agentur nebenher gar nicht leisten. Du schonst als Illegale seine Lohntüten.«

Er richtete sich wieder auf: »Ich wollte dir das nicht gleich verklickern. Das hätte dich nur unzufrieden gemacht. Zum Überleben reicht's doch, oder?«

»Ach was«, sagte Bodo. »Glaub ihm nicht. Wahrscheinlich ist seine Provision an dir so hoch, daß Peters dir gar nicht mehr zahlen kann.«

»Hinterhältiger Hund«, sagte Henry. »Dich lad ich noch mal ein!«

Sie überquerten den Washington Square auf Höhe der Triumphbogenimitation, auf der in den zwanziger Jahren eine Gruppe Verrückter die Freie Republik Greenwich Village verkündet und Flaggen gehißt hatte, die von gleichgültigen Parkwächtern am nächsten Tag wieder abmontiert worden waren. Leah hatte drei Triumphbögen in ihrem Leben gesehen, in Paris, in Berlin und diesen hier, und alle sahen sich gleich, und sie fragte sich, was für eine seltsame Art Freiheit das sein mußte, die überall gleich aussah.

Jazzmusiker stemmten ihre Baßspitzen in den Boden hinter offenen Kneipentüren, rissen die Saiten zu dunklen, großen Tönen an, die Pärchen wie verfrühte Blütenblätter auffingen und einander in die Handflächen legten. Die Galerien rechts und links der Straße waren geöffnet, durchweichte Plakate an der Fassade des »Blue Note« kündigten bereits die Stars im neuen Jahr an. Das war anders als zu Hause, wo zu Weihnachten selbst die Häuserfassaden noch Feiertagsstimmung ausströmten, zwischen denen die Leute wie im Gehege herumliefen. An der Sixth Avenue staken die Äste der Magnolienbäume in die Luft wie abgebrannte Wunderkerzen. Die ganze Straße stand voll kahler Magnolien. Erst im Dunkeln mit den Lichterketten überall an den Ästen erinnerten die Straßen wieder an Weihnachten.

»Ratet mal, warum ich mir die Regisseurin geangelt habe!« Henry gab Leah einen Seitenblick, in dem stand, daß er bereits getrunken haben mußte. Aber Henry war einer der wenigen Menschen, die charmant wurden, wenn sie getrunken hatten. Er war glücklich. Leah hatte nie ein Glück gesehen, das so leicht und gleichzeitig echt sein konnte. Wie der Widerschein einer Lichtreklame, die sich jedesmal für die Ewigkeit einrichtete, bevor sie im nächsten Moment die Farbe wechselte. »An Drehorten triffst du die Stars. Ich werde als Agent groß rauskommen. Und zur celebración laß ich heute im ›Raphaella‹ eine Runde springen.« Henry holte zu einer weiten Geste aus, die alle einschloß: die Straße, die ganze Stadt mit ihren Taxis und Magnolienbäumen. Er kam nie ohne Pathos aus.

Ein vorübergehender Mann verharrte plötzlich neben ihm, als wollte er ihm etwas sagen, und knickte dann zeitlupenlangsam in die Knie. Henry zog erschrocken den Arm zurück. »Oh, verzeihen Sie vielmals«, sagte er und verbeugte sich. »Ich könnte meinen Arsch darauf verwetten, daß Freude blind macht, aber ich verwette meinen Arsch niemals, wenn es nicht sein muß. Verzeihen Sie.« Der Mann knickte noch weiter ein, versuchte sich zu halten, ging dann aber ganz in die Knie und fiel langsam mit dem Gesicht nach vorn auf den Asphalt.

»Seht ihn euch an!« sagte Henry. »Besoffen und bekifft, und das Weihnachten nachmittags um fünf!« Sie waren stehengeblieben.

Bodo beugte sich über den Mann. »Alles in Ordnung?« Er rüttelte an der Schulter, aber nur der Kopf taumelte ein bißchen und fiel von der Nase auf die Wange. Der Mann verharrte wie im

Gebet und streckte den Hintern in den Himmel. Henry fing an, seinen Schlips über den Handrücken zu ziehen.

Bodo fuhr dem Mann unter den Bauch, drehte ihn herum, so daß er auf den Rücken zu liegen kam, und öffnete ihm den Gürtel. Der Bauch schwappte heraus, und das Schwappen war nur die Ankündigung der folgenden Stille.

»Taschentuch«, sagte Bodo. Leah hatte kein Taschentuch.

»Verdammt noch mal, ich brauche ein Taschentuch! Hey, können Sie mich hören? Sagen Sie was.« Es waren jetzt Leute um sie herum, und irgendeine Hand reichte ihm ein weißes Tuch herunter.

»Los! Geh anrufen. Notarzt. Mach schnell!« Bodo stieß Leah in die Seite.

Es war kein Telefon zu sehen. Leute umringten sie, schwatzten über ihre eigenen Krankheiten und kratzten sich an Stellen unter ihren Jeans. Schließlich warf jemand einen Dollarschein hin, als handelte es sich um die originelle Feiertagsidee zweier Bettler.

»Aber ich habe doch gar nicht –« Henry zog seine Hand unter dem Schlips hervor und ließ sie wieder verschwinden. »Ich habe doch gar nicht. Ich habe doch nicht mal zugestoßen.« Dann wurden seine Augen größer, sie wuchsen ihm über das ganze Gesicht, und er ging neben Bodo auf die Knie. Er breitete die Arme aus und fing an zu singen. Es war ein Gemurmel, das im Straßenlärm unterging, stockende Töne, die allmählich lauter wurden.

»Grandfather«, sang Henry und schwankte vor und zurück auf den Knien, »Grandfather, Great Spirit.«

»Wenn du hier rumstehst, das bringt's nicht!« sagte Bodo. Er hatte Flecken unter den Achseln, die sich ausbreiteten. Aus der Brust des Mannes unter ihm pfiff Luft. Henry hörte nicht, er hielt die Augen geschlossen und sang.

»Ein Krankenwagen, wir brauchen einen Arzt. Schnell, verdammt noch mal!« Bodo riß sich die Jacke herunter und stopfte sie dem Mann unter den Kopf. Leah hörte es ratschen. Sie stand da wie benommen und starrte Henry an, als würde sie das Filmende abwarten.

»The good road and the road of difficulties you have made to cross; and where they cross, the place is holy«, sang Henry.

»Leah!« brüllte Bodo sie an, und die Kamera begann, den Film zurückzuspulen.

»Umgebracht?« sagte es in der Leitung. »Da sind Sie hier falsch.«

»Es war kein Mord. Da ist ein Mann umgefallen. Umgefallen. Ohnmächtig!« Sie kam mit den Worten nicht nach. Die Plastikscheibe vor ihr enthielt Sprüche über die Liebe, die man immer schon ausgepackt bekam.

Als sie zurückkehrte, hatten sich die Leute schon wieder verlaufen. Sie waren nicht weit vom »Raphaella« entfernt. Die ziselierte Neonschrift über dem Eingang leuchtete, obwohl es heller Tag war. Der Mann lag immer noch auf dem Gehweg. Es war Harvey. Sein Gesicht wirkte ohne den Hut ganz verändert. Vielleicht hatte er in eine der Galerien gewollt, um wieder ein Bild zu kaufen, das außer ihm niemandem gefiel. Sie betrachtete das Gesicht zum ersten Mal richtig. Jetzt, auf dem Gehweg, blieb es still und beständig. Nur manchmal zuckte die Unterlippe.

Die Magnolien ringsum standen aufgereiht zu einem Gitter, und sie wollte Henry, der mit offenem Hemd neben ihr auf dem Bordstein saß, etwas Tröstendes sagen. »Er ist Kunsthändler«, sagte sie, was gar nichts hieß.

»Eine Eidechse«, korrigierte Henry. Sein Arm war bis zum Ellbogen im Hemd vergraben. »Er trägt eine Eidechse. Einmal im Jahr töte das Totemtier und halte es heilig für den Rest des Jahres. Die Zeit ist gekommen, und ich habe es getan.«

»Jetzt rede hier keinen Schwachsinn«, sagte Bodo. Schweiß tropfte von seiner Stirn auf Harveys nackten Bauch. »Das ist eine Apoplexie. Und wenn nicht bald der Rettungsdienst kommt ...«

»Eine was?«

Ihr fiel plötzlich ein, daß sie es Jo sagen mußte.

»Apoplexie«, sagte Bodo, ohne aufzusehen. »Vermutlich. Schlaganfall.«

»Ich kenne ihn«, sagte sie. »Flüchtig.«

Als der Krankenwagen endlich kam, spürte sie die Spannung, die einen Gurt hinter den Schläfen festzog. Der Wagen stoppte knapp vor Henrys Füßen, die verchromten Stoßstangen blitzten. Als die Helfer die Trage anhoben, rutschte Harveys rechte Hand über den Rand herunter und pendelte gegen Leahs Knie. Vom Notarzt bekam sie den mitleidigen Blick, der den Töchtern von Schwerverletzten zustand. Sie hatte Harvey erst ein einziges Mal gesehen. Und ein einziges Mal hieß noch nicht, daß ein Mensch einen irgendwas anging. Auch Jo ging sie eigentlich nichts an.

Trotzdem stieg sie hinter der Trage her in den Wagen und zwängte sich auf die schmale Sitzbank. Bodo neben ihr roch nach Schweiß. Bevor die Wagentür zugeworfen wurde, winkte er Henry zu.

»Sein Geist«, sagte Henry und sah geradeaus, »ich kann nicht mitfahren, bevor der Geist nicht versöhnt ist.«

»Was redet er bloß für 'n Quatsch?« sagte Bodo.

Leah sah nur den nackten Bauch von Harvey vor sich, der bei jeder Unebenheit der Straße schwappte, und fragte sich, wer überhaupt darüber entschied, daß sie es Jo sagen mußte.

Sie fuhren nach Brooklyn hinüber, zum Cumberland-Hospital, und hielten vor dem Aufzug der Intensivstation. Bodo roch immer noch nach Schweiß. Sie sagten nichts, nachdem man Harvey mitgenommen hatte. Zwei Fliegen pflanzten sich auf der Stuhllehne fort.

Es dauerte, bis der Arzt zu ihnen kam. »Er hat Glück im Unglück.« An der Wand des Behandlungszimmers entfalteten sich Lichtfelder mit Röntgenaufnahmen in kühlen Stahlwänden. Der Arzt machte eine Pause, verschränkte die Hände und sah erst zu Boden und dann zu Leah. »Sie sind Familie?«

»Freunde«, sagte Leah.

»Gut. Es handelt sich um eine Apoplexia cerebri«, sagte er zu Bodo und strich über seinen Nasenstecker.

»Habe ich schon geahnt«, sagte Bodo.

»Es wird eine Aphasie nach sich ziehen. Er wird eventuell nicht mehr sprechen können.«

»Das ist ja nicht selten in solchen Fällen.«

Der Arzt nickte. »Sie haben die erste Hilfe geleistet? Gute Arbeit. Sie sind Arzt?«

»Ich war im Krieg«, sagte Bodo, und der Arzt guckte ihn eine Weile an.

»Ich bin Fotograf. Frontberichterstattung«, sagte Bodo, weil der Arzt immer noch guckte und dabei sein nachsichtiges Lächeln verlor. »Haben Sie damit ein Problem?« fragte Bodo gereizt.

Der Arzt antwortete nicht, sondern wandte sich Leah zu: »Und Sie?«

»Ich bin eine Kollegin.«

»Auch aus'm Krieg zurück?« fragte der Arzt, und jetzt hatte er sich entschieden. Er warf den Kopf zurück und lachte, und unter den hochrutschenden Kittelärmeln trat ein weißer Hautstreifen hervor.

»Hören Sie«, sagte Bodo, »ich habe noch Termine. Wenn Sie uns nicht mehr brauchen, würde ich es vorziehen zu gehen. Wir müssen uns wohl nicht mit ihren – mit ihren Dingens herumschlagen.«

»Sie wollen nicht wissen, wie das ist mit der Aphasie?«

»Ich kenne das-mit-der-Aphasie!« Bodo stierte den Arzt an, als wollte er ihn mit dem Blick an der Wand hinter ihm festpinnen, neben einem Foto mit Swimmingpool und orangefarbenen Menschen. Als er ging, litt die Tür.

»So Kriege sollen ja kein Zuckerschlecken sein.« Der Arzt machte eine Pause nach »Kriege«.

»Wann kann ich ihn sehen?« Leah stand auf.

»Es wird ein paar Tage dauern.« Er war jetzt vollständig in seinen weißen Kittel zurückgekehrt. Auch seine Stimme hatte wieder die sonore Mitleidsspur, die von Ärzten auf der ganzen Welt benutzt wurde. »Nicht vor einer Woche. Er muß erst wieder zu Kräften kommen. Aber versprechen Sie sich nicht zuviel. Er wird ihnen nicht mehr viel erzählen können.«

Sie fand Bodo auf dem Korridor, den Ellbogen nur Zentimeter von einem Kaktus entfernt.

»Laß mich in Ruhe. Ich kann diesen geleckten Fatzken nichts abgewinnen.«

»Nein. Du warst ja auch im Krieg.«

»Tut mir leid. Blöde Angewohnheit.«

Draußen hatte es angefangen zu hageln. Es hörte sich an, als würde jemand Kies ausschütten. Die Lampen im Gang paßten sich automatisch den veränderten Lichtverhältnissen an.

»Und, war es schön?«

»Was?«

»Im Krieg? War es schön dort?«

»Wie bist du denn drauf? Ein bißchen Sarkasmus zu Weihnachten?«

»Ich habe nur gefragt, ob es schön war.«

»Weißte, einer von der Sorte hat mir echt gereicht.« Bodo schnippte gegen ein Kaktusblatt und fing an, den Gang hinunter zu gehen.

»Das ist Kriegsverherrlichung!« rief sie ihm hinterher. Es gab nichts und niemanden, der über sie entschied. Jo konnte genausogut vom Krankenhaus benachrichtigt werden. »Militärische Gewalt ist das Letzte! Kriege kann man nur verlieren. Das beweist die Geschichte und die Friedensbewegung. Man kann für alles politische Lösungen finden.« Sie war stehengeblieben und erwartete, daß er sich umdrehte. Kurz vor der Tür am Ende des Ganges drehte er sich tatsächlich um.

»Natürlich, Tochter. Kriegsverherrlichung. Ein wunderbares Wort. Es liefert die Moral gleich mit. Und das wissen immer die am besten, die es gar nicht erlebt haben.« Er kam ein paar Schritte zurück. »Und ich will dir mal was sagen: Das sind heute fast neunzig Prozent der Bevölkerung. Da staunste, was? Die wissen nicht mal mehr, daß es immer auch das Gegenteil zu dem gibt, was existiert. Aber haste schon mal was gesehen, das kein Gegenteil hat?«

»Ich finde es einen Erfolg, daß es neunzig Prozent nicht erleben müssen!«

»Hör doch mal zu, Tochter!«

»Sag nicht dauernd Tochter zu mir.« Das Desinfektionsmittel stieß ihr auf.

Bodo kramte eine Zigarette aus der Brusttasche und zündete sie an. Sie war alt und bröselte in seinen Fingern. »Auch eine?«

»Ich rauche nicht«, sagte sie.

»Wie du das aushältst«, sagte er. »Ich möchte mit Menschen reden, die eigene Erfahrungen gemacht haben. Die nicht nur darüber lesen, was man für Erfahrungen machen kann. Die mit dem Alter an Wert gewinnen, verstehste?«

Er schob die Stahltür auf. Es ging eine Treppe hinunter, und im Parkhaus roch es nach Abgasen und immer noch nach Desinfektion. »Du hast gesagt, du kennst ihn. Warste unter Schock?« Die Zigarette wippte im Mundwinkel.

»Über seinem Klo hängt ein Magritte.« Sie öffnete das vorderste Taxi in der Reihe und nannte dem Fahrer die Adressen.

»Traffic jam«, sagte der in einem dunkelhäutigen Wortgemisch aus Englisch und Indisch, dem mit keinem Wörterbuch beizukommen war. »Takes long.«

Als sie aus dem Parkhaus hinauskamen, mußte sie für eine Weile die Augen zumachen. Nach dem Halbdunkel drinnen verschwanden die Gebäude im trübgrauen Tageslicht. So war auch Jo verschwunden, geschluckt, abgewischt von der Stadt. Aber vorher hatten sie sich geküßt, und wer weiß, dachte sie, was noch passiert war. Das konnte sie jetzt nicht mehr rückgängig machen. Das wäre genauso unsinnig, als ob sie eine Aufnahme hätte rückgängig machen wollen, nachdem sie bereits ausgelöst hatte. Jo war überall. Der Film war unwiderruflich verändert.

»Der Mann da drin ist ein Freund von Jo«, sagte Leah, als das Taxi beschleunigte und sie es sich überlegt hatte.

»Jo? Haste davon schon mal erzählt?«

»Sie ist etwas älter als ich.«

»Sie«, sagte Bodo und glättete ein Haarbüschel. Als er die Hand vom Kopf nahm, richtete es sich wieder auf.

»Ich habe sie auf der Straße getroffen. So wie man hier halt Leute trifft. Wir haben uns unterhalten. Halt so, wie man sich hier ...«

»... unterhält.«

»Ja. Sie hat mir die Stadt gezeigt, und ich wollte sie fotografieren. Dann ist sie gegangen.«

»Das gibt es«, sagte er. »Du solltest nicht zuviel erwarten.«

»Sie hätte sich wenigstens verabschieden können. Das ist doch nicht zuviel erwartet!«

»Nein. Das ist nicht besonders viel.«

»Sie wollte aufs Klo und ist nicht wiedergekommen.«

»Das ist tragisch.«

»Idiot!«

Das Taxi zog knapp an einem Bus vorbei. Bodo legte eine Hand auf ihren Unterarm, Tabakkrümel rutschten vom Ärmel.

»Das war ernst gemeint.«

»Quatsch. Das findest du doch nicht tragisch! Mit fast fünfzig und als Kämpfer? Du müßtest es eingebildet finden, zickig, naiv, unerfahren, dumm, übertrieben –«

»Nein.«

»Ach. – Und warum nicht?«

»Fotografen sind für die Fotos zuständig. Nicht für die Story!« Er zog den Tabak aus der Jackentasche, dann fiel ihm ein, daß man in Taxis nicht rauchen durfte, und er schob den Tabak wieder zurück.

»Das hast du schon mal gesagt.«

»Merkste dir eigentlich alles, was ich dir mal gesagt habe?«

»Nur, wenn du es wiederholst.«

»In Ordnung«, sagte Bodo nach einer Weile. »Aber ich mach es kurz: Ich war auch mal verliebt.«

»Das ist zu kurz. Wie sah sie aus?«

»Das hat auch einen Grund, Tochter. Ich bin ein bißchen sensibel für Gesichter. Das bringt es so mit sich, wenn man immer in den unterschiedlichsten Ländern unterwegs ist und mit tausend Leuten zusammen. Am Ende kriegste die Gesichter durcheinander.« Bodo verfolgte die Hagelkörner an der Fensterscheibe. »Wir waren nicht lange zusammen. Da weiß man alles noch sehr genau. Weil man immer an dasselbe denken muß. Da wird es mit der Zeit so deutlich, daß du es nicht mehr los wirst. Ich war so blöd, es am Golf zu versuchen. Mit einer Thermoskanne voll Kaffee bin ich los wie zum Picknick. Das hat ein paar schicke Journalistenpreise gebracht. Bis ich gemerkt habe, daß mir das alles gar nichts macht. Es hat keinen Unterschied gemacht, ob tot oder nicht tot –« Er zögerte und wurde ironisch. »Dann kriegste ein bißchen Angst vor dir selber, und dann kommste zurück.«

Leah hatte sich in den Ledersitz zurückgelehnt, bequem und weich wie in den großen Kinos, im Rückspiegel den Turban des Fahrers im Blick. Bodo achtete nicht mehr auf sie, und sie genoß es. Er hatte für einen Moment den Altersunterschied vergessen. »Aber jetzt denkst du immer noch daran«, sagte sie vorsichtig.

»Natürlich. Das war totaler Blödsinn. So funktioniert das nicht. Entweder man vergißt es, ohne darauf zu achten, oder man achtet darauf, und dann vergißt man es nie.« Er lehnte sich vor und tippte dem Fahrer auf die Schulter. »Washington Square, Sixth Avenue, please.« Der Turban wippte. »Henry muß da noch irgendwo sein. Wir sollten ein bißchen auf ihn aufpassen.«

An der Auffahrt zur Brücke kamen sie nur im Schrittempo voran.

»Ich habe damals an zwei Aufträgen parallel gearbeitet«, sagte Bodo. »Der ›Stern‹ hat eine Serie über ostdeutsche Städte gemacht. Leipzig, Dresden, Ost-Berlin und so. Gleichzeitig habe ich hier ein bißchen Mode geschossen und bin immer hin- und hergeflogen. Hab sie alle paar Monate mal gesehen. Manchmal hat sie mir gesagt, wovon sie träumt. Die Träume im Osten waren viel praktischer. Nur schwieriger zu erfüllen. Eigentlich haben sich beide Seiten nur in ihren Träumen unterschieden.«

»Und?«

»Ich hab natürlich das meiste davon reingeschmuggelt, und bei ihren Kollegen hatte sie sofort den Rang einer Königin. Wegen einer Platte oder einem Buch oder fünf D-Mark. Es war ein gutes Gefühl, sie zur Königin zu machen.« Er war nicht stolz. Er war in das Polster des Taxis hineingeschrumpft. »Was hab ich gerade gesagt?«

»Sie war eine Königin.«

»Ja. Das war sie. Dann waren die Reisen zu Ende, und wir haben einen schönen Bericht gebracht. Ich bin hierher zurück. Sah aus, als würde ich eine Weile hier bleiben. Dann haben wir angefangen, über Heirat zu reden.« Er machte eine Pause und sah wieder aus dem Fenster. Der Fahrer summte vor sich hin.

»Das letztemal habe ich aus einem McDonald's in Ohio mit ihr telefoniert. Bis das Gespräch unterbrochen war.« Er machte wieder eine Pause. »Oder sie hat aufgelegt.«

»Das war alles?«

»Ja. Das Ticket hatte ich in Frankfurt hinterlegt. Dahin hat sie sich jedenfalls ausweisen lassen. Keine Ahnung, ob sie es je abgeholt hat. Als ich dort angerufen habe, war es nicht mehr da. Das Personal hatte gewechselt, und es kann ja gut einer von der Warteliste auf ihrem Platz geflogen sein.«

Leah nickte. Auf einmal wußte sie nicht, was sie zu Bodos Eröffnungen sagen sollte.

»Vielleicht kann man das ja überprüfen –«

»Glaubst du nicht, daß ich alles versucht habe!« Der Fahrer drehte sich erschrocken um. »No problem«, rief Bodo ihm zu. »Everything's fine.«

Der Fahrer nickte kurz. »This day is a mess.«

Sie fuhren wieder eine Weile, ohne zu reden. Zwischen den Taxis, den dampfenden Gullis, zwischen Fifth Avenue und Broadway kam ihr alles, was Bodo gesagt hatte, irgendwie absurd vor. Ein Boardkino. Aber sie wußte, daß es die Dinge gab, von denen er sprach. Er dachte sie sich, im Gegensatz zu Henry, nicht aus.

Sie fuhren jetzt schnell und ohne Störung durch Soho. Vorbei an Häusern im Jugendstilimitat. Die Dächer waren wie Kiefer mit Zahnreihen umfaßt, Backenzähne aus Marmor und Plattgold, die am Himmel nagten, aber stumpf und unvollständig waren. An der Seite des Hauses, die von der Straße wegwies, hatte man den Marmor einfach weggelassen.

»Nice view«, sagte der Fahrer und wies mit der Hand hinaus.

Als sie in der Sixth Avenue hielten, dort, wo der Unfall passiert war, war es später Nachmittag, und Henry war nicht mehr da. Neben dem »Raphaella« hing ein Münztelefon, das sie vorhin übersehen hatte. Sie kramte in der Tasche nach Kleingeld. Sie war plötzlich überzeugt, daß es für immer zu spät war, wenn sie jetzt nicht sofort ausstieg. Daß sie sonst eines Tages wie Bodo in einem Taxi sitzen würde und irgendwem von einer verpaßten Chance erzählen und dann ewig so weiterfahren würde.

Bodo nickte, ohne daß sie ein Wort hätte sagen müssen. Sie stieg aus, und als das Taxi wendete, hielt er ihr seinen hochgereckten Daumen ins Rückfenster.

SEVEN
Blow up

Die Panik wich mit dem Klang von Jos Stimme am anderen Ende der Leitung. Sie erzählte kurz, sachlich und ohne Umschweife und bemühte sich, Harvey nicht noch stillschweigend zum besten aller Weihnachtsgeschenke zu machen. Dann klackerte das Wechselgeld durch. »Er wird also überhaupt nicht mehr sprechen«, hatte Jo gesagt, wie eine Feststellung für sich selbst, und im Hintergrund redete jemand, ein Arbeitskollege oder das Radio, und eine Tür ging, und schließlich war es zu wenig gewesen, was Jo gesagt hatte.

»Was ist das nur mit uns«, sagte Leah dem eingehängten Hörer, »warum sage ich dir nicht, daß deine Stimme aufregend ist, und daß mir die Stimme nicht reicht. Was hat das eine schon mit dem anderen zu tun.«

Sie wachte auf vom Schweigen des Nachrichtensprechers. Sonne stach durch den Vorhang, und das Telefon klingelte. Für einen Moment lag sie ganz starr. Dann fiel ihr ein, daß es auch Peters sein konnte.

Sie stand auf, und als sie abnahm, war es nicht Peters.

»Leah? Hab ich dich geweckt?«

»Neinnein.« Sie war ganz atemlos und verknittert und hoffte, Jo würde nichts davon hören.

»Danke für deinen Anruf gestern. Ich dachte, wir könnten

vielleicht, wenn du Zeit hast, ins Theater oder so.« Jos Stimme klang ganz normal; kein Flüstern, kein Ausrutscher, und schon der Gedanke an irgendwelche Fragen war Leah peinlich.

»Treffen wir uns dort? Greenwich Village, Barrow/Ecke West Street. Halb acht? Ich würde mich freuen.« Kein Wort von Harvey. Und nicht der Funke einer Erklärung. Sie tat so, als hätten sie sich vor einigen Tagen wie üblich voneinander verabschiedet. Aber die Baumspitzen vor dem Fenster glitzerten im Morgen. Leah nahm den Tag in die Hand, griff zwischen seine Flügel, um ihn aufzuziehen wie diese mechanischen Aluminiumvögel. Nach zweimaliger Drehung liefen sie von selbst. Das war das Risiko; ihn wegzugeben, ihn auf zwei Vogelfüßen laufen zu lassen, nachdem sie ihn einmal in der Hand gehalten hatte.

Sie setzte sich auf den Sofatisch, gab Jos Stimme Gesicht und Beleuchtung und überlegte, was sie zuerst tun sollte. Rendezvous waren ein überstrapaziertes Bild von zwei Menschen bei Kerzenlicht und Wein. Sie beschloß, Alkohol zu kaufen. Für alle Fälle.

An der Kasse des Supermarkts waren die Papiertüten ausgegangen, und die Wagen stauten sich, während ein grauhaariger Schwarzer ein neues Paket Tüten anriß und ihr zublinzelte. Beim ersten Mal, als er einfach ihre Einkäufe vom Band genommen hatte, hatte sie gedacht, er würde sie beklauen. Einen Moment später hatte der Mann ihr die gepackte Tüte hingehalten und gefragt, ob sie Begleitung wünschte. Auch das hatte sie erst falsch verstanden, sich vergewaltigt geglaubt und gleichzeitig des Rassismus überführt, bis sie bemerkt hatte, daß es üblich war, sich die Tüten bis vor die Wohnungstür tragen zu lassen. Die Supermärkte schickten ihre Sklaven mit. Das ganze Land war eine Sklaverei, selbst in der Wallstreet gab es nur Sklaven, dort buckelten sie das Geld zwischen den Schultern weg, verstopften die Büros, so wie die Tüten inzwischen ihren Küchenschrank verstopften. Als sie versucht hatte, die Tüten abzulehnen, hatte niemand darauf reagiert. Die Kassiererin hatte nur irritiert geguckt und weiter mit den Fingernägeln Zahlen in die Kasse geschnäbelt.

Auf der Straße war der Morgen ein belangloser Morgen. Im »DTUT« auf der Second Avenue putzten zwei Mädchen die Fensterscheiben. Vorm Grocery Store saß ein Bettler. Er war nichts gegen ihren eigenen Morgen mit einem riesigen, tiefroten Sonnenaufgang und Jos Haaren, die in der Sonne glitzerten.

Sie verstaute die Flaschen im Kühlschrank.

In der Wäscherei stand die Luft. Die Chinesin war verreist, und die Heizungen wurden wie überall von einer zentralen Stelle aus reguliert. Leah riß das Fenster auf und übte ein paar Sätze für den Abend.

Dann klingelte es. Aber weil es nur der Schauspieler für den Fototermin und nicht Jo war, der da klingelte, ließ sie ihn einen Augenblick warten und schnitt ein Gesicht im Fensterglas. Schon an der Tür sah sie, daß sein Porträt Schwierigkeiten machen würde. Aknenarben musterten die Wangen und würden im Licht noch hervortreten. Aber er wollte kein Bild von seinem Gesicht. Er zog seine lila Stoffhosen aus und rollte sie zu einer Schlange, die er sich um den Bauch zog.

»Machen Sie ein Bauchporträt«, sagte der Mann. »Im Stehen. Im Sitzen würde man die Falten sehen.«

Sie richtete ein Streiflicht auf die Schulter des Mannes und verstärkte das Oberlicht, weil die Hose einen häßlichen Schatten auf seine Brust warf. Als Fotografin war sie illusionsloser als andere, arbeitete konzentriert, fast schroff. Die Kamera konnte den Leuten intimste Details entlocken, und davon wurde man mit der Zeit irgendwie gleichgültig.

Sie machten zwei Aufnahmen im Sitzen, der Mann schob die lila Stoffschlange auf den Bauchnabel herunter. Ein Hosenbein hatte sich gelockert und verdeckte die linke Brustwarze. Leah wechselte zum rechten Stativ hinüber, streckte den Arm im Vorbeigehen nach dem Zipfel aus, um ihn zurechtzurücken. »Nicht! Nicht berühren!« Der Mann fuhr nach hinten an die Wand zurück.

»Aber es ist nicht mehr schön so.« Die Hose ist eine Erniedrigung, dachte sie. Dieses Lila. Aber letztendlich gab es die Erniedrigung auf dem Bild nicht.

Er zupfte an der Hose herum: »Das macht doch nichts.«

Sie beeilte sich mit den Lichtern, richtete den Spot, auf die Gefahr hin, daß es miserabel wurde, direkt ins Zentrum und glich mit dem Blitzbelichtungsmesser ab. Der Mann saß still, den Kopf vornübergelegt, und malte mit einem Lippenstift die Bauchfalten nach. Und dann stellte sie sich vor, wie aus den Strichen ein Gesicht entstand, wie sich langsam unter der Hand des Schauspielers ein Kinn herausschälte, dann die Augenbrauen, leicht angehoben. Wie sich Jo langsam vom Bauch des Schauspielers abhob.

»Fertig?« fragte sie und starrte ungeduldig auf die Lippenstiftstriemen. Jo setzte sich nie in Szene. Keine einzige ihrer Bewegungen war inszeniert.

Er ist ein Gogo-Dancer, dachte sie, und obendrein verschüchtert. Gogo-Dancer waren so, sie verdienten sich ihr Geld mit dem Körper. Man stellte sie auf eine Plattform, und dort schwangen sie, was sie für wertvoll hielten. Meist waren es unglaublich lange Schwänze, die in weißen Tangas wippten, manchmal Bäuche mit antrainierten Stahlsträngen, und einmal hatte sie einen gesehen, der nur den Arm zeigte. Sie wurden ausgestellt, und ansonsten kümmerte sich keiner um sie.

Leah jagte noch einen Film durch und spulte besonders lässig zurück, um dem Tänzer überflüssigerweise klarzumachen, daß sie kein bißchen nervös war. Als er darauf bestand, sofort zu bezahlen, ließ sie ihn die feuchten Scheine auf die Waage legen, ohne nachzuzählen.

Es war halb sieben, als die Bahn, die sie großzügig anderthalb Stunden vor der Verabredung genommen hatte, zwischen der 23. Straße und Union Square Station stehenblieb. Leah war gerade zu dem Schluß gekommen, daß sie unmöglich mit einem

Kompliment anfangen konnte. Die wenigen wirklich guten Komplimente stammten aus Filmen, die alle Welt kannte.

Die Bahn stand. Leute drückten sich an die Türen, ein Mann schlenkerte Kohlrabis im Netz. Vielleicht sollte sie Jo einfach zuerst nach Harvey fragen.

»Was ist denn da wieder los«, sagte der Mann mit den Kohlrabis. Niemand antwortete.

Millimeter um Millimeter schlich die Bahn endlich auf die Lichter des Bahnsteigs zu, bis sie zur Hälfte in die wartende Menge einfuhr. Die Blechtür des Waggons rasselte und gab die Sicht frei. Als Leah sich vorbeugte, sah sie eine Frau, die vor dem Zug bis zur Hüfte in die Gitterplatten des Bahnsteigs gerutscht und dort hängengeblieben war. Der Lautsprecher wiederholte immerzu »Stand Clear Closing Doors!« Nur konnte die Frau gar nicht stehen, sie hing da und reckte den Kopf hoch. Auch ihre Hände hingen fest, was es ihr unmöglich machte, sich zurück auf den Bahnsteig zu stützen.

»Da muß man doch was machen«, sagte der Mann mit den Kohlrabis.

»Wenn Sie sie rausziehen, könnten Sie selbst reinfallen«, sagte ein anderer im weißen Hemd. »Das ist die Technik. Sobald die Frau ein Stück hochgezogen wird, gibt das Gitter nach, es fährt ganz zurück, und der Platz, auf dem Sie vorher standen, ist nicht mehr da. Ich würde das nicht riskieren.«

»Man müßte diesen Bahnsteig schließen«, sagte der Mann mit den Kohlrabis.

»Sie sind nicht von hier, was?« Der andere war gelangweilt. »Dieser Bahnsteig ist einer der wichtigen Touristenumschlagpunkte.« Er lachte und lehnte sich vor. »Alles klar«, rief er der Frau zu. »Das geht schon in Ordnung.«

Die Zähne des Gitters ruckten, und die Frau kreischte, als sich der Raum um ihre Hüfte verengte. Die Menschen in der Bahn blätterten die Zeitungsseiten um. Madonna hatte ihre Lebensrolle gefunden. Der Dollar stieg. Die Frau konnte nur den

Kopf bewegen. Die Gitterstäbe klemmten sie so zwischen sich ein, daß sie den Kopf nur abwechselnd nach oben zur Decke oder hinab ins Gleisbett drehen konnte.

»Wie lange soll sie denn so bleiben?«

»So lange, bis sie da jemand rausholt«, sagte der Mann im weißen Hemd.

»Aber Sie haben doch gerade gesagt, daß –«

»Die Technik ist so, daß Sie ein Risiko eingehen. Ich habe nicht gesagt, daß es unmöglich ist.«

Es war nicht unmöglich. Ein uniformierter Schwarzer kam auf die Frau zu. Er begann sich mit einem Seil an einem der Stahlträger zu sichern, um das Gitter zu betreten. Er mußte der Frau von da aus ein weiteres Seil unter den Achseln durchziehen. Dann lehnte er sich vor, so daß er sie fest im Griff hatte, und hob sie aus den Zähnen der Bahnsteigbefestigung heraus.

»Haben Sie gesehen, wie er durch das Gewicht nach vorn gezogen wurde?« sagte der andere. »Wenn er nicht vom Seil gehalten worden wäre, wäre er zu langsam gewesen, das Gitter wäre zurückgefahren, bevor er weggekommen wäre, und es hätte ihn und die Frau hinunter ins Gleisbett gezogen. Stellen Sie sich das mal vor.«

»Vielleicht hätte sie auch einfach rausklettern können«, sagte der Mann mit den Kohlrabis, der plötzlich mißtrauisch geworden war.

Aber Leah stellte es sich vor. Das Gitter, das die halbe Bildfläche einnahm. Auf einem Foto ohne Zuschauer sah der Zwischenfall allerdings aus wie ein ganz gewöhnliches Mißgeschick. Sie hätte auf jeden Fall mit Weitwinkel arbeiten müssen. Aber sie hatte die Kamera mit Absicht im Apartment gelassen.

An der Rückseite des Theaters war der Himmel noch hell. Der Wind zerfetzte ein paar Plastiktüten. Am Eingang stand eine Warteschlange. Die Amerikanerinnen vor ihr benutzten unbekannte Parfüms. Auch Jo war Amerikanerin, sie war in Städten groß geworden, erst Boston, hatte sie gesagt, dann Chicago. Aber das war schwer, sich vorzustellen, da Leah weder Boston noch Chicago kannte, und viel mehr wußte sie nicht über Jo. Nur an ihr Parfüm konnte sie sich sehr gut erinnern. Ihr Parfüm hätte sie unter allen anderen sofort erkannt.

Leah erreichte das Foyer und lehnte sich an einen Türpfosten am Ende der Bar. Jo war nicht zu sehen. Sie erfand sich das Recht, nicht warten zu müssen, und hätte gern ein Corona getrunken. Aber auf der Karte war keins verzeichnet.

Bis die Vorstellung begann, hielt sie den Platz neben sich frei. Als der Vorhang aufging, setzte sich jemand neben sie. Es war nicht Jo.

Sie kam sich jung vor. Viel zu jung. Der Tag mußte ihr schon, bevor er überhaupt begonnen hatte, aus der Hand gerutscht sein.

Am Anfang der Pause kehrte sie an ihren Türpfosten zurück, stellte höhnisch fest, daß das Stück gar keinen Inhalt hatte, und war entschlossen, trotzdem bis zum Ende auszuhalten.

Jo sah sie zwei Sekunden zu spät. Sie war schon zur gegenüberliegenden Tür hereingekommen und stand jetzt an der Bar. Es schien ihre Art zu sein, erst mal stehenzubleiben, wenn sie einen Raum betrat. Sie fällt auf, dachte Leah, ihr Nicken fiel auf und wie sie langsam über die Leute hinsah in einem hochgeschlossenen roten Hemd, nicht suchend, sondern als wollte sie jeden einzeln ansehen. Dann sah sie Leah.

Leah stand nur da.

»Ich wußte, daß du kommst«, sagte Jo. »Entschuldige«, sagte Jo. »Ich habe es nicht eher geschafft«, sagte Jo. »Es war soviel los«, sagte Jo. »Es war ein langes Wochenende dazwischen.« Das alles sagte Jo und hielt sich dabei an ihren Händen fest, was wiederum gar nicht zu Jo paßte. Zu Jo, die in Städten groß geworden war und kam und ging, wie es ihr gefiel.

»Ach so. Ein langes Wochenende!« Aus der Theke spießten Lichter, lederne Lampenschirme auf Drahtgestellen.

»Die sind nervös heute, und sie sind nicht immer nervös«, sagte der Junge hinter der Bar und schob ihnen zwei Weingläser zu.

»Das waren sie das letztemal doch auch«, sagte Jo. »Nach dem ersten Akt hat es sich gegeben.«

»Ich dachte, schwieriger wird es immer erst nach dem Anfang«, sagte Leah.

Der Junge lachte, und Jo sah sie an.

»Noch eine, die von Theater, wenn es Theater ist, keine Ahnung hat«, sagte er, nickte ihnen zu und stülpte Gläser über zwei Bierflaschen.

Die Menge aus dem Zuschauerraum drängte sie an Jos Ellbogen. Jos Parfüm war das gleiche wie in jener Nacht, herb und aufgeschlagen, aber als Leah jetzt an diese Nacht dachte, gehörte sie nicht mehr dazu. »Manche Leute kommen nicht unbedingt wegen des Stücks her«, sagte Leah dem Barkeeper mit einem Seitenblick zu Jo.

»Solange sie kommen und bezahlen, können sie kommen, weswegen sie wollen«, sagte der Junge. »Früher haben sie hier Soaps gespielt, und wenn man Soaps spielt, gehört man zur billigen Kategorie. Aber wir haben's geschafft. Man braucht einen Anstand, sagt meine Tante, wenn man außer Anstand nichts hat. – Das ist in Europa anders, oder?«

»In Europa geht man zum Sozialamt. Oder nach Amerika.«

»Siehst du. Von hier aus geht man nirgendwo anders mehr hin. Und wenn man es wollte, dann kommt man nicht weg.« Er nickte zur anderen Seite der Bar hinüber. »Sekunde noch!« Er hob bedauernd die Hand. »Wir machen nämlich nie das, was du glaubst, das wir machen«, sagte er, blinzelte ihr zu und verschwand mit einem Tuch über der Schulter.

»Er redet ein bißchen viel«, sagte Jo.

»Ist doch schön. Mit manchen Leuten kann man einfach so ins Gespräch kommen – Man darf nur nicht erwarten, daß man diese Leute dann wiedersieht.« Leah stellte das Glas auf die Bar zurück. »Oder?« Der Barkeeper scheuerte Flecke vom Tresen mit kurzen, harten Strichen des Zeigefingers.

»Schön, daß du gekommen bist«, sagte Jo einfach.

»Womit du ja gerechnet hast.« Zwei Frauen gingen an ihnen vorbei zurück in den Zuschauerraum. Ihre Handtaschen schnappten. Leah wollte aufhören, so zu sein, wie sie gerade war, aber irgend etwas protestierte hartnäckig dagegen.

»Auch das ist schön; daß man mit etwas rechnen kann.«

Darauf fiel Leah nichts ein. Der Lappen des Barkeepers quietschte.

»Hat es dir gefallen?« fragte Jo und wurde rot. »Würdest du es gern zu Ende sehen? Ich meine, wir müssen nicht.«

Sie standen in der inzwischen leeren Bar, und es war ihr nicht unangenehm, Jo rot werden zu sehen. »Ich habe, glaube ich, nicht alles verstanden.«

Jo nickte. Der Lappen des Barkeepers flog rechts und links an Jo vorbei, und Leah beobachtete einen Mann, der als letzter durch die Saaltür ging und die Tür hinter sich zumachte.

Aber Jo rührte sich nicht. Ihr geschlossenes Hemd weckte in Leah den Wunsch, ihr die obersten Knöpfe zu öffnen. Plötzlich wischte sich Jo einen nicht vorhandenen Fussel vom Gesicht und griff nach ihrer Hand. – »Na komm schon. Es hat sowieso schon begonnen. Wohin willst du am liebsten?«

Jo zog sie mit sich, und in Gedanken an die Lage ihrer Hand verfehlte Leah die oberste Stufe der Treppe.

»Hey. Paß ein bißchen auf.«

Sie war zu jung. Sie stolperte dahin, ohne einen Einfluß darauf zu haben. Sie war diesmal merkwürdig jung, unkontrollierbar und anders als in den Redaktionen, wo die meisten älter waren als sie, und nicht wie mit Sophie. Es schien nicht am Alter zu liegen.

Sie gingen wie Gleichaltrige nebeneinander her, unsicher zusammengefügt in dieser frühen Nacht des neuen Jahres, einander an der Hand haltend, weil es sich auf der Treppe so ergeben hatte und obwohl die Finger steif wurden vor Kälte. Sie gerieten in ein Kino, wo die Nachtvorstellung schon begonnen hatte, und Jo studierte das Plakat, während Leah Karten und Popcorn kaufte. In den Sitzen berührten sich ihre Unterarme.

»Zum Händchenhalten«, hatte Jo vorhin gesagt, und Leah war es wie Spott vorgekommen. Aber Jo war ganz ernst gewesen. Es war wie ein Kinderausflug, eine fast vergessene Erinnerung an etwas, was Leah nie gemocht hatte. Verschwitzte Hände von Klassenkameraden, die sich vortasteten wie Tiere in der Kanalisation. Später war sie allein ins Kino gegangen und dann mit Sophie. Sophie hatte sich über sie gebeugt und sie geküßt wie ein Weiher, in dem man ganz versank, oder sie hatte ihr die Hand zwischen die Schenkel geschoben und manchmal in die Hose, ohne einen Gedanken an die Leute um sie herum.

Jo griff wieder nach ihrer Hand, hielt sie ohne Vorsicht, aber auch ohne sich besondere Mühe zu geben. Sie hielt sie nur. Leah fuhr ihr mit dem Zeigefinger unter das Bündchen am Knöchel, wo die Sommersprossen beginnen mußten, und hatte das Gefühl, etwas zu fühlen, was gar nicht sein konnte.

Bis über dem Abspann das Licht anging.

»Laß uns noch was trinken gehen, ja? Manchmal möchte ich gar nicht mehr aufhören, irgendwo hinzugehen, manchmal möchte ich die ganze Nacht einfach nur immer weiter irgendwo hingehen.«

»Und wie lange hältst du das durch?«

Jo nahm ihren Mantel von der Sessellehne und schien ihr auf der Schräge zum Ausgang wieder um Jahre voraus. Es war weit nach Mitternacht, und immer noch waren die Straßen voller Menschen. Jo winkte einem Taxi. Sie sah müde aus im strahlenden Licht aus den Schaufenstern. Ihre Gestalt war angespannt, und ihr Mantel wirkte dadurch viel größer.

»Was ist denn?«

»Es ist fast eins«, sagte Jo.

»Na und –«

Ein Taxi hielt, und Jo strich ihr zum Abschied über die Wange. Aber vorher, hatte Leah das Gefühl, mußte sie noch etwas sagen. Sie hatte den ganzen Abend schon irgend etwas sagen wollen. Sie zog Jo in ihren Arm, um den Mantel richtig zu hängen oder Jo irgendwie mehr Gewicht zu geben. Dabei rutschte ihr der Pullover aus der Hose.

»Ich habe gedacht, du könntest beim nächsten Mal den direkten Weg nehmen, weißt du. Ich werde einen Shuttleservice bis direkt vor meine Wohnungstür einrichten. Extra für dich.«

»Ich wäre so nicht schneller. Ich wäre nur früher da«, sagte Jo.

»Man kann es so einrichten. Ich kann ganz verrückt viele Sachen für dich einrichten, darin bin ich gut. Es wird gar nicht schwer sein. Ich werde sein wie die bezaubernde Jeannie, ich blinzele einfach, und alles ist anders, alles ist so, wie du möchtest. Also, was möchtest du?«

Der Taxifahrer hupte.

»Würdest du mitkommen zu Harvey?« sagte Jo plötzlich und als sie schon nach der Taxitür gegriffen hatte. »Ich möchte da nicht allein hingehen.«

»Ja. Natürlich. – Klar.«

»Danke.« Jo öffnete endgültig die Tür und zog, bevor sie einstieg, ihren Mantel aus. »Ich hatte dich nicht darum bitten wollen. Aber jetzt – Ich ruf dich an. Gute Nacht.«

Gute Nacht, dachte Leah, als sie dem Taxi hinterhersah, stopfte den Pullover fest und fühlte sich abserviert.

Ein schwarzer Junge hockte vor ihr auf dem Bordstein und schnauzte sie an. Er hielt ihr einen leeren, völlig unsinnig zurechtgeschnitzten Karton hin, für den er einen Quarter verlangte. Sie sah, wie das Taxi eine Rechtskurve nahm und in die entgegengesetzte Richtung davonfuhr, und stellte sich vor, wie Jo noch einmal aus dem Inneren des Wagens heraus zu ihr herübersah. Aber nur die Karosse des Taxis war hell in der Nacht, grün im Widerschein der Strahler an der Spitze des Empire State Buildings.

Am Morgen türmten sich in der Wäscherei frischgewaschene Laken auf dem Boden. Berge von Laken. Sie gehörten einer Hotelkette und hatten der Chinesin das Geld für eine moderne Wäschewaage mit Digitalanzeige gebracht. Die ganze letzte Woche hatte sie von nichts anderem gesprochen, und die alte Waage mit der großen, wandernden Nadel wartete schon im Karton verpackt auf den Flohmarkt. »Meine Mutter war eine Künstlerin«, sagte die Chinesin und strich ein Laken auf dem Tisch zurecht. »Meine Mutter hat nur auf Laken gemalt, obwohl sie auch auf Leinwand eine Künstlerin gewesen wäre.« Sie legte die oberen Zipfel aufeinander, deutete auf die beiden unteren, die Leah aufnehmen sollte, und dann gingen sie aufeinander zu, bis die Zipfel sich berührten. »Auf Leinwand haben die Staatsmaler gemalt. Das war ein Privileg.«

Die Chinesin legte das Bettuch zu den anderen in die Tüte. Es war früh am Morgen, aber sie redete wie aufgezogen. Zweifellos die neue Waage. »Sie hätte auch Staatsmalerin werden können. Gut genug dazu war sie.«

Leah war unausgeschlafen. Die letzte Flasche hatte sie gegen vier Uhr morgens geöffnet. Da war Jo gerade von einer unsichtbaren Hand gepackt und in ein Fließheck mit roten Ledersitzen verfrachtet worden.

»Meine Mutter hat Drachen gemalt. Nichts sonst. Drachen sind heilige Tiere. Im Jahr des Drachen gebären doppelt so viele Frauen. Aber der Staat macht es diesen Kindern auch doppelt so schwer. Sie werden ein Jahr später eingeschult, sie werden vernachlässigt und so weiter.« Sie legten ein neues Laken auf die Rolle, die Chinesin zog straff, und Leah drehte langsam die eiserne Kurbel, bis das Laken unter der gegenläufigen Rolle verschwand.

»Dann waren Sie also noch ein echtes chinesisches Kind.«

»Echt oder nicht, meine Mutter hat mich mit fünfzehn hierhergebracht. Sie dachte, ich kann hier mein Glück machen. Aber sie hat es nicht ausgehalten ohne Drachen und Jangtsekiang«, sagte die Chinesin. »Man hat sie wahrscheinlich nie wieder malen lassen. Das wußte sie vorher.« Der Druck auf die Kurbel verstärkte sich, der Griff saß zu locker und fing an zu quietschen. »Bei Ihnen gab es das ja auch. Dann wissen Sie, wie das ist.«

»Ich komme aus dem Westteil«, sagte Leah. »Also, was früher BRD war.«

»War die Mauer nicht mitten im Land?«

Leah hatte früher immer die Vorstellung gehabt, alle Freigekauften müßten noch Spuren von Fesseln an den Gelenken haben, wie die afrikanischen Sklaven in Geschichtsbüchern. »Ich habe zu weit im Westen gewohnt«, sagte sie.

»Dann muß das eine gewaltige Entfernung gewesen sein«, sagte die Chinesin. »Von der Mauer bis in den Westen. Da können Sie sich das wahrscheinlich überhaupt nicht vorstellen.«

»Ist ja auch nicht gerade angenehm, sich das vorzustellen, oder?« Das Laken schlappte von der Rolle, und Leah drehte es ganz auf die Platte heraus.

»Wenn man es erlebt, ist das anders. Wenn man es erlebt, ist es nur wie man selbst an jedem Tag. Mal besser, mal schlechter. Niemals nur gut oder schlecht.« Das Laken war hart wie ein Brett und mußte aufgeschüttelt werden, bevor es zu den anderen auf den Stapel kam.

»Sind Sie eigentlich für Hongkong oder für die chinesische Regierung?«

»Wenn Hongkong an China zurückgeht, werden sie vielleicht wieder Drachen malen können. Wenn die Leute in Hongkong stark genug sind. Wenn nicht –« Die Chinesin wuchtete das nächste Paket auf den Tisch. »– dann wird es bald doppelt so viele Wäschereien hier geben.«

Harvey lag in einem weißen Zimmer und trug ein ärmelloses T-Shirt, das den Oberarm für die Venüle freihielt. Er hatte sich Jo gewünscht. Jetzt war sie gekommen, aber er konnte nicht mehr sprechen.

Jo ließ Leahs Hand los, um die Blumen in eine Vase zu stellen. Vor dem Fenster konnte man die Bäume rauschen sehen. Kein Ton kam herein. Auch hier roch es nach Desinfektion, und Leah setzte sich auf den einen Stuhl neben der Tür. Sie fragte sich, was für ein Gefühl das war; Aphasie. Es mußte viel damit zu tun haben, nicht schnell genug sein zu können. Den Anschluß zu verpassen.

Jo schob vorsichtig ihre flache Hand unter Harveys linken Arm, der schlaff über den Bettrand hing, und legte ihn sich dann auf den Schoß. Sie saß leicht vorgebeugt, ganz auf Harveys Gesicht konzentriert, der sie ununterbrochen ansah.

Vom Fenster her kam ein violettes Licht, und die beiden führten ein tonloses Gespräch, ein Gespräch, das es gar nicht gab. Es war unmöglich zu sagen, ob sie dabei traurig waren oder glücklich oder worum es ging. Aber irgend etwas mußte es geben, ein gegenseitiges Aneinanderhalten. Als wären sie sich über das Sprechen hinaus vertraut.

Jo sprach immer, als ob sie nie damit aufgehört hätte, als spräche es Tag und Nacht in ihr weiter, so als würde sie nur gelegentlich mit der Zunge zwischen die Worte geraten, die dann aus ihr herausfielen, ohne den Rhythmus zu wechseln. Genauso zufällig hörte sie wieder auf, wobei sie meist ein Zögern zu spät reagierte. Nur an den Reaktionen der Leute merkte sie, daß sie etwas laut gesagt haben mußte. Die Leute hielten es für Gleichgültigkeit und gaben dann Jo die Schuld an der eigenen Enttäuschung, so als hätte Jo sie aufgefordert, mit ihr zu reden. Überall fiel Jo in diese Gespräche; auch im Theater, als sie mit ihrem Weinglas am Ende der Bar stand und ihre Sommersprossen sich blaß in ihre Haut zurückzogen. Etwas daran mußte die Leute reizen, ihr eine Unterhaltung anzubieten. Meist waren es Männer, die tönern die Darsteller irgendeines Films priesen und die Komposition ihrer Klamotten. Vielleicht hatte sich Harvey gewöhnlich dazwischen geschoben, wenn es zwischen den Männern und Jo zu eng geworden war, und hatte sie lächelnd gerettet.

Und jetzt bedauerten sie beide, daß es mit dem Retten ein für allemal vorbei war.

Leah flüchtete in den Gedanken daran, wie dringlich Jo vorhin nach ihrer Hand gegriffen hatte. Auf dem Weg hatte sie zuerst überlegt, ob sie Jo haben wollte, weil es Jo war. Oder ob Jo ein Vorwand für das Foto war. Aber es hatte etwas mit dem Charakter dieser Frau aus Chicago, mit Wohnung in Brooklyn und einem Durchschnittsjob in einem Vermittlungsbüro zu tun. Etwas mit ihren hochgeschlossenen, altmodischen Hemden. Leah hatte beobachtet, wie sie Angebote auf der Straße oder in Geschäften überging. Nur wenn sie nach der Zeit gefragt wurde, antwortete sie korrekt und freundlich. Sie stand da, den Kopf leicht vorgebeugt, sie kommentierte nicht und sie verurteilte nicht, und das war anziehend. Und es verunsicherte, weil niemand seine Annahmen von ihr bestätigt sah, weil niemand seine kleinen Bösartigkeiten und Ängste in Jo wiederfand.

Die Bäume vor dem Fenster legten ihre Äste gegen die Scheibe und nahmen sie wieder weg, das gab ein Geräusch wie von Fingernägeln. »Ich habe noch einiges gutzumachen«, sagte Jo in die Stille hinein. »Du weißt gar nicht, was es mir bedeutet hat.«

Harvey drehte den Kopf hin und her. Es sollte ein Kopfschütteln werden, aber so, verlangsamt in Zeitlupe, sah es nur aus, als wäre ihm das Kissen schrecklich unbequem.

Auf dem Flur wollte sie Jo in den Arm nehmen. Aber es war zuviel von dem Wunsch darin, selbst gehalten zu werden, und sie ließ es.

»Laß uns was trinken gehen«, sagte Jo. »Ich lad dich ein.«

Im Café war sie still, ihre Augen zogen die Striche der Wandmusterung nach. Dann nahm sie die Zeitung und blätterte.

»Kann ich irgendwas für dich tun?«

»Du bist schon mitgekommen. Das hat geholfen.« Es war ein leises Café, direkt neben dem Krankenhaus, die Kellner waren Trauerfälle gewohnt. Sie trugen schwarz geschnürte Westen und eine rote Schleife auf der rechten Brust. Es gab Long Drinks, die

Happiness hießen und Get-better und Toasts mit Namen wie: Autocide.

Leah sah noch das Zimmer vor sich und diesen Mann in seiner vertraulichen Nähe zu Jo. »Woher kennst du ihn?«

»Harvey?« Jo klappte die Zeitung zu. Es dauerte eine Weile, bis der Kellner mit dem Kaffee kam, und Jo schnippte den Deckel der Zigarettenschachtel auf. »Schon lange. Ich weiß nicht genau. Seit einer Ausstellung.«

»Machen Sie die Zigarette aus. Hier darf nicht geraucht werden«, sagte der Kellner.

»Darf man in diesem beschissenen Land überhaupt mal etwas machen, was keinen Spaß macht?« Jo stand auf und stieß an den Tisch. Der Kellner sah sie erstaunt an. »Es macht Ihnen keinen Spaß? Wozu rauchen Sie dann?«

Vor der Raucherecke drehte Jo um. »Laß uns zu mir gehen. Ich habe keine Lust mehr.«

»Es ist also ein Geheimnis«, sagte Leah unterwegs.

»Was?«

»Woher du Harvey kennst.«

»Es ist kein Geheimnis. Ich weiß es nicht mehr.«

»Du hast viele Geheimnisse«, sagte Leah und erinnerte sich nur an wenige Augenblicke, in denen Jo von sich erzählt hatte, und im Moment erinnerte sie sich an keinen einzigen davon genau.

In der Wohnung roch es nach Zigaretten und Apfelkuchen und ein bißchen nach Katzenklo. Es gab ein Bücherregal, das bis hinauf zur Decke reichte, und drei Möglichkeiten, sich hinzusetzen. Einen Stuhl, einen Hocker und ein Sofa. In der Nacht damals hatte Leah sich keine Gedanken über Jos Sitzmöbel gemacht. Jetzt hätte sie der Größe nach erst mit dem niedrigen Holzhocker vor dem Bücherschrank beginnen müssen, dann in der richtigen Reihenfolge mit dem Stuhl weitermachen –

»Was ist? Man kann das Sofa auch ausdrehen. Das ist ein Spezialsofa.«

Jo rückte die Lehne im rechten Winkel herum. Das Sofa wurde eine Chaiselongue, und Leah schoß Hitze in die Stirn. Alles, was jetzt gesagt werden konnte, stand schon in den Büchern auf dem Regal. Varianten derselben Situation. Aber die Chinesin hatte recht; wenn man es selbst erlebte, war es anders.

Leah konnte nach Kaffee fragen.

Jo nickte. »Mit Milch und Zucker?«

Der geflochtene Stuhl stand zu weit in der Nähe des Schlafzimmers. Der Hocker stand günstiger, aber er war zu niedrig. Sie würde an Jo emporstarren. Sie betrachtete eingehend ein mehrteiliges Lexikon auf dem Boden vor dem Regal. Daneben standen Blumen in einer Bodenvase, die langsam ausfielen. Leah war sicher, daß die Vase eins von Harveys Sammlerstücken war.

»Ein Geschenk«, sagte Jo zu dem Lexikon.

»Auch von Harvey?«

»Wieso auch?«

»Ich meine nur – Kommt er oft?«

»Nur, wenn er wieder mal etwas völlig Geschmackloses gekauft hat und alle seine Kunstsammlerfreunde ihn auslachen. Dann braucht er jemanden, der das Kunststück bewundert, und das tue ich dann.« Jo sammelte die lila Krümel vom Boden in ihre Handfläche.

»Wir sind ein hilfloses Paar. Er versteht nichts von Kunst und ich manchmal nichts vom Leben. Das Lexikon hat er mir geschenkt, weil er glaubt, Jo sei ein Name aus der Oper.«

»Sehr absurd.«

»Findest du.« Es war keine Frage. Es war ein Blick, der aus der Helligkeit des Fensters herüberkam, vor der Jos Gesicht nur ein Schatten war. Dann verschwand sie in der Küche, die von dieser Ecke des Zimmers aus nicht einzusehen war. Wasser ging. Opera, hatte Jo gesagt, vielleicht Soap-Opera, wie sie zu Hunderten in solchen amerikanischen Küchen spielten. Die Küche war der zentrale Ort des Lebens. Dort wurden Kinder gewickelt, Online-Geschäfte gemacht, Verbrüderung und Sex betrieben und

Möhren geschält. Das Fernsehen hatte die Küche rehabilitiert, und seither ließ man die Türen, die sie bisher von der übrigen Wohnung getrennt hatten, einfach weg. Man muß ein patriotisches Familiengefühl besitzen, um das durchzustehen, dachte Leah und entschied sich für die Chaiselongue. – Oper oder nicht.

Jo kam mit einer Kanne voll Wasser zurück. »Mir ist eingefallen, ich muß noch die Blumen gießen.« Sie setzte die Kanne so vorsichtig an, als wollte sie das Blumengießen so lange wie möglich hinauszögern. Dann war sie wieder in der Küche und summte einen Halloween-Song, der überdurchschnittlich viele Pausen hatte, und Leah saß immer noch allein in der Mitte der Chaiselongue. Sie streckte einen Fuß nach rechts hinüber und stieß den Hocker noch weiter vom Sofa weg.

»Das Wasser ist noch nicht ganz fertig.« Jo nahm Leahs Sweater vom Türgriff und hängte ihn dann wieder zurück. »Es bleibt so eisig, haben sie gesagt. Und ich dachte, ich könnte meinen Wintermantel bald in den Schrank hängen.« Sie ging hinüber zum Bücherregal: »Er ist gleichzeitig auch mein Herbstmantel, und wenn es im Frühjahr sehr lange noch kalt ist, nehme ich nur das Futter heraus, und dann ist er auch ein Frühjahrsmantel. Das beste wäre es, ihn Aprilmantel zu nennen. Das kommt seinem Wesen am nächsten.« Jo lachte. »So ist das mit dem Reichtum der Angestellten hier.«

»Ich glaube, das ist bei uns genauso«, sagte Leah und merkte, daß sie anfing, auf etwas zu warten.

»Ich seh mal nach dem Kaffee.«

Vielleicht lag es daran, daß Leah in der Mitte der Chaiselonge saß. Sie rutschte ein Stück nach rechts hinüber, wobei sie dem Hocker einen weiteren Tritt gab. Der Hocker schlitterte zur Seite und kippte um.

»Der Kaffee muß noch eine Weile ziehen«, sagte Jo beim nächsten Mal mit einem Staubtuch in der Hand. Sie fing an, die Regalfächer zu wischen.

»Er muß ziehen?« Amerikanische Kaffeekannen waren so

konstruiert, daß das Wasser durch den Hitzedruck aufstieg und durch ein Sieb mit Kaffeepulver fiel, woraufhin sich das Wasser in der Kanne langsam dunkel färbte. Er mußte ganz sicher nicht ziehen.

Jo schüttelte den Lappen über dem Fensterbrett nach draußen. »Hab ich das gesagt?«

Das Warten konnte leicht wund werden und durchgescheuert wie die Gesäßtaschen der Jeans, die Jo trug. Sie war nicht mehr die Frau von der Straße, auch nicht die aus dem Café oder die, die in der Nacht mit dem Taxi davonfuhr. Sie benahm sich wie jemand, der befürchtete, gleich los zu müssen. Als müßte sie Abschied nehmen von den Dingen um sich herum und wollte das Abschiednehmen so lange wie möglich hinauszögern. Vielleicht meinten Amerikaner sofort Ehe, wenn eine Frau sie interessierte. Eine Maßnahme zur Arterhaltung, bei der gebügelte Unterwäsche und eine Anzahl eigener Kleiderbügel im Schrank noch vor der Liebe kamen. Leah stand auf. Sie hielt das plötzlich für die einzig vernünftige Maßnahme. Sie wollte Jo nicht die Welt zeigen oder die Oper oder ihr die Vorteile einer gemeinsamen Schrankwand erklären. Selbst wenn Jo sich Männern gegenüber anders verhielt oder sich Männer in Wohnungen von Frauen anders verhielten. »Kann ich mal das Bad benutzen?«

Das Bad hatte kein Fenster, und auch im Ausguß lagen lila Krümel. Sie ließ das Wasser über die Hände laufen, und es wurden drei, vier Paar Hände. Keine einzige darunter war männlich. Leah stellte sich vor, wie sich ein Mann in Jos Wohnung verhalten würde, wie Harvey sich verhalten hätte, aber sie wußte nur, wie sich die Männer, die sie kannte, verhalten hatten. Entweder waren sie unachtsam, und dann liefen die Radios oder die Wasserhähne stundenlang weiter, oder sie standen zu lange im Zimmer herum, zogen ihre Jacken an, als stimmten die Knöpfe plötzlich nicht mehr. Als wären die Knöpfe verrutscht oder abgefallen.

Im Bad war nichts von Jo. Es gab keine Bilder, keine vertrocknete Rose hinter dem Spiegel. Die Badewanne war in helle

Fliesen eingelassen, und ein einzelnes Handtuch lag über der Wäschestange. Vielleicht kam es nur darauf an, rechtzeitig zu gehen.

Als sie aus dem Bad kam, saß Jo ruhig auf der Chaiselongue, das Kinn in der aufgestützten Armbeuge. Als hätte sie inzwischen einen Alterungsprozeß durchgemacht. Mit dem Staublappen hatte sie ausgesehen wie zwanzig, und jetzt lehnte sie im Sofa und sah Leah entgegen, wie Catherine Deneuve in ›Hunger‹ Susan Sarandon entgegensah.

Leah entließ Harvey und jeden anderen Mann in seinen wohlverdienten Ruhestand und vergaß, was sie gerade gedacht hatte. Sie steuerte auf den Stuhl zu.

»Erzähl mir, was du in der letzten Woche gemacht hast.«

Auf dem Stoff der Chaiselongue gab es grünäugige Gesichter unter Narrenkappen.

»Nichts Besonderes.« Sie konnte für einen Moment nur an die Narrenkappen auf dem Sofa denken.

»Nichts Besonderes? Du meinst, man sollte nur von den besonderen Dingen erzählen?«

»Nein. Man sollte nur unwichtige Dinge nicht unnötig dramatisieren.«

»Ach so. Aber vielleicht macht man das, um sie nicht so schnell zu vergessen. Als du vorhin kamst und gesagt hast, du wärest schon zum zweiten Mal hier, hatte ich das erste Mal fast vergessen.«

Es entstand eine kurze Pause, in der die Hände der Deneuve unter Sarandons Bluse tauchten.

»Man kann sich nicht alles merken«, sagte Leah. »Ich habe mir eigentlich nur deine Hände gemerkt.«

»Meine Hände?«

»Siehst du. Wenn man immer alles sagt, was man denkt, wiederholt man sich ständig. Damals im Café habe ich auch nur von deinen Händen geredet.«

»Das macht nichts. Ich bin mir meiner Hände gar nicht so

sicher.« Jo schenkte Kaffee nach und blieb länger als nötig so vorgebeugt sitzen. Ihre Schulterblätter bewegten sich, schmale Schulterblätter, dachte Leah und überlegte, ob sie den Händen der Deneuve folgen sollte.

Dann ging das Licht aus. Wie made in Hollywood. Nur die Rauchmeldeanlage sendete vergeblich von der Decke, zu schwach für den Raum, in dem Jo irgendwas mit den Lippen an ihrer Wange machte. Es war kein Kuß. Der Widerschein der Stadt begann die Gegenstände im Zimmer nachzustellen, andersfarbig und merkwürdig still. Der Bücherschrank an der Wand sah aus wie ein Höhlenbau. Rechts daneben stand Jo über eine Schublade gebeugt.

Sie brachte etwas herüber, das aussah wie eine Kerze. Sie riß ein Streicholz an und hielt es unter den Boden, bis er flüssig wurde und in eine Schale tropfte.

»Weißt du, wie oft ich mir schon ein Arrangement für dich überlegt habe –«, sagte Leah nach einer Pause in die Dunkelheit hinein.

Jo drehte sich um, ohne zu antworten. Und dann verschwand sie im Licht, das plötzlich wieder in den Raum knallte.

»Das wird nichts«, sagte Jo und ließ die Kerze unangezündet, wo sie war.

»Aber du kannst doch gar nicht wissen, ob es was wird oder nicht, wenn wir es noch nicht mal versucht haben.«

Es war an der falschen Stelle hell geworden. Asche fiel zu Boden, und ein Katzenschwanz stand an Jos Beinen hoch. Es fauchte.

»Es macht mich nervös. Das war schon als Kind so. Wenn mich jemand fotografiert hat, habe ich nachts schlecht geträumt. Ich hatte immer das Gefühl, das man vor Prüfungen hat.«

»Aber ich möchte doch nur ein Foto von dir. Das ist alles.«

Jo beugte sich über Leahs Hand und küßte weich und behutsam die Handknöchel.

»Aber ich möchte es nicht«, sagte sie.

Als Leah die Augen wieder aufmachte, war sie draußen in den Brooklyn Heights, wenige Schritte von der U-Bahnstation entfernt. Sie ging an der Station vorbei, weil es Jos Nachbarschaft war und es sich lohnte, jedes Stück Gehweg schon mit dem nächsten und dem übernächsten Kuß zu pflastern.

Mit einer rettungslos überreizten Phantasie erreichte sie die Brooklyn Bridge. Sie lehnte sich eine Weile an das Brückengeländer. Der Wind zerrte an der Jacke, und auf dem East River trieb Licht über die Eisschollen. Die Skyline stand frei da, nur durch Lichtpunkte markiert und sah aus, als könnte sie, von nichts gehalten, jeden Moment umkippen und die Brücke in den Fluß rutschen lassen. Leah paßte die Gebäude, wie sie sie vom Tag her kannte, in die Lichtlinien ein, grau glitzernde Steinfronten, wo jetzt nur das Licht verlief, hauchdünn und unzuverlässig wie die schmalen Schulterblätter von Jo. Und während sie über die Brükke lief, vergaß sie, ob sie sich den Lichtern näherte oder sich von ihnen entfernte. Ringsum ging die Nacht auf, und unter ihren Füßen donnerten die Autos. Erst auf der anderen Seite verschränkten sich die Linien zu Neonschriften und Bürofenstern, zu Kinoanzeigen und Fastfoodwerbung. Taxis preschten haarscharf am Bürgersteig entlang, und sie dachte daran, verliebt zu sein und daß dieser Gedanke nicht viel mehr war als so eine Lichtlinie. Und wenn es gut ging, ergab die Linie den Umriß einer Person.

An der Ampel stand der Barjunge von damals im Theater. »Hey!« Er legte mit seinen Rollerblades eine scharfe Kurve hin. »Wie geht's?«

»Gut«, sagte Leah. »Kalt.«

»Das kann man wohl sagen.«

»Und da fährst du hier so rum?«

»Es herrscht eine Scheißstimmung. Wenn kein Publikum mehr kommt und das neue Stück erst in zwei Wochen anläuft, herrscht immer schlechte Stimmung. Und wenn schlechte Stimmung herrscht, fahr ich lieber rum.« Er schneuzte sich auf die Straße. »Kommst gerade von ihr, was?«

»Von ihr?«

»Ja.«

Sie lächelte ihn an. Sie mußte den Eindruck wieder loswerden, ihm schon bei Jo auf der Treppe begegnet zu sein. Oder auf dem Weg zur U-Bahnstation. Sie lächelte und war sich nicht sicher, ob es auch so aussah, als würde sie lächeln.

»Cool. Du hast ja eine unglaubliche Menschenkenntnis.«

Er holte Schwung, ließ ein Bein nachschleifen und übersprang die Bordsteinkante. »Nicht so schwierig«, sagte er und grinste. »Du trägst eine von ihren Jacken!«

Leah sah an sich herunter. Sie hatte Jos Lederjacke erwischt.

»Macht ja nichts«, sagte der Junge. »Kann ja mal vorkommen.«

Sie nickte, aber mitten in seinem Gesicht saß Jo auf dem hellgelben Sofa.

»Aber vielleicht ist es gar nicht ihre Jacke.«

»Bin doch nicht blind.« Der Junge grinste. »Sag mal«, sagte er dann. Er hatte seinen Joker ausgespielt, und jetzt schien es ihn nicht weiter zu interessieren. »Warum kommst du nicht mal vorbei und fotografierst uns. Wir haben noch nie gute Werbefotos gehabt.«

»Klar.«

Jo saß auf dem Sofa und lächelte. Ein kühles Foto. Wenn man sie fotografieren könnte, dann so, dachte Leah und wußte nicht mehr, in welchem Moment sie überhaupt nach der Jacke gegriffen hatte.

Als der Junge, die Hände in den Taschen, davonfuhr, stand ihm eine silberne Atemspur in der Luft nach. Plötzlich und viel zu spät kam ihr der Gedanke, daß der Junge die Jacke gar nicht kennen konnte. Im Theater hatte Jo ihren Mantel getragen. Das war sicher. Jo hatte ihn ausgezogen, bevor sie ins Taxi gestiegen war. Sie erinnerte sich sehr gut, wie schief der Mantel an Jo ausgesehen hatte. Sie hatte an diesem Abend ganz sicher keine Lederjacke angehabt. Leah riß die Hand hoch, aber der Junge war schon außer Hörweite.

Zurück blieb ein komisches Gefühl, das sie mit einem Corona beseitigte. Ein Packen Filme wartete auf dem Tisch, aber sie verlegte das Entwickeln in die frühen Morgenstunden. Im Fotodistrict schafften sie es bei doppelter Bezahlung in einer Stunde, und dann waren die Bilder nur wenig zu spät bei Peters.

Das Bier wirkte auf leeren Magen und im überheizten Zimmer erstaunlich schnell. Das vereitelte schließlich den Versuch, das Gespräch mit Jo noch einmal Punkt für Punkt durchzugehen. Sie stellte die Flasche in den Papierkorb und legte sich ins Bett, wo ihr der Italiener in Harlem und seine Söhne einfielen, die unter ihrer Plastikpalme immer noch auf die Fotos warteten. Sie beschloß, morgen ihr Versprechen einzulösen, gerade rechtzeitig, ehe Jo sich selbständig machte, das Zimmer in ein Krankenhauscafé verwandelte und mit einem der Italiener die Jacke tauschte.

»Buongiorno, Signorina. Was für eine Freude! Sie sehen glänzend aus! Haben Sie einen guten Jahreswechsel gehabt? Ach, erzählen Sie. Kommen Sie, kommen Sie herein. Bitteschön. Mamma! Wir haben einen Gast.« Von der Gartentür mit dem Neonschild war alles Laub gefallen. Die Strünke des Efeus peitschten zurück, als der Italiener die Tür öffnete.

»Tut mir leid, daß ich erst jetzt komme, aber –«

»Ah, Signorina, Sie sind jung, und das Leben ist nicht nur Arbeit! Mamma, wir haben einen Gast!«

Im Hintergrund summte ein Kühlschrank. Die Mamma war nirgendwo zu sehen. Leah legte die Mappe auf einen leeren Tisch und fächerte die Abzüge vor dem Italiener auf. Er beugte sich vor und seufzte vor Vergnügen an seinen Söhnen. An einer Stelle blieb er plötzlich hängen, zog ein Blatt aus dem Bilderfächer heraus und starrte es an.

»Mamma mia, Signorina, sehen Sie, was für eine böse Überraschung! Sehen Sie, da ist er noch. Mamma mia.« Er richtete sich auf und hielt das Foto wie eine Dollarnote, die man jemandem schuldet und nicht zurückgeben will. »Sie müssen ihn aus allen Bildern rausschneiden, Signorina, unbedingt, ah, es ging so schnell, Signorina, furchtbar schnell. So jung wie er war, und sehen Sie nur, wie er lacht, wie glücklich er aussieht.« Er tippte auf das Bild und hinterließ einen Fingerabdruck im Gesicht eines seiner Söhne.

»Ich verstehe nicht.«

»Mein Sohn, Signorina, mein eigener Sohn, no capeesh? Ah, ich hab ihn verloren!« Die Kriminalitätsrate und die Dunkelheit. Schon damals war ihr die Dunkelheit in dieser Gegend aufgefallen.

»Marcello, übertreib nicht.« Die Frau des Italieners war aus der Küche gekommen und trocknete sich die Hände ab. Sie trug die Haare kurz und war schlank. »Daß du immer so schrecklich übertreiben mußt, daß einem die Ohren klingen, den ganzen Tag mußt du übertreiben und jammern, während in der Küche die Eier anbrennen. Ey, Marcello«, sagte sie dann ruhig und kam näher. »Es ist ein Glücksfall, habe ich dir das nicht schon tausendmal gesagt, es ist ein Glücksfall. Warum krieg ich das nicht in deinen Schädel rein?«

»Glück«, schrie Marcello. »Nenn das nicht Glück, wenn es um meinen Sohn geht. Es bringt mich um. Ah, Signorina, hören Sie sich das an, ich verliere meinen besten confrere, und sie nennt das Glück. Soviel Dummheit wird mich noch um den Verstand bringen!«

»Worum geht es denn?« fragte sie so neutral wie möglich, aber schon bevor sie die Frage beendet hatte, erstarrten die beiden und sahen sie an, als wären die anderen Stadtteile New Yorks der Mond und sie gerade zurückgekehrt.

»Heilige Maria und Josef!« sagte die Frau endlich leise.

»Lesen Sie denn keine Zeitung?« flüsterte ihr Mann. »Die ganze Stadt hat es gelesen, in allen Blättern haben sie ihre Wäsche über uns gewaschen, schmutzige Wäsche!«

»Marcello!«

Der Italiener zuckte entschuldigend, aber nicht besonders nachdrücklich die Schultern. »Bring doch endlich den Wein, Mamma! Kommen Sie, Signorina! Ich erzähl Ihnen alles. Keinen Wein? Nicht mal Wasser? Ah, dio mio. Also gut. Da ruft McDonald's an, man sagt buongiorno, sie sagen buongiorno, sie sind nett und fragen nach der Gesundheit, dem Geschäft und: Ci vediamo! Aber, Signorina, bevor sie auflegen, fragen sie noch, ob man sich nicht verbessern will, und natürlich, wer will das nicht. Dann werfen sie sich in Schale und geben ein Essen. Accidenti! So ein Essen, das zehn Köche beschäftigt. Man ißt und trinkt, und der Wein, Signorina, der Wein, ich sage Ihnen, und original italienische Pasta, ah, aber dann! Ciao sagen sie, aber vorher fragen sie dich noch, was du verdienst, und tombola! schon haben sie dich. Meinen Sohn haben sie mir genommen, Signorina, mit ihren Versprechen, und mein Sohn, glauben Sie mir das, ich versichere es Ihnen, mein Sohn ist ein Specialista«, sagte er. »Ah, das ist er, Signorina, das ist er.«

»Er kocht also jetzt für McDonald's?«

»Kochen!« schrie der Italiener auf und raufte sich die Haare. »McDonald's und Kochen, mamma mia! Sie sind ja nicht bei sich, Signorina.«

»Reiß dich zusammen!« sagte die Frau. Sie nahm Leah am Arm: »Entschuldigen Sie bitte. Unser Sohn kontrolliert die Temperatur der Frittiertöpfe. Damit verdient er sich ein goldenes Händchen, was für ihn ein großes Glück ist.« Sie schob ihren Mann beiseite. »Verschwinde, bevor die Eier anbrennen.«

»Weggeholt haben sie ihn, weil sie uns nicht mögen, weil wir die Specialista sind, verstehen Sie, die Specialista!«

Die Frau schob ihren Mann auf die Theke zu, bis er sich losmachte und von selbst in der Küche verschwand. »Für ihn ist es ein Glück. Für uns ist es das Schlechteste, was passieren konnte. Da hat er recht.« Sie deutete zur Küche. »Jetzt sind wir nur noch zu dritt, und alles liegt in den Händen des Schicksals, der heiligen Jungfrau Maria.«

Leah legte die Bilder auf einen Tisch.

»Vielen Dank«, sagte die Italienerin und reichte ihr die abgetrockneten Hände. »Daß er da noch drauf ist, macht ja nichts. Das werden wir eben richtigstellen, wenn jemand fragt. Das ist eben so. Damals konnte ja keiner damit rechnen.«

Jo lachte, als sie das nächste Mal mit der Lederjacke kam. Sie lehnte sich an ein Autoheck und lachte. Es war Leah unangenehm, aber sie fragte nicht.

Nach dem Nachmittag in der Wohnung traf sie sich mit Jo immer in der Öffentlichkeit. So, als wäre es riskant, sich allein zu treffen. Als wären sie nur zwischen Menschen sicher, als erhöhte sich die Sicherheit mit der Anzahl der sie umgebenden Personen. Manchmal war es sehr aufregend. Die Menschen um sie herum schienen dann wie die Anzahl der Möglichkeiten, zwischen denen sie wählen konnten.

Aber immer häufiger kam es Leah so vor, als überließe Jo ihr eine Entscheidung, die sie gar nicht treffen wollte. Sie hatte kein Wort mehr über den Nachmittag in ihrer Wohnung gesagt, kein Zeichen gegeben, ihn zu wiederholen. Sie traf sich mit Leah in Cafés, auf öffentlichen Plätzen, in Bistros von Buchläden, die lange geöffnet hatten. Wäre es Sommer gewesen, hätten sie in den Central Park gehen können oder zur Promenade am Westufer. So war ihre Zeit begrenzt von müden, schlechtgelaunten Kellnern und den Nachtfahrplänen der U-Bahn. Abends fuhren sie getrennt nach Hause.

An einem Sonntag verabredeten sie sich bei Macy's in der Blumenhalle im Erdgeschoß, zwischen Importen aus Südafrika und Holland. Riesige Osterglockensträuße bildeten Inseln zwischen Regalen mit Erdballen und Pflanzenschutzmitteln. Auf den Inseln war es ruhig. Jo pflückte heimlich einen Forsythienzweig aus dem künstlichen Licht. »Diese Leute hier! Der Winterschlußverkauf hat doch noch gar nicht begonnen!«

»Ich hab's, seit ich hier bin, noch nicht erlebt, daß es aussieht, als wäre nicht Winterschlußverkauf.«

»Man ist hier nicht oft allein«, sagte Jo.

»Das scheint dir zu gefallen.«

»Ja. Ich bin gern unter Menschen.«

»Das klingt wie aus einem der Bücher in deinem Regal.«

»Glaubst du.«

»Klar. Wenn man nämlich unter Menschen ist, kommt man um alles drum herum. Um alle Probleme. Man hat ja keine Gelegenheit dazu. So von Leuten umringt. Nicht mal für die einfachsten Probleme. Oder für so was wie Einsamkeit und Angst. Aber wahrscheinlich wißt ihr Amerikaner nicht mal, daß es so was gibt.« Leah bereute sofort, was sie gesagt hatte, aber Jo schien irgendwie beeindruckt.

»Ich habe nicht gesagt, daß es das nicht gibt.«

»Gut.« Sie machte eine Pause. »Warum fahren wir dann nicht zu mir. – Jetzt. Sofort.«

Jo atmete laut ein, und Leah dachte, daß der ganze blaue Nachmittag in diesem Einatmen verschwinden konnte. Der sonnige Winternachmittag. Der romantische, strahlende, verschwenderische Sonntag, der ganze gut ausgeleuchtete Nachmittag. Aber Jo wechselte nur die Schulter, mit der sie an der Bretterwand lehnte.

»Es braucht Mut, zu jemandem in die Wohnung zu gehen, in der nichts von einem selbst ist.« Dieses Zögern, schon wieder; als wäre alles für immer. Während Jo den Forsythienzweig drehte und drehte und drehte.

»Du sagst mir, welche Sorte Kaffee du möchtest, und ich gehe vorher einkaufen, und dann ist es fast wie bei dir.«

Jos Gesicht blieb unverändert. »Du bist mutiger als ich«, sagte sie kurz und tauchte dann unter dem Osterglockenstrauß weg, hinaus in den Kaufhausgang. Sie liefen unter den Blumen entlang, der Duft war unerträglich. Verkäuferinnen beugten sich vor und schwatzten von Zuchtmethoden und Pflegeleichtigkeit, und Leah konnte den Ausgang nicht finden. Die Doppeldeutigkeit dieses Anliegens wäre an jedem anderen Nachmittag ein Lacher gewesen. Auf der Straße hielt Jo an. »Du denkst, ich würde dich nicht ernst nehmen.«

»Wie kommst du denn darauf?«

»Das ist nicht so schwer zu erraten.« Jo setzte den Forsythienzweig vorsichtig an der Schaufensterscheibe ab. Er sah dünn aus, wie er da stand, unwesentlich, mit seinen kleinen gelben Blüten, die in der Schaufensterdekoration verschwanden. Dann richtete sie sich auf. »Aber ich würde gern sehen, wo du arbeitest. Du hast mal erzählt, du hast ein richtiges Atelier, oder? Vielleicht kannst du mir dein Atelier zeigen.«

»Jetzt plötzlich? Ich denke, das geht nicht. – Das verstehe ich nicht.«

»Ist das so schlimm?«

Der Nachmittag war nicht blau, sondern weiß. Es war ein weißer Nachmittag, und der Forsythienzweig an der Scheibe war eigentlich gar nicht so klein. Er war sogar gewaltiger und auffälliger als die Dekorationen dahinter.

»Nimmst du den nicht mit?«

Sie winkten einem Taxi und schwiegen während der Fahrt. Einmal ließen sie den Fahrer halten und kauften in einem Liquor Store eine Flasche Sekt. Sie schwiegen, und das Schweigen war angemessen, und manchmal begegnete sie Jo dabei im Rückspiegel.

Sie stiegen aus, und das Taxi fuhr weg. Die 83. Straße lag still in der Sonne. Und Jo stand da. Und wartete.

Leah zog den Schlüsselbund aus der Tasche, der erbärmlich laut klapperte. Sie ging in einem Videoclip, der in Zeitlupe ablief, an Jo vorbei und hinüber zur Ladentür; dazu lief das unerträglich laute Klappern der Schlüssel, dann das Rascheln der Kleider auf dem Garderobenständer. Sie hatte schon unzählige Male vorgespult, um zu wissen, was als nächstes kam.

Jo blieb an der Schwelle stehen.

»Nicht aufgeräumt«, murmelte Leah. »Ich wußte ja nicht –«
Jo stand immer noch an der Schwelle.

»Was ist? Ich kann das schnell machen, wenn es dich stört.«

»Nein, nein. Es gefällt mir. Aber vielleicht die Kameras? Kannst du die Kameras wegstellen?«

»Es ist alles ausgeschaltet!« Leah bekam den Schlüssel endlich aus dem Schloß. »Und ich habe nicht vor, jetzt zu fotografieren.«

»Kannst du sie vielleicht trotzdem –« Jo stand mit verschränkten Armen im Türrahmen, und es war ein bißchen albern. Aber Albernheit war eine neue Situation zwischen ihnen, und Leah zog die Stecker aus den Boxen, eine nach der anderen, nahm auch die Kamera vom Stativ und packte sie sorgfältig in die Tasche. Sie ließ sich Zeit. Sie wußte, daß Jo ihr dabei zusah.

»Tut mir leid, wegen der Umstände.«

»Es war doch gar nichts. Zwei Minuten, weiter nichts. Schon ist alles weg.«

»Ich kann es nur einfach nicht vertragen. Wie andere Leute Grießbrei oder Porreegemüse oder so.« Jo stand immer noch da. Womöglich überlegte sie, ob sie wieder gehen sollte.

»Wollen wir was trinken?«

Jo nahm eilig die Flasche von der Waage und begann, das Papier vom Flaschenhals zu lösen. Das Papier flog in kleinen Fetzen zu Boden, weil sie mit den Fingern nicht zurechtkam. Leah nahm ihr die Flasche aus der Hand, öffnete sie, schenkte ein und sah ihr dabei in die Augen. Und auf einmal sah Jo ganz ruhig zurück. Ihr Gesichtsausdruck wurde sanfter, fast leichtsinnig. Sie löste sich vom Türrahmen, kam näher, ohne daran zu denken, die Tür zuzumachen, und strich Leah mit dem Finger über das Gesicht.

»Hier machst du also die Fotos.«

»Nur die Porträts.«

»Und wofür brauchst du das alles?«

»Um den Hintergrund zu verändern. Damit sie nicht alle gleich aussehen. Dabei sehen sie sowieso alle gleich aus. Das mit dem Unterschied von Menschen müssen sich welche ausgedacht haben, die noch mit Fellen rumgelaufen sind. Wahrscheinlich, damit sie nicht die Lust aneinander verlieren. Bestimmt. Heute weiß man, das Gegenteil ist der Fall. Nur die Klamotten machen die Menschen verschieden. Ich würde Porträts gar nicht mehr machen. Es kommt mir vor, als würde ich immer denselben fotografieren, nur in wechselnden Klamotten.«

Die Sonne zeichnete Jos Körper nach, hell genug für jede Einzelheit. Jo amüsierte sich. Das war offensichtlich. Leah drehte sich brüsk herum und versuchte verzweifelt, die Tür so langsam wie möglich zu schließen.

»Du bist mir wichtig, weißt du«, sagte Jo mit einer fremden Stimme in ihren Rücken.

»Ja.« Leah wußte es nicht.

»Sag nicht ja, wenn du es nicht glaubst.«

»Aber ich glaub es ja.«

»Wie kannst du so schnell etwas glauben? Von einem Moment auf den anderen. Vorhin noch hast du mir überhaupt nichts geglaubt. Vorhin hast du gedacht, ich bin wie alle Amerikaner.«

»Das war vorhin.« Als Leah sich wieder umdrehte, wühlte Jo in einem aufgerissenen Wäschesack. Dann hatte sie etwas gefunden und verschwand an Leah vorbei durch die Tür, die sie gerade zugemacht hatte. Es raschelte im Vorraum, dann krachte es, als würden Schuhe zu Boden poltern.

»Was machst du da?«

Anstelle einer Antwort schob Jo einen Fuß über die Schwelle. Nackt. Eine dünne Haarspur zog sich an ihrem Schienbein hoch. Dann folgte sie dem Fuß ins Zimmer, einen Ringelsocken wie eine Rose in der Hand. Sie warf die Rose in den Zuschauerraum, hinein in die Menge und Leah war die Auserwählte, die die Rose zwischen all den Händen zu fassen bekam, und nie würde sie sie wieder loslassen. Jo hatte sich ein rotes Abendkleid übergezogen und machte darin eine Runde durch das Zimmer. Als sie sich drehte, stieg das Kleid an ihren Beinen hoch.

Leah klatschte.

»Nicht klatschen.«

»Ich möchte aber klatschen.«

»Klatsch nicht. Das hier ist eine andere Person. Und die habe ich jetzt für dich eingekleidet.«

»Sie gefällt mir. Wann kann ich sie kennenlernen?«

Jo stellte ein Bein vor. »Sie lassen sich alle hier fotografieren, oder? Und sie haben sich extra dafür angezogen, daß du sie fotografierst.« Jo zog eine Jacke hervor und stülpte sie über. Sie war viel zu groß. »Aber sie ziehen sich nicht für dich an. Nur für ihr Foto. Und die, die etwas für dich tun wollen, glauben, sie müßten sich ausziehen, nicht wahr? Ich möchte mich für dich anziehen.«

Jo hatte sich verheddert, die Ärmel waren viel länger als ihre Arme, und die Hände sahen wie bei Marionetten daraus hervor. »Dabei weiß ich nicht mal, was ich jetzt für eine Figur mache.«

»Komm her«, sagte Leah. Und zum ersten Mal sagte sie »meine Liebste«. Das sagte sie in Deutsch, und sie hatte dieses Wort noch nie vorher jemals verwendet. Sie hatte sich vorgestellt, daß bei diesem Wort alles ringsherum weiß beleuchtet sein mußte.

»Deine Chefin«, sagte Jo und knöpfte immer noch an der Jacke herum, »sie wird doch keinen Verdacht schöpfen?«

Leah antwortete nicht, sondern zog Jo langsam die Jacke von den Schultern und drückte ihr das Kinn in den Nacken.

Jo bog den Kopf zurück. »Sprich mit mir.«

»Mir fallen nur deutsche Sätze ein.«

»Dann sag etwas auf deutsch.«

»Ich möchte in dich rein.« Schon die Vorstellung, Jo könnte es verstehen, war riskant und aufregend, und sie stellte sich vor, sich alles mögliche sagen zu hören. Sie legte Jo eine Hand unter das Kinn und strich mit der ganzen Zungenbreite ihren Hals hinauf zu den Lippen.

»Was hast du gesagt?«

»Das kann man nur auf deutsch sagen.«

»Sag es noch mal. Ich will es noch mal hören. Sag es.« Jo drehte sich herum, und Leah begann, ihr das Kleid zu öffnen. Sie zog den Reißverschluß auf, sehr langsam.

»Sag noch ein bißchen mehr. Sag alles, was dir einfällt. Du bist ein Geheimnis, wenn du deutsch sprichst.«

Der Reißverschluß war lang und gab zuerst nur ein kleines Dreieck frei.

»Komm, sag es auf deutsch, hör nicht auf zu reden.«

Leah zog den Reißverschluß bis zur Taille und legte Jo beide Hände um den Bauch.

Jos Gewicht an ihrem Körper war nach den unzähligen phantasierten Fotos fast erschreckend. Trotz der schmalen Schulterblätter war sie schwer. Aufregend schwer. Und für ihren Geruch gab es kein Äquivalent in der Phantasie.

Als sie ihr das Kleid über die Hüfte herunterschieben wollte, trat Jo einen Schritt zurück und griff nach der Keramikschale. Der einzige Vorteil der Phantasie besteht darin, daß sie viel länger dauert, dachte Leah und sah Jo beim Trinken zu und wie sich eine Gänsehaut auf ihren Unterarmen abzeichnete.

»Ich liebe die Amerikaner«, sagte Leah und legte eine Hand auf die Gänsehaut. »Auch wenn sie nicht so sind wie du. Trotzdem.«

»Wieso sind sie nicht so wie ich?«

»Das hast du vorhin selbst gesagt.«

Jo stellte die Schale auf den Boden und küßte Leah leicht auf die Wange. »Habe ich dir auch gesagt, daß ich noch arbeiten muß?«

»Stimmt. Du arbeitest auch viel mehr als sie.«

»Es tut mir leid.« Sie richtete sich auf.

»Aber es ist Sonntag!« sagte Leah, und das Begreifen ging in die Endlosschleife. Irgendwo in der Mitte war das Video hängengeblieben, und jetzt spulte es und spulte und spulte. »Aber der Sekt ist noch nicht alle. Aber –« Ohne hinzusehen wußte sie, daß Jo sich bereits anzog.

»Kannst du ihn vielleicht kühl stellen?«

»Aber Sekt wird schal.«

Jo stand da, wieder in Jeans, und wartete darauf, daß sie etwas machte. Doch Leah konnte plötzlich nichts machen. Sie würde sich nicht rühren. Zwanzig Minuten, eine süße Absteige, ein unverfängliches Geplänkel am Rande der Großstadt, das war es, was Jo wollte. Den Adrenalinschub vor Beginn einer neuen Arbeitswoche.

Sie würde einfach die Tür nicht aufmachen. Sie würde verdammt und versteinert hier stehen bleiben. Selbst, wenn es Jo bis in die tiefsten Herzfasern treffen sollte. Aber vielleicht war da gar kein Herz. Vielleicht war da nur Geflecht, aus dem die Gefangenen bei der kleinsten Bewegung wieder hinausfielen.

Jo war bereits gegangen, obwohl sie noch dastand und wartete. Sie sah Leah an, als wollte sie noch etwas sagen. Dann sagte sie es doch nicht und ging zur Tür. »Ruf mich an.« Jo stolperte die Stufe hinunter auf den Gehweg, zurück in eine kontrollierbare Welt.

Leah nickte nicht, und als Jo sich langsam die Straße hoch entfernte, lächelte sie sogar. Es war windig, frühe Blätter raschelten in den Bäumen, und sie war froh, daß sie es geschafft hatte zu lächeln, während sie daran dachte, daß alle Entscheidungen, die sie bisher getroffen hatte, die falschen gewesen waren.

Sie ging in den Laden zurück. Das rote Abendkleid hing an der Klinke. Jo war kein Typ für rote Abendkleider, und sie fragte sich, wen sie eigentlich gerade im Arm gehalten hatte. Dann stopfte sie das Kleid zurück in die Tüte und zog eine zweite der ersten über. Nichts davon würde die Chinesin am Morgen mehr vorfinden.

Irgendwann war es draußen dunkel geworden. Während der Stunden, die sie in der Nacht wachlag, hörte sie ihr Atmen so laut im Zimmer, als wäre sie zwei. Als wäre Jo da. Neben ihr. Jo war jetzt immer da. Sie hörte nicht mehr auf, da zu sein. Das war das Ende vom Spiel. Aber wenn man nicht weiß, was danach kommt, kann man mit so einem Gedanken unmöglich einschlafen, dachte sie. Und kurz bevor sie einschlief, dachte sie noch, daß sie den Barkeeper im Theater morgen dringend nach Jo fragen mußte.

EIGHT
Die helle Kammer

Das Theatergebäude lag ungünstig zur Nordseite hin. Es wurde nur selten von der Sonne getroffen. Auch an der Rückseite, wo das Licht eine dünne Spur über die Fenstersimse im zweiten Stock legte, war es dunkel.

An der Eingangstür war ein Schild angebracht. No Entry! Dahinter traten zwei Treppenstufen hervor und aus dem Halbdunkel daneben ein Ascher. Nichts rührte sich. Leah suchte nach einem weiteren Eingang, aber die Tür daneben führte zu einer Firma und die auf der anderen Seite gehörte zu einem Fitneßstudio. Also ignorierte Leah das Schild. Sie war verabredet.

Die Tür war nicht abgeschlossen. Aber kaum war sie in die dunkle Eingangshalle getreten, ging eine Sirene los und eine Rundumleuchte drehte rotes Licht über die Wände. Irgendwo schlug eine Tür, sie hörte Schritte lauter werden und jemanden eine Treppe hinunterrennen und war zu überrascht, um zu reagieren. Die Halle fiel von Rot ins Dunkel ins Rot und war gerade dabei, die größte Dunkelkammer zu werden, die sie je gesehen hatte, als jemand sie am Ärmel packte.

»Hey! Was haben Sie hier zu suchen?«

Sie konnte ihm die Frage nicht beantworten, weil der Mensch so schrie und ihren Arm zusammenquetschte, als wäre der Arm voller Wasser und müßte ordentlich ausgedrückt werden.

»Fremde haben keinen Zutritt.«

»Entschuldigung, aber ich habe einen Termin mit Ihrem Barkeeper.«

»Der ist nicht da«, sagte der Mann und drückte ihr den Daumen durch den Jackenstoff ins Fleisch. Er trug eine Art Blaumann und kippte mit der freien Hand einen Hebel an der Wand herunter. Der klirrende Signalton verstummte. Das Rot drehte noch weiter, stumm jetzt und aufdringlicher, weil die Konzentration auf die Farbe gelenkt war. »Hier sind Proben.«

»Wann sind denn die Proben zu Ende?« Aber die Tür kam schon näher, immer noch wischte das Rot über sie beide, und als der Mann die Tür vor ihr aufriß, hatte sie seinen Atem im Gesicht. Eine geringfügige Abweichung der Temperatur.

»In Zukunft sollten Sie davon ausgehen, daß Schilder meinen, was sie sagen.«

»Kann ich wenigstens eine Nachricht –«, sagte sie und stoppte; alles weitere wäre an die Glasscheibe der Tür verschwendet gewesen. Das Schild pendelte von der plötzlichen Bewegung hin und her, und sie spürte den Griff des Mannes immer noch am Oberarm.

»Fuck you!« sagte sie der Tür. Es klang sehr deutsch.

Ein paar Menschen überquerten die Kreuzung, und einer von ihnen kam mit einem großen, aufgefalteten Plan auf sie zu und fragte nach der Barrow Street. Es gab Gelächter bei der Feststellung, daß es sich dabei um die Straße handelte, in der sie gerade standen. Leah sah dem Gelächter zu und entschied, daß sie schon lange nicht mehr zu solchen Leuten gehörte. Touristen. Sie sah nicht ein, warum die Kamera und ihr Akzent immer zu eindeutigen Schlußfolgerungen führen mußten. Respect others! Go slow! Watch your head! Don't enter! Den Barkeeper würde sie jetzt erst recht zur Rede stellen. Sein merkwürdiges Verhältnis zu Jos Klamotten inklusive.

Sie machte ein paar Aufnahmen im Weitwinkel von der gegenüberliegenden Straßenseite aus, aber die Linien rutschten in die Schatten weg. An einem Lieferwagen neben dem Eingang versuchte sie es schräg aufwärts in extremer Verkürzung.

»Suchst du was, Lady?« sagte jemand hinter ihr. »Gibt hier unten am Hudson aber nix zu suchen!« Der Mann wollte in seinen Wagen, lehnte jetzt aber einen Arm breit vor ihr auf das Autodach. Sein Gesicht schwitzte unter den Bartstoppeln.

»Ich finde das Gebäude originell.« Sie witterte eine Chance und zeigte in die Luft. »Auch die Gesamtarchitektur. Finden Sie nicht? Ich habe noch nie ein Theater gesehen, das so originell gebaut ist. Es sieht aus, als gäbe es eine Menge Eingänge, dabei gibt es nur diese eine Tür. Bißchen unpraktisch. Und die Fenster. Es gibt überhaupt keine Fenster, erst in der zweiten Etage. Das muß stockdunkel sein da drin.«

Sie beschloß aufs Ganze zu gehen.

»Wissen Sie, wie man da reinkommt?«

»Nee.« Der Mann nagte am Daumen, und hin und wieder spuckte er ein Stück Nagel auf den Gehweg.

»Aber Sie waren doch schon mal drin?«

»Theater? Ist nicht mein Ding, Lady. Geht mir alles zu langsam. Ich bringe hier nur die Getränke. Und wenn sie proben, kommt man da nicht rein.« Er wandte sich wieder seinem Nagel zu. »War ja selbst noch nie drin. Immer diese Viecherei mit der Luke.«

»Mit welcher Luke?«

»Unter der Feuerleiter da hinten. Da geht das Laufband runter in den Keller; wenn's mal funktioniert. Was mein' Se, was für 'n Scheiß das ist mit den Bierkästen.«

»Glaub ich sofort. Ist das schon immer so?«

»Was weiß ich.« Der Mann sprang vom Trittbrett herunter auf den Gehweg und verriegelte die Tür zur Ladefläche. »Wolln Se nich 'n Stück mitkommen?«

Sie wollte nicht.

Es blieb ihr noch eine Stunde. Dann hatte Jo Dienstschluß und wartete an der 14th Street Station. »Du hast einen Wunsch frei«, hatte sie am Telefon gesagt, und Leah hatte alles in diesen einzigen Wunsch gelegt: Heute abend in deiner Wohnung.

Leah setzte sich auf eine steinerne Blumenrabatte und behielt das Theater im Auge. Sie gab dem Barkeeper noch eine Chance von fünfzig Minuten. Und je kleiner diese Chance wurde, desto unheimlicher schien ihr die Vorstellung, daß er Jos Lederjacke kannte.

Er kannte nicht nur ihre Lederjacke. Er war die unsichtbare Hand, er folgte Jo, er war ihr Schatten, er war die Gestalt aus dem Traum in der ewig fahrenden Limousine. Und schon entdeckte sie ihn an einem der Theaterfenster. Die Jalousie bewegte sich, und dahinter stand er. Die Haare kurz, mit einer Ecke über den Ohren. Seine Gestalt zeichnete sich deutlich hinter dem Raster der Jalousie ab. Er stand da und hielt Ausschau nach Jo. Er kannte alle ihre Jacken, ihre Tücher, ihre Gewohnheiten und die Uhrzeit, zu der sie ins Bett ging. Er kannte alles das, was Jo bisher vor ihr verborgen gehalten hatte. Leah stellte sich vor, wie er da oben stand, mit einem sehr deutlichen Bild von Jo vor Augen.

Aber für Leah und das Auge der Kamera waren die Umrisse der Fenster zu klein, um wirklich etwas zu erkennen; eine Reihe schmaler, akkurat gesetzter Unterbrechungen im Mauerwerk des zweiten Stocks.

Sie sah auf die Uhr und ärgerte sich, daß sie ihr Vorstellungsvermögen im Stich ließ. Möglicherweise hatte er die Verabredung einfach vergessen. Sie konnte hinübergehen und herausfinden, ob er wirklich da stand. Ein Stein würde es tun. Aber irgendwie ging es nicht darum. Es ging um irgendwas anderes. Und weil sie absolut nicht herausfinden konnte, was das war, hielt sie sich die Kamera verkehrtherum ins Gesicht, schloß die Augen und drückte ab.

Dann postierte sie sich an einem Hauseingang. Nach fünfunddreißig Minuten wechselte sie hinüber zur Nummer hundertzweiundfünfzig, nach fünfundvierzig Minuten zur Mülltonne neben dem Coffeeshop auf der anderen Straßenseite.

Und dann war sie doch zu früh an der U-Bahn.

Jo mochte es nicht, wenn sie wartete, und Leah tat dann so, als sei sie nur zufällig zu früh, der Weg vom Secondhand Bookstore an der Ecke hatte weniger Zeit gekostet, als angenommen, oder die Uhr ging vor.

»Du bist zu früh«, sagte Jo.

»Ich war mit dem Barkeeper im Hudsontheater verabredet. Aber er war nicht da. Irgendein Idiot hat mich rausgeschmissen. Ist das normal hier?«

Jo wühlte in der Tasche nach Zigaretten. Es schien sie nicht besonders zu interessieren. »Was?«

»Daß einen die Leute aus einem Theater rausschmeißen und das Bier über Luken in den Keller transportiert wird.«

»Über Luken?« sagte Jo. »Ich glaube dir kein Wort.« Sie konnte ganz langsam die Mundwinkel verziehen, die Andeutung des Lachens, bevor sie lachte. Vor einiger Zeit war Leah besessen gewesen von der Haltung von Mundwinkeln. Aber während sie bei anderen Menschen das Gefühl hatte, nach dem ersten Eindruck von der gesamten Person im Näherzoomen nur noch Einzelheiten zu sehen, war es mit Jo umgekehrt. Bei Jo war sie über die Wahrnehmung der Details noch nicht hinausgekommen.

»Vielleicht gehe ich morgen noch mal hin.«

»Du läßt nicht locker, was?« Jo schnippte den Deckel der Schachtel zurück, und Leah zündete sich eine Ausnahmezigarette an, weil sie von Jo war.

Dann schlüpfte Jo in ihre Hand. »Laß uns gehen.« Sie schlüpfte verstohlen von hinten, wie ein Kind zwischen Leahs Finger, als könnte es jemand in dieser Riesenstadt sehen und beanstanden. Eng aneinandergedrückt schleusten sie sich durch das Sperrgitter, so kamen sie mit einem Token aus und sparten eins fünfzig.

In der Bahn roch es nach altem Öl, und eine Frau mit Handy setzte sich ihnen gegenüber. Sie stellte die Klingeltöne ein.

»Weißt du, an welchen Tagen sie dort Vorstellung haben?«

Das Handy hatte eine unglaubliche Auswahl verschiedenster Klingeln, und die Frau mußte es gerade gekauft haben. »Ich meine das Theater. Ich muß ja da noch mal hingehen.«

»Wieso mußt du?«

»Ich hab dem Barkeeper versprochen, ein paar Werbefotos zu machen.«

»Du mit deinen Fotos«, sagte Jo. Die Klingeln waren laut und aufdringlich, aber die Frau schien sich zu amüsieren wie in der Philharmonie.

»Allerdings. Du könntest da eigentlich mal anrufen. Was das soll. Warum sie einen gleich rausschmeißen.«

»Wieso ich?«

»Weil sie dich kennen und mich nicht.«

»Ich habe mir dort ein paar Vorstellungen angeguckt. Das ist alles.«

»Aber du hast Eindruck hinterlassen. Sie wissen sogar, welche Jacken du trägst! – Tu nicht so. Ich habe dich längst durchschaut.« Sie kostete Jos Blick bis zum Ende aus. »Ich weiß schon: bewegte Vergangenheit, ein kleiner Flirt mit dem Barkeeper – Und jetzt hört er nicht mehr auf zu baggern.«

Jo drehte sich so schnell um, daß Leah die Wange brannte, noch ehe die Ohrfeige kam. Aber Jo nahm nur ihr Gesicht in die Hände, in beide Hände, damit es im Ruckeln der U-Bahn nicht wegrutschte, und küßte sie.

»Du bist süß. Du bist wirklich unglaublich.«

Manchmal hätte sie Jo doch lieber auf diese einfache Weise verstanden wie Sophie.

In der Wohnung hatte sich seit dem letzten Mal nichts verändert. Nur die Abdeckfolie war von den Pinienbäumchen auf dem Balkon verschwunden. Jo ging zuerst auf den Balkon. »Man muß sehr vorsichtig sein. Die Temperatur braucht nur wenige Grade runterzugehen, und schon sind sie alle hinüber.« Sie sagte: They're all gone, als könnten die Bäumchen weglaufen.

Dann saßen sie am Küchentisch, aßen Fischstäbchen aus der Packung, die Jo aus dem Gefrierfach genommen hatte, und Leah merkte sich den Firmenaufdruck auf dem Deckel, um beim nächsten Mal die richtige Sorte mitzubringen.

»Magst du die nicht?«

»Doch. Als Kind habe ich sie ständig gegessen. Weil ein Kapitän auf der Packung war.«

»Ein Kapitän?«

»Ja. Und wenn ich sie gegessen habe, war ich der Kapitän.«

»Das hab ich auch schon gehört. Daß die Deutschen immer erst in ihre Kapitäne verliebt sind und sie dann essen.« Jo stand auf und kam um den Tisch herum. Ihre Finger fuhren Leah vom Nacken in die Haare am Hinterkopf. »Entschuldige.« Sie küßte Leahs Ohrläppchen. »War ein Scherz. Manchmal seid ihr so ernst, daß man dringend Scherze machen muß.«

»Wieso *ihr*? Vielleicht gehöre ich gar nicht dazu.«

»Oh!« Jo lächelte, als wäre ihr die Diskussion völlig unzureichend. »Meine kleine Individualistin, wer fühlt sich schon so wie sein Land!«

»Viele. Wegen der ganzen Kultur und Tradition und so«, sagte Leah schwach.

»Ach was. Man wird geboren und aufgezogen und stirbt, egal, wo man sein Leben zubringt. Sonst wäre das doch schrecklich. Man wäre regelrecht eingepflanzt. Man wäre nichts als sein Land.«

Leah überlegte, was sie eigentlich hatte sagen wollen. »Es gibt ein Kinderspiel. ›Wessi in der Grube‹. Das spielen die Kids mit fünf. Der, der beim Verstecken zuerst entdeckt wird, ist der Wessi und muß in die Grube.« Das hatte Torsten ihr erzählt, und jetzt schien es ihr ganz passend. Jo sah sie an und hatte die Brauen hochgezogen.

»Wessi. – Das sagen sie zu denen, die früher im Westteil gelebt haben. Wie ich. Weil sie alles vorn und hinten reingesteckt bekommen haben, sind sie nicht geschickt genug und werden zuerst gefangen«, sagte sie heftig, denn eigentlich war sie derselben Meinung wie Jo und hatte nur der Form halber auf dem Gegenteil bestanden.

»Ich muß mal ein bißchen spülen.« Jo wandte sich um, als wäre der Geschirrberg das einzige, worum man sich jetzt wirklich kümmern mußte. Sie ließ Wasser ein.

»Findest du es nicht komisch, daß der weiß, was du für Klamotten hast?«

»Wer?«

»Der Barkeeper.«

»Was soll das«, sagte Jo. »Woher soll er das wissen?« Das Spülmittel spritzte aus der Flasche unter den brausenden Wasserstrahl. Das Wasser fing sofort an zu schäumen. »Weißt du, der Abend ist schon kurz genug. Ich muß nachher noch mal weg und was vorbereiten für morgen. Also laß die Leute einfach denken, was sie meinen, denken zu müssen.«

Leah beobachtete, wie sich Jos Schulterblätter bewegten, als sie einen Teller in den Abtropfkorb stellte. In einen amerikanischen Abtropfkorb, der nicht anders aussah als die Abtropfkörbe in Marburg. Sie merkte, wie es anfing, ihr auf die Nerven zu gehen, und überlegte, was sie mit diesem Abend in der fremden Wohnung anfangen sollte. Schließlich stand sie auf und nahm das Abtrockentuch von einem Haken neben der Klima-Anlage.

»Das mußt du nicht machen«, sagte Jo. »Ich will nicht, daß du hier arbeitest.«

»Was willst du denn?« Leah trat einen Schritt zurück. In diesem Schritt lag ihre ganze Sicherheit. Wenn Sicherheit in Metern anzugeben war, dann konnte sie jetzt nur noch einen Schritt zurücktreten.

Jo strich den Lappen um den Tellerrand herum, bis kein Wasser mehr im Lappen war.

»Einen Kuß«, sagte Jo dann, »ich möchte einen Kuß von dir.« Sie beugte sich zu Leah hinüber und drückte ihr die Lippen auf die Nase.

Leah drehte den Kopf weg. »Nicht so.«

Sie ging zum Fenster und schob es bis zum Anschlag hoch, die Luft draußen war lau und roch nach Fisch. Das Hochschieben eines Fensters war keine Anstrengung. Es war ein alltäglicher Handgriff. Auch Jo konzentrierte sich auf alltägliche Handgriffe. Als wären die anderen Dinge weniger notwendig. Jo hatte es eilig und lebte nur nach der Notwendigkeit von Dingen.

»Hast du viele Geliebte, da, wo du herkommst?«

»Was?« Vor dem Fenster ging es steil abwärts auf das Dach einer Garage.

»Es hört sich so an«, sagte Jo und zog ihr das Abtrockentuch von der Schulter. »Es hört sich an, als hättest du immer eine Menge von dem bekommen, was du wolltest.«

Der Fischgeruch war widerlich, und sie machte das Fenster wieder zu. »Quatsch!«

»Alles vorn und hinten reingesteckt –«, Jo umrundete ruhig mit dem Abtrockentuch einen Teller nach dem anderen. »Hast du dich nie um was bemühen müssen?« Eine Ruhe, die wahnsinnig machte. »Bis jetzt nicht?« Sie hielt inne und wischte sich über den Hals.

Sie war rot geworden.

Leah war noch am Fenster, irritiert für einen Moment, weil sie schon nach der Jacke hatte greifen wollen, diesmal ganz bestimmt nach ihrer Jacke.

»Ich habe diesen Job, seit ich denken kann«, sagte Jo dann, lehnte sich an die Spüle und tat so, als wüßte sie nicht, wie rot sie war. »Aber sie können dir jederzeit sagen: das war's. Und dann kommst du aus deinem Land angereist, und sofort soll alles anders werden!« Das letzte sagte sie leiser.

»Ich bin jetzt schon eine ganze Weile hier!«

Jo ging darüber hinweg. »Die Leute sind daran gewöhnt, daß ich auch zu ungewöhnlichen Zeiten da bin. Ich muß von irgend etwas leben. – Das glaubst du nicht. Aber es läßt sich nicht mehr alles so schnell ändern, wenn einiges schon hinter dir liegt. Daß du danach, nach all dieser Zeit, immer noch wiederkommst«, sagte sie. Sie lächelte, und die Röte ließ langsam nach. »Meine Wiederkommerin.«

Es ist ein erleichtertes Lächeln, dachte Leah, irgendwie. Obwohl auch das Lächeln eilig war. Im Entstehen versagt. Die Langsamkeit von Haut kam nicht ins Spiel. Haut war ein Wagnis. Man wußte nie, ob man innen oder außen war. Für Leah blieb Jo immer außen.

Später lagen sie im Dunkel nebeneinander, und manchmal war von draußen eine Sirene zu hören. Jo hatte ein schmales Bett, mit einer Holzleiste am Fußende, auf dem man eng zusammenliegen mußte. Nur als Leah die Trennwand zwischen ihren beiden Bettdecken nicht mehr aushielt und sich den Weg von ihrer Bettdecke unter Jos Bettdecke und dann noch ein Stück weiter unter das T-Shirt bahnte, schob Jo sachte, aber nachdrücklich ihre Hand weg. Sie drückte einen Kuß auf Leahs Handknöchel, bevor sie die Hand ordentlich auf die andere Bettdecke zurücklegte und sich noch ein Stück weiter auf ihre Seite hinüberrollte.

»Das hast du doch nicht ernst gemeint vorhin, daß es weiterhin immer so sein muß. Mit der Arbeit«, sagte Leah, obwohl sie eigentlich viel lieber etwas anderes hätte tun wollen. »Daß du dich auf nichts anderes wirklich konzentrieren kannst.«

»Nein.«

»Das sagst du jetzt nur, damit ich dich schlafen lasse.«

»Nicht nur.«

»Dann könntest du es versuchen? Du könntest versuchen, etwas weniger oft dort zu sein?«

»Ich weiß es nicht. Aber vielleicht kann ich es versuchen.«

»Ja«, sagte Leah. »Das ist schon etwas. Wenn du es versuchst.« Es war gar nichts. Es war eine Beruhigung in der Nacht.

»Ich will nur nichts versprechen.«

»Wenn du es versuchst, ist es schon gut. Wir können dann öfter etwas zusammen machen.« Leah setzte sich auf. »Warst du schon mal im ›Liquids‹? Es ist verrucht wie Sex im elterlichen Wohnzimmer. Ich möchte mit dir verrucht sein.«

»Mit mir?«

»Ja. Wir halten uns schon so oft an die Regeln, die uns irgend jemand vorgibt.«

»Die Gesellschaft?« Jo lachte leise. Dann sagte sie: »Ich kenne sie nicht. Deine Bar.«

»Du lebst hier und kennst das ›Liquids‹ nicht?«

»Ich lebe hier und kenne es nicht.«

Es war eine Weile still. Bis auf die Sirenen.

»Ja«, sagte Leah dann, »manchmal ist das ja so. Man lebt in einer Stadt und kennt sie gar nicht.«

Jo sagte nichts. Leah ließ sich wieder zurückfallen. Mit dir, dachte sie und war erstaunt, wie die Sicherheit wieder an Boden gewann. Sie spürte die Decke neben sich, die von Jos Körper fest und warm war, und Jos Haare sahen darunter hervor wie Lichtpünktchen.

»Warum ist dir das Foto mit mir eigentlich so wichtig?« fragte Jo, als Leah dachte, sie wäre längst eingeschlafen. »Du hast so viele Motive. Warum gerade das?«

»Weil es schön ist. Mit dir drauf. Du bist wichtig.«

»Aber wenn ich dir wichtig bin, brauchst du kein Foto.«

»Das Foto ist doch nur ein Ausdruck dafür.«

»Das verstehe ich nicht. Du sagst immer, Fotos sind nur für den Moment wichtig, in dem sie gemacht werden, und alles, was danach kommt, hat nichts mehr damit zu tun. Auch die entwickelten Bilder hätten nichts mehr mit mir zu tun.« Jo liebte den Konjunktiv, selbst so kurz vor dem Einschlafen.

»Ich stelle mir eben vor, bei dir ist es anders.«

»Es wäre nicht anders«, sagte Jo und drehte sich unter der Decke herum.

Im Fenster stand der Mond. Der Mond, dachte Leah, immer ist es der Mond, der die Sätze im Ungewissen enden läßt, nie die Sonne. Deshalb wurden Fotos, die nachts gemacht wurden, nie gut. Man mußte mit geborgtem Licht arbeiten wie der Mond, und die Bilder sahen alle gestellt aus und falsch. Man durfte sich selbst nicht trauen im Mond. Sich nicht und den Sätzen nicht, die gesagt wurden gegen die Wärme, gegen die Linien der Haut, die nur im Mond so ununterbrochen schienen. Man durfte nur tasten, die Hände wußten viel besser, was es zu verlieren gab und wie sich das anfühlte. Nur wegen der Hände wußte man überhaupt, was Leere bedeutete.

Jo hatte die Decke um sich herum festgesteckt. Sie war eingeschlafen.

Leah lag da, hörte Jo atmen, und wie sie hustete, kurz, als wäre sie doch noch einverstanden. Aber das betraf etwas anderes, etwas aus diesem schlecht aufgelösten Material weit unterhalb des Schlafs. Morgen, dachte Leah, morgen würde sie sie nicht gehen lassen.

Sie umrundete das Theater in großen Kreisen, bis sie alle Nebenstraßen gut kannte. Sie kaufte eine Zeitung in der Bleeker Street, eine blaue Duftkerze im Sexshop und war wild entschlossen. Sie war sicher, daß irgendeine Verschwörung dahintersteckte und Jo bedrohte. Und das war noch die Schmalspurvariante ihrer Vorstellung. Möglicherweise war Jo in Gefahr und brauchte Hilfe, und sie trug Kerzen und eine lächerliche Kamera statt Sporen, Laserkanone und Blaster.

Am Theater hatte sich nichts verändert. Das Verbotsschild schaukelte im Eingang. Wenn sie die Kamera auf die Fenster im zweiten Stock hielt und zoomte, konnte sie nur Fensterscheiben und das verschwommene Weiß von Bürowänden ausmachen.

Die Sonne drang in der Nähe des Theaters nur in großen Abständen zwischen den Häusern durch, sie glitt an den Wolkenkratzern des Finanzviertels ab. Leah hatte wegen der Lichtverhältnisse hochempfindliche Filme ausgewählt, obwohl die das doppelte kosteten. Als sie anfing zu arbeiten, fiel ihr auf, daß die Intensität des Sonnenlichts zunahm, je größer die schattigen Abstände dazwischen waren. Dabei wurde nicht die Lichtintensität selbst stärker, sondern nur die Gewöhnung an die schattigen Abstände. Genauso war es mit Jo. Jedes Treffen schien intensiver zu werden, und jedesmal brachte es sie weiter auseinander. Bei jedem Aufwachen glaubte sie Jos Worte vorhersagen zu können, und dann wachte Jo möglicherweise auf und sagte gar nichts, verschwand in der Küchennische, um Kaffee zu machen, im Bad.

Es war aufregend, auf diese Momente zu warten, und noch aufregender, wenn sie eintrafen. Sie konnte sich den ganzen Tag damit beschäftigen, und abends hatte sie unzählige Sachen über Jo phantasiert: Jo war im Traum jemandem begegnet und wollte Leah nichts davon erzählen. Sie hatte in ihrer Jugend eine schlechte Erfahrung gemacht. Sie war ein heimliches Kind des verkümmernden Restadels und wurde vom Barkeeper erpreßt.

Aber es reichte nicht. Die Phantasien schoben sich zwischen sie und Jo wie die schattigen Abstände. Dabei gab es keinen Grund, hinter allem, was Jo sagte, etwas anderes zu vermuten. Ihr Schweigen anzuzweifeln, als wäre etwas dahinter. Auch beim Fotografieren war am Ende schließlich alles sichtbar. Für unterschiedliches Licht gab es verschiedene Blenden und auswechselbares Filmmaterial, aber niemand kam auf die Idee, eine Geste auf dem Foto nicht für die zu halten, die zu sehen war. Es gab nichts darüber hinaus. Keine Einflüsterungen, kein Geheimnis, nichts dahinter.

Aber seit dem Barkeeper hatte sie das Gefühl, es gäbe etwas

herauszufinden. Und immer wieder würde sie dabei von den dunklen Abschnitten eingeholt.

Sie klingelte noch einmal, aber es geschah nichts. Die Eingangshalle des Theaters blieb leer.

Abends suchte sie die wenigen Fotos heraus, die sie auf ihrer heimlichen Verfolgungstour von Jo gemacht hatte. Ein verwackeltes war darunter, auf dem überhaupt nichts zu erkennen war. Auf den anderen trug Jo ihren Mantel. Die Bilder zeigten nur das, was ihnen fehlte: der Grund, sie nach irgend etwas Geheimnisvollem abzusuchen.

Aus purem Aberglauben pinnte sie das verwackelte Bild an die Wand über ihrem Schreibtisch und verwarf jeglichen Verdacht endgültig als Einbildung.

Jo vor den Stahlrohren der Brücke.

Jo unter dem Balkonfenster einer Straßenbar.

Jo auf dem Balkon in ihren Armen.

Jo.

Alles Aufnahmen, die es nicht gab.

Jo besaß rote Gardinen, aus festem Stoff. Im Licht, das von draußen durch die Gardinen hereinfiel, sah ihr Gesicht lebendig aus, obwohl sie noch schlief. Das Licht lag auf ihren Lippen und bewegte sich auf den geschlossenen Lidern, und es sah aus, als würde sie Leah intensiv ansehen. Aber sie schlief. Sie schlief, wie sie alles tat; unauffällig, ohne einen Laut. Und dann kam der Moment, in dem sich die Lippen teilten. Ein Arm fiel zur Seite, schlang sich ihr um den Hals und drückte Leah die Nase ins Kissen oder in die Achselhöhle, die einzige Stelle, die Jos Duft freiließ. Sonst hatte Jo keinen Duft. Erst wenn sie aus dem Bad kam, duftete sie wieder. Sie duftete dann nach ihren Pullis und Hemden, die über der Stuhllehne lagen. Meistens wachte Leah lange vorher auf und lag dann neben ihr, spürte dem Strich von Jos Atem an ihrem Hals nach und begann, ihr behutsam die Mundwinkel zu küssen.

Aber kaum war Jo wach, richtete sie sich auf und schlug, flüchtend wie immer, die Bettdecke zurück. Sie stieg in die Hosen und ging, ohne sie zuzuknöpfen, aus dem Zimmer. Im Bad rauschte die Dusche, Jo hantierte mit dem Warmwasserregler. Die Pappwände hielten nichts ab.

Leah kreuzte die Arme hinter dem Kopf. Sie wünschte, sie könnte ihre Gedanken auch so hinter dem Kopf verknoten. Es funktionierte nicht, und sie versuchte, sich auf die Geräusche im Bad zu konzentrieren. Der Wasserstrahl hatte sich beruhigt, und jetzt war das dünne, regelmäßige Trommeln zu hören, mit dem das Wasser auf die Emaille schlug. So regelmäßig, dachte sie, verschwanden die Leute, mit denen sie zu tun hatte. Verschwanden oder gingen weg, kaum, daß sie sie kennengelernt hatte. Erst der Italiener, dann Henrys Frau, dann Henry, der Barkeeper, und schließlich war es auch Harvey, bevor sie ihn getroffen hatte, gutgegangen. Alle fünf hatte sie fotografiert. Das waren fünf Gründe, um abergläubisch zu werden. Als wären die Fotos auf einmal mehr als nur starre Bilder vergangener Situationen.

Jo stellte die Dusche ab. Leah hörte, wie sie über den Wannenrand stieg, die Tropfen auf dem Linoleumboden, die von ihren Schenkeln, dem Bauch, von ihren Armen fallen mußten. Sie konnte sogar das Handtuch über Jos Haut gehen hören.

»Du bist noch im Bett?« Jo stand in der Tür, die Haare im Nacken waren feucht und stießen auf den Hemdkragen. Die Sonne fiel schräg ins Zimmer und machte Jos Haare noch heller, fast weiß. Sie hatte den Kragen im Nacken aufgerichtet; für Zärtlichkeiten war keine Zeit.

»Du mußt doch auch los, oder?« sagte Jo.

»Natürlich.« Leah stand auf und drückte ihr das Kragenende ein wenig herunter, um sie zu umarmen.

»Was ist?« Jo sah sie an, als wäre eine Umarmung ganz unangemessen. Sie hatte eine einfache Frage gestellt.

Leah ließ sie abrupt los. Es war ein dummer Aberglauben. Jo

war auch ohne Foto kaum anwesend. »Nichts. Es wird spät.« Leah war so verletzbar geworden wie ein dürrer Spinnenfaden, und plötzlich kam ihr das T-Shirt viel kürzer vor. Kürzer als der angebrochene Tag, in dem Jo schon steckte, die Hosen hatte sie zugeknöpft, das Kinn im Kragen. Davor war Leah nackt. Sie zögerte mit dem Anziehen herum, wendete die Bluse von innen nach außen, hielt sie hoch, wendete sie nochmals und nahm sie schließlich vom Stuhl, um sich im Bad anzuziehen. Eine Gewohnheit, die sie erst hatte, seit sie Jo kannte. Vor Jo kam ihr ihre Nacktheit vor wie ein Reißverschluß, der unverschämt weit offen gestanden hatte.

Als sie wegen ihrer Hose noch einmal aus dem Bad kam, küßte Jo sie auf den geschlossenen Mund, legte dann die Finger kurz und sacht auf ihre Schulter, wie um den Kuß zu bestätigen. »Und? Munter?«

Die Finger auf der Schulter, intensiv, als wären in der einen Berührung zwei, drei andere enthalten. Dabei konnte eine Berührung nicht stärker oder schwächer sein, nur weil sie in der gleichen Weise wiederholt wurde. Körper erinnerten sich nicht. Bodos Finger, die am Kameragurt ruckten, wie die Finger dieser Frau, die er mal gehabt hatte und dann nicht mehr. Wie Jos behutsame Geste auf der Straße, ganz am Anfang, vor der Laterne. Es gab Gesten, die mehreren Menschen gleichzeitig gehörten. Sie waren unbegrenzt, sie gingen durch die Menschen hindurch, man konnte sie aufnehmen oder ablegen, ganz wie man sie brauchte.

Leah ging an Jo vorbei zurück ins Bad. Zwischen ihr und Jos Blick schien die gleiche Entfernung zu liegen, wie in den Kilometern über das Meer, in der Zeitumstellung von hier nach da, den Sprachfalschheiten und Gesprächsfloskeln. Es überschlug ihren Kopf wie der Duschstrahl, rann ihr in die Augen, zu den Winkeln hinaus und über den Hals. Sie wunderte sich, daß es jetzt noch, nachträglich kam und spülte es heraus mit der Seife, den Haarsträhnen auf den Kacheln, und konnte nichts machen gegen dieses Gefühl. Zum ersten Mal schien ihr etwas aus den Fingern zu rinnen. Zum ersten Mal und in dieser Stadt, und sie wünschte sich, sie könnte es einfach nur hinter sich lassen, wie sie bisher alles, was sie unzufrieden gemacht hatte, hinter sich gelassen hatte. Sie stellte die Dusche ab, rieb sich trocken, und die Einsamkeit zog eine Folie um sie, eine dünne, reißfeste Folie.

Henrys Wohnung in der Spring Street lag still da. Anstelle von Blumenkästen hatte man rote und gelbe Ballons unter die Fenstersimse gemalt. In einem der Fenster stand ein Licht. Es war Mittag, und der Schein war nur zu sehen, wenn die Sonne hinter den Wolken verschwand. Zuerst dachte sie, Henrys Frau wäre zurückgekommen, aber dazu war das Licht zu vereinzelt, und außerdem ganz überflüssig. Henry hatte es dort hingestellt. Es war ein Wunsch, ein Warten, das nur durch eine bestimmte Hand gelöscht werden konnte.

Sie sah den Versuch mit Jo auch so enden; eine von ihnen stellte schließlich zur Erinnerung ein Lichtlein ins Fenster. Aber vielleicht war Henrys Wohnung auch längst neu vermietet worden.

Bodo war der einzige, der in dieser Stimmung half.

Als sie ihn von ihrem Apartment aus anrief, wollte er gerade zu Harvey. »Nur aus Anstand, weißte. Ich weiß ja nicht, was ich mit ihm reden soll. Aber sag mal, du kennst ihn doch, oder? Wieso kommste nicht mit? Deine Wetterfühligkeit korrigieren wir hinterher mit Corona. Überredet?«

Harvey saß zum zweiten Mal aufrecht im Kissenberg, auch sein Hut hing genauso am rechten Bettpfosten wie das letzte Mal. Aber er konnte jetzt mit zittriger Hand etwas schreiben. »Danke Ihnen herzlich«, hatte er auf einen Zettel auf dem Nachttisch geschrieben. »Und lassen Sie es sich im Leben gutgehen. Jeden Tag. Vergessen Sie das bloß nicht!« Als er Leah erkannte, verzog sich die eine Hälfte des Gesichtes zu einem Lächeln. Aber weil die andere Hälfte starr blieb, rutschte sein Mundwinkel der hochgezogenen Augenbraue nach unten davon. Sie lächelte zurück.

Sein unruhiges Gesicht hatte durch den Unfall eine Form gefunden, und diese Form war eine Grimasse. Aber es wäre ein gutes Foto von einem Lächeln geworden.

Es war nicht schwer, zurückzulächeln, leichter, als es damals mit Jo gewesen war. Sie nahm sogar Harveys Hand und fühlte sich Bodo dabei merkwürdig überlegen. Der stand nur da und grüßte und verabschiedete sich bald wieder höflich, und ihr fiel ein, daß Harvey zu ihr gehörte. Für Bodo war Harvey ein Teil ihres Lebens. Und das war er deshalb, weil er ein Freund von Jo war.

Er war die Beglaubigung der Beziehung zu Jo. Beziehung war so gut wie Liebe, und Bodo war das Auge von draußen, das Objektiv, das sie und Jo gemeinsam fixierte. Auf dem Gang mit seinem unermüdlichen Desinfektionsgeruch kam sie sich auf einmal sehr reich vor.

»Was macht dich an dem armen Kerl so fröhlich?«

»Nichts. Absolut nichts.« Es war ein großer Reichtum, größer als seiner, dabei lebte er schon viel länger hier. »Aber ich würde dich jetzt gern einladen.«

Sie ging diesmal gleich in die Raucherecke des Cafés voran und hoffte, der Kellner hätte gewechselt. Sie gingen am Kuchenbuffet vorbei, die schmale Treppe hinunter und auf die Spiegelwand dahinter zu.

Unter einem der Spiegel saß Jo.

Sie begegnete ihr zu ganz bestimmt dem einzigen Zeitpunkt, wo sie ihr nicht hatte begegnen wollen.

»Ein Bekannter?« fragte Jo.

Der Kellner brachte eine Margarita und verdeckte Bodo. Es war derselbe Kellner wie damals. Jo ließ sich nicht stören, zog ein Tuch aus ihrer Tasche und wischte damit das Salz vom Glasrand.

»Ja. Das ist Bodo«, sagte Leah.

Jo schüttelte das Tuch über dem Aschenbecher aus, faltete es und legte es auf den Tisch zurück.

»Und mit wem habe ich –«, sagte Bodo und brach ab.

»Setzt euch doch«, sagte Jo.

»Bodo war der, der Harvey geholfen hat«, sagte Leah. Bodo war blaß. Er hatte viel Gel benutzt, um die Haare unten zu halten, und plötzlich fiel das Gel sehr auf.

»Vielen Dank«, sagte Jo und sah kurz zu Bodo auf, der links neben ihrem Stuhl stand.

»Tja«, sagte Leah. »Keine schlechte Idee, so ein Café direkt am Krankenhaus, oder?«

»Bei uns sind alle Krankenhäuser so eingerichtet, als wären es Cafés«, sagte Jo, und sie sagte es wie jemand, der dabei lächelte. »Ich bin übrigens Jo.« Sie nahm das Glas in die Hand.

»Entschuldigung«, sagte Leah. »Bodo, das ist Jo.«

»Und ich dachte schon, du hättest sie dir ausgedacht«, sagte Bodo langsam und ohne sich zu bewegen.

Jo saß vor dem Spiegel, und ihre Haare wirkten darin wie eine Verzierung des Spiegels, und daneben stand Bodo mit seinem festgeklebten Scheitel. Zusammen in diesem leeren Hinterraum des Cafés wirkten sie wie ein schlecht arrangiertes Gruppenfoto.

We shall overcome kam aus den Boxen. Eine Chorversion. Immer wieder We shall overcome. Dann fing Bodo endlich an, sich zu bewegen. Er schob einen Stuhl vom Nachbartisch beiseite, ging hinten um Jo herum und setzte sich auf den freien Platz auf der anderen Seite des Tisches. Er nahm eine Zigarette aus der Brusttasche, die schon fertig gedreht war, und der Rauch ging blau an den Tapeten hoch und über die Spiegel.

»Wir kommen von Harvey«, sagte Leah.

»Er hat Glück gehabt«, sagte Bodo. »Er sieht noch. Es hätte auch das visuelle Zentrum treffen können. Irgendwas in der Sehrinde. Dann hätten wir den verdammten Blindside-Effekt.

Wie die armen Schweine in Afghanistan. Haben eine Kugel in die Stirn gekriegt und waren von da an völlig abhängig. Wenn man ihnen eine Knarre vor die Nase gehalten hat, konnten sie sie nicht sehen, aber wenn sie gefragt wurden, wo die Knarre war, waren sie in der Lage, den Ort und das Aussehen präzise zu bestimmen. Das nützt leider gar nichts. Sie sind immer zu spät.« Er wurde schneller und fing an deutsch zu sprechen, und Leah wollte unterbrechen, aber kam dann irgendwie nicht dazu, und spürte nur, wie der Stuhl stärker in ihren Rücken schnitt.

»Das ist einer der verdammten Kniffe unseres Hirns, daß es einen immer noch ein bißchen am Leben läßt, wo es einfacher wäre, sich auszuklinken. Daß es immerzu arbeitet. Und irgendwie kommen die richtigen Informationen dann doch an«, sagte er. Und das sagte er nur zu Jo. »Irgendwie kommt so eine Information immer an«, sagte er auf deutsch und stand auf. Sein Jackenärmel hatte sich am Stuhl verheddert, und der Stuhl machte eine Drehung, knallte auf den Boden und rutschte noch ein Stück mit seltsam hochgereckten Plastikstuhlbeinen durch das Café.

Sie waren immer noch allein im Raum. Bodo machte drei Schritte auf Jo zu, eins zwei drei, zählte Leah, und sagte: »Stell dir das mal vor. Er sieht dich nicht, wie du an seinem Bett stehst, aber er weiß trotzdem genau, wo du bist. Wenn du ihm gesagt hast, daß du's bist. Du mußt dich ihm schon zu erkennen geben. Und er wird immer darauf warten müssen, daß du's ihm sagst. Eine ziemlich beschissene Situation, findste nicht?«

Jo war vor ihm zurückgewichen. Sie starrte ihn an. Ihr Rücken berührte einen der Spiegel.

»Genauso wäre das dann«, sagte Bodo. »Man weiß es schon vorher, aber man kann einfach nichts damit anfangen. Und wer weiß in solchen Fällen noch, ob das normal ist oder einfach durchgeknallt. Die Blindsides haben sie für durchgeknallt erklärt. Arme Schweine. Findste nicht?«

»Spinnst du?« sagte Leah. »Du redest deutsch!«

Aber Bodo achtete nicht auf sie. Er grinste jetzt. Er grinste Jo an, die ihr Glas mit beiden Händen umfaßt hielt, so fest, daß die Sommersprossen auf ihren Handrücken deutlich zu sehen waren. Auf der Hand, die Bodo zugewandt war, sind viel mehr Sommersprossen, dachte Leah.

»Sie haben gerufen?« fragte der Kellner von der Tür her und ließ seine Schneidezähne sehen. Leah schüttelte den Kopf, ganz sachte, um keine neuen Bewegungen aufzuwirbeln. Aber der Kellner sah es nicht oder ignorierte es einfach und stapfte auf den Stuhl zu, drehte ihn wieder auf seine Plastikfüße und ließ ihn so mitten im Raum stehen. Als würde noch jemand kommen, dachte Leah, vielleicht war das Harveys Stuhl.

Jo stand auf. Mit einer Hand nahm sie ihre Jacke von der Stuhllehne.

»Es war nett, daß Sie sich um Harvey gekümmert haben«, sagte sie kühl.

Es war nichts passiert. Es war ein Mißverständnis.

»Sonst wäre er vielleicht gar nicht hier«, sagte Leah.

»Sonst wäre er nicht hier.« Jo nickte. »Da haben wir alle Glück gehabt!«

Wenn Bodo irgend etwas getrunken hätte, hätte man denken können, es läge am Alkohol.

»Ich muß jetzt gehen«, sagte Jo. Sie stellte die Margarita zurück auf den Tisch, und das Geräusch von Glas auf lackiertem Holz blieb im Raum hängen.

Bodo wandte sich nicht um. Er blieb, wo er war, die Schultern nach vorne gestülpt. Jos Tuch lag immer noch gefaltet neben dem Aschenbecher. Leah stand eine Weile neben Bodo und hörte auf das Geklapper und auf die Stimmen des Cafés, und vor dem Fenster fuhren Autos vorbei, die kein Geräusch machten.

»Man sollte nie ein halbvolles Glas zurücklassen«, sagte Bodo dann. »Im Gegensatz zu Männern verändern sich Frauen. Sie hätte nie ein halbvolles Glas stehengelassen.« Er trank ihre Margarita in einem Zug.

»Tut mir leid«, sagte er. Leah zog sich einen Stuhl an den Tisch. Er knatterte über den Boden. »Sie ist es nicht. Ich habe es gedacht. Aber sie war es nicht. Es tut mir leid. Es war eine Einbildung.«

»Eine Einbildung?«

»Ja.«

»So viel Aufwand für eine Einbildung.«

Das Lied war endlich zu Ende.

»Ich brauche was auf den Schreck. Du auch? Was möchtest du? Das gleiche?« Er hielt das leere Glas hoch.

»Das gleiche.«

Als der Kellner nicht rechtzeitig kam, gab er ihr einen schwankenden Kuß auf die Wange. »Es war eine Einbildung, und es tut mir leid. Sagste ihr das?«

Sie wußten beide, was es für eine absolute Einbildung war, und als der Kellner kam, hatten sie längst beschlossen zu gehen.

Die Lichter der Autos glitten an ihnen vorbei und folgten der Hauptstraße Richtung Manhattan. Irgendwann kam die Brooklyn Bridge in Sicht, und drüben konnten sie die U-Bahn nehmen. Der Mond stand unerwartet dick über den Brownstones. Die Häuser waren hier weniger hoch, mit schwülstigen Säulen vor den Eingängen. In der Ferne rasten Polizeisirenen.

»Ich wünschte, ich hätte die Kamera dabei«, sagte Leah, ohne wirklich an die Kamera zu denken. Es war mehr eine Redewendung und paßte zum Abend. Man bekam das Gefühl von Abschied, wie ein Tourist, der kurz vor dem Rückflug denkt, er hätte alles verpaßt und müßte das jetzt schnell noch aufholen. Und alles davor war nur die Verpackung, die man zusammenknüllen und zwischen die Stahlgitter der Müllbehälter werfen konnte.

Der Mond hatte sich breit auf eins der Hochhausdächer gesetzt. Der Staketenzaun rings um den Park schimmerte sachte. Sie gingen bis zur nächsten Kreuzung, und von dort aus war es nicht mehr weit bis zur Brooklyn Bridge. Am East River war die Luft eisig.

Manchmal bebte der Boden der Brücke durch die Sohlen der Schuhe hindurch, wenn unter ihnen Autos entlangrasten oder ein Bus, und die Stahlseile, an denen die Brücke aufgehängt war, schimmerten im Mondlicht. Sie schienen im Licht festgebunden. So wurden sie gehalten mit der Brücke, und sie mußten das andere Ufer erreichen, bevor das Mondlicht verblaßte. Wenn der Mond nachließ, würde er die Brücke immer weiter in den Fluß hinein absenken, bis sie schließlich ganz mit ihnen verschwunden war. Die Wasseroberfläche würde sich an dieser Stelle etwas kräuseln, dann würden die Ausflugsdampfer darüberkreuzen mit anderen Deutschen und besseren Fotografen, und niemand würde an die Tiefe des Wassers da unten denken, und was alles schon darin versenkt worden war.

Ihre Schritte waren nicht zu hören, nur der Wind und in der Ferne ein Schiffshorn und das penetrante Tosen der Stadt, das nie nachließ und das nur weniger aufdringlich war, wenn man lange genug darin lebte. Sie dachte an Harveys fahle Hand auf dem Laken und was er auf den Zettel geschrieben hatte, an Jos Vorliebe für frittierte Gerichte und an die T-Shirts, mit denen sie ins Bett ging. Sie versuchte sich vorzustellen, wie es wäre, wenn es womöglich doch keine Einbildung war.

Bodo ging neben ihr, die Zigarette glühte zwischen seinen Fingern, und sie wußte, daß er genau das dachte, daß er an nichts sonst gedacht hatte, seit sie das Café verlassen hatten.

Aber wenn sie versuchte, es sich vorzustellen, hatte sie nur das Bild einer Königin vor sich, in einem lächerlich geflickten Gewand, die huldvoll körbeweise Fünfmark-Stücke in Empfang nahm.

Leah spürte das Beben der Brückenplanken in den Schuhsohlen und zwischen den Zehen wie eine Zunge, die dort hin und her fuhr. Sie verlagerte ihre Gedanken in die Zehen, das war angenehmer und kontrollierbar. Die Zunge strich die Zwischenräume entlang, bohrte sich tastend unter die Nägel und zog sich zurück, wenn der Verkehr auf der Brücke nachließ. Bodo hatte die Arme in den Nacken gelegt und sah beim Laufen in den Himmel aus Stahlseilen. Wenn er das Gleichgewicht verlor, schlingerte er nach rechts hinüber.

Es war nichts Besonderes, einen Beweis für die Widerlegung einer Einbildung zu finden, von der man wußte, daß sie eine Einbildung war. Wenn man Glück hatte, wurde die Einbildung dadurch zwar real. So real, als existierte sie tatsächlich. Aber es blieb trotzdem immer eine Einbildung. Schon weil die anderen, die davon wußten, nicht mitspielten. Und am Ende brachte man die anderen und sich und alles durcheinander.

Die Brücke war lang. Sie gingen nicht besonders schnell, und es war möglich, das alles zu vergessen, bevor sie auf der anderen Seite ankamen, so daß es dort wieder die Ausmaße einer gewöhnlichen Einbildung hatte.

»Hast du noch was von Henry gehört?« fragte sie an der vorletzten Stahlseilhalterung des Geländers und blieb stehen.

»Ich habe ihm gesagt, daß es albern ist«, sagte Bodo und hielt ebenfalls an. »Ich habe ihm genau erklärt, was diesem Kunsthändler passiert ist. Er tat so, als würde es ihn nicht interessieren. Der alte Heuchler. Jetzt sitzt er in Kairo mit einem schlechten Gewissen und einer Frau, die sich nichts aus ihm macht.«

Es war gut, von Henry zu sprechen. So konnten sie noch eine Weile an das Brückengeländer gelehnt stehenbleiben, ohne etwas zu erklären. So ist es meistens mit dem, was über andere geredet wird, dachte Leah. Es wird nur gesagt, um sich nicht erklären zu müssen. »Und warum hat er diesen Zirkus gemacht auf der Straße?« fragte sie.

»Er glaubt, daß er für Harveys Unfall verantwortlich ist. Eine Woche hat er sich in der Wohnung eingeschlossen und niemanden hereingelassen. Ich wußte noch nicht mal, daß er Indianer ist. Stadtindianer! Aus Reue mußte er eine Woche lang Grünzeug essen, das hat ihm irgendeine alte Lehrerin auf diesen Survival Schools kurz vor ihrem Tod aufgeschwatzt. Wegen Totems oder so.«

Leah lehnte sich über das Geländer hinaus nach dem Wasser, bis das Geländer ihr in die Rippen schnitt. »Survival Schools?«

»Häng dich nicht so weit vor.« Bodo griff nach ihrem Arm.

»Ich paß schon auf«, sagte sie.

»Ja. Da werden den Indianern wieder Riten beigebracht, die sie längst vergessen haben. Reinigungsriten, so was. Keine Ahnung.« Bodo hielt weiter ihren Arm fest. »Er muß selbst nicht gewußt haben, daß er einer ist. Und jetzt hat er wohl so ein Totemtier umgebracht, was weiß ich, und muß eine Zeremonie machen, um die bösen Geister loszuwerden. Verzicht leisten. Keine Frau, keinen Alkohol und so weiter, manche gehen in die Verbannung.«

»Er hat wieder getrunken. Er erzählt immer Geschichten, wenn er getrunken hat.«

»Ich habe ihn nie so nüchtern erlebt.«

»Aber Harvey ist ein normaler Kunsthändler.« Sie hatte das schon mal ganz grundlos gesagt, und auch jetzt hielt es sie nur noch eine Weile davon ab, die Brücke zu verlassen.

»Ich glaube, es spielt keine Rolle, ob er wirklich einen Urgroßvater bei den Navaho oder weiß der Teufel wo hatte. Es ging um diese blödsinnige Erwartung. Und die ist er jetzt losgeworden.«

Leah sah zurück zur Uferseite, von der sie gekommen waren. Von hier aus wirkte das Ufer schmal wie ein Kerosinstreifen am Himmel.

Bis zur Chinesin waren es nur drei Stockwerke und der Sprung über die Straße, aber selbst das wurde eine unüberwindbare Entfernung.

Leah saß am Fenster, Zeitschriften auf dem Schoß. Sie wartete auf Jos Anruf. Die Fotos hatte sie in einer Schublade weggeschlossen. Sie dachte an nichts. Alles, was ihr in den Kopf kam, war zufällig und konnte passiert oder genausogut nicht passiert oder etwas sein, wovon ihr jemand wie Henry erzählt hatte.

Sie dachte fast den ganzen Tag an Jo.

Jos Haut duftete nach Sonne, und Leah erzählte ihr von den Nachtfrösten, die ihr die Schultern sprengten. Und von den Eiszapfen, die sich dann von hinten ins Herz bohrten. Und Jo lachte über ihre seltsamen Träume. Sie erzählte ihr von den Umzügen der Hoffnung, die zu oft in andere Kammern verfrachtet werden wollte. Und von der verrückten Elsa und daß man nicht mal eine Gedenktafel an ihr Haus im Village genagelt hatte. Jo würde fluchen, nur deshalb erzählte sie ihr das, sie liebte es, wenn Jo fluchte. Ihre Stimme wurde dabei ganz fest und tief, und sie fluchte immer drei geschlossene Sätze hintereinander. Sie würde fluchen, weil es wieder die Männer waren, denen man die meiste Ehre erwies. Jo ließ sich in die Kissen zurückfallen und verlangte die nächste Geschichte. Eine, die bis in die tausendundzweite Nacht dauerte. Leah korrigierte: Bis Texas und zurück, mußte Jo sagen.

Oder sie lief durch die Wohnung, ohne zu wissen, wo sie sich am besten anlehnen sollte, und hörte Jo in der Küche hantieren. Sie hatten sich zur Begrüßung umarmt, und Jo hatte sie ganz fest an sich gezogen, so fest, daß es für den Rest des Abends reichen mußte. »Du redest schon wie eine Amerikanerin«, sagte Jo. Die Sehnsucht begann in den Lippen.

Es beginnt immer in den Lippen. Taubheit in den Lippen ist so ähnlich wie stumm sein, hatte Torsten gesagt. Und jetzt verstand sie, wie Torsten sich gefühlt haben mußte. In einer der Nächte, in der sie sich nach einer Hand gesehnt hatte, hatte er ihr seine angeboten und den Handrücken an ihre Schläfe gelegt. Aber es waren nur Knöchel und Adern, und sie hatte die Hand von ihrer Schläfe weggenommen. Sie dachte an sein Abschiedslächeln auf dem Flughafen, wie die Orte durch die Anzeige gerattert waren, und aus jedem Ort war ein Stück Lächeln herausgebrochen.

Die Muster waren gleich, man wechselte nur manchmal die Seite.

Sie ging zum Fenster. Draußen war es noch hell, und gegenüber saßen Leute auf dem eisernen Plateau der Feuerleiter. Jo hatte einen Balkon, auf dem die Pinienbäumchen jetzt Zapfen bekamen. Es war ein langer, weißgetünchter Balkon. Die Rennstrecke für die Katze, sagte Jo. Leah stellte sich vor, es wäre warm, und sie striche Jo Sonne über den nackten Bauch. Jo liebte den Konjunktiv. Sie hatten noch nie auf dem Balkon gelegen. Es war ja die Rennstrecke. Auch der Konjunktiv ließ keinen Platz zum Bleiben. Sie verstand nicht, warum Jo ihr kein einziges Wort gesagt hatte.

Sie machte noch einen Moment weiter, ging dann hinüber zum Kühlschrank und holte sich eine Flasche Corona aus dem Eisfach. Sie zerteilte eine Zitrone, der Saft spritzte weg und brannte in den Augen. Dann stellte sie die Nachrichten an. Als Vorbereitung auf den nächsten Tag. Und um eine klare Grenze zu ziehen.

Morgens beim Kaffee kam der Anruf von der Agentur. Peters war am Apparat, und er war sanft. »›Time Out‹ hat angerufen. Sie erwarten die Serie bis spätestens Dienstag. Wann ist sie fertig?«

»Ich habe keine Bilder gemacht. Es ging nicht.« Wie sie der Ton ekelte, die unbedachte Freundlichkeit, die jedem zukam. »Ich kann das auch überhaupt nicht mehr machen.«

»Wie meinen Sie das? Sie können das nicht mehr machen.«

»Ich fühle mich überhaupt nicht gut damit. Es ist wie Verrat.«

»Sie sind krank«, sagte Peters. »Ich verstehe. Das passiert. Ich werde sofort Bescheid geben. Lassen Sie es sich bald besser gehen.«

Der Staub über dem aufgelegten Hörer in der Sonne. Und immer noch der Geschmack von Bier im Mund.

Sie stellte sich Jo als fahnenschwingende Revolutionärin vor und verglich sie mit der Lebensgeschichte, die sie in Chicago aufwachsen, ein College besuchen und mit fünfundzwanzig nach Manhattan kommen ließ, und fand das zweite weitaus überzeugender.

Henry war in Ägypten und schrieb ihr Briefe.

»Ich habe etwas für Dich«, schrieb Henry in einem Brief aus Alexandria. »Es geht mir sehr gut hier, und wir sind mitten im Film. Manchmal ist es grausam; nicht wegen der synthetischen Blutlachen, sondern weil der Hauptdarsteller die Maske nicht erträgt. Er ist phobisch. Jedesmal, wenn wir ihm sein verbranntes Gesicht überziehen, japst er wie verrückt. Aber der Film wird gut. Ich spiele einen nichtsnutzigen halbtoten Soldaten und liege die meiste Zeit in einem muffigen Armeezelt. Wenn die Schwester vorbeigeht, muß ich ein trübseliges Gesicht machen. Die Agenturarbeit kommt nicht so gut voran.« Henry war viel nüchterner, wenn er schrieb, und er war über mehrere Briefe jemand anders geworden. »Also, was ich habe für Dich«, schrieb er, »ist ein Zitat: *Die Hälfte meiner Tage ertrage ich es nicht, dich nicht zu berühren. Die übrige Zeit habe ich das Gefühl, es ist egal, ob ich dich je wiedersehe. Es ist nicht die Moral, es ist, wieviel du ertragen kannst.* Ich kann das meiner Regisseurin nicht sagen, das ist aus dem Film. Aber vielleicht hast Du jemanden.«

Sie wartete immer noch darauf, daß Jo anrief. Sie wollte eine Erklärung. Sie wollte nicht danach fragen, weil sie fand, eine Erklärung stand ihr jetzt zu.

Zwischendurch half sie der Chinesin beim Eintüten von Taschentüchern, Hunderte von Tüchern, gesäubert und durch die Heißmangel gegangen; wieder irgendein Großauftrag. Sie wechselten nie mehr als die üblichen Sätze; über das zurückzulegende Geld für einen neuen Wäschetrockner, über Leute, die ihre Wäsche nicht abholten, und über die Reißfestigkeit der Tüten. Manchmal dachte sie, die Chinesin würde von ihr wissen, und deshalb lächelte sie. Sie lächelte ihr Mut zu.

Verantwortung war für Leah etwas gewesen, von dem sie annahm, die Charaktere aus Filmen, die im neunzehnten Jahrhundert spielten, fühlten so. Und jetzt ertrug sie es plötzlich nicht, daß Jo die Verantwortung für ihr früheres Leben nicht übernahm. Vier Tage waren inzwischen vergangen. Und immer noch hatte Jo sich nicht gemeldet.

»Heute in Kairo angekommen«, schrieb Henry. »Die Hitze dröhnt wie erwartet. Siehst Du, wie die Tinte zerfließt. Weißer Staub auf den Schränken. Sie hat mich zu einer Familie gesteckt, stell Dir vor, ein ägyptischer Lehrer. Seine Frau ist Muslimin. Er nicht. Mein Bettlaken hat überall Flecken. Es sind alte Flecken, sie gehen nicht mehr herauszuwaschen. Der Sohn heißt Hamadah und will mir unbedingt alle Moscheen der Stadt zeigen. Wann kann ich sie sehen? Sie läßt mich warten. Sie hat zu tun. Und ich werde nicht mit in die Wüste hinausgehen. Die Thomas erzählt nur Schreckliches davon. Kannst Du Dich an sie erinnern? Sie erzählt, daß man die Nächte nur im Wintermantel überlebt. Hier in Kairo unterscheiden sie sich vom Tag nur durch die Dunkelheit. Die fehlende Sonne macht sie nicht kühler. Sitze die Nächte hindurch auf den Basars und rauche Wasserpfeife, die süß und nach Erdbeere schmeckt. Neulich habe ich danach einen ganzen Eimer vollgekotzt. Entschuldige. Das macht die Hitze. In dieser Stadt kann man sich gar nicht verlieben. Weil es keine Zeit gibt. Ich bin gespannt, wie sie das im Film machen wollen, daß er die Leute überzeugt. Allein das Heben der Hand verbraucht die Kraft eines Tages. Wie geht es in der großen Stadt? In diesem verdammten lustlebigen New York?

P. S. Hast Du schon mal mit jemandem gevögelt, daß Dir das Becken weh tat vor Liebe?«

Auf der Rückseite des Umschlages, als sie ihn in den Papierkorb warf: »Na, Dir wahrscheinlich nicht das Becken. Die Oberschenkel? Antworte!«

Fünf Tage, dann sechs. Dann Nacht und am nächsten Morgen hörte Leah auf zu zählen.

»Ich habe den Hauptdarsteller geküßt. Nicht ihn eigentlich. Nur seine Maske. Ich wollte wissen, wie sich das anfühlt. Es war aufregend und eklig. Eine Mischung aus Pappmaché und viel Farbe, die hat sich gelöst, und ich hatte die Lippen blau. Sie haben mich gefragt, ob mir kalt ist. Kalt! In der Affenhitze. Die Augen sind ausgehöhlt. Die Maske ist mindestens einen Zentimeter stark! Das ist komisch, sage ich Dir, wenn Du Dich über ihn beugst, siehst Du nur ganz tief unten, daß sich zwischen den Lidern etwas bewegt. Das hat mich daran erinnert, daß ich früher die Leute im Fernsehen immer anfassen wollte. Die erste dicke Enttäuschung. Meine Regisseurin ist ein Arbeitstier. Ich hätte es wissen müssen. Aber ich vergnüge mich. Den Agenturgedanken habe ich aufgegeben. Es ist für alles zu heiß. Was denkst Du von der Thomas? Neulich war ich mit ihr nach den Aufnahmen in einer Bar. Sie tanzt gut. Aber sie bewegt sich nicht dabei. Wie geht das? Man möchte sie in den Sand legen. Ich möchte sie –. Was habe ich da wieder geschrieben. Antworte bald!«

Nach diesem Brief kam der Tag, an dem sie nicht wußte, wie sie weitermachen sollte. Sie hatte sich Nudeln gekocht und an den weißen Holztisch gesetzt, und in dem Moment, als sie die Nudeln mit Oregano bestreute, wußte sie nicht, wie sie weitermachen sollte. Sie stellte die Oreganodose auf den Tisch zurück. Sie erwartete, daß Jo dieses eine Mal von selbst zu ihr kam. Aber Jo kam nicht.

Am Nachmittag strich sie durch den Central Park, sah einem

Rollerblader zu, wie er in schwachem Tempo eine Steigung nahm und dabei umknickte.

Leah sagte alle Termine ab. Peters war freundlich wie immer und wünschte ihr Glück. Kündigungen waren nichts Ungewohntes, und man fand schnell Ersatz. Die Wäschekammer betrat Leah wie früher nur, um ihre Jeans vorbeizubringen. Und die Chinesin fragte nichts.

»Schreib doch nicht mehr Henry«, schrieb Henry. »Die nennen mich hier Mosa. Können sie leichter aussprechen. Sogar sie nennt mich jetzt schon so. Aber sie ist ein anderes Thema, das erzähle ich Dir mal in Ruhe. Heute hatten wir eine Detonation hier, und ich muß noch aufräumen helfen. Die Benzintanks sind in die Luft geflogen, weil irgendein Idiot die Sprengladungen für das Flugzeug falsch deponiert hatte. Eigentlich sollte eine alte D2 in Flammen aufgehen ... Statt dessen ist der ganze Mist hochgegangen, das gab eine orangefarbene Wolke, die man über der ganzen Stadt gesehen hat. Wie eine zweite Sonne. Ein paar unserer Zelte hat es zerfetzt; dafür haben wir jetzt echte Verwundete, und ich habe ein paar Tage Urlaub. Werde mit ihr oder der Thomas (oder mit beiden!!) über die Märkte gehen. Sag Bodo, ich habe ihm vergeben.«

Bodo sagte nichts zu Henrys Briefen. Als sie ihm den letzten vorlas, zuckte er die Schultern. Sie hörte ihn durch das Telefon hindurch die Schultern zucken. »Geschichte ist dazu da, daß die Wahrheit des einen immer zum Spiel des anderen wird.« Pause. Sie hörte seine nackten Füße über Dielenboden schlurfen. »Haben sich seine Stammeskollegen nicht auch für die Amis abknallen lassen im Zweiten Weltkrieg?«

Bodo war für zwei Wochen nach Washington gefahren. Er bekam jetzt öfter Aufträge von großen amerikanischen Zeitungen, politische Aufträge, für die besser gezahlt und für die man in Hotels mit Dielenfußboden untergebracht wird, dachte Leah und war froh, daß Bodo nicht mehr in der Stadt war. Er hätte sie möglicherweise sehen wollen.

»Er läßt sich für die Kamera abknallen. Ich liebe die Komik dieser Welt. Man muß sie lieben. Und du?«

»Ich liebe sie auch«, sagte Leah.

»Nein, ich meine, wie es dir geht? Du solltest diesem Peters mal auf die Füße treten, daß er dir mehr zahlt! Du bist schließlich keine Anfängerin mehr.«

»Ja«, sagte sie. »Das kann ich mal machen.«

»Oder warte, bis ich zurück bin. Da werden wir mal gemeinsam bei ihm aufkreuzen.«

Je häufiger die Briefe wurden, desto enger schienen die Wände auf sie zuzurücken. Die Geräusche der Großstadt blieben unterhalb ihres Fensters, nur das Tosen ebbte auf und ab. Auch Unglück war eine selbstgewählte Anstrengung.

»Die Sonne ist ein Wahnsinn hier«, schrieb Henry. »Sie geht viel schneller unter. Ich bin heute am Nil gewesen, der stinkt, das kannst Du Dir gar nicht vorstellen! Das Wasser riecht süßlich, man sagt, es gibt Würmer, die sich in die Haut fressen, wenn man badet. Werde mich hüten. Die Thomas hat schon gebadet. Bis jetzt merkt sie nichts. Vielleicht besser, daß das mit dem Sand nichts geworden ist. (Das war ein Witz!) Also: die Sonne. Erst steht sie so hoch, daß Du Nackenstarre kriegst, wenn Du sie sehen willst. Geniale Beleuchtung. Aber wenn sie einmal anfängt, Schatten zu werfen, geht es ganz schnell. Und mit den Schatten kommen diese blödsinnigen Fliegen, man kann nichts mehr sehen, sie setzen sich in die Augen und in die Wimpern. Das ist nur so, wenn man direkt am Nil entlanggeht, sagen sie hier, und viele der Schauspieler fahren nach den Aufnahmen sofort zurück ins Hotel. Ich nicht! Jedenfalls sinkt die Sonne dann immer gleich handbreitweise ab. Nur ein paar Schritte, und schon liegt sie auf dem Wasser, komisch ist, daß Du denkst, Du müßtest auch dementsprechend schnell laufen. Völlig unsinnig bei der Hitze, die alles einholt, die die Liebe verlangsamt und die Krankheiten. (Für die Liebe ist das weniger schlimm, aber wer weiß, wann sich die Würmer in der Thomas bemerkbar machen ...) Und sobald auch das letzte Stück Sonne verschwunden ist, ist es sofort stockdunkel. Es gibt die Übergänge nicht.

So eine Nacht müßte es sein. Man kann nicht schlafen vor Hitze. Ich sitze mit ihr nackt auf dem Balkon, wir trinken Daiquiri. Vor dem Fenster hängen Moskitonetze. Ist das nicht kitschig? Ich liebe es und werde sentimental. Es gibt hier keine Probleme. Natürlich haben sie hier alle möglichen Probleme, das ganze Land ist ein Problem, aber die Hitze raubt ihnen jede Ernsthaftigkeit. Diese Sommer, diese endlosen und ewigen Sommer, es gibt nichts, was ich mir noch wünsche. Nichts. Selbst der Staub ist zu ertragen, obwohl er überall sitzt. In den Nasenlöchern und sonstwo, Du weißt schon. Dann gewöhnt man sich daran. Also, meine Liebe, sei nicht so ernsthaft und lebe, wie der Tag kommt. Denkst Du daran, hin und wieder bei unserer, sorry, meiner Wohnung, vorbeizusehen, ich bin so unsicher, ob ich auch alle Gashähne und dergleichen zugedreht habe. Bodo möchte ich nicht fragen. Was macht der eigentlich?«

Dann telefonierten sie. Nachts. Nachdem sie wie rasend dem Klingeln gelauscht hatte. Es war zwei Uhr fünfzehn.

»Ich bin gerade nach Hause gekommen«, sagte Jo. »Wir sind nach Büroschluß noch auf eine Party, ich habe niemanden gekannt.«

»Ich habe schon geschlafen.«

»Du hast gesagt, ich kann dich immer anrufen.«

Pause.

»Warum sagst du nichts?«

»Du sagst auch nichts.«

»Es gab heute ein Unglück mit dem Chef. Er ist gestolpert und der Länge nach auf die Treppe geknallt.«

Pause.

»Er arbeitet zuviel.«

Pause.

»Auf der Party war ein Enkel von Allen Ginsberg.«

»Von wem?«

»Ginsberg. So ein Wilder aus den Sechzigern. Solltest du vielleicht kennen, er hat eine ganze Generation verrückt gemacht.«

»Sollte ich.«

»Ja, wenn du dich ein bißchen für uns interessierst.«

»Kenn ich nicht.«

»Warum bist du jetzt sauer?«

»Bin ich nicht.«

»Also, was ist los?«

Pause.

»Warum reden wir über belangloses Zeug?«

»Die Arbeit ist nicht belanglos.«

Pause.

»Warum sagst du jetzt schon wieder nichts?«

»Wir können auch noch eine Weile so weitermachen.«

»Das habe ich schon befürchtet. Du erwartest irgendwas, von dem ich nicht weiß, wie ich es erfüllen soll. Ich weiß nicht mal genau, was es ist.«

»Ach.«

»Du redest vom Foto.«

»Ja. Wenn du das möchtest, rede ich auch vom Foto.«

»Ich habe dir schon gesagt, daß das für mich keine Rolle spielt.«

Sie konzentrierte sich. Es war möglich, jetzt etwas zu verpassen, wenn sie nicht genau zuhörte.

»Es ist so wie es ist«, sagte Jo.

»Das ist keine Antwort.«

Wenn sie sich nicht traute, Bodo und diese Einbildung auszusprechen, würde die Stille im Hörer ab jetzt immerfort andauern.

Als sie auflegte, hatte sie es nicht mal geschafft, eine einzige konkrete Frage zu stellen.

»Glaub nie wieder einem Touristenführer. Die Fotos da drin sind alle gelogen«, schrieb Henry. »Ich war heute bei den Pyramiden, und die sind überhaupt nicht glatt. Das sind stufenförmig angeordnete bröckelnde Steine, und vor der Cheopspyramide mußt Du Dich anstellen. Es ist so heiß, daß Du mit den Füßen durch den Sand schlurfst, statt zu laufen. Es gibt schon eine tiefe Rinne von all den Füßen vor Dir. Eine Pyramidenbahn. Du kannst den Kopf hängenlassen und ihr folgen. Und je länger Du durch den Sand schlurfst, desto überzeugter bist Du, daß es innen drin kühl sein wird. Und schattig. Daß man atmen kann und sich ausruhen. Jede halbe Stunde kommt ein Schwung Leute heraus, die sind klatschnaß. Und nach zwei Stunden Stehen dachte ich, da muß ein See drin sein. Ein richtiger See. Ich war überzeugt davon. Deshalb habe ich es überhaupt so lange ausgehalten, Schlange zu stehen. Drei Stunden bei vierundvierzig Grad und ohne Hut. Ich wünsche das keinem. Es gibt natürlich keinen See drinnen, nur eine Veränderung der Luftfeuchtigkeit. Die Gänge sind niedrig, alle gehen gebückt, und als ich an der Reihe war, fiel gerade das Licht aus. So habe ich nur im Schein einer Taschenlampe die Inschriften der Grabkammer gesehen, viel war das nicht. Ein paar alberne Zeichnungen von aufrecht gehenden Menschen. Die Hitze drinnen war so luftdicht und schwer, nicht zum Aushalten. Der Witz daran ist, daß es nur einen Moment gedauert hat, bis ich überzeugt war, daß es draußen kühler ist. Also bin ich wieder rausgejagt, und es war natürlich nicht kühler.«

Sie lag in der Wohnung auf dem Bauch. Sie lag Stunden so da. Tage. Manchmal war es hell, wenn sie die Augen öffnete, und manchmal dunkel; sie konnte den Bezug zur Dauer ihres So-Daliegens nicht mehr herstellen. Nur vor dem Fenster erkannte sie die Wasserbehälter noch auf den Dächern der Häuser. Schwarze, runde geschlossene Gefäße auf grazilem Gestell. Bis die Schwärze auch dahinter hochkam und die Konturen aufhob. Sie hielt die

Augen jetzt angestrengt offen, um die Schwärze zu durchdringen, die Grenzen zwischen dem Dachfirst, dem Wasserbehälter und dem Himmel zu halten, sich darin einzufügen. Die Augen flimmerten vor Anstrengung, und zwischen den wabernden Punkten ging auch der Umriß des Fensterrahmens verloren, der Griff verrutschte, er war plötzlich überall. Dann nicht mehr da.

Sie wußte, daß sie auf dem Boden lag, weil sie das Parkett hart gegen ihre Beckenknochen spürte. Aber der Boden reichte nicht weiter als von dem einen Beckenknochen zum anderen.

Die Nacht vor dem Fenster und das Dunkel im Zimmer gingen ineinander über und machten sie selbst ununterscheidbar darin. Sie hatte Angst. Vor der Schwärze, die gar nicht schwarz war, die keine Farbe mehr hatte. Nichts war. Alles weitete sich, als würden sich mit ihrem Atem die Wände ausdehnen, sie atmete lange aus und preßte noch den Rest Luft ganz unten aus der Lunge heraus. Es gab keinen Widerstand, der die Luft zurück in ihr Gesicht geschlagen hätte, so daß sie hätte sicher sein können, daß sie wirklich geatmet hatte und es keine Einbildung war. Oder sie atmete die ganze Zeit über immer nur aus, und je mehr sie ausatmete, desto mehr weitete sich der Raum um sie herum.

Sie hatte die Augen weit aufgerissen, die Lider schmerzten, während sie ununterbrochen atmete, und aus dem Atem entstanden plötzlich Bilder, der Raum war gewaltig geworden, und ganz aus der Ferne sah sie jemanden herankommen. Eine Frau. Jung. Weiße Haare in einer Welle nach hinten geworfen. Alles an der Frau war weiß. Wie auf Negativen. Sie sprach ständig zu jemandem, obwohl niemand zu sehen war, oder hielt die Hand verschränkt, ohne daß etwas dagewesen wäre, womit sie sie hätte verschränken können. Dann kam sie näher. Sie streckte die Hand, und es sah aus, als öffnete sie eine Tür, und als sie hindurchtrat, war sie verschwunden.

In dem Moment, in dem die Wände so eng an ihrer Haut waren, daß die Haut gar nicht mehr da sein konnte und die

Wände sie ersetzt haben mußten, in dem Moment fand Leah einen geringfügigen Abstand zu sich selbst und begann wieder zu denken.

Am nächsten Morgen war es bewölkter als an den vergangenen Tagen. Sie fuhr in die Barrow Street zum Theater.

NINE
Links, wo das Herz ist

Morgens, kurz vor sieben, wenn es noch still ist und nur die Putzfrau auf dem Gang entgegenkommt, geht Christiane ins Büro hoch, um den Tag zu planen. Die Putzfrau nickt bei jedem Schritt und wedelt die Hände vor und zurück, um sie im Luftzug zu trocknen. Die Sohlen ihrer blauen Turnschuhe quietschen jeden Morgen über den gebohnerten Flur. Dann verschwindet sie, Eimer und Schrubber fest in der Hand, und Christiane nimmt den Schlüssel vom Brett.

Anfangs hat sie noch im Theater geschlafen, in einem Kleid, das sich rauh und schwer auf der Haut anfühlte. Tagsüber hing es dann in dem riesigen Schrank auf der anderen Seite des Zimmers, in dem jetzt nur noch Akten sind, Akten und ein paar Bleistiftstummel. Jeff spitzt sie inzwischen herunter bis auf einen halben Zentimeter, um keine neuen kaufen zu müssen.

Jeff, der Geruch nach Holz und das Quietschen der Schuhsohlen auf dem Linoleumfußboden sind ihr vertraut wie nichts sonst. Sie kommt sich vor wie eine alte Frau und weiß auch plötzlich, warum es beim Theater nie Heranwachsende gibt. Bühnenfiguren sind Kinder oder Greise, nie Heranwachsende. Man kann sich das Warten nicht leisten. Nur Kinder wissen das und Greise. Sie leben, wie der Tag kommt.

Christiane schließt die Schranktür, die über Nacht aufgegangen ist. Das Licht im Zimmer ist schon grell und kündigt einen heißen Tag an. Früher hätte es sie gestört. Die Jalousie ist halb heruntergelassen, und sie steht eine Weile davor, den Blick nach unten auf die leere Straße gerichtet.

Irgendwo im Haus sind Schritte zu hören, sie kommen von fern und gedämpft, wie durch Glas. Es sind nicht die Schritte der Putzfrau. Sie sind nachdrücklich, mit kurzen Intervallen. Manchmal kaum vernehmbar und dann plötzlich sehr laut, als wären sie direkt vor der Tür. Es könnte einer der Schauspieler sein. Aber es ist zu früh, die Proben beginnen erst um acht. Niemand ist so früh im Haus unterwegs.

Christiane hat die Haustür sofort wieder hinter sich abgeschlossen und kontrolliert, wie sie es immer tut, bevor sie den Schlüssel herauszieht. Es kann ihr niemand gefolgt sein. Vielleicht tropft irgendwo ein Wasserhahn.

In die Aktenordner auf dem Schreibtisch ist Unordnung gekommen, ein Ordner ist umgekippt. Christiane nimmt ihn, blättert einige Seiten durch und stellt ihn dann parallel neben die anderen zurück. Seit Jahren hat Jeff das nicht mehr gemacht. Es sind die Verluste, die ihn dazu treiben. Die immer schlechter laufenden Produktionen. Er ist keiner, der stöbert, und sie wird wie früher nichts dazu sagen, obwohl es sie diesmal beunruhigt.

Noch immer sind Schritte zu hören, unregelmäßig, aber beständig. Ein dumpfes Klopfen. Sie lauscht eine Weile, ohne eine Richtung ausmachen zu können. Sie scheinen überall zu sein; auf der Treppe, dem Flur und in ihr, im Rhythmus ihres Herzens, aber das klingt wie immer, auch wenn es ohne Kaffee langsamer zu schlagen scheint. Die Schritte sind draußen auf der Treppe im Kopf, sie laufen von einer Schläfe zur anderen, klopfen, klacken von innen gegen die Stirn. Schritte auf breiten, eckigen Absätzen an den Schuhen einer Frau. Schuhe, zu denen keine Feinstrümpfe passen. Christiane steht reglos.

Unten auf der Straße macht sich jemand an den Mülltonnen vor O'Heaves Laden zu schaffen. Vielleicht lassen sich die Schritte mit der Gestalt auf der Straße erklären, obwohl das

Fenster geschlossen ist und nur extrem laute und hohe Geräusche durchläßt. Draußen ist Hochsommer, die Hitze hat die Blätter an den Bäumen eingetrocknet, das Büro kühlt sich über Nacht kaum ab. Nur in den Kellerräumen ist es noch kühl.

Die Hitze knallt gegen das Fenster, und Christiane läßt die Jalousie ganz herunter. Ein Mensch, der vor dem Gebäude über die Straße geht, müßte nicht unbedingt vor den Mülltonnen stehenbleiben. Das passiert sogar in den wenigsten Fällen. Christiane wischt sich über die Stirn. Ein einzelnes dünnes Haar bleibt zurück, und sie schüttelt es vom Handgelenk. Durch die Lamellen auf Augenhöhe ist die Frau drüben gut zu erkennen. Sie bückt sich hinunter zu den Mülltonnen, und dann ragt etwas Rotes aus ihrer geschlossenen Hand, kaum länger als ein paar Zentimeter. Sie wird mit der Zange die Drahtkette, mit der die Mülltonnen aneinandergeschlossen sind, aufknacken und eine der Mülltonnen umkippen. Christiane tritt einen Schritt zurück.

Die Hand verschwindet jetzt hinter dem Körper, der Ellbogen ruckt, einmal, zweimal, es ist schwierig, die Kette aufzuklemmen. Sie wird sich irgendwo eine spezielle Eisenzange organisiert haben, die Ketten um die Mülltonnen sind fingerdick und aus vielen ineinander verflochtenen Drähten. Aber die Bewegung sieht leicht aus, so ohne Ton. Ein Sonnengespinst vor dem Fenster. Es muß eine Eisenzange sein. Oder eine, wie sie die Handwerker im zweiten Stock benutzen.

Sie wird die Mülltonne über die Straße rollen, an der Vorderseite des Gebäudes entlang bis zur Nordseite, wo es ein Fenster gibt. Das einzige Fenster, das immer offenstehen muß, weil dort die Werkstätten sind, wo Terpentin, Farben und Öl lagern.

Es knallt, als die Tonne vom Bürgersteig herunterrutscht. Die Frau zieht die Tonne hinter sich her auf den Fahrdamm, während sie sich umsieht, ob ein Auto kommt. Die Straße ist leer. Die Frau sieht direkt zu Christiane hinauf. Die Frau. Es ist ruhig im Raum. Das Gesicht ist hinauf zum Fenster gerichtet. Leahs Gesicht. Und davor die Lamellen der Jalousie.

Leah rollt die Mülltone bis in die Mitte der Fahrbahn, dann sieht sie erneut hinauf zum Fenster und lehnt sich mit dem Ellbogen auf den Blechdeckel der Tonne. Der Zangengriff ragt aus ihrer Hand, und sie sieht hinauf. Aber sie kann Christiane unmöglich sehen, sie kann unmöglich hinter die Jalousie, also durch sie hindurch sehen.

Leah steht auf der Straße, und ihr Haar wird plötzlich von der Sonne getroffen. Sie wird die Mülltonne unter das Fenster rollen und hinaufklettern, und sie muß wenigstens noch ein Seil mithaben, sonst kommt sie nicht hoch auf den Fenstersims. Sie ist zu kurz für den Abstand zwischen Mülltonne und Fenster.

Sie ist auf der Straße stehengeblieben, lehnt an der Tonne und fährt sich über das Gesicht. Dann kehrt sie dem Fenster wieder den Rücken zu, kippt die Tonne und dreht sie weiter über die Straße und auf den Gehweg, und dann ist sie nicht mehr zu sehen. Nur das Knirschen der Tonne ist noch zu hören, das sich langsam entfernt.

Leah wird jetzt die Hauswand erreicht haben und das Seil aus der Tasche holen und auseinanderrollen; wenn sie überhaupt an ein Seil gedacht hat. Was glaubst du, wozu ich Fotografin geworden bin, sagt Leah. Ich konnte mir nie eine Geschichte merken. Ich kenne keine einzige Geschichte.

Dann muß sie versuchen, an der Hauswand hochzuspringen. Dabei wird sie sich die Ellbogen aufreißen, der Abstand vom Boden zum zweiten Stock beträgt mindestens vier Meter. Aber es gibt auch noch die Feuerleiter. Leah wird den Fenstersims zuerst mit den Händen erreichen. Die Berührung ihrer Hände ist ein Schlag, der den Atem nimmt. Die Holzsplitter auf dem Sims sind gefährlich, und sie muß sich bis an die Kante vortasten, an der sie sich hochziehen kann. Jeff könnte um diese Zeit in der Werkstatt anfangen zu arbeiten. Leah muß durch die ganze Werkstatt hindurch gehen. Wenn sie das Seil nicht vergessen hat, wird es knapp zehn Minuten dauern, bis sie das Fensterbrett erreicht hat. (Komischer Gedanke, am hellichten Tag in ein Gebäude einzubrechen.) Es wäre möglich, ihr einfach die Tür aufzumachen. Aber das geht nicht. Das ist ausgeschlossen. Christiane geht vom Fenster weg, um den Anrufbeantworter abzuhören.

Es ist nicht sicher, was passiert, wenn Leah das Haus betritt. Es ist möglich, daß sofort das Telefon klingelt. Leah könnte auch abstürzen. Es gibt viele Splitter im Fenstersims. Wenn sie sich mit den Händen vortastet, wird sie nicht daran denken, aber sobald sie die erste Spitze unter dem Mittelfingernagel spürt, zuckt sie zurück. Sie saugt an ihrem Nagel, bis der Splitter wieder hervorrutscht mit etwas Blut. Sie wischt das Blut an die Hose und zieht sich bis ganz auf den Sims hoch. Wenn Leah geschickt ist, wird sie sich eine Weile verborgen halten und zusehen, was unten in den Proberäumen vor sich geht. Verstehen wird sie es nicht. Für Leah muß alles sein wie eine Ebene, auf der man weithin sehen kann.

Eine Seiltänzerin bin ich, sagt Leah. Das sagt sie auf deutsch und denkt, Christiane versteht es nicht. Sie hat schlanke Schultern, und ihre Lippen fühlen sich auf der Brust an wie zwei Schneiden, ganz sacht angesetzt. Sie hinterlassen Risse, obwohl sie die Haut nicht verletzen. Der Schrank ist brüchig und knarrt, als Christiane sich dagegenlehnt. Aber die Türen duften nach Holz, und Christiane stellt sich vor, wie Leah jetzt auf dem Fenstersims liegt, sich eng an ihn preßt. Christiane spürt ihre Brüste. Ihren Hals, der sogar im Winter gebräunt ist. Das kommt vom Joggen, sagt Leah, in Marburg bin ich immer gejoggt, und wenigstens die Farbe ist übriggeblieben, wenn auch sonst nichts. Dabei sieht sie an sich herunter und wölbt den Bauch vor. Wie ein Kind. Und wenn die Menschen Leahs Vorstellungen nicht entsprechen, dann denkt sie, sie wollten ihr absichtlich weh tun.

Ein Hobel schlägt. Das kommt aus der Werkstatt. Inzwischen müßte sie dort sein. Sie wird an den Arbeitstischen, an den Hobelmaschinen und der Säge vorbeigehen, und vielleicht tritt sie aus Versehen in einen Ölfleck, der ihre Fußspuren eine Weile auf dem PVC-Boden abbilden wird. Die Werkstatt hat mehrere

Räume, und wenn sie Pech hat, trifft sie schon im ersten Raum auf eine der Aushilfskräfte. Der wird sie nicht angucken, nur unwillig mit dem Kopf winken, sie solle verschwinden. Vielleicht bleibt Leah stehen und sieht ihm zu, wie er die Spanplatten zuschneidet. Sie hat einen Blick für die kleinste Veränderung. Und er wird das Holz bis auf den letzten Span herunterhobeln. Er wird so präzise hobeln, wie in seinem Leben nicht. Darüber wird er vergessen, sie einzutragen. Das Buch liegt unter dem Hobeltisch, griffbereit und von einer klebrigen Holzmasse überzogen, und er wird diesmal seine Pflicht vergessen. Niemand wird später die Zeit wissen, zu der Leah eingedrungen ist. Es ist kurz nach acht.

Die Säge setzt ein. Hoch und kreischend.

Leah zieht die Jacke eng um die Schultern und hält sie vorn mit zwei Fingern zu. Daß der Wind sie nicht aufschlägt und ihr unter das Kinn fährt. Sie haßt es, unter dem Kinn angefaßt zu werden. Das ist wie mein Vater, sagt Leah, wenn der mit Daumen und gekrümmtem Zeigefinger das Kinn in die Zange genommen und herumgedreht hat, daß seinem Blick nicht auszuweichen war, und nur, weil ich vergessen hatte, die Erdbeeren zu pflücken, den Holunder oder die Schulaufgaben. Mit Pferden macht man das auch so, sagt Leah, wenn sie nicht gehorchen, packst du sie an den Nüstern. Wolltest du als Kind auch unbedingt ein Pferd?

Wenn das Mädchen das rechte Bein etwas hochzog, konnte es unter sich die Furchen des Weges sehen. Der Boden war gefroren und knirschte unter den Tritten des Tieres, der Esel schob Atemwolken vor sich her.

Selbst im Winter, wenn alles Laub von den Bäumen gefallen war, sah man die Wartburg erst, wenn man direkt davorstand –

Sie kommen wieder, die Bilder der Kindheit. Sie sind nicht verschollen, vergessen, eingegangen in die laufende Zeit von Jahrzehnten, in Ortsveränderungen und fremdsprachige Floskeln.

Sie kommen wieder wie die Tierwärter in ihren Wattejacken, die jedes Jahr am Parkplatz standen und nicht sprachen, um die Kälte so aus sich herauszuhalten.

Wie ihre Mutter auf dem Tower, die nie an die Flugzeuge denkt, sondern immer nur an die Punkte, die auf dem Bildschirm auftauchen. Immerzu nur an die Punkte.

Sie sind das Gerüst, das alles, was sie tut, zusammenhält. Christiane hat im Laufe der Zeit die verschiedensten Dinge getan, aber am Ende würde nur das Gerüst bleiben.

Das Preßglas der Bürotür ist schwach weiß gefärbt. In den nächsten Minuten wird Leah da draußen vorbeigehen. In ihrer weißen Jacke wird sie kaum von den Wänden zu unterscheiden sein. Vielleicht wird sie stehenbleiben oder sogar hereinkommen. – Sie wird vorbeigehen. Aber so wie noch nie. Es wird nur ihr Schatten sein, aber der ist näher und vollständiger als ein Blick, ein einziger Kuß auf der Straße oder in der Wäschekammer der Chinesin.

Nichts ist zu hören, nur das Gesumm der Straße und die Säge im zweiten Stock. Sie schlägt sich vor und zurück durch das Holz. Solange die Säge nicht aussetzt, solange es still ist im Raum, solange Leah in der weißen Jacke steckt, ist die Nähe fast unerträglich.

Leah hat einen gleichmäßigen, starken Schritt. Sie geht so im Gedränge der Straßen und auch, wenn sie durchs Zimmer läuft. Jedesmal wackelt der Glasschrank. Vielleicht hat sie auch die Schuhe ausgezogen, vielleicht trägt sie die Schuhe in der Hand, vorsichtshalber, damit sie vor den Türen der Probenräume nicht unnötig Lärm macht.

Leah hält sich zu lange in den Werkstätten auf. Kleine. Überall diese Sicherheiten, als gäbe es nichts außer ihr und dem Himmel, und wenn sich ein Zaun in den Weg stellt, wird er niedergetreten. Unverändert ist das blasse Weiß hinter der Glasscheibe. Es wird auffallen.

»Christiane bitte in die Proberäume. Christiane bitte in die Proberäume.« Das rote Licht der Sprechfunkanlage klickt über dem Schreibtisch. Es ist acht Uhr fünfzehn, fünfzehn Minuten zu spät. Die Schauspieler sitzen bereits in ihrem blauen Zeug am Tisch wie jeden Morgen. Das Neonlicht sticht kühl herunter auf die Köpfe. Jeff nimmt sich den Stuhl an der Stirnseite, der sein Stuhl geworden ist, auch wenn darüber nicht gesprochen wird. Es gibt inzwischen viele Sachen, über die nicht mehr gesprochen wird, und Jeff ist strenger geworden. Er kaut nicht mehr an den Nägeln. Er pflegt sie, weil er mit den Händen arbeitet beim Sprechen und jeder seine Finger sehen kann. Er wird etwas hinter ihrer Verspätung vermuten.

Im Flur des zweiten Stocks ist nichts zu hören bis auf das Schlagen des Hobels und das Kreischen der Säge. Vor und zurück im Holz. Das Haus riecht muffig, das kommt von den vergilbten Tapeten. Das billige Rauhfaserzeug hält nicht lange und ist schief geklebt. Im Treppenhaus wellt es sich von den Wänden, dort, wo der Wind durchgeht, wenn abends die Eingangstür offensteht. Alles in diesem Haus verzieht sich langsam. Die Türrahmen und die Rahmen der Fenster sind zu oft feucht geworden und knarren.

Jeff wird es merken. Es sind zwei Treppenabsätze bis zum ersten Stock, jeder Absatz hat elf Stufen. Jeff merkt es nicht. Noch zehn Stufen, noch neun. Jeff wird es merken, er merkt es nicht. Noch acht. Jeff wird es an ihrem Gesicht erkennen. Der Blutdruck steigt vom schnellen Laufen.

Du siehst gut aus, sagt Jeff. Frisch und auffällig jung. Du bist jetzt öfter in den Straßen unterwegs, oder ist die Sonne stärker geworden in der Stadt?

Du gehst zu wenig raus.

Ach ich, sagt Jeff. Er klopft den Halbschuh auf den Jeans aus, Krümel streuen über den Boden, ein winziger Nagel. Ich mag es hier. Aber du! Er sieht zur Seite. Die Pappsäulen müssen gestrichen werden, die Farbe ist bröcklig, und es gibt kein Geld.

Mit der nächsten Bestellung, sagt Jeff und zeigt auf die Bücher, er weiß es selbst; es wird nicht die nächste sein und die übernächste auch nicht. Vorerst wird Folie darübergeklebt, die ist nicht so teuer, und im Scheinwerferlicht fällt es nicht auf. Und wenn die Folien abgenutzt sind, gibt es noch Fetzen von altem Einwickelpapier. Das wird glattgestrichen oder gebügelt, ein feuchter Lappen drüber, da brennt nichts an, und die weißen Brüche sind danach kaum noch zu sehen. Irgend etwas gibt es immer. Jeff lacht. Kreativität, sagt er. Aus der Not eine Tugend.

Er hat sie die ganze Zeit beobachtet.

Sie hat Angst um ihre rechte Hand. Sie sieht sie zwischen die Schneiden der Papierschere geraten. In die Kreissäge. Zwischen Fenster und Fensterbrett, wenn der Wind die Haken löst und das Fenster heruntersaust. Sie ist vorsichtig an der Tür und öffnet mit links. Sie hat Leah nie einen Brief geschrieben oder eine Karte, sie hat nie etwas auf ihrem Anrufbeantworter hinterlassen. Sie hat darauf geachtet, das Büro früh zu verlassen, und sich in ein Café in einer Seitenstraße gesetzt, um zu warten, und für Leah sah es so aus, als käme sie aus einem der Nachbarhäuser.

Auf ihren heimlichen Ausflügen in die 83. Straße hat sie Leah nie gesehen. Sie hat sich im Hauseingang versteckt, wenn sie von fern eine Gestalt sah, die ihr ähnelte. Und war dann schnell mit abgewandtem Gesicht an der Wäscherei vorbei, zurück zur U-Bahn gestürzt.

Aber Jeff kennt Leah.

An die Zeit, als sie ein elf-, zwölf-, dreizehnjähriges Mädchen war, dachte Christiane wie an eine Balzjagd. Das Wort hatte sie irgendwo gelesen, und es paßte auf die abendlichen Besuche fremder Herren in ihrem Wohnzimmer.

»Balzjagd« war ein Begriff für Liebesspiele der Vögel und Fische in der Paarungszeit. Das hatte das Mädchen im Lexikon gelesen. Die Zeit der Herren war jedoch nicht begrenzt; sie kamen jeden Freitagabend, fast ein ganzes Jahr lang. Im Gegensatz zu

Vögeln hörte man sie erst, wenn sie längst vor der Tür standen. Sie trugen helle Mäntel und widersprachen nicht. Wenn der Vater ihnen die Wohnungstür öffnete, zog die Mutter Christiane in die Küche. Zuerst ließen die Herren nur Briefe auf dem Abtreter liegen. Ihr Vater bückte sich dann und riß den Umschlag auf, noch während er die leere Hausflurtreppe nach oben und unten absuchte. Auch wenn die Herren sonst keine Ähnlichkeit mit Vögeln hatten, waren sie doch scheu wie die Meisen im Winter auf dem Balkon. Sie pickten am äußersten Rand des Rings, den das Mädchen jede Woche hinaushing, und erst, wenn alles außen herum abgefressen war, kamen sie ganz langsam dem Zentrum näher. Manchmal lief das Mädchen ans Küchenfenster, um die Herren unten weggehen zu sehen. Es konnte nur ihre Gestalten erkennen, nie die Gesichter; die Kragenecken ihrer Mäntel standen hoch bis zu den Ohren. Als die Herren dann eines Tages bis in die Wohnung kamen, strichen sie vorher ordentlich ihre Schuhe am Abtreter ab und zogen das Gummiband von den Nelkenstielen herunter. Die Nelken gaben sie der Mutter, in Hochglanzfolie gewickelte rote Sträuße. Als wollten sie sich entschuldigen, daß sie nicht zu ihr, sondern zum Vater wollten. Der Vater nickte und führte sie ins hintere Zimmer, und jedesmal, wenn er dabei an der Mutter vorbeikam, faßte er kurz nach ihrem Unterarm.

Das Mädchen ärgerte sich, daß es wegen dieser Herren in der Küche sitzen mußte, und verlangte Geschichten. Für jede Nelke gab es eine Geschichte. Von einem tauben Opernsänger. Oder das Märchen vom Großvater, der eine Bekleidungsfabrik besaß. Dort stellte der Großvater teure, handgewebte Stoffe her und war bekannt dafür, daß er jedes Kleidungsstück in allen möglichen Farben und Formen weben lassen konnte. Das Schiffchen raste hin und her im Webstuhl, ein längs, zwei quer, und trug ihn auf den Weltmarkt. Mit seiner Webtechnik wurde er berühmt und reich und heiratete eine Frau der Königlich-Sächsischen Hofküchen. Es wurde eine bunte Hochzeit. Seine Frau hatte er in ein Kleid aus hundert unterschiedlichen Farben gewebt. Aber als der Krieg kam, wurde alles grau. Bunte Soldaten paßten nicht auf die Schlachtfelder. Er stellte jetzt grobe Felduniformen her, in dunklem Graugrün, an denen er nichts verdiente.

Dann kamen Soldaten ins Haus, die ein anderes Grün trugen, und die Fabrik wurde für eine Weile geschlossen. Die Schiffchen standen still, und der Großvater besuchte einen Lehrgang. Als der Betrieb wieder aufgenommen wurde, arbeiteten die Webstühle mit Kunstfasern und schafften in einer Minute mehr als je zuvor. Aber die Kunstfasern nahmen die Farben ungleichmäßig auf, und wenn man sie ineinander verwob, ergaben sie einen Stoff, der verwaschen wirkte und schnell ausleierte. An dieser Stelle unterbrach ihre Mutter jedesmal. Sie schwiegen eine Weile, das Mädchen sah zwischen den Hockerbeinen hindurch auf hellblauen Linoleumboden, und als die Mutter anfing abzuwaschen, hörte es die Herren sachte an der Küchentür vorbei und durch den Flur gehen.

Später brachten die Herren einen Präsentkorb voller Pfirsiche mit und hatten ein Rendezvous mit dem Vater auf dem Sofa – er liebt uns, er liebt uns nicht – der Vater schlüpfte in die Rolle der Mutter. Er hielt die Knie geschlossen und ging züchtig auf Abstand; er hatte ein Kind zu versorgen. Danach gab es ein Pfirsichfest, das zwei Wochen dauerte.

Wenigstens die Tür bräuchten sie einem nicht vor der Nase zuzuwerfen, sagte ihre Mutter, nachdem die Herren gegangen waren. Ihre Mutter, die die Steinplatten für die Terrasse zurechtgehauen hatte. Die aufgeworfene Erde war offenes Terrain, so wie das Sofa, auf dem die Herren die Kissen verrückt hatten, und mußte neu zusammengestellt werden. Es fügt sich nicht, sagte die Mutter, wenn es kein passendes Werkzeug gibt; die Terrasse war holprig geworden, der Regen stand für Tage in den Fugen.

»Du hättest sie noch hinhalten müssen«, flüsterte die Mutter, als die Herren nicht mehr kamen. »Wegen der Pfirsiche.«

Aber dank der alten Bäuerin im Nachbargrundstück gab es

Pfirsichtorte weiterhin an den Geburtstagen. Ihr knorpeliger Baum am Ende des Gartens war von der Straße aus nicht zu sehen. Im Frühjahr rief die Bäuerin über den Gartenzaun, und Christiane durfte die Blüten zählen, hundertfünfzig Blüten, und wenn die Eisheiligen nicht gar so schlimm wurden, konnte es für zwei Körbe reichen. Für jeden Geburtstag einen halben. Es waren grüne, knöchelharte Früchte, die man lange in heißes Wasser legen mußte, bevor sich die Schale abziehen ließ. Christiane wurde dreizehn und fand, daß die störrischen Früchte genau zu ihr paßten.

Das duftende Paket ihrer Verwandten hob sie sich an ihrem Geburtstag immer bis ganz zum Schluß auf. Sie öffnete es erst abends, kurz bevor sie ins Bett ging. Sie fand Turnschuhe, die Luftkissen in der Laufsohle hatten und ganz leicht waren. Christiane ging damit im Zimmer herum, als trüge sie nichts. Auch am nächsten Morgen ging sie darin zur Schule, federnd, als könne sie über alles hinweggehen. Es war noch nicht ganz hell, und ihre Schritte waren unhörbar auf dem Pflaster. Sie überquerte die Straße hinter dem Haus, auf deren anderer Seite das Wäldchen begann, zwischen den Fahrradfahrern hindurch, die ins Werk hasteten. Ihre Schuhe waren so leicht, daß sie keine Abdrücke auf der feuchten Straße hinterließen.

Christiane bog in das Wäldchen ab und nahm die Abkürzung durch das Loch im Schulhofzaun, um sich nicht zu verspäten. Die Schüler standen rauchend neben dem Gedenkstein für die Namensgeberin der Schule. Kippen lagen verstreut herum. Christiane balancierte auf dem Stein an der Kämpferin vorbei, um den Halt in den Schuhen zu testen, und nickte der Kämpferin zu. Es waren passende Schuhe, um an so einem Gedenkstein getragen zu werden. Vor einer, die um Gerechtigkeit für alle gekämpft hatte und der sie erst einen Sack über den Kopf ziehen und sie in den Fluß hatten werfen müssen, damit sie still war. Wenn Christiane später daran dachte, würde sie die Kämpferin für ihre erste große Liebe halten.

Die Schüler traten ihre Zigaretten aus und schoben sich zu einer langen Zweierreihe vor dem Haupteingang zusammen. Sie stellte sich ganz an das Ende der Reihe, damit ihr niemand auf die Füße trat. Sobald die Direktorin die Tür aufgeschlossen hatte, setzte der übliche Trott ein, und sie dachte an ihre Schuhe und an die Revolution und achtete nicht auf ihren Nachbarn. Der plötzlich unruhig wurde. Sie sah ihn erst an seine Fingernägel gehen, dann Abstand nehmen. Als hätte sie Sprengstoff an den Füßen, der Löcher in die Linie riß. Er war so alt wie Christiane, und sobald sie das Gebäude betreten hatten, scherte er aus und meldete ihre Schuhe im Sekretariat. Sofort waren alle beunruhigt. Die Klassenlehrerin, die Putzfrauen auf der Treppe, die Direktorin. Luftkissenschuhe waren gefährlich. Sie gaben dem Fuß nicht genügend Halt. Sie würden immer oben schwimmen.

Die Direktorin war sehr besorgt und telefonierte mit der Kreisschulleitung. Sie gaben den Rat, es zu machen wie mit den Tüten. Wenn jemand eine Plastetüte in die Schule brachte, mußte die linksherum gedreht werden, um sicherzugehen, daß sich niemand darin versteckt hatte. Bei den Schuhen war das etwas schwieriger. Bei den Schuhen mußte der ganze Mensch auf den Kopf gestellt werden.

»Die Freiheit ist immer die Freiheit des anders Denkenden«, stand auf dem Gedenkstein im Schulhof.

Und wieder kamen die Herren, die beleidigten Liebhaber des Vaters, und piekstn mit dem Zeigefinger in die Luft. Sie brachten diesmal weder Nelken noch Pfirsiche. Sie wollten sich auch nicht setzen. Sie hatten jetzt Stimmen wie der Nachrichtensprecher, und sie knarrten bei jedem Vokal wie die Hexe von der Amiga-Schallplatte.

Christiane wurde aus den Luftkissen geholt und in schwere Stiefel gesteckt, die breite, geriffelte Abdrücke im Sand hinterließen. Man konnte noch Stunden später sehen, wo sie mit ihrem Zug entlangmarschiert war. Die Unteroffiziere latschten neben dem Zug her, sie rissen Streichhölzer an für Zigaretten und riefen den Mädchen zu, wenn sie aus dem Takt kamen. Es war ein langer Zug. An den Kreuzungen mußten die Fahrradfahrer anhalten und warten, bis sie vorbeimarschiert waren. Das Armeezeug war schwer und viel zu warm für Mitte Mai, aber die Unteroffiziere achteten darauf, daß niemand zu früh die Ärmel hochkrempelte. Sie nannten die Übung Zivilverteidigung, und solange sie in der Stadt waren, kam es darauf an, daß sie gut von den Zivilisten zu unterscheiden waren. Damit es später bei der Verteidigung keine Verwechslungen gab.

Dort, wo der Wald begann, blieben die Unteroffiziere stehen und ließen die Mädchen die Hacken zusammenschlagen. Es dauerte eine Weile, bis alle ihre Füße in der gewünschten Position hatten, manche rutschten auf dem Waldboden herum oder hielten die Fußspitzen zu weit nach innen gedreht. Dann kam einer der Unteroffiziere und trat leicht mit seinem Stiefel dagegen. Christiane hielt die Schuhspitzen so gerade wie möglich. Aber weil sie in einer langen Reihe stand, konnte sie die eigene Fußhaltung schlecht mit der der anderen vergleichen und mußte sich ganz auf den Unteroffizier verlassen. Erst als er mit der Reihe einverstanden war, ließ er die Mädchen in den Wald einmarschieren.

Christiane mochte das Ausschwärmen am meisten. Wenn sie den Waldrand passiert hatten, gaben die Offiziere Kommando, versteckte Plätze ausfindig zu machen, die gut für Feuerstellen geeignet waren. Dann war Christiane jedesmal eine Partisanin im Spanischen Bürgerkrieg, Thälmann auf der Flucht, ein Sioux-Indianer oder Winnetou. Sie trug mit den Händen die Nadelschicht ab und legte eine glatte Sandfläche frei. Es wurde nie gesagt, wie groß die Fläche sein mußte, und Christiane machte sie so groß wie möglich und kratzte mit einem Stock eine geheime Botschaft hinein für die Stammesbrüder, die Genossen oder den Nachschub.

Einige Mädchen zogen ihre Jacken aus, sobald sie in den Wald kamen, und warfen sich rücklings darauf. Sie hatten keine Lust,

Feuerstellen anzulegen, und wußten, daß die Unteroffiziere monatelang nicht aus der Kaserne herauskamen. Christiane sah nur die Rücken der Unteroffiziere, wie sie auf die Ellbogen gestützt einen Kreis um die Mädchen gebildet hatten. Einmal schob einer von ihnen ein Mädchen zwischen die Bäume, und Christiane dachte, daß die Männer genauso riechen mußten wie das Zeug, das sie trugen. Wenn man in diesem Zeug steckte, wußte man alles über sie.

Dann stellte sie Stöcke zusammen, die ein Feuer geben würden, mit dem man den ganzen Wald freilegen konnte. Sie kannte alles in diesem Wald, die Kiefernschonung, den stillgelegten Truppenübungsplatz und wie man unbemerkt zum Tümpel kam, auf dem sie im Winter Schlittschuh liefen. Im Winter war der Schlamm, den die Panzerketten zerwühlt hatten, gefroren und stand vom Ufer ab wie ein Bart. Sie kannte die Markierungen an den Bäumen, die angeschnittenen Stellen auf Schulterhöhe, aus denen das Harz in die Becher tropfte, und jede Windung, die der Weg durch die Kiefernschonung machte. Sie hätte die Zivilisten im Notfall besser durch den Wald lotsen können als die Unteroffiziere. Von denen lernte sie nur, daß man sich auf den Boden werfen und den linken Arm über der Stirn anwinkeln mußte im Notfall.

Es gab verschiedene Stufen von Notfällen, auf die sie sich während des Frühlings vorbereiteten. Zuerst lernten sie den Kreuzgriff für Brandwunden und für andere leichte Verletzungen wie Schürf- und Platzwunden. Diesen Griff konnten sie zu zweit machen, und die Verletzten waren Schüler aus der ersten Klasse, denen man Schminke und Gummi-Imitate auf Knie und Ellbogen geklebt hatte. Als der Waldboden Anfang Mai wärmer geworden war, retteten sie sich gegenseitig. Eine Gruppe Mädchen mußte sich auf den Boden legen wie ohnmächtig, und die andere Gruppe mußte ihnen Jacke und Gürtel öffnen und sie in die stabile Seitenlage rollen. Diese Übung war schwierig und schmerzhaft, weil dauernd Nadeln in den Kragen rutschten und die Kienäpfel unter der Schulter drückten. Die Unteroffiziere sahen zu, rauchten eine Zigarette nach der anderen und zeigten den Mädchen am Ende, wie man Streichholzschachteln mit dem Handrücken fängt.

Wenn die Atombombe fiel und sie keine Gasmaske zur Hand hatte, war es immer der linke Arm. Später würde Christiane immer so, mit dem Arm über der Stirn aufwachen, wenn Reagan wieder im Sandkasten hinter dem Neubaublock zündelte.

Am Ersten Mai durften sie ihre Uniformen ablegen und sich mit den anderen Schülern auf dem Platz vor der Schule versammeln. Der Unterricht fiel für diesen Tag aus, und sie hatten sich bunte Plakate ausgedacht und Schirme, die die Sonne von den Augen abhielt. Von den Fensterbrettern der umliegenden Häuser flatterten Fähnchen.

Christiane mochte den Ersten Mai. Man konnte jedes Jahr feststellen, daß man ein Stück älter geworden war. Die Erstkläßler mußten sich noch an den Händen halten. Sie trugen Hüte und Haarreifen mit langen Kreppbändern, die ihnen der Wind ständig vor den Mund trieb, aber weil sie sich an den Händen halten mußten, konnten sie nichts dagegen tun.

Ab der dritten Klasse hatte man wenigstens schon eine Hand frei. In der anderen trug man die Matroschka aus Pappe, die auf einem langen Sperrholzstab saß. Christiane mochte ihre Matroschkas nicht, weil sie immer nur Dreien dafür bekam. Dabei hatte sie viele Zeichenstunden lang daran gearbeitet. Aber bei all den Pappmatroschkas, die sie gemacht hatte, hatte das linke Auge schief gesessen. Sie hatte das Gesicht mehrmals übermalt, und trotzdem sah es aus, als sei die Puppe auf dem linken Auge eingeschlafen, und mit nur einem Auge konnte man schlecht durch die ganze Stadt laufen. Aber endlich war sie alt genug und brauchte nur noch eine rote Plastenelke zu tragen, die man einfach mit einem Draht um den obersten Jackenknopf wickeln konnte, so daß man beide Hände frei hatte.

Bevor die Maidemonstration losging, war es laut in den Straßen. Die Menschen ordneten sich zu Fünferreihen in Blöcken an. Die Fahnenträger wurden in die erste Reihe sortiert, und dazwischen wirbelten Judokas herum, die in ihren weißen Anzügen manchmal versehentlich zwischen die Schulklassen gerieten. Die Sonne schien auf alle herab, und es roch nach Bockwurst. Immer mehr Menschen kamen mit Bockwürsten und einer dicken Senfspur darauf aus dem Gebäude der Kreisverwaltung. Das Gebäude war für die Werktätigen eingerichtet worden, die sich dort vor der Tür versammelten, bevor der Zug losging. Sie warteten ab, bis sie einzeln hintereinander eingelassen wurden, und solange nicht alle Werktätigen dort hineingegangen und mit ihrer Bockwurst wieder herausgekommen waren, konnte auch der Zug nicht losgehen. Es war ein langer Marsch, er ging durch die ganze Stadt, und viele der Werktätigen kamen in schweren Schuhen von den umliegenden Dörfern und waren schon früh aufgestanden. Wenn sie den Pappteller mit der Bockwurst in der Hand hatten, blinzelten sie zufrieden in die Sonne und knackten mit den Zähnen die Wurst auf. Dann setzte sich der Zug in Bewegung, und die Werktätigen zottelten mit, achtsam, daß ihnen der Senf nicht auf die Schuhe tropfte.

Christiane wußte nicht, ob die leeren Hände, wenn man älter wurde, dazu da waren, daß man besser mit der Bockwurst zurechtkam, oder ob die Bockwurst dazu da war, den Händen für eine Weile eine Beschäftigung zu geben.

Es ist Mittag, und das Treppenhaus ist kühl, und Leah ist hier. Die Sonne staubt von unten herauf, sie wirbelt vor jedem Schritt. Je weiter Leah vordringt, desto tiefer fressen sich die Bilder, wie Lauge unterhöhlen sie das Hirn, und bald werden sie das Gemäuer angreifen. Wenn ihr rechter Fuß zuerst auf dem nächsten Absatz landet, merkt Jeff es auf keinen Fall.

Die Sonne fällt nur durch zwei schmale Fenster ganz oben im zweiten Stock ins Treppenhaus herunter. Vielleicht sind wirklich schon zehn Jahre vergangen, zehn Jahre in diesem Gebäude mit niemals wechselnden Menschen, wie dieser Kellner (wie hieß er noch?) immer behauptet. Aber die Stadt draußen scheint schneller zu leben, sie ist kein Vergleich. Erst Leah.

Das letzte Verlassen war unnötig. Die ganze Nacht hätte ihr gehören sollen. Leahs Seiltänzerinnenlächeln. Es die ganze Nacht bewachen, beschlafen, berufen für immer; das einzige Lächeln, vor dem nichts bestehen kann. Leahs schluchzende Bauchdecke in dieser Nacht, auf und ab. Manchmal ist es Selbstverleugnung, etwas in Frage zu stellen.

Die Tür zum Besprechungszimmer steht offen. Jeff lehnt mit dem Oberkörper am Türrahmen, das rechte Bein um das linke geschlungen. Er lächelt. Er hat gelernt, wie man einen Monolog durch Körpersprache brechen kann. Leah würde Jeffs Haltung am Türrahmen wahrscheinlich als Nachlässigkeit deuten. Sie würde Fehler machen.

»Wo warst du so lange? Ich brauche dich hier.« Als Christiane das Besprechungszimmer betritt, sieht sie auf den ersten Blick, daß etwas nicht stimmt. Die Kaffeetassen sind leer, der Automat steht still. Das letzte Kaffeepaket hat sie gestern angerissen, es muß abends noch verbraucht worden sein. Der Lieferant kann frühestens um zehn Uhr hier sein, dann laufen bereits die Proben.

Die Schauspieler zupfen an ihrem Zeug herum und wischen sich maulig über den Mund. Ein paar sind auf Tee umgestiegen. Sie sitzen in Paaren zusammen, die Gespräche sind gedämpft, und im Neonlicht sind ihre Schatten verkürzt. So sieht es aus, als säßen dort Kinder, eine ganze Gruppe bockiger Kinder, zwischen denen plötzlich einer aufsteht. »Es ist eine Schande.« Stimme und Ton sind allerdings nicht die eines Kindes. Christiane hat sich von Anfang an darüber getäuscht. James ist nie ein Kind gewesen. Auch die Körpergröße ist Betrug.

»Es ist eine Schande, was man mit uns alles anstellt. Ich kündige!« Bei kündige überschlägt sich die Stimme. Jemand reicht ihm aus der Ecke einen Teebeutel, zwischen den Fingern schwingt der Beutel an einer kaum sichtbaren Schnur. Aber der

Teebeutel fliegt auf den Boden, rutscht ein Stück auf Christiane zu und bleibt dort liegen.

»Wenn du gesagt kriegtest, du könntest in zwei Jahren den Hamlet spielen, würdest du bis dahin auf Knien rutschen und Spülwasser trinken.« Jeff nimmt James um die Schultern, fest den Oberarm umklammernd, und zieht ihn auf seinen Stuhl zurück. Er eröffnet die Sitzung im Stehen, streift die Ärmel nach oben und stützt die Hände auf die Tischplatte. Er muß sich etwas sehr Überzeugendes einfallen lassen.

Christiane lehnt sich zurück, die vertraute Bestuhlung, der Geruch, in denen die letzten Jahre stecken, eine lange Zeit, vielleicht zu lange. Sie wird eine Weile abwarten, bis das Problem mit dem Kaffee gelöst ist, und sich dann davonschleichen und versuchen, Leah zu finden.

Jeff in seinen aufgekrempelten Ärmeln greift auf das erstbeste zurück, das ihm einfällt. Er guckt jeden einzeln an. Ohne ein Wort. Sein Kopf geht dabei langsam herum, wie ein Reptil, das die Stimmung wittert. In jedem einzelnen ihrer Gesichter. Sie sollen sich selbst zurechtweisen; der alte protestantische Trick, der auch ohne Religion funktioniert. Als er mit dem Blick bei ihr ankommt, versucht sie, so ermutigend wie möglich zu gucken. Es ist kein guter Tag für ihn, der so anfängt. Nachdem er mit dem Kopf um den ganzen Tisch herumgewandert ist, senkt er ihn auf die Brust und hält still. Dann plötzlich, als hätten jetzt alle genug Schuld auf sich genommen, klatscht er in die Hände und stößt gegen den Stuhl hinter sich. Der Stuhl kippt schräg gegen die Wand.

Doch James steht schon wieder. Abwartend, provokant lehnt er sich an die Bretterwand. Noch immer hat er die Angewohnheit, das Kinn eng an die hochgezogene Schulter zu legen, dabei ist es nun schon Jahre her. Es wirkt längst nicht mehr so, als wolle er einer Ohrfeige ausweichen.

»Ich finde, man muß etwas tun dagegen, daß es keinen Kaffee gibt«, sagt er.

Daß es immer so sein muß, hat Leah gesagt. Christiane starrt an die Wand, versucht, den schmalen Gang dahinter zu erkennen. Es ist, als wären die Schritte wieder zu hören. Stärker diesmal, eindringlicher. Leah könnte in diesen Gang geschlichen sein, ohne daß es jemand bemerkt hat.

Sie schrickt hoch, als Jeff etwas sagt. Sie fühlt sich ertappt. Dabei ist er ganz auf James konzentriert. »Kaffee ist krebserregend. Es kann nicht schaden, etwas weniger davon zu trinken!«

»Ich bin aus dem Alter raus, als ich noch 'n Babysitter brauchte«, sagt James. Ein komisches Bild, wie er, einsachtzig und breitschultrig, Jeff gegenübersteht, dem die Haare von der Stirn her schon grau werden. Christiane steht auf, um einzugreifen, aber plötzlich scheint ihr die Geste viel zu gewaltig; so aufzustehen, als wolle man etwas beenden. »Kann ich dich mal sprechen?« sagt sie nur, aber Jeff hört es gar nicht.

»Mach dir nicht ins Hemd, du fällst schon nicht gleich um, Mann«, sagt jemand.

»Die Leute kommen nur zur Premiere und noch ein, zwei Abende danach«, sagt James. »Also müssen wir aufmerksamer sein. Wir müssen besser spielen. Und wie sollen wir das machen ohne Kaffee?«

»Kann ich jetzt um Konzentration bitten.« Jeff stützt den Arm auf der Stuhllehne ab. Sein Ärmel überschlägt sich einmal und bleibt schief unterhalb des Ellbogens hängen.

James hält immer noch den Kopf so. Aber er steht weiter allein da. Niemand von den anderen ist aufgestanden, sie kippeln auf ihren Stühlen. Es ist acht Uhr dreiundzwanzig. Je länger die Sitzung dauert, desto weniger Pausenzeit bleibt ihnen.

»Jeff, kann ich dich sprechen. Unter vier Augen?« Jeffs Blick ist unwirsch. Aber sie hält ihn aus, als wäre darin immer noch alles Vertrauen vom Anfang.

»Und das bringt was? Ich meine, kriegen wir dann Kaffee oder wieder nur einschläferndes Zeug zu hören?«

»James. Sei ruhig«, sagt Margerit, und sie sagt es mit der gleichen Langeweile, mit der sie die Tischplatte anstarrt.

»Eine Teetrinkerin«, schreit James plötzlich. Er hält den Kopf gerade und stößt ihn mit jedem Wort nach vorne, als wäre der Kopf ein Schnabel, mit dem er Margerit aufhacken könnte. »Seht ihr nicht: eine beschissene Teetrinkerin. Weißt du eigentlich, daß es hier Leute gibt, denen schwindlig wird, wenn sie morgens ihren Kaffee nicht kriegen? Blutdruck? Kreislauf? Schon mal gehört?« James streckt eine Hand vor. »Eine verdammte Teetrinkerin!«

Leah muß längst aus den Werkstätten heraus sein und irrt durch den oberen Flur. Beim Hinausgehen tritt Christiane absichtlich laut auf.

Sie versucht sich zu konzentrieren und zählt, wie oft sich Jeff durch die Haare fährt, zählt seine Leberflecken auf dem Unterarm. Zweiundzwanzig. Einige davon sind groß wie Muttermale. Er hört die Schritte offenbar nicht, sonst hätte er längst etwas gesagt, aber sicherheitshalber greift sie nach seinem Arm.

»Ja?«

»James hat die Hauptrolle im Stück. Wir müssen aufpassen. Es wäre nicht gut, ihn zu verlieren.«

»Ich weiß das.«

Vielleicht ist Leah nur zum Abschied noch einmal gekommen. Christiane lauscht auf die Schritte, fürchtet, sie könnten ganz verstummt sein. Wünscht, sie wären endlich verstummt. »Ich meine nur, du darfst nicht übertreiben.«

»Ich übertreibe gar nichts. Er hält sich nicht an die Absprachen.«

»Aber so geht das nicht!«

»Was ist los mit dir, ha?«

»Nichts, wieso? – Es ist nichts.« Er merkt es. Er muß etwas bemerken. Mit dem Zeigefinger, der jetzt ihre Haut berührt, hat sie ihn oft Kaffeeflecken wegwischen sehen. Der Finger ist naß, und er hat ihn schon zurückgezogen, bevor sie reagieren kann. Wahrscheinlich ist der Kaffee gar nicht das Problem. Sie selbst ist klitschnaß, und der Gang ist zugig. Jemand hat die Türen an beiden Enden offenstehen lassen.

»Dann sag mir, was mit James los ist. Du kennst ihn doch. Du hast ihn geholt.« Er reibt sich den Unterarm, als triebe er sie an. Als ließen sich Antworten wie Hautstücke abschubbern.

»Er spielt besser als je zuvor.«

»James kann nichts anderes«, sagt Jeff und lacht. »Er kann nichts anderes!« Es ist ein kurzes Lachen, irr, das er schnell mit der gewölbten Hand verdeckt. Sie weiß genau, was er denkt. Sie haben sich aneinander festgelebt, und jetzt kommt es nur darauf an, die Situation zu retten. Wie im Theater. Man muß immer nur die Situationen retten.

Es gibt keine Situationen, sagt Leah, es gibt nur einen Fluß, in dem man so herumgespült wird. Aber in letzter Zeit hat sie weniger behauptet. Sie ist so vorsichtig geworden, daß es weh tut.

Es zieht stärker. Jeffs Haare fliegen über die Stirn nach vorn, und Christiane geht ans Ende des Flurs, um die Tür zu schließen. An der Tür denkt sie, Leah stünde da, mit ausgestrecktem Arm. Aber da steht niemand, und sie schließt die Tür, und der Wind geht jetzt über der Schwelle durch. Es zieht weiter an den Füßen. Für eine Weile überdeckt das Pfeifen des Windes sogar das Geräusch der Schritte.

»Wir haben ausgemacht, daß es keine Ausnahmen gibt«, sagt Jeff von der Mitte des Flurs her. »Wir können nur gut sein, wenn jeder dafür alles gibt. Nicht wahr?«

Wie er herübersieht, als könne er sich selbst nicht trauen, denkt Christiane. Dabei hatte es eine ganze Weile so ausgesehen, als könne es immer so weitergehen, mit den stillen Morgen, den konzentrierten Proben und den gemeinsamen Lagerfeuern hinten im Hof nach der Premiere. Selbst als die Einnahmen immer knapper wurden, hatte es noch so ausgesehen.

»James ist nur nervös«, sagt sie, und vielleicht ist es auch so.

Nur Leah ist eine Störung im reibungslosen Ablauf des Tages.

»Ich glaube, er ist ganz und gar nicht nervös. Ich glaube, man muß ihm mal etwas klarmachen.« Jeff sieht hoch. Und als er sie ansieht, wird ihr klar, daß er überhaupt nicht unsicher ist. Er ist aufgebracht von so viel Mühe, die es kostet, eine einzelne Person zu überzeugen.

Gerade diejenigen, die man am besten kennt, überzeugt man am schwersten, denkt Christiane und fürchtet Leahs Blick, den allerersten, der noch unverdeckt ist von Vorsicht.

In Jeffs Gesicht sitzt etwas, über das er nicht reden kann. Das er nie zugeben würde, und das sich selbst Christiane, jetzt in diesem Moment, kaum traut zu Ende zu denken. Jeff, der Anschmiegsame, hat sich verändert. Die Umstände haben ihn verändert, und sie wünscht, sie könnte das alles um Jahre zurückdrehen. Jemanden zu hassen ist eine absurde Lösung, und Jeff wird wissen, daß es nichts nützt.

Sie bemüht sich, ihn nichts von diesen Gedanken merken zu lassen, damit es nicht am Ende ihre Angst ist, die ihn dazu bringt.

Die Schritte sind wieder da. Und da. Es ist mindestens doppelt so heiß wie am Morgen, und das grelle Licht produziert blinde Flecken im Blickfeld, sobald man in dunklere Bereiche sieht.

Christiane bezog ein Giebelzimmer in Eisenach. Vor dem Fenster lag das Hospiz in der Abendsonne. Die Auffahrt, der steinerne Sims neben dem Eingang des Hotels und der Hinterhof waren noch so wie damals, als sie es zum ersten Mal betreten hatte. Sie würde jeden Morgen, wenn sie zum Theater ging, und jeden Abend auf dem Rückweg daran vorbeikommen.

Den Regisseur traf sie in der Theaterkantine, einen dürren Mann, der die Haare in der Mitte gescheitelt hatte. Die Ärmel seines Blauhemdes waren aufgekrempelt, er saß in der hinteren Ecke über einer Bohnensuppe. »Mir gefällt es«, sagte der Regisseur, »wenn Sie sich engagieren. Ich werde Sie nachher der Gruppe vorstellen.«

Sie hatte es sich lange genug ausgemalt, den staubigen, alten Samtvorhang über der Bühne, den Schnürboden, den man erst beherrschte, wenn man den Verlauf jeder einzelnen Strebe und jedes Kabels genau kannte. Das Theater hatte eine Drehbühne und fleckige Seitenvorhänge, es roch nach Kulisse und getrockneter Farbe, die rauh an den Fingerkuppen entlangstrich.

Der Regisseur zeigte ihr die Garderobenräume mit den offenen Schminktöpfen auf den Rändern der Waschbecken und den Haken für die Kostüme. Der dürre Mann mit dem Mittelscheitel kam ihr unpassend vor in diesem Chaos benutzter Dinge. Seine Wortkargheit erklärte er ihr mit dem Braunkohlegebiet, aus dem er kam, wo sich der schmierige Staub auf die Fensterbretter legte, und der, wenn man ihn abends abgewaschen hatte, am nächsten Morgen genauso dick und schwarz wieder da war. Die Menschen dort hielten Fenster und Türen geschlossen. Sonst drang der Staub auch ins Wohnzimmer, breitete sich auf Schrankwänden, Teppichen und mundgeblasenen Vasen aus.

Auf den Planungssitzungen der Woche bekam Christiane die einfachen Aufgaben: Programmhefte aus der Druckerei holen und die Schaukästen reinigen. Gegenstände, die Gäste an den vergangenen Abenden liegengelassen hatten, gab sie im Fundbüro ab.

Christiane war als junges Talent hergeschickt worden, und sie war beschämt, wie wenig man so ein Talent hier brauchte. Sie verdoppelte die Arbeitsgeschwindigkeit und schlich in den freien Minuten ins Probenhaus. Die Schauspieler behandelten sie wie Glas; vorsichtig, und ohne sie anzusehen. Sie wußten nicht, was sie von der Gestalt hinten an der Wand zu halten hatten. Erst mit der Zeit fingen sie an, ihr Ratschläge zu geben. Wie man die Bühne am besten ausnutzte. Wie man mit einem einzigen Requisit tausend verschiedene Dinge sagen konnte. Sie zeigten ihr die Verwandlungen eines Stuhls oder eines Lichtkreises, den ein Scheinwerfer auf den Boden warf. Das Licht wurde ein See, eine Fallgrube oder ein reißender Wolf.

Und Christiane wußte auf einmal, daß sie etwas gefunden hatte, was die in der Kindheit unterbrochene Reise fortsetzen konnte. Das Theater gehörte zu den wenigen verwunschenen Plätzen, an denen man nicht alles, was man sagen wollte, erst durch ein Geheimnis hindurchschicken mußte. Ein Stuhl, ein Lichtkreis, das waren einfache Dinge, und deshalb konnte man so viel mit ihnen ausdrücken.

Der Regisseur versuchte herauszufinden, wie schnell sie das verstand. Seine Sparsamkeit trieb sie an. Das ging Tage so, Wochen. Sie saß auf dem Stuhl neben ihm während der Proben, und er fragte sie nach Stanislawski, den Rolling Stones und Habermas. »Habermas?« Aber da war er schon weiter, wies sie unwirsch darauf hin, daß während der Proben nicht geschwatzt werden dürfe. Später fragte er sie, was sie vom Juniaufstand hielt, aber sie hatte nie davon gehört. Statt dessen begann sie, jede seiner dürren Regungen aus den Augenwinkeln zu beobachten.

In der Mittagspause zwischen zwei und drei Uhr ging sie regelmäßig ins Hospiz. Um diese Zeit war fast niemand dort, nur die Körbe mit schmutziger Bettwäsche standen im Foyer. Die Aufwartefrauen machten Mittag, und der Wäschereiwagen kam nicht vor vier. Wenn es Christiane gelang, an den ausladenden Sesseln im Foyer vorbeizukommen, ohne von der Rezeptionsdame gesehen zu werden, brauchte sie nur noch die breite geschwungene Treppe in den ersten Stock hinaufzugehen. Die Türen waren noch dieselben wie vor zwölf Jahren: Kabul, Paris, Stockholm. Nizza, Rom, Kairo.

Im zweiten Stock lagen Sydney, Athen, Göteborg. Christiane hatte das Weiß oder Braun der Türen nie als Lackfarbe wahrgenommen. Für sie waren das Hautfarben, Farben von Gehsteigen und Sandstränden oder der Eindruck, wenn man von einem hohen Turm aus herunter auf die Stadt sieht. Seattle, New York, San Francisco. Dafür nahm sie den Fahrstuhl. Sie stellte sich vor, daß die Reisezeiten in alle diese Städte in demselben Verhältnis standen wie die Stockwerke in ihrer Entfernung zueinander. Sie trug die Idee ins Theater. Alles, was sie die Schauspieler machen ließ, waren Gesten, zu denen sie sich Orte vorstellen sollten, an denen sie nie sein würden.

Der Regisseur war zufrieden. Das zeigte er mit der ihm eigenen Zurückhaltung und lud danach die Kommission ein, um die Szene abnehmen zu lassen. Als die Kommission da war, trug er zum ersten Mal Blauhemd. Die Kommission bestand aus Schauspielern vom großen Haus und einer lustigen Frau, die fast nie etwas sagte. Erst, als die Diskussion beendet war, kam sie an den Bühnenrand und schüttelte jedem die Hand. »Sehr gut«, sagte der Regisseur lauter als gewöhnlich. »Aber jetzt machen Sie das doch bitte verständlicher. Wir inszenieren für unsere Werktätigen. Das vergessen Sie immer wieder! Machen Sie sich verständlich. Denken Sie mit Brecht!« Und die Frau neben ihm lachte und nickte und kam herüber, um auch Christiane die Hand zu schütteln. »Es wäre auch zu schade um Ihre Idee«, sagte der Regisseur leiser und beim Hinausgehen.

Einmal wurde sie morgens wach, weil sie durch das angekippte Fenster das Zuschlagen von Autotüren hörte und die Stimmen der Gäste, die im ersten Dämmerlicht schon aufbrachen. Wenig später reflektierte ein gegenüberliegendes Fenster ein Blaulicht an die Wand ihres Zimmers. Inzwischen war es ganz still geworden. Nur im ersten Stock pfiff ein Wasserkessel. Niemand stellte ihn ab.

An eine solche Szene hatte Christiane gedacht, als in der Schule die Verhaftung der Revolutionärin besprochen wurde. Es war ganz still, und etwas Unheimliches lag im Raum. Sie fand den Pullover nicht schnell genug und stellte sich nackt ans Fenster, nur das Kopfkissen über ihre Brust gedeckt.

Unten war nichts zu sehen außer einer leeren Straße und dem Blaulicht auf einem Autodach und Menschen an den Fenstern gegenüber. Dann ging das Blaulicht aus. Die Straße war verlassen wie jeden Morgen, bevor der Berufsverkehr einsetzte. Auch vor dem Eingang des Hospizes blieb es still. Weil nichts passierte, gingen die Fenster des gegenüberliegenden Häuserblocks wieder zu. Nur der Wasserkessel pfiff immer noch.

Als Christiane sich angezogen hatte und auf die Straße ging, achtete sie darauf, nicht zu nah an die Eingangstür des Hospizes zu geraten. Auf der Bank vor dem Gebäude lag eine Zeitung; aufgeschlagen, als hätte sich jemand während des Lesens in Luft aufgelöst. Der Wind wehte eine Ecke hoch, und wenn der Wind etwas nachließ, fiel die Ecke wieder herunter. Das einzige, was an den merkwürdigen Vorfall erinnerte, war diese Zeitung. Christiane suchte das Auto, das sie vom Fenster aus gesehen hatte, aber es war nicht mehr da.

Mit der verschlossenen Eingangstür sah das Hospiz aus, als wären die Angestellten im Urlaub. Sie ging an der rechten Seite des Gebäudes entlang. Auch die Einfahrt zum Hof war verschlossen. Sonst hatte das Eisentor sogar nachts offengestanden, wegen der Gäste, die erst spät anreisten. Jetzt war es verriegelt. Christiane bemühte sich, ihre Hände ruhig zu halten. Auch die Revolutionärin war für einen Traum verhaftet worden. Christiane rüttelte an der Klinke, versuchte, sie mit dem Handballen, mit dem ganzen Gewicht ihres Körpers herunterzudrücken, aber selbst die Klinke war unbeweglich.

Plötzlich war die lustige Frau bei Christiane und nahm sie um die Schulter: »Passen Sie auf sich auf, Frau Markert. Ich will nicht, daß Ihnen etwas passiert.« Sie sah die großporigen Nasenflügel, die sich wenige Zentimeter vor ihren Augen aufspannten, wenn die Frau einatmete. Als würde sie alles durch die Nase in sich aufnehmen. Auch Christiane.

Später wird die Frau Christiane etwas über den Verbleib des Betriebsleiters des Hospizes erzählen: Von ihm werden Geruchsproben gemacht, weil es den genetischen Fingerabdruck noch nicht gibt. Das Tuch mit der Geruchsprobe wird in einem Glas luftdicht verschlossen und kann bei Bedarf ins benachbarte Dorf zu einer Hundestaffel gebracht werden.

Die Schritte sind eine Einbildung, eine akustische Fata Morgana.

Im Halbdunkel des Flurs legt jedes Geräusch Schatten wie ein Mensch. Nichts. Nur der Hobel schlägt dünn, unterbricht, schlägt wieder. Leah muß entweder ganz nah sein, so nah, daß ihr Atem zu hören sein müßte, wie nachts am Ohr, wenn Christiane sich schlafend stellt, damit Leah noch ein bißchen dort weiteratmet. Oder sie ist noch ganz weit weg.

Christiane sieht an der Haustür nach, die gut verschlossen ist. Als könnte Leah aus Versehen die falsche Tür erwischen und wieder draußen sein, bevor sie Christiane entdeckt hat. Aber die Tür ist zu, und das Verbotsschild hängt wieder.

Jeff hat gestern ein neues Schild angebracht, auf dem die Buchstaben deutlicher zu lesen sind.

Die Schritte sind nicht mehr da. Nur das An- und Abklingen des Hobels, und das Schleifen des Pappschildes, das von ihrer Berührung über dem Glas hin- und herschaukelt.

Christiane streckt den Arm aus, um das Schild anzuhalten, und sieht sich selbst im Glas gespiegelt. Den Kopf schräg gelegt, die Jacke halb offen und eine unsichere Hand auf halber Höhe zwischen Hüfte und Hals. So steht Leah manchmal da. Sie stützt sich mit einem Arm an der Wand ab, den Unterarm nah am Kopf einer anderen vor ihr, die linke Hand in der Hosentasche; lässig, aber mit einem Gesicht, das fordernd ist; von den Lippen bis zur Nase fordernd, nur die Augen sind dunkel und voll Glut. Glut, die vom Leben kommt, vom Gefallen der anderen an ihr, an ihrem Körper, an diesem stillen, fordernden Körper, mit dem sie sie einkreist und an die Wand zwischen Plakate lehnt; alle. Nachts. Unterwegs in den Bars und den Kinos, wenn Christiane nicht dabei ist. Von hinten ist sie dann ein schmaler Junge, und sieht in ihrer viel zu weiten Kordhose aus, als wäre sie nur zum Sex gemacht. Die Vorstellung, daß du fremd liebst, zerreißt mich, schreibt Christiane im Kopf ihren einzigen Brief, den sie je an Leah geschrieben hat.

»Schwarzer Marmor oder Granit oder was glaubst du, was ich bin.« Der Klub am Stadtrand von Eisenach war klein, und wo er lag, wußten nur die Eingeweihten.

»Also? Was glaubst du?« Die Frau, mit der Christiane dort hinging, trug jedesmal ein verwaschenes Fell um die Schultern. Darunter blauen Satin. Mit der rechten Hand fuhr sie die schwarzen Haare nach hinten und zur Seite weg. Schwungvoll, als müßte sie sich ausbreiten im Raum. Als reichte es ihr nicht, sich hinter verschlossenen Türen zu treffen. Das vergrößerte die Gesten, machte das Lachen lauter, Blicke wie Einsätze, um die die Jungen in der Ecke pokerten. Trotz der Spiegel an den Wänden war der Klub viel zu klein. Es gab so viele hier, die draußen keinen Platz hatten. Es gab bunte Lichter und Kerzen auf Flaschen, die schon ganz voller Wachs gelaufen waren, und die Musik spielte nur auf halber Lautstärke.

Christiane drückte gegen die schwere Tür, und als die Tür nicht nachgab, lehnte sie sich mit ihrem ganzen Gewicht dagegen, bis sie sich zentimeterweit öffnete. Man mußte entweder sehr stark oder fast unsichtbar sein, wenn man durch diese Verengung hindurchschlüpfen wollte. Für die, die hierherkamen, war es nur eine Wiederholung von dem, was sie auch draußen waren. Stark. Aber fast unsichtbar.

Hinter der Eingangstür hing eine Schicht Mohairdecken, die nach Rauch und Urin roch. Sie ekelte sich davor. Sie versuchte, nur am äußersten Rand anzufassen, wenn sie die Decke zur Seite schob. Dann erzählte ihr jemand, daß es Spray gab, das so roch. Daß es ein Trick war.

Die andere trug einen Fellkragen, den sie sich selbst genäht hatte, das Fell von einem Händler vom Dorf. Sie trafen sich wöchentlich hier und gingen dann gemeinsam nach Hause. Sie war eine Spielerin. Christiane durfte nicht zu nah herangehen. Sonst wurde sie vom Feld geworfen. Sie mußte ausweichen, hob nur einmal die Hand, um unter das Fell zu greifen, direkt nach der Brust.

»Amethyst.«

»Falsch.«

»Eine Spielerin bist du.«

»Das ist wegen dir.«

Ihre Lippen hatten eine erstaunliche Ausdehnung. Sie griffen über das ganze Gesicht beim Küssen. In der Oberlippe war eine Vertiefung, als hätte sie zu lange den Zeigefinger dort liegen gehabt. Sie war achtundzwanzig und hatte schon immer in Eisenach gelebt.

Tagsüber war sie eine Arbeiterin im blauen Anzug und füllte die Bohrmilch an der Maschine nach. Es war gelbe ölige Milch, die unter die Nägel ging und nur schwer mit Kernseife abzukriegen war. Der Geruch blieb in den Haaren und der Haut nachts unter der Decke, und wenn er sich langsam abgerieben hatte, war es sechs Uhr morgens, und sie mußte wieder durch das Werkstor gehen. Dann steckte die Frau mit dem Fellkragen das Fell in den Spind im Umkleideraum und verschwand für acht und eine halbe Stunde unter einer Haarkappe.

Wenn sie das Fell nicht trug, war sie ganz Stein. Blankes schwarzes Material.

Schwarzer Marmor, sagte sie auch dem Brigadeleiter.

»Was glauben Sie eigentlich, wer Sie sind!?«

»Schwarzer Marmor.«

Man durfte kein Stein sein. Eines Nachts war sie nicht mehr da. Christiane irrte durch die Straßen und lief mehrere Male bis vor ihre Haustür, aber sie war nicht mehr da.

Dann kamen Briefe, die bereits geöffnet waren, und das einzige, was in den Briefen noch an sie erinnerte, war die Handschrift. Christiane besorgte sich Termine beim Kreis und bei der Bezirksbehörde. Aber jede Frage wurde vom zuständigen Beamten mit einem freundlichen Ratschlag oder kopfschüttelnd abgeblockt.

Erst viel später erreichte sie ein Brief aus der anderen Hälfte der Stadt, in der sie aufgewachsen war. Jahre später, so kam es

Christiane vor, dabei war es vielleicht ein halbes. Die Frau schrieb, und sie schrieb in den Stimmen aus der Luft. Es waren dieselben Worte, wie sie sie nachts benutzt hatte, nackt und mit dem Fell als Kopfkissen, aber jetzt klangen sie anders. Als kämen sie aus der Kindheit zu Christiane zurück, aus einer Zeit, in der sie das Geheimnis zum ersten Mal gehört und noch nicht verstanden hatte. »Ich hab's geschafft, ich bin drüben«, stand in dem Brief. »Jetzt bist du dran!«

Nichts daran war mehr mißverständlich. Die Stimmen mußten, da sie aus der Luft kamen, laut und deutlich sprechen. Christiane legte den Brief unter das Kopfkissen. Beim Einschlafen fragte sie sich, wie ihre Mutter es schaffte, ihnen immer noch Tag für Tag zu widerstehen.

In Christiane hatte sich noch in derselben Nacht ein anderer verliebt. Dieser Mann, der geduldig neben ihr auf einem Barhocker saß und am Morgen fragte, was er mit ihr tun sollte, wußte nichts von dem, was die Stimmen ihr sagten. Er tänzelte neben ihr her, und sie nahm seine Hand und hielt sie fest, damit er ihr nicht wieder davontänzelte. Er besuchte sie häufig und durfte sie küssen, so oft er wollte, ihr mitten auf der Straße durch die Haare fahren, und wenn er an ihre Brust ging, dachte sie schnell an die Frau mit dem Fellkragen. Sie vermied es, weiter in den Klub zu gehen, und achtete auf jede Schwankung in seiner Stimme. Sie trafen sich in öffentlichen Gebäuden, an übersichtlichen Straßenecken, hinter Glastüren. Sie wollte so oft wie möglich mit ihm gesehen werden. Nachts, wenn er sich verabschiedet hatte, zog sie ihr Haar fest und machte Entschuldigungen, die sich an niemanden richteten. Es waren die Umstände. Er hatte die richtige Adresse und eine gültige Kontonummer, und er sagte, er liebte sie nicht.

In der Abteilung Eheschließung begegnete sie wieder den Herren, den erzürnten Liebhabern des Vaters. Wenn Christiane zu ihnen ging, schminkte sie sich jedesmal ihr Gesicht zu. Vorsichtig betrat sie den Raum, in dem es roch wie lange nicht gelüftet. Bevor die Tür zufiel, sah sie, wie jemand mit hochgedrehten Armen über den Flur geschoben wurde.

Sie setzte sich an den Tisch vor die Herren, die wissen wollten, wie es im Bett war.

»Was machen Sie nachts?«

»Schlafen.«

»Denken Sie nicht an Kinder? Schreiben Sie auf, was Sie nachts machen, wenn Sie nicht schlafen.« Sie machten Gesichter mit beabsichtigten Falten darin. »Sie wollen doch, wenn Sie drüben sind, was Kleines haben, oder nicht? Sehen Sie. Und nachher klappt's nicht, und dann geben Sie uns die Schuld. Was dann?«

Vor der Tür warteten noch zwei andere Frauen.

»Der Staat muß sich schließlich vorher versichern. Das verstehen Sie doch.«

Sie verstand es nicht. Aber das war längst egal. Also nahm sie den Kugelschreiber und schlief mit dem Mann, mit dem sie noch kein einziges Mal geschlafen hatte, das Kamasutra auf dem Papier durch.

Ein halbes Jahr später bekam sie eine Postkarte in unregelmäßiger Schreibmaschinenschrift. Dort stand, daß sie zukünftig staatenlos war. Die Herren hatten nur vergessen, das Ende dieser Zukunft auf die Karte zu schreiben.

Noch am selben Tag ging sie durch die Stadt und ließ sich überall aus den Karteien streichen. Sie faltete sich Straße für Straße wie einen Stadtplan immer kleiner zusammen, bis sie in ihre Hosentasche paßte. Die Radfahrer radelten morgens in den Betrieb und kehrten abends zurück. Das Hospiz, in dem seit dem Vorfall die Fensterläden geschlossen waren, döste in der Sonne. Es hatte den Anschein, alles würde immer so bleiben. Dabei war das ganz ausgeschlossen. Nichts konnte so bleiben, wenn man das Geheimnis der Stimmen einmal verstanden hatte. Ihr betörendes, parfümiertes Geheimnis. Sämtliche Orte der Welt steckten darin, alle Menschen, Landschaften und Gebirgszüge. Alle Hauptstraßen, Sandstrände, Sektkelche und jedes Theater der Welt.

Sie wußte nicht, wie lange sie in dieser Hosentaschengröße zubringen mußte. Von den Frauen, die sie auf den Gängen im Ministerium traf, sahen einige aus, als könnten sie sich nie wieder auseinanderfalten.

Aber eines Tages, als die Sonne besonders deutliche Linien auf den Fußboden zeichnete, kamen die Herren um den Tisch herum. Sie hatten sanfte Hände, mit denen sie Christiane am Ellbogen faßten und ihr einen Dreivierteltag zum Packen gaben. Dabei war sie noch gar nicht verheiratet. Aber die Herren waren ausgeschlafen und gut gelaunt, oder es war nur ein glücklicher Zufall.

Für einen winzigen Augenblick zögerte sie. Sie zögerte und nahm an diesem Dreivierteltag den nächsten Zug nach Berlin und erzählte ihren Eltern alles. Von Anfang an und daß es jetzt soweit war. Von der Frau im Fellkragen, dem verschlossenen Eisentor und von den Tricks, die es gab und von denen die wenigsten etwas wußten. Erzählte, bis sie ganz leicht war.

Aber sie spürte den weichen, gepflegten Druck dieser Hände an ihrem Ellbogen, und ihr wurde übel bei der Vorstellung, ihre Eltern würden so angefaßt. Ihre Mutter würde so aus dem Büro geführt, weg vom Flugplatz, auf dem die Startbahnen genau dort endeten, wo das Geheimnis begann.

Die Schalterfrau am Bahnhof um null Uhr fünf war einsilbig. Sie sah niemanden an und vermied jede Berührung, als sie die Fahrkarte durch das Fensterchen schob. Die Schalterfrau strich seit Jahren Geld ein für Orte, von denen nie jemand zurückkam.

Christiane ist auf dem Treppenabsatz, der hinunter in die Kellerräume führt, wo es nach Schwamm riecht, der sich immer mehr ausbreitet. Sie zögert. Da unten sitzt Leah. Sie wird auf einem der Bierkästen sitzen, versteckt im Dunkeln und warten.

Noch kann sie zu Jeff zurückgehen und einfach so tun, als wäre nichts. Noch kann sie vermeiden, schon wieder von vorn anzufangen. Aber auch das wäre nur eine noch einmal gerettete Situation.

Die Saaltür knallt ins Schloß, hallt nach bis zum Treppenabsatz, bis in den Keller hinunter; es sind Leahs Schritte, die sie hört, die sich in ihre eigenen mischen, bis sie eins sind. Dann wird es kühler, das Neonlicht wirft keine Schatten. Die Kellerräume sind leer und muffig, die Bierkästen von letzter Woche umgekippt, bekleckert mit Schaum, der hart geworden ist. Als das Licht mit einem Wummern anspringt, rennt eine Katze über den Betonboden. Hier unten ist niemand. Es war eine unsinnige Idee, hierher zu gehen.

TEN
Was bleibt

Ein langer Flur, schwierig zu gehen, weil es keine Anhaltspunkte gibt. Fast vollkommen dunkel. Leah tastet sich erst rechts an der Wand entlang, dann links, um den Lichtschalter zu finden. Es könnten wie üblich weiße Wände sein. Vielleicht ist auch nur die Farbe verblaßt, und es waren ursprünglich rote oder blaue. Es ist zu dunkel, um über die Farbe der Wände zu spekulieren. Sie versucht, sich etwas vorzustellen. Graffiti, eine Gestalt am Ende des Flurs, eine Geisterbahn, in der ihr an der nächsten Ecke ein Skelett entgegenstürzt oder ein Scheuerlappen ins Gesicht klatscht. Ihre Augen müssen sich erst an die Dunkelheit gewöhnen. Sie kommt aus der Helle des Tages draußen, wo es nicht nötig ist, irgendwo besonders lange hinzusehen.

Langsam treten Konturen hervor, ein Wandbrett mit Terminplänen und Plakaten wie in der Marburger Redaktion. Der Flur könnte auch zu den Redaktionsräumen einer Zeitung gehören oder zu einem Bürohaus. Jemand wie Henry, dieser verkrachte Romantiker, würde glauben, er wäre in einer rekonstruierten Burg.

Eine Tür geht. Leah drückt sich eng in den nächsten Türrahmen, um nicht schon wieder rauszufliegen. Es ist nur eine Putzfrau.

Als sie endlich verschwindet, probiert Leah die Türklinke hinter sich. Die Tür gibt nach. Aber dahinter ist noch eine Tür. Wie beim Arzt, nur ungepolstert. Diese Tür gehört zu einer Bretterkonstruktion, die sich um einen Saal herumzieht; eine doppelte Wand aus Spanplatten. Rechts und links verläuft erhöht eine schmale Balustrade. Jemand mit Henrys Phantasie hat eine Art Wehrgang errichtet, von dem aus man den Saal in alle Richtungen einsehen kann. Auf Kopfhöhe sind Fenster ins Holz gesägt, mit Gaze davor.

Im Saal sind fünf, sechs Leute, gleichgekleidet und reglos. Sie sind ganz starr, während jemand redet. Und dann brechen sie plötzlich aus, jagen um den Tisch in der Mitte, stoppen an verschiedenen Punkten ab und werfen sich auf einen Stuhl, von wo sie nach wenigen Sekunden wieder aufspringen wie aufziehbare Puppen.

Eine Frau zerrt eine Tasche unter dem Tisch hervor. Nicht Jo. Die Frau ist blond, aber es ist nicht Jo. Jo ist zum Glück überhaupt nicht unter diesen Puppen im Saal.

Die Frau beugt sich über die Tasche, hinter ihr toben zwei Männer vorbei, stoßen sie in den Rücken, und der Verschluß springt auf, die Tasche gibt nach, und eine Perücke aus lockigem Haar fällt auf die Tischplatte. Die Frau setzt sich die Perücke verkehrtherum auf wie ein Clown. Dann verschwindet sie plötzlich unter dem Tisch. Niemand hat es bemerkt, bis auf einen. Der Junge von der Bar. Er bückt sich zu ihr hinunter, ihr nach, und dann kommt er in Zeitlupeneinstellung wieder hoch. Langsam, das Kinn fest auf die Schulter gedrückt. Ihm folgt ein Pistolenlauf an der Schläfe, konstruiert aus dem Zeigefinger der Frau. Mit der Pistole an der Schläfe bewegt sich der Junge wie in Trance.

Die Frau zielt, der Junge wird blaß, die Frau drückt ab. Gut, daß es die Frau ist, die abdrückt, denkt Leah, nicht umgekehrt. Eben Theater. Ein erstickter Knall, der Junge kippt um, ganz leicht, ganz langsam, schräg zur Seite.

Und während ihn alle anstarren, richtet er sich wieder auf, zieht sich an der Tischkante hoch, klopft seine Hosen und zuckt die Schultern. Er grinst verlegen, mit diesem schräggelegten

Kopf. Und schon drückt sie wieder ab, vielleicht dauert ihr sein Grinsen zu lange, und diesmal kippt er auf die Tischplatte. Als er sich wieder aufrichtet und grinst und sie wieder abdrückt und er umfällt und sich aufrichtet und sie abdrückt, grinst, abdrückt, umfällt, aufrichtet, abdrückt, beginnen die anderen zu gähnen.

Eine Weile sieht Leah noch zu. Aber es gibt nichts zu sehen. Jo ist nicht da, und die Kamera ist nutzlos. Sie hat sie längst zurück ins Futteral geschoben. Es gibt keine Ausschnitte, keine Fokussierung, keine Perspektiven, keine Blickwinkel. Nur starres Neonlicht. Es kommt ihr vor wie das Ende der Fotografie. Die Ordnung zwischen den Stühlen, die Anordnung der Figuren ist von einer bestechenden Klarheit. Aber es sind Bilder, die sich nicht mehr abbilden lassen. Sie haben schon den höchsten Grad an Künstlichkeit erreicht.

Als sie genug hat, tastet Leah sich hinüber zur Holztür. Die Tür quietscht.

Am Ende des Flurs entdeckt sie den Notausgang, der über die Feuerleiter an der Rückseite des Theaters führt. Auf der Plattform aus zwei rostigen Gitterstäben, der Rest ist herausgebrochen, steht sie zehn Meter über dem Boden, durch nichts mehr gehalten. Sie steht dort und sucht die Hauswand ab. Dann kriecht sie von der Plattform aus durch ein halboffenes Fenster und bleibt eine Weile auf dem Fußboden liegen. Es riecht nach Terpentin.

»Hast du den Aschenbecher gesehen? Drüben ist er nicht. Ich dachte, er ist vielleicht hier.«

Es riecht sehr nach Terpentin. Und vor ihr stehen die Füße von Jo. An den Knien sind die Hosen ausgebeult. Ein Stück höher hängen rechts und links ihre Hände. Die eine hält ein Schlüsselbund, in der anderen steckt ein Päckchen Marlboro Lights. Nur den Kopf sieht sie nicht.

Dann erst fällt ihr ein, daß sie in einem nach Terpentin stinkenden Zimmer vor Jo auf dem Bauch liegt.

Und daß Jo den Aschenbecher gleich irgendwo zwischen den Farbtöpfen finden und wieder gehen wird. Sie stützt sich hoch, eilig, so daß sie gegen Jo stößt und Jo sie auffangen muß.

»Kleine.« Jos Hände fahren ihr über den Nacken und hinauf an den Hinterkopf.

»Laß das!« Leah zieht den Kopf weg. Ihre Schulter brennt, und Jo tut wieder mal, als wäre alles wie immer. Aber diesmal kommt sie damit nicht durch.

»Bist du über die Feuerleiter gekommen?«

»Nee, über den roten Teppich!«

»Das ist gefährlich. Die Feuerleiter ist völlig verrostet. Im letzten Jahr sind zwei Bauarbeiter abgestürzt.«

»Ach ja? Und wie betritt man dieses Wahnsinnsgebäude, wenn man sich nicht zu Tode stürzen oder sich an diesem SCHEISSgitter die Schulter versauen will?«

»Mit einem Schlüssel durch den Haupteingang.«

»Aha. Und du hast so einen Schlüssel.«

»Ja«, Jo tut verwundert. »Ich lebe hier.«

»Mit diesen Idioten da unten?«

»Ja.«

Und dann Stille. Der Deckel der Marlboro-Lights-Schachtel flippt auf und zu in Jos rechter Hand.

»Und da hast du gedacht, ach, wozu soll ich der Kleinen irgend etwas davon erzählen. Nicht der Mühe wert, was? Geht sie ja eh nichts an.« Flipp flapp macht der Marlboro-Lights-Schachteldeckel.

»Ich hab es dir gesagt.«

»Ach ja!? Deine Foto-Panik? Oder vielleicht das mit dem Kleid? Das sollte heißen, daß du dich hier in dieses, in dieses, in dieses DING verbarrikadiert hast?«

Jo legt endlich die Zigarettenschachtel auf das Fensterbrett. Dann streift sie Leah den Kameragurt ab und läßt die Hand da, auf Leahs Schulter, liegen. »Tut es weh?«

Die Hand ist ein fremder, unwirklicher Gegenstand auf der

Schulter, aber sanft und angenehm, wie sie in diesem Moment da liegt.

»Jo?«

»Sag es noch mal.«

»Was?«

»Sag ihn noch mal. Meinen Namen.«

Jos Hände tasten die schmerzende Schulter ab, und ihre Stimme spricht weiter und weiter. Aber es ist nichts zu verstehen. Sie spricht, aber die Worte sind durchsichtig und ausgehärtet wie Glasbläsereien. Leah strengt sich an, aber es hilft nichts. Als Jo die Hände wegnimmt, kommt Leah nur das winzige Stück Zellstoff in Jos Haaren bekannt vor.

Kaum zwei Wochen ist es her. Bodo in seinem wütenden Anfall, der Kellner und Jo, die den Salzrand von der Margarita wischt. Sie sieht aus wie zuvor. Sie riecht wie zuvor. Nach den dünnen, hohen Flaschen, aus denen sie das Parfüm nimmt. Sie spricht wie zuvor.

Erst da fällt Leah auf, daß sie deutsch sprechen. Die ganze Zeit schon. Jo spricht völlig selbstverständlich deutsch mit ihr.

»Aber warum hast du nie was gesagt?«

»Natürlich nicht.« Schon den Aschenbecher hat sie auf deutsch verlangt. »Es gab nichts zu sagen.«

»Für mich vielleicht schon.«

»Manchmal passieren Sachen, die man nicht mehr entschuldigen kann. Laß uns rübergehen.«

Es gibt eine Klappliege an der Wand und einen Wasserkocher. Die Liege bewegt sich bei jeder Gewichtsverlagerung. Jo nimmt einen Schlüssel aus dem Schreibtischfach, geht zur Tür und schließt zweimal herum. Das Klackern, mit dem der Schlüssel zurück auf die Schreibtischplatte fällt, ist das letzte Geräusch von außen.

Christiane, denkt Leah und sieht ein ganz junges Gesicht. Jo hat den nackten Unterarm über ihren Bauch gelegt. Die Adern treten deutlich hervor, aber die Haut ist so weiß, daß der Arm wie der eines Mädchens aussieht. Auch Jos Gesicht ist immer noch jung, obwohl sich darin schon Fältchen und Spuren verschiedener Stimmungen ablesen lassen. Wenn sie den Kopf in den Nacken legt wie jetzt, sind die beiden waagerechten Ringe am Hals kaum zu sehen. Jo klingt auch viel schöner. Christiane klingt, englisch ausgesprochen, wie ein Versprecher.

Jo beginnt zu erzählen. Von einem Hospiz und Luftverkehrsstraßen, die nur in der Vorstellung existieren, von alten Männern und verregneten Klassenausflügen, von einem anderen Theater, einer anderen Welt und von einer Frau im Fellkragen. Sie erzählt langsam, auf deutsch und halbnackt, in einem verschlossenen Bürozimmer eines Theaters in Greenwich Village. Vor der Jalousie wandert die Sonne.

Für Leah entsteht ein Vexierbild. Aus einzelnen, wirren Strichen tritt etwas hervor. Christiane. Jo. Und manchmal vermischen sie sich wie die Zeiten. Das Ende der DDR liegt nun schon mehr als sechs Jahre zurück.

Es wird kühl im Raum, und Jo hängt sich ihre Jacke über die Schultern. »Es gibt drei Arten, wie Menschen miteinander umgehen: Entweder sie bewundern oder sie bemitleiden sich, oder sie sind sich gleichgültig. Die Frau mit dem Fellkragen habe ich bewundert.« Jo pult sich ein Haar von den Lippen.

»Und du wolltest sie nicht wiedersehen?«

»Wir haben es beide nicht versucht. Das war nicht etwas, was man einfach so wiederhaben kann.«

»Und was war mit Bodo?«

Auf einmal steht ein Mann im Zimmer. Sie haben die Tür nicht gehört. Der Mann steht da und steckt sich den Zweitschlüssel umständlich in seine Hosentasche. Der Rausschmeißer. Er trägt dieselbe Art Blaumann wie damals. Er geht auch nicht wieder raus, sondern wartet und sieht auf sie herunter, wie sie da ineinander verschränkt auf der Liege sitzen, die viel zu schmal ist. Steht da, immer noch, ein bißchen zu breitbeinig und viel zu lange.

»Wir sind mitten in der Arbeit«, sagt Jeff. »Du mußt runterkommen. Wir müssen die Änderungen durchgehen.«

»Können wir das nachher besprechen? Unten?«

Jeff rührt sich nicht. »Wann ist nachher?« Er steht in der halboffenen Tür, nur einen Schritt von Jos Füßen entfernt, und Leah erinnert sich wieder an den Schmerz in ihrer Schulter.

»Sind Sie immer so unverschämt?«

»Warum fragt sie so?« Er sieht Leah nicht an.

»Das ist Leah.« Jo verschließt das Jackett noch mehr vor ihrer Brust. »Die werden auf dich warten!« Sie versucht, Leah mit ihrem Körper zu decken. Jeff rührt sich nicht. Als er beide Hände auf dem Gürtel abstützt, steht Jo auf. »Unten ja?« Mit zwei Fingern hält sie ihre Jacke zu und drückt Jeff mit der freien Hand aus der Tür.

Bei der nächsten Berührung zittern ihre Hände, nur unmerklich; aber auf der Haut an den Schenkeln ist selbst das kleinste Zittern sehr deutlich.

»Dein Boss?«

»Nein. Mein Gläubiger.«

»Du hast Geld geborgt?«

»Kein Geld. Etwas anderes.«

Leah fällt auf, daß sie noch nie Jos Beine gesehen hat, mit kleinen roten Pünktchen wie vom Frost. »Ist dir kalt?«

»Nicht, wenn du deine Hand da läßt.«

Leah nimmt auch den Mund dazu, geht langsam über die Pünktchen, die eins nach dem anderen verschwinden, wenn sie von der Zunge berührt werden. Sie hinterläßt einen breiten Zungenstreifen, während Jo mit den Armen hinter sich greift, die Wand verfehlt und rückwärts auf die Liege fällt.

Im April 1997 kreuzt Jeff Holbridge den Flur im zweiten Stock eines New Yorker Theatergebäudes, hundertvierundfünfzig Barrow Street. Das Summen der Neonröhren hört er längst nicht mehr. Auch nachts läßt er die Röhren im Gebäude eingeschaltet. Er geht allein die Treppe in den ersten Stock hinunter, obwohl er vorhatte, gemeinsam mit Christiane herunterzukommen. Ohne sie kann er sich die Proben nicht vorstellen. Er kann sich auch nicht vorstellen, wer außer ihr mit James reden soll. Er betritt das Besprechungszimmer, kontrolliert, ob nichts vergessen wurde, und schließt dann beide Türen ab. Die Schauspieler machen Aufwärmübungen in den Kellerräumen. Es gibt keinen Grund, noch länger auf dem leeren Flur zu stehen. Trotzdem lehnt er sich an die Wand, um zu warten, und sagt sich alle paar Sekunden, daß es keinen Grund dafür gibt.

Als Christiane am Ende des Flurs auftaucht, ist ihr Gesicht weniger korrekt als sonst. Sie wischt Haarsträhnen hinter das rechte Ohr, dabei spannt ihre Jacke über dem T-Shirt. Als verlängerte das die Sekunden, in denen er vorhin ihre Brust gesehen hat. Jeff hat nicht damit gerechnet, es sich noch einmal vorstellen zu müssen. Das halbbezogene Bett. Vor Jahren. »Hast du sie reingelassen?«

»Spielt das eine Rolle?«

»Wir haben eine Abmachung. Ich frage nur danach, weil wir eine Abmachung haben. Hier hat niemand Fremdes was zu suchen. Erinnerst du dich?« Manchmal hat sie noch die Bewegungen vom Anfang. Wenn sie leicht auf Zehenspitzen geht, um höher zu reichen. Das Rucken, mit dem sie die Hand auf die Hüfte stützt und mit der die Hand wieder von der Hüfte abrutscht. »Und? Ist sie noch hier?«

»Wer? Leah?«

»Ja. Ob sie noch da ist.«

»Du denkst, ich gehe wegen ihr?«

Jetzt endlich stößt er sich von der Wand ab. Sein Körper ragt neben ihr auf, der Arbeitskörper, einen halben Kopf größer als sie, aber auf einmal ist er nicht breit genug und nicht hoch genug für den Flur. Überall läßt er Platz zum Durchschlüpfen, Weglaufen, Fliehen. Sie wünscht sich, er soll etwas sagen, etwas Grobes, Unflätiges, das sie hinauszwingt, an ihm vorbei durch den Flur und durch die Tür zwingt, und das Schild schaukelt zum letzten Mal. Sie küßt ihn so heftig auf die Wange, daß ihre Nase ans Schläfenbein stößt.

»Es ist anders«, sagt Jeff. »Es hat keinen Zweck.«

»Was hat keinen Zweck?«

Er macht sich nicht breiter, als er ist. Das hat er noch nie gemacht und könnte es ein einziges Mal, nur dieses eine Mal doch tun. Hastig stößt sie mit dem Fuß die Tür auf, die gegen die Wand knallt.

Jeff braucht keine Sekunde, um zu reagieren. Er zerrt sie am Ellbogen herum. Ihr Blick, als er ihn dicht vor seinem Gesicht hat, geht durch ihn hindurch. Er achtet nicht auf das, was er sagt. Er sieht nur das Bild der beiden Frauen auf der Liege im Büro, ihre Beine ineinandergeschlungen. Schon von draußen hat er sie gesehen; ockerfarbene Silhouetten im gepunkteten Glas der Tür. Und je mehr er versucht zu ordnen, worum es jetzt eigentlich geht, desto mehr gerät es ihm durcheinander, desto größer werden Wut und Selbstmitleid und Enttäuschung, und mittendrin steht immer wieder das halbbezogene Bett in einer früheren Wohnung.

Er sagt es direkt und tonlos. Und danach ist nichts besser. Die Art, wie er es gesagt hat, ist so wenig zu beheben wie die Folgen eines unaufgelösten Mißverständnisses. Wenn eine Kirsche schlecht ist, all the others are. Die Fremdheit ist sprunghaft wie ein Übersetzungsfehler.

Christiane gibt ihm das Tuch zurück. Es liegt im Textbuch zwischen Deckel und Schmutzseite. Als sie es ihm ohne ein Wort hinhält, greift er nicht zu. Mit schiefen Schritten läuft er neben ihr die Treppe hinunter, schlägt mit der Ferse gegen den Unterschenkel des anderen Beins. Es ist nichts zu bedauern. Sie bedauert nur Jeff für einen Moment, weil er so geht. Schließlich nimmt er das Tuch, schabt über die elektrisierte Oberfläche des Stoffs, und es rutscht ihm fast unmerklich weg und fällt durch das Geländer nach unten.

»Und was sagen wir jetzt den anderen?«

»Wir sagen, wir haben wegen des Kaffees verhandelt. Oder? Das würden wir doch in so einer Situation tun.«

»Ja. Das würden wir in so einer Situation tun.« Die Normalität ist für die nächsten zwei Stunden noch sichergestellt. Darauf kann er sich bei Christiane verlassen.

ELEVEN
Guten Morgen, du Schöne

Es ist früher Nachmittag, und eine penetrante Sirene weist Leah darauf hin, daß sie wieder auf der Straße ist. Die Sonne knallt. Es ist viel leichter gewesen, aus dem Gebäude wieder heraus, als erst mal hinein zu kommen. Es ging bequem durch den Haupteingang.

Leah geht zu Fuß die Seventh Avenue hoch, durchs Village, dann durchquert sie Chelsea, kommt an Penn Station vorbei und geht hinauf nach Hell's Kitchen. Sie ist nicht sicher, ob das Schlimmste schon hinter ihr liegt.

Bodo öffnet ihr mit einem Badetuch um die Hüfte und nassen Haaren. Er ist dicker geworden im Gesicht, die Einkerbungen von der Nase zum Mund sind weniger scharf. »Entschuldige«, sagt er. »Fünf Minuten. Bin grad aufgestanden.« Und verschwindet im Bad.

Sein Apartment ist hell. Es liegt ganz oben und geht nach Westen raus. Auf einem Tisch an der Wand liegen Kameras, offen, die Objektivkappen abgeschraubt, als wäre er spät nach Hause gekommen, zu müde, sie wegzuräumen.

»Tochter«, sagt er, als er wiederkommt, »na endlich!« Mit der gewohnt großen Geste. »Ich dachte schon, du hast keine Lust mehr auf diese sauteure Stadt und bist Henry hinterher nach Ägypten. Wie geht's? Haste genug gefuttert, während ich weg war?« Die Brusttaschen seiner Khakijacke sind nach oben gebeult. »Zigarette? Ausnahmsweise? Ich hab eingekauft. Oder Kaffee? Ich brauch einen. War bis früh unterwegs.« Er geht hinüber in die Küchennische und füllt einen Kessel mit Wasser. Das hat Bodo sich vorbehalten. Er kocht Kaffee mit Kessel und Filtertüte. »Wie geht's denn, sag mal. Ich glaub, wir haben uns Jahre nicht gesehen!«

»Ich würde gern rausgehen. Kommst du mit?«

»Das klingt nach Beichte«, sagt Bodo mit dem Rücken zu ihr, während er Kaffeepulver in die Filtertüte schüttet. »Wenn du nicht mal die Ruhe hast, dich hier mit mir hinzusetzen. Biste rausgeflogen oder desertiert?«

»Desertiert.«

»Scheiße. Wenn hier jemand die Arme öffnet, ist er noch lange nicht Jesus! Ich sag's dir. Er hätte dir mit der Zeit schon mehr gezahlt. Und was machste jetzt? – Jetzt fängste wieder von vorne an.«

»Genau das wollte ich mir für draußen aufheben«, sagt Leah.

Während sie Kaffee trinken, auf unbequemen Stühlen und schwarz, stellt Bodo keine einzige Frage mehr. Er erwähnt auch das Klinikum nicht oder das Taxi auf der Sixth Avenue und seine Geschichte mit der Frau, die er vor über zehn Jahren hatte heiraten wollen. Statt dessen fährt er die Arme aus, um die breiten Straßen zu zeigen, die sich durch Washington ziehen. Die Mall zwischen Gerichtshof und Washington Memorial. »Die siegreiche Politik erlaubt Picknicks zwischen den Aufmärschen; die andere nur Aufmärsche.« Wenn Bodo erzählt, ist es, als wäre er Jahre weggewesen, hätte die Welt von einem neuen Gesichtspunkt aus gesehen und wäre schließlich zufrieden zu seinen alten Standpunkten zurückgekehrt. Er ist konsequenter als sie. Er wird nicht von selbst auf Christiane zurückkommen.

»Also gut«, sagt er zum Schluß. »Da du nicht von Luft und Liebe leben kannst« – er zögert bei Liebe – »werde ich dir kameradschaftlich unter die Arme greifen. Und mich dabei gründlich demütigen lassen«, sagt er, grinst, steht auf und schnappt sich eine Kamera. »Na dann los.«

Am Ausgang erwischt sie das gleiche Drehtürsegment wie Bodo, knapp bevor es sie einklemmen kann.

»Was hast du vor?« Das Glas der Tür gibt Bodos Gesicht wieder, die ständig wandernden Augen, auf der Jagd nach einem guten Motiv. Es ist noch etwas in seinem Gesicht, das Leah vorher nicht gesehen hat. Bodo hat einen festen Job, er hat ein Prinzip, und er hat gelebt. Er ist glücklich. Und das Glück beginnt, sein Gesicht zu verwischen. Es ist unmöglich, daß Christiane seine Verlobte ist. Er wäre eine andere Person.

»Du mußt hier mit allem rechnen, verstehste, aber verlassen kannste dich auf nichts«, sagt Bodo und dreht sich halb zu ihr um. »Mit Peters hätte es klappen können.«

»Ich sag ja nichts gegen Peters.«

An der Ampel müssen sie warten. »Sondern? Wogegen?«

Sie verschweigt es. Die Ampel schaltet um. Sie hat nicht vorgehabt, es zu verschweigen, aber jetzt, nachdem sie es verschwiegen hat, scheint es das beste zu sein. Sie verschweigt ihm Christiane und diesen Morgen im Theater und alles, was beweisen könnte, daß Christiane damals im Café keine Einbildung war.

Bodo versucht mehrmals, ein Taxi anzuhalten, keins ist frei.

Sie nehmen den kürzesten Weg in die Upper East Side. Er befürchtet, das Konsulat könnte bereits geschlossen sein. Als sie endlich vor dem riesigen Spiegelglasgebäude stehen, ist es vier Uhr.

Sie nehmen den Fahrstuhl.

Frau Schall kommt ihnen auf dem Gang entgegen. Sie trägt eine hochrote Blume im Haar und windet sich unter einem Lächeln. »Ach, der Bodo. Schön, dich mal wieder bei uns zu sehen. Du mußt ja gut verdienen jetzt, was?« Ihre Stimme geht hoch am Ende des Satzes, und mit einem weiteren Lächeln schiebt sie die Tür zu ihrem Büro auf; ein sonnendurchfluteter Raum im vierzehnten Stock, die Rollos sind halb heruntergelassen. Frau

Schall fegt kurz mit der Hand über zwei Rohrstühle und setzt sich dann, die Hüfte nach links gedrückt, in den schwarzen Ledersessel auf der anderen Seite. Sie stemmt zwei Fingerspitzen auf die Schreibtischplatte und schwingt sich an ihnen mit ihrem Drehstuhl herum. »Ich nehme an, du kommst nicht aus Anhänglichkeit.« Sie faltet die Hände zu einem Dreieck und lehnt sich vor. »Was kann ich diesmal für dich tun?«

Bodo ist hinter einem der Rohrstühle stehen geblieben und sieht auf Frau Schall hinunter, und erst als Leah in die geschlossene Hand hustet, nimmt er neben ihr Platz.

»Also?« Frau Schall tippt die Kuppen der Daumen rhythmisch gegeneinander. Eins zwei drei. Eins zwei drei. Eins zwei. Hinter ihrem Kopf sind die spiegelnden Fenster des Bürohauses gegenüber zu sehen.

»Geht es gut hier?« fragt Bodo und sieht seine Knie an. »Ich meine, geht so voran, oder?«

Frau Schall schweigt kurz. Eins zwei drei. Eins zwei. Dann sagt sie: »Du bist so rücksichtsvoll!« Ihre Finger halten an. »Ich kann das gut nachvollziehen. Da sind diese Widerstände in einem, die Widerstände dagegen, rundheraus zu reden, die man so schwer überwinden kann. Aber bei mir ist das doch nicht nötig.« Sie lächelt, diesmal weniger mühevoll, und lehnt sich zurück. Der Sessel wippt. »Also?«

Bodo schnippst einen Krümel von der Jeans. »Brauchst du gerade jemanden hier? Zahlen könnt ihr doch etwas, nicht wahr?«

»Oh«, macht Frau Schall. Der Sessel wippt wieder, und der Ausschnitt mit den Bürohäusern hinter ihrem Kopf taucht auf und ab. »Das überrascht mich jetzt aber. Haben dich deine Agenten plötzlich im Stich gelassen?« Sie rutscht mit den Armen ein Stück weiter über die Tischplatte vor. »Da gibt es nur dieses zwischenmenschliche Problem, Bodo.«

Bodo sagt nichts, und Leah wundert sich, daß er nicht längst aufgestanden ist und den Raum türknallend verlassen hat. Leah selbst hat noch keinen einzigen Blick abbekommen.

»Du weißt doch, was ich meine, nicht wahr? Diese anti-künstlerische Einstellung. Du bist immer so ungehalten gegenüber den Kollegen hier, Bodo. Gegenüber den Gästen. Das ist keine besondere Empfehlung.«

»Meinste, du kannst das arrangieren?« sagt Bodo. Er steht auf, geht um den Stuhl herum und hält die Rohrenden, die aus dem Stoff hervorgucken, mit beiden Händen fest.

»Dabei verhält sich das zu deinen eigentlichen Talenten so konträr.« Frau Schall sieht unbeeindruckt zu ihm hoch. »Wir können darüber reden, wenn du einverstanden bist. Übrigens stelle ich mir die Gestaltung der unteren Galerieräume als –«, sie schiebt die Lippen vor, so, wie man Abschiedsküsse auf geschlossene Fensterscheiben drückt, »– als ziemliche Herausforderung für dich vor.«

»Es geht nicht um mich.«

»Ach, entschuldigen Sie.« Frau Schall wirft ihren Kopf zu Leah herum und fährt sich mit der Hand unter die Blume im Haar. »Das habe ich doch unmöglich vermuten können.« Es ist eine seidene, dunkelrote Azalee, und sie hat sie mit einer Nadel quer in die halblangen Haare gesteckt. Azaleen, wie sie Leah aus den Balkontöpfen ihrer Mutter kennt.

»Warum lächeln Sie so?«

»Ich dachte an, ähm –«, Leah sieht zu Bodo hinüber.

»Sie hat keine Arbeitserlaubnis«, sagt Bodo.

»Was das Problem nicht unbedingt vereinfacht. Wie spät haben wir es?«

»Halb fünf«, sagt Leah. Der Morgen im Theater ist schon weit weg. In diesem Büro scheint er ganz unwirklich.

»Halb fünf. Das ist schlecht. Wir hätten sonst den Konsul bitten können, sich das Problem anzuhören.«

»Wieso denn den Konsul? Mußte wegen eines Nebenjobs gleich das ganze Budget umschmeißen?«

»Die Sache überschreitet meine Kompetenz. Ich nehme mir nicht einfach die Befugnis, wenn ich keine habe, verstehst du?

Wie andere das handhaben, interessiert mich in dem Fall nicht.« Sie wendet sich wieder an Leah. »Sie haben also keine Erlaubnis. Aber Sie leben hier, ja?« Leah nickt. »Wohnsitz?« Leah nickt wieder. »Aber stumm, ja? Wo Sie wohnen, Herrgott!«

»Na dann«, sagt Bodo. »Wenn das ein ganzes Aufgebot an Regierungsbeamten benötigt, bin ich hier wohl strategisch ungünstig.« Er sieht Frau Schall an, bevor er sich zur Tür wendet. »Ein kleiner Gefallen für einen alten Krieger. Hm?« Er öffnet sacht die Tür und schließt sie genauso sacht, und Frau Schall starrt noch einige Sekunden die geschlossene Tür an. »Also«, sagt sie abrupt. »Wohnsitz?«

Einmal fällt die rote Blume aus dem Haar auf die Armlehne des Sessels, und es dauert einige Sekunden, bis Frau Schall sie wieder unter ihrer Haarklemme befestigt hat. Als Leah schließlich das Büro verläßt, hat sie einen Vertrag über ein halbes Jahr abgeschlossen. Sie ist jetzt Praktikantin, zuständig für das Hausdesign im Konsulat.

Das erste, was Jo sagt, als Leah die Tür öffnet, ist in Deutsch. »Ich dachte, ich komm mal auf einen Kaffee vorbei. – Überrascht?« Sie spricht tatsächlich deutsch, denkt Leah, kein anderes Deutsch als sie selbst. Und das ist überraschender als die Geschichte oder der andere Name. Es ist immer das Unerwartete, das so schwerelos glücklich macht, denkt Leah, wie ein Kreisel, der sie umtreibt, die Gegenstände im Zimmer verrückt und die Antwort durcheinanderbringt.

Sie will Jo ohne ein Wort in die Wohnung ziehen, aber dann wartet sie noch und sagt: »Ich habe damit gerechnet, daß du kommst. Es ist schön, wenn man mit etwas rechnen kann.«

Jo grinst, als sie ihre eigenen Worte wiedererkennt. »Glaubst du's mir nun?« Sie trägt ein Rippenshirt, das Leah noch nie an ihr gesehen hat. Auch das Jackett ist neu und mit grauen Streifen, die das Licht einfangen. In diesem Jackett geht sie quer durchs Zimmer, berührt einzelne Dinge mit den Händen. Die Uhr auf der Sessellehne, ein aufgeschlagenes Magazin, das T-Shirt, das Leah zum Schlafen trägt.

»Ich habe mir vorgestellt, du wohnst in einem Fotolabor. Überall Chemikalien und lauter monströse Apparate. Dabei wohnst du sehr schön hier.«

»Unter der Klima-Anlage ist ein handbreiter Spalt in der Mauer.«

»Na so was.« Jo dreht sich um. »Aber im Sommer ist das ja ganz schön.«

»Sobald es kälter wird, zieht's.« Jo spricht ein ganz normales Deutsch, ohne Akzent oder Verzerrung der Vokale. Es klingt, als wäre Jo noch kein Jahr weggewesen. Als wäre auf einmal die Amerikanerin eine Einbildung gewesen.

Aber Jo lächelt sie an. So wie sie immer schon gelächelt hat. Es ist mehr ein Blinzeln, ein unmerkliches Verrücken von Mundwinkeln und Augenbrauen. Sie steht neben dem Schreibtisch, das letzte Licht des Tages auf ihrem Gesicht, und der Ausdruck darin ist keiner aus dem Halbdunkel mehr, sondern ruhig und offen und ohne etwas zu befürchten. Die besten Überraschungen, denkt Leah, sind die selbstverständlichen. Die ohne Pointe.

Der Himmel vor dem Fenster wird matter. Das Dämmerlicht legt Gewebe um sie, ein Grau, das die trennenden Linien ihrer Körper verwischt, später ganz auflöst.

»Wir hätten das schon länger so haben können.«

»Nein«, sagt Jo. »Ich glaube nicht.« Das matte Violett der Großstadt fällt auf ihr Gesicht, vom Himmel reflektiert.

»Was hat sich verändert?«

»Du«, sagt Jo. Sie ist schön und strahlt in der Dunkelheit, in der nüchternen Anordnung der Gegenstände im Zimmer, die nur noch Aufwürfe sind, fremde Formen, zwischen denen sie sich langsam bewegt. Sie geht zwei Schritte von Leah weg, dreht sich langsam um, und während des Umdrehens beginnt sie an den Knöpfen des Jacketts. Nichts ist eckig in dem, was sie tut. Sie klappt die Seiten des Jacketts auf. Es ist still, nicht mal die

Sirenen von der Straße sind zu hören. Nur das Rascheln, mit dem Jo das Jackett über die Schultern zurückschiebt. Es gleitet zu Boden, und das gelbe Shirt steht vom Dunkel ab, zeichnet deutlich die Brüste, die hohen Schlüsselbeine nach.

Jo findet den unteren Rand, zieht das Shirt hoch über den Bauch, sekundenlang verschwindet ihr Kopf. Mit hocherhobenen Händen hält sie das Shirt über sich, in den Schatten darunter verschwinden ihre Finger von den Kuppen an. Jo steht halb zum Fenster gedreht, die rechte Brust strahlend weiß, die andere fast unsichtbar, und sieht Leah an.

»Nimmst du mich in die Arme?«

Nur ihr Gesicht hält sie weg. Erst als Leah aufsteht und auf sie zugeht, dreht sie ihr langsam den Kopf zu, so langsam, als würde die Luft um sie wie Glas brechen. Sie sind noch da, wo das Gefühl erst geprobt werden muß, denkt Leah und nimmt Jo um die Schultern. Die Haut wie dünnes Material, das auf Nadeln sitzt.

Früh am Morgen geht Leah nach draußen. Die Straßen sind blaßblau in der Sonne, der Verkehr ist gering, die meisten Leute nehmen die U-Bahn. Leah geht bis an die Straßenecke und weiter, hinüber zum East River, wo Baukräne noch das Geländer aufrichten. Sie kriecht unter einem Bauzaun durch und geht bis vor an den Rand. Die Fußgängerplattform fällt steil zum Wasser ab. Das Geländer ist an dieser Stelle noch nicht aufgestellt, und sie steht als erste hier. Als erste nach den Bauarbeitern, und sie steht eine Weile einfach nur da, hoch über dem Fluß und sieht den Möwen zu, die sich überall auf den glänzenden Bänken breitmachen. Der East River treibt Papierfetzen in Richtung der Südspitze Manhattans, wo sie ins offene Meer gespült werden. In der Ferne hebt sich die Brooklyn Bridge aus dem Dunst. Von hier aus sieht sie aus wie ein Diadem, eine Halskette, wie sie Henry verschenken würde, hätte er das Geld. Leah macht ihre Jacke zu, weil der Wind kalt ist, wenn er so direkt kommt. Hier,

»Erdbeeren«, sagt Jo und steht auch auf. »Richtige Früchte? Oder nur die Blätter?«

Später spülen sie die Teller der letzten Tage, nichts als die Schlafshirts an, und Jos Haare sind noch ungekämmt. Es wäre albern, ihr irgendwas vorzuwerfen; jetzt, wo sogar schon der Schaum an ihrem linken Ellbogen und wie sie ihn an der Kante der Spüle abwischt, ihnen beiden gehört; wie das Zeug in den Häusern von Ehepaaren, das sie von überall dort mitbringen, wo sie gemeinsam gewesen sind.

Jo faltet das Geschirrtuch zusammen und legt es über die Heizung.

»Man könnte meinen, du wärst tatsächlich verheiratet gewesen«, sagt Leah.

»Warum?«

»Weil du das mit dem Tuch da so machst.«

»Weil ich das mit dem Tuch so mache?«

»Naja. Weil nicht jeder das Tuch so ..., so hinhängt wie du. Wie in einem richtigen Haushalt.«

»Und warum guckst du jetzt so?«

»Wie denn?«

»Als hätte dir gerade jemand das Portemonnaie gestohlen. So in etwa.«

»Aber wer soll mir denn hier das Portemonnaie stehlen?«

»Deshalb wundert's mich ja.«

Jo nimmt Shirt und Jackett von der Stuhllehne und geht ins Bad.

Leah fährt sich mit der flachen Hand über das Gesicht, das so guckt und an dem sie nicht schuld ist. »Bodo ist aus Washington zurück«, sagt sie dann in Richtung Badtür.

»Bodo? Ich wußte nicht, daß er dort war.«

»Er hat Fotos gemacht für eine japanische Delegation. Er fotografiert jetzt die Regierung.« Es ist Unsinn, davon anzufangen. Aber wieder hat der Auslöser bereits geklickt.

»Du willst mir doch nicht sagen, wir müssen uns heute abend

mit deinem Freund treffen?« ruft Jo durch den Türspalt. »Ich würde den Abend lieber mit dir allein verbringen.« Wasser rauscht. Dann die Klospülung.

»Ich dachte, du wolltest ihn vielleicht noch mal sehen.«

»Ich habe ihn doch schon gesehen.«

»Vielleicht hat es dir nicht gereicht.«

»Er ist dein Freund. Gibt es einen Grund, ihn jetzt dringend zu sehen?«

»Das müßtest du besser wissen als ich.«

Der Fön springt an; ein helles Pfeifen, und Leah kann nur noch Jos Ellbogen im Spiegel durch die halbgeöffnete Badtür sehen. »Es ist vielleicht unhöflich«, sagt sie etwas lauter, um das Pfeifen des Föns zu übertönen.

»Was ist unhöflich?« Der Ellbogen wird spitz, dann streckt er sich wieder im Spiegelbild. »Daß ich mit meiner Geliebten den Abend allein verbringen will? Dann finde ich diese Art Höflichkeit ziemlich zum Kotzen.« Der Fön bricht ab. »Meine Geliebte«, sagt Jo ganz ruhig, während sie aus dem Bad kommt. Sie legt den Fön zurück in die Schublade. »Wir haben uns früher viel zu wenig unterhalten. Es kommt mir so vor, als hätten wir nie miteinander geredet.«

»Wir haben englisch gesprochen.«

»Das ist kein Grund. Oder vielleicht doch. Wenn ich uns erfinden dürfte, hätte ich uns eine ganz andere Sprache gegeben.« Sie schiebt die Schublade zu und dreht sich um. »Und was werden wir heute machen? Benehmen wir uns wie ein Ehepaar?«

»Wenn's sein muß«, sagt Leah. »Dann will ich Sie aber auch zu einem Hochzeitsessen einladen! Ich weiß auch schon, wo. Bei einem Italiener, der verheiratet ist, aber unglücklich, weil er kein Geld und keinen Sohn mehr hat.«

Mit Jo zusammen geht sie nicht schneller, nicht einen halben Schritt vor ihr her, wie bei anderen. Sie geht mit ihr auf einer Höhe, und manchmal klingen ihre Schritte wie einer auf dem

Pflaster. Der Schritt gibt ihr das Recht, Bodo für immer auszuschließen. Aber wenn Jo im Laufe des Tages auch nur ein einziges Mal seinen Namen erwähnt, wird sie Bodo mit allen Eigenschaften ausstatten, die Jo an ihr vermißt. Dann wäre es unmöglich, ihn wiederzusehen.

Sie verbietet sich Bodo mit seiner absoluten, einnehmenden Gelassenheit und lauscht auf den Rhythmus ihrer Schritte auf dem Straßenpflaster. Das ist etwas, woran sie sich halten kann, das sie immer wieder summt beim Einkaufen. Oder im Atelier. Sie ist lange nicht im Atelier gewesen.

In den Nebenstraßen der East Side räumen Kellner Tische auf die Gehwege. Der Morgendunst hat sich im Stadtbetrieb aufgelöst. Jo findet einen Pflanzenstand, und der Händler lädt sie lächelnd zum Kaffee ein. Unter dem schmutzigen Sonnendach ist außer ihnen niemand.

»Christiane. Wie findest du das? Wenn ich Christiane zu dir sage?«

»Es stimmt nicht.«

»Aber das ist dein Name.«

»Du willst es aber nicht.«

»Ich? Wieso ich? Du wolltest es nicht!«

»Du möchtest lieber, daß es so bleibt wie vorher. Ein Geheimnis.« Plötzlich macht der Händler alles falsch, er wickelt die Blumen verkehrtherum ins Papier, er schneidet die Stengel zu kurz, und die Topfpflanzen haben zu kleine Töpfe. Aber da streift Jo über Leahs Arm und lächelt sie so offen und unvermittelt an, daß Leah zurücklächeln muß. »Du möchtest damit durch die Straßen laufen, in den Himmel schauen und dir alles mögliche ausdenken. Zu deinem kleinen Geheimnis. Natürlich! Du mußt nicht gleich protestieren. Das ist normal. Es gehört dazu. Man kennt sich ein bißchen und den Rest läßt man im Dunkeln. Hab ich dich jemals gefragt, mit wem du alles geschlafen hast? Siehst du. Das ist nicht interessant.«

»Aber ich habe es dir auch nicht mit Absicht verheimlicht!«

»Das ist deine Version. Und in deiner Version bist du meine Erlöserin. Wahrscheinlich bist du eigentlich auch die bessere Amerikanerin. Ach, komm, so hat es doch angefangen. Du wolltest dahinterkommen. Wohinter auch immer. Aber ein Geheimnis hört nicht einfach auf oder beginnt oder läßt sich lösen. Es ist deine Sehnsucht, und du könntest dich höchstens für oder gegen mich entscheiden. Und wenn du dich gegen mich entscheidest, findest du bald jemand neues für dein Geheimnis. – Ich stelle mir zum Beispiel gern vor, wie du in deinem Labor stehst und mich auf den Fotos fremder Leute suchst. Aber ich will gar nicht wissen, ob es so ist.«

»Ich möchte dich fotografieren.«

Jo sagt nichts darauf, und der Händler bringt einen Strauß Schnittblumen, nach dem sie nicht gefragt haben.

In Harlem, wo der Italiener war, ist jetzt ein Friseurladen. Kein Hinweis, nichts, was auf den Verbleib des Restaurants hinweist. Schließlich essen sie nebenan an einer indischen Fastfood-Theke, auf kippligen Stühlen neben Flipperautomaten. Die Mangomilch macht Jo einen Schnurrbart, der weißer ist als ihre Haut. Als der Inder ihnen ein Zimmer anbietet für die Nacht, flüchten sie zur Haltestelle auf der anderen Straßenseite und nehmen den Bus in die Lower East Side.

Als sie aussteigen, schwimmt vor ihnen über dem East River ein Wolkenbündel, vom Mond zerteilt wie von Scheinwerferlicht. Es ist fast neun, und sie sind viel zu weit gefahren. Langsam wird es kühl. An der Uferbrüstung bleiben sie stehen, und Jo geht mit ihrer Hand langsam Leahs nackten Arm hoch.

»Ich bewundere dich«, sagt Jo.

»Wieso?«

Jo antwortet nicht, sie nimmt auch die Hand nicht weg.

Der Mond zieht flußabwärts, bis ihn die Streben der Brooklyn Bridge zerteilen, und Leah wird beim nächsten Mal anders über diese Brücke gehen. Jo schweigt, als wollte sie den Moment nicht zerreden. Sonst wandelt er sich. Geht flußabwärts wie der Mond. Sie lehnt sich an Leahs Schulter und sieht geradeaus über den Fluß und zu den Lagerhallen dahinter. Leah will ihr etwas Schönes sagen, etwas, was bleibt und sich mit diesem Moment für immer verbindet. Sie denkt kurz an Bodo und wie das Glück sein Gesicht zu verwischen beginnt.

»Das klingt, als wäre alles vorbei.«

»Nein«, sagt Jo, »es ist nicht vorbei. Es ist nur viel zu kompliziert, und ich würde es gern einfacher machen. Der ganze Streß und die Tränen bleiben nutzlos zurück. Dann sucht man Trost im Vergessen und nennt es Erinnerung.« Jo hört auf, über Leahs Arm zu streichen. »Bist du noch wütend?«

Später kommen sie an einem Weinladen vorbei, und Jo kauft Sekt in einer braunen Papiertüte, den sie wie die Penner in der U-Bahn beim Trinken in der Tüte lassen. Das »Liquids« mit seinen ›Miami Vice‹-Imitationen, den Accessoires aus Chrom und Leder, ist jetzt eine Punkbar. Die Fenster sind mit dunkler Plastikfolie überklebt. Leah war vor drei Wochen das letzte Mal da. Die Bar lag direkt hier, zwischen Tankstelle und Squatterhaus. Keine Verwechslung möglich. Es ist die Stadt, die in sich verrückt, die sich von Tag zu Tag verschiebt.

Die Frauen mit ihren geschminkten Lippen, den nachgezogenen Augenbrauen und ihrem Charme für die Nacht sind weitergezogen. Als hätte Manhattan inzwischen an ihr vorbeigelebt. Jo geht zu einem der abgedunkelten Fenster hinüber. »Was meinst du?« Sie dreht sich um. »Sollen wir trotzdem reingehen?«

Die Frau auf dem Barhocker am Eingang trägt eine Kette von der Unterlippe zu den Ohren und streckt ihnen einen Blechascher entgegen. »Put it in here. The money. And no bottles!«

Alles im Saal ist orange. Der DJ, die Bühne, die Wände, die Musik. Die Frauen sind fünfzehn, sechzehn höchstens, mit bunten Köpfen, auch auf der Tanzfläche sind überall bunte Köpfe, und Jo tanzt zu ihnen hinüber, zu diesen Mädchen, die noch zur Schule gehen und von Hollywood träumen. Leah sucht sich einen Stuhl neben den Boxen. Sie kann jetzt nicht tanzen, in diesem Orange und mit Jo, die so strahlend unter den Mädchen ist. Es ist möglich, daß sie sie nie wirklich kennen wird. Es ist möglich, daß sie nie mit ihr leben wird. Sie sitzt ganz still. Die Boxen dröhnen in ihrer Brust.

»Get something? Beer, wine, juice, something else?«

Jo hält die Augen geschlossen, ihr Gesicht ist ein Hintergrund für die Farben der Scheinwerfer. Der Hintergrund, auf dem Leah sich aussteigen sieht. Wie man einen Zug verläßt, dessen Rattern langsam verschwindet. Sie steigt aus und ist irgendwo auf einem abgelegenen Stück Land, wo der Wind das einzige Geräusch ist. Plötzlich wird alles, was vorher nur ein grünlichblasser Wisch vor dem Fenster war, zum festen Punkt. Steht als Baum da oder als Gehöft. Sie lebt jetzt mit Jo. Jo ist der Punkt, von dem aus alles andere neu bestimmt werden muß.

Nach drei Tagen ist Jo immer noch da. Sie sitzen auf den Stufen am Ufer, sehen das Wasser vorbeiziehen und reden. Bis zum Morgen. Aneinandergekuschelt wie die Tauben. Einfach so. Und die Zeit vergeht.

Jo singt Lieder einer CD nach, volle Chöre. Jo liebt Chöre, und Leah mag sie nur in Kombination mit der Nacht und den Steinen der Uferbefestigung im Rücken. Jo ist ausgelassen in diesen Nächten, nur manchmal unterbricht sie und sieht dem treibenden Abfall nach. Und immer noch schlüpft sie heimlich von hinten wie ein Kind in Leahs Hand.

Einmal zieht sie Leah an der Wohnungstür plötzlich hart in den Schwitzkasten, tritt die Tür hinter sich zu und zwingt sie hinüber zum Sofa. Sie wehrt sich, aber Jo gibt nicht nach, sie zieht ihr die Jacke aus, schiebt das Shirt hoch und kniet sich rittlings über sie, das Shirt reißt in der Mitte unter ihrer Hand. »Laß mich.« Jo hat das Jackett nicht ausgezogen, der Stoff schabt Leah über die nackte Brust, als Jo ihr die Handrücken in den Sofastoff drückt. Leah sieht einen silbernen Vogel auf sich herabstoßen. »Ich will dich. Ich liebe dich. Komm, bitte, küß mich –« Aber Jo schwitzt auf der Stirn, und ihr Gesicht ist angestrengt und nicht mehr schön. Leah dreht die Arme unter dem Griff weg, weil sich in dieses Gesicht wieder das Theater geschoben hat, und das ist das letzte, was sie auf ihrem Körper spüren will. Erst später, im Bett, verlangt Leah dasselbe noch mal.

Unmerklich vollzieht sich der Übertritt ins gewöhnliche Leben. Man merkt ihn sehr deutlich, nach drei Tagen, nach einer Woche oder erst nach einem Jahr. Zeit spielt keine Rolle. Aber er gefährdet sie nicht, denkt Leah. Es ist nicht nötig, etwas dagegen zu tun. Sie stehen gemeinsam auf, beim Einkaufen beachten sie die gegenseitigen Vorlieben, und zwischendurch fährt Jo ein paarmal in ihre Wohnung, um die Katze zu füttern. Oder sie hält Vorträge, nur aus Spaß daran, deutsch zu reden. Und es ist fast gar nicht beunruhigend, daß auch nach drei Tagen noch nicht einmal das Wort »Theater« darin vorkommt. Erst ein paar Tage später kommt Jo mit dem gebügelten Jackett aus ihrer Wohnung zurück und hängt es auf dem Stuhl zurecht. Sie lächeln sich an, Jo stellt den Wecker auf sechs Uhr morgens, und das ist alles.

Und dann ist Morgen. Und Jo steht an der Tür und zupft an ihren Haaren im Nacken. Ihre Haut, wo die Bluse endet, ist hell.

Jo hat noch nie auch nur einen Moment zu lange im Zimmer gestanden. Auch das liebt Leah an ihr. Sie braucht den Moment der Rückversicherung nicht, sie geht einfach. Aber jetzt steht sie schon seit einer Weile noch so im Zimmer herum. Leah wartet und spürt einen Klebfaden Marmelade auf ihrem Kinn. »Du kommst zu spät!«

Jo sieht die Reihe der Zeitschriften durch, an der sich von gestern auf heute nichts geändert haben kann. Sie streicht über die Türklinke. Sie dreht sich noch mal um, den Fuß eingeknickt. »Jeffs Gesicht ist ganz schmal geworden. Ich habe ein seltsames Talent.«

»Ach was«, Leah räumt den Hibiskus auf den Boden. »Was willst du denn machen bei einem bankrotten Theater? Entweder ihr bettelt den New York State Council an oder ihr macht dicht. Früher oder später müßt ihr wahrscheinlich sowieso dichtmachen.«

Jo kommt zurück, nimmt den Hibiskus vom Boden und stellt ihn neben die Spüle zurück. »Sonst hat er kein Licht.«

»Ihr habt nicht mal mehr Geld für Kaffee!«

»Kaffee ist ungesund.«

Jo zieht die oberen Blätter glatt. Die Pflanze ist ein Geschenk, auch wenn Jo sie ausdrücklich wegen der Nüchternheit der Wohnung gekauft hat.

»Ich gehe nicht mehr ins Theater«, sagt sie plötzlich.

»Das sagst du jetzt, damit das Spiel weitergeht.«

»Das sage ich, weil ich es vorhabe.«

»Aber das hast du noch nie vorgehabt!«

Wie sie sich gegenüberstehen und ansehen, die Pflanze zwischen ihnen, vergeht eine ganze Zeit. Durch das geschlossene Fenster ist die Sonne zu spüren, die höhergestiegen ist und bis an den Tisch heranreicht. Ein warmer Streifen fällt von Jo bis zu ihr, als würden sie sich gegenseitig die Hand auflegen. Während der letzten Tage hat Jo ihre Haltung verändert. Sie nimmt mehr Raum ein. Auf einem Foto würde alles um sie herum zum bloßen Hintergrund, denkt Leah, und dann denkt sie an das Atelier und an den Geruch der Chemikalien, an ihre Kameras und an die ruhigen Nachtstunden, und wie lange sie das schon nicht mehr gemacht hat.

»Es hat nichts mehr mit mir zu tun«, sagt Jo.

»Aber es ist dein Job! Verlangt ja keiner, daß du sofort alles hinschmeißt.«

Jo zieht die Stirn hoch, nickt und bekommt ihren abwesenden Blick.

»Nein, nein«, sagt Leah, »so nicht. Du mußt mir jetzt was erklären. Ich verstehe ja, Vergangenheit und so ist alles ganz wichtig, aber wozu so ein Drama? Sag einfach, du brauchst ein bißchen Zeit, mach Urlaub, was weiß ich.«

»Du hast doch alles gesehen«, sagt Jo, »oder nicht?«

Das stimmt. Sie hat alles gesehen. Aber was hat das schon zu bedeuten.

Die Chinesin steht hinter dem Fenster und sieht sich den Sprung im Glas an, der seit gestern nacht da ist und aussieht, als wäre ein Betrunkener mit einer Bierflasche dagegengeknallt. Die Chinesin nickt ihnen zu, als sie die Straße überqueren, aber erst, als sie näherkommen, erkennt sie Leah und lächelt. Sie öffnet beide Handflächen, wie, um zu fragen, was nun wäre. Leah zuckt die Schultern und zeigt auf Jo, und die Chinesin nickt und wendet sich wieder der Glasscheibe zu.

Es wird ein warmer Tag. Die Sonne reicht fast bis in die Straße hinunter, und Jo hat vorgeschlagen, die Zeit zu nutzen. Dabei gibt es jetzt endlos viel Zeit mit Jo, die nirgendwo mehr hin muß außer zu ihrer Katze. An der Fußgängerplattform sind die Geländer fertig aufgestellt, und so, mit Geländer, ist es langweilig, hier zu gehen. Aber dann biegt Jo zur U-Bahnstation an der 77. Straße ab.

»Wo willst du hin?«

»Dein Foto machen.«

»Ach nein! Just like that?«

»Just like that.«

»That's weird!«

»No. It's not. It's right in time.«

»What does she want?« Jeff redet nicht mit Leah, sieht sie nicht an, knüpft sein Haarband im Nacken. Sie stehen an der Tür zum Bühneneingang. Es riecht nach kaltem Rauch und verschüttetem Bier.

»Her name's Leah!« Jeff und Jo sehen sich eine Weile an, nichts in ihren Gesichtern wechselt, nicht mal im Licht, das durch die offene Tür fällt. Jemand trägt einen Stapel Zeitungen vorbei, hinüber zu den Mülltonnen.

»Stupid name«, sagt Jeff dann. »Sorry. I can't offer you a coffee.« Er dreht sich um, und bevor sie etwas entgegnen können, ist er verschwunden.

Das Theater ist still. Die Gänge sind nicht anders als vor vier Tagen, am Wandbrett hängen alte ›Time Out‹-Kritiken. In den Werkstätten steht das Fenster halb offen, und am Notausgang mit der Feuerleiter fängt ihre Schulter sofort an zu pieken. Sie richtet die Kamera ein und probiert, aber nichts gefällt ihr.

Jo lehnt an einer Werkbank. Leah arrangiert ein paar Farbtöpfe hinter ihr und nimmt sie dann wieder weg. Sie sucht mit den Augen das Treppenhaus ab. Blanke Tapete, ein Plastikstuhl auf dem Absatz zum Erdgeschoß und dieses ewige Neonlicht. Auch das Treppenhaus ist uninteressant. Auf dem Bild wären es die gleichen Wände, die sie auch in ihrem Apartment hat. Der Saal ist leer.

»Christiane! I gotta talk to you.« Jeffs Profil hebt sich von der Saaltür ab. »She can stay if she wants. Just gotta ask you something.«

Leah will trotzdem weggehen. Es irritiert sie, daß er Jo mit Christiane anspricht. Dann merkt sie, daß Jo sie ansieht. Es ist der seltsamste Blick, den sie je von ihr bekommen hat. Nicht abwesend, nicht eindringlich, irgendwas dazwischen. Vielleicht Angst. Oder Bedauern.

Als sie zwei Stühle herunterstellen, verschwindet Jeff hinter der Bretterwand. »Ich würde gern wissen, was eigentlich passiert ist.«

Jo antwortet nicht sofort. Ihre Augen liegen im Schatten. Nur die Stirn ist ein heller Streifen, wenn eine der Neonröhren klickt und aufflackert oder wenn sie den Kopf dreht, um Jeff hinter der Gaze nicht aus den Augen zu verlieren. Die nachgedunkelten Korbstühle knistern bei jeder Bewegung.

»Warum willst du weg? Hast was Besseres gefunden, ha? Oder gehst du immer gleich, wenn dich jemand anbaggert?«

»Mich haben auch früher schon Leute angebaggert. – Wie du das nennst.«

Jeff geht Runden um sie; eine, zwei, seine Schritte schlagen auf den Holzboden. Jo versucht nicht mehr, ihm mit den Augen zu folgen. Sie sieht geradeaus. Sie antwortet sehr ruhig, fast gleichgültig. »Mir gefällt nicht, wie du mit den Leuten umgehst. Das habe ich dir oft genug gesagt. Das fing mit dem Tagesplan an. Das ist hier kein Kommunismus.«

»Kommunismus!« sagt Jeff. »So ein Quatsch! Das sind die mit den Bruderküssen. Womit sie einem die Titelseiten der besten Blätter versaut haben. Der Vietkong, Napalm, die Schweinebucht, der ganze Scheiß. Verlogene ideologische Kacke! Als hätten wir damit irgendwas zu tun!« Er ist höhnisch, und dann setzt das Schlagen seiner Schritte auf dem Holzboden aus. »Nur, weil du damit 'n Problem hast. Aber bloß, weil du dich an irgendwas erinnert fühlst, machen wir hier noch lange nicht dasselbe.«

Leah hat seinen Kopfumriß gegenüber entdeckt. Er drückt sein Kinn gegen die Gaze, die Gaze beult vor und drückt seine Lippen breit. »Es gibt nämlich fast nichts, das nicht irgendwas ähnelt«, pressen die breitgedrückten Lippen durch die Gaze. »An was erinnerst du dich da überhaupt? Bist du dir sicher? Die ganze Zeit war es nie ein Problem, aber jetzt plötzlich erinnerst du dich?« Als Jo weiter geradeaus sieht, zieht er den Kopf zurück. Von den Lippen bleibt eine Beule. »Vielleicht erinnerst du dich an was, das du gar nicht erlebt hast?«

»Mach dich doch nicht lächerlich! Natürlich habe ich es erlebt!«

»Ja?« Er bleibt wieder stehen. »Du bist verliebt!«

»Warum wolltest du mit mir reden?« Leah sucht die Gaze ab, aber Jeff hat sich ins Dunkle zurückgezogen, dorthin, wo das Saallicht nicht hinreicht. Er antwortet nicht. Das Flackern der Röhren frißt sich penetrant unter die Liddeckel. Es macht so müde, immer die gleichen Erklärungen abzugeben, hat Jo gesagt.

»Sieh dir doch James an«, flüstert Jeff. »Er trägt die Abzeichen der Russen. Und nur weil er die Abzeichen trägt, glaubt er zu wissen, wer sie sind. Dabei hat ihm nur seine verrückte Tante davon erzählt!«

»Er hat keine Tante.« Der Korbstuhl knackt, als Jo aufsteht.

»Oder nimm Reagan. Nimm unseren alten, verkackten Oberboss! Der erinnert sich besonders lebhaft daran, wie er den rettenden amerikanischen Soldaten im KZ gegeben hat, dabei hat er zur selben Zeit Propagandafilme in Hollywood gedreht.«

»So blöd bist du doch nicht, daß du das geglaubt hast!«

»Dann vergleich deine Hirngespinste auch nicht mit uns!«

Jos Hand rast die Lehne des Korbstuhls auf und ab. Auf und ab. Dann bemerkt sie Leahs Blick und wirft die Hand durch den Raum, als wäre Jeff ein Insekt.

»Ich finde nicht, daß du dir das anhören mußt«, sagt Leah zu ihr auf deutsch. »Laß uns gehen.«

»Er versteht es nicht«, sagt Jo zu Jeff, obwohl sie Leah dabei ansieht. »Natürlich. Wie auch. – Entschuldige.«

»O nein!« Die Tür kracht gegen die Holzwand und pendelt vor und zurück. »Soviel darfst du dir nicht darauf einbilden!« Er baut sich vor Jo auf. Dann hält er für einen Moment inne. »Was hast du bloß mit ihr gemacht?« fährt er Leah an. Ohne eine Antwort abzuwarten, redet er weiter. »Wir sind seit zehn Jahren nicht pleite gegangen. Das will was heißen! Da kannst du jetzt nicht kommen und sagen, das war alles Scheiße! Und ich will dir auch genau sagen, warum: Die Leute kommen her, weil sie das Stück sehen wollen. Unser Stück. Also komm nicht auf den Gedanken, dir einzubilden, du hättest uns mit deinen Ideen unglücklich gemacht! Das gestehe ich dir nicht zu.«

»Du hast mich danach gefragt.«

Jeff antwortet nicht, und dann sagt er plötzlich schnell und in einem veränderten, flachen Tonfall: »Ich sehe übrigens nicht, was du an ihr findest. Sie ist mutig, und sie hat schöne Augen. Aber sie ist weder elegant noch außergewöhnlich klug.«

»Das geht dich nichts an!« Jo hat eine hohe Kinderstimme, so laut ist sie plötzlich. Der Satz ist eine absolute Anstrengung. Aber bevor sie geht, dreht sie sich noch einmal um und geht die zwei Schritte wieder zurück, bis dahin, wo Jeff immer noch steht. Sie legt ihm eine Hand an die Wange, auf die feuchten Haare, die sich aus dem Knoten gelöst haben.

»Schon gut«, sagt Jeff unter der Berührung ihrer Hand, die auf dieser erbärmlichen Wange nicht das geringste zu suchen hat. Der Korbstuhl kippelt, als Jeff aus Jos Hand zurücktritt. »Schon gut.«

Seine Stimme hat auf einmal alle Härte verloren. Wahrscheinlich wird er sowieso das weitermachen, was er in den vergangenen Jahren getan hat.

»Aber schade«, sagt er dann. »Ich habe die ganze Zeit gedacht, du würdest das Außergewöhnliche mögen.« Und sieht Leah an. Leah muß wegsehen. Sie hätte ansonsten ihm und seiner gebündelten Uneigennützigkeit am liebsten eine reingehauen.

»Ich fotografiere besser zur Begrüßung«, sagt sie zu Jo, als sie den Saal verlassen haben.

Jo schließt die Tür ab und legt den Schlüssel auf die Bar. Das Foyer ist leer, durch die Fenster im Treppenhaus fällt flaches Licht. Es ist ein Gebäude. Leer und gewöhnlich, obwohl alles noch so aussieht wie vor vier Tagen.

»Er wollte dich nicht kränken.«

»Ich kann mir nur nicht vorstellen, wie das ging, mit euch beiden.«

Nach draußen zu gehen, in die Sonne, die Rollerblader auf der Straße vorbeirasen zu sehen und an Jeff zu denken, da drin, in dem dunkel beleuchteten Raum mit einer Bierflasche in der Hand.

TWELVE
Passagen

»Bitte sei ernst.« – »Das bin ich.« – »Ich auch.« – »Natürlich bist du das, meine Liebste.«

Insgeheim ist sie froh, daß Jo alle Nachfragen abwiegelt. Es ist nicht klar, was Jo jetzt tun wird. Irgendwann braucht sie einen Job. Wenn Leah ins Konsulat geht, gibt sie ihr einen langen Kuß auf der Treppe, und wenn sie zurückkommt, hat Jo aufgeräumt, die Pflanzen versorgt und das Eisfach vollgestopft mit ihren geliebten, frittierten Gerichten. Nur manchmal ist sie nicht da und erklärt später, sie hätte Platz zum Ernstsein gebraucht.

Am Sonntag holen sie das versäumte Frühstück von jedem einzelnen Wochentag nach, ausgiebig, mit aufgebackenen Bagels, der unvergleichlichen Erdnußbutter und dem Plan, danach den kleinen Eßtisch zu mißbrauchen.

»Ich habe zum ersten Mal das Gefühl, die Zeit gehört uns. Wie ein Besitz. Wie man sagt: das ist unser. Wir haben Zeit. Oder: nehmen wir uns die Zeit.«

»In Berlin ist es jetzt halb drei«, sagt Jo. Sie sagt es vorsichtig, guckt dabei zum Fenster hoch und probiert, wie sich dieses Wort aussprechen läßt. Wie es klingt. In diesem Apartment ist es nur eine Entfernung unter anderen, es geht schon beim Blick aus dem Fenster zwischen den Wasserkesseln verloren. Es ist gar kein bekanntes Wort mehr, denkt Leah. Es ist noch viel unbekannter, wenn es Jo sagt.

Leah wartet. Aber plötzlich weiß sie sehr genau, was als nächstes kommt. Noch bevor Jo es ausspricht. »Du willst zurück.«

»Was hältst du davon?«

Es ist nicht schwer zu erraten gewesen. Es ist das naheliegendste. Nicht ein Job. Nicht Jos Sorglosigkeit. Die Sorglosigkeit hat nur das Naheliegende verdeckt. Kompromisse, hat Torsten gesagt, Kompromisse ruinieren bloß deine Gewohnheiten. Nicht dich. Torsten. – Der Mensch in der Heimat. In dieser Heimat, denkt Leah, sind inzwischen anderthalb Jahre vergangen. Für Jo ist es viel mehr.

»Ich habe heute nacht zum ersten Mal daran gedacht. Ich bin aufgewacht und habe die Leute gesehen, ich habe sie vorbeiziehen sehen, Hunderte von Menschen, die über den Streifen ziehen. Ich dachte, ich müßte mir das unbedingt angucken, als müsse ich mich mit ihnen zusammentun, weil sie wissen, daß sie ab jetzt anders sein müssen, die Dinge anders sehen müssen.«

»Es gibt keinen Grenzstreifen mehr.«

»Ich weiß. Aber ich will sehen, ob sie anfangen, nach ihren eigenen Gesetzen zu leben. Wenn sie das schaffen, hätten sie mir eine Menge voraus. Das reicht vielleicht schon.«

Jo hält inne, und ihr Blick kehrt langsam zu Leah und in dieses Zimmer zurück. »Verstehst du?«

»Und du willst jetzt sofort fahren.«

»Kleine. Erst mal muß ich meinen ganzen Kram verkaufen.«

Leah schraubt die Erdnußbutter zu. »Ich kann aber nicht sofort mitkommen.«

»Ich weiß. Vielleicht ist es besser, wenn ich allein bin.«

Leah schenkt Kaffee nach, klappt ein Bagel auseinander und sagt: »Du könntest auch später fahren.«

Jo nimmt mit einem Taschentuch die Krümel zusammen. »Es ist bald Mai. Im Mai bin ich hergekommen. Warum soll es nicht auch ein guter Monat sein, um wieder zurückzufahren.«

»Hast du keine Angst?«

»Hattest du Angst, als du hergekommen bist? Du mußt mir

vorher alles genau beschreiben. Ob der Fernsehturm noch steht und wo es das beste Eis gibt. Dann ist es so, als kämst du mit. Du brauchst dir keine Sorgen zu machen.«

»Ich mach mir keine Sorgen. Wie lange willst du bleiben?«

»Ich weiß es nicht. Vielleicht nur einen Monat. Vielleicht fahre ich auch noch ein bißchen weiter. Vielleicht warte ich da auf dich.«

»Damit ich wieder ein Geheimnis hab, ja?«

»Ja. Damit du wieder dein Geheimnis hast.« Jo räumt das Geschirr auf die Spüle.

Durch die Blätter im Central Park leuchtet ein fingernagelgroßer Himmel und wird am Ende von den Spitzen der Wolkenkratzer zerstochen. Es ist ein Wunder, daß nicht alles mit künstlichem Licht ausgeleuchtet werden muß. Jogger kommen vorbei, und als sie die Straße überqueren, die auf Höhe des Metropolitan Museums East und West Side miteinander verbindet, müssen sie drei Kutschen abwarten.

Jo hat ihre Hand mit Leahs Fingern verschränkt und in ihre Jackentasche geschoben. Die Wege am See entlang sind aufgeweicht. Sie nehmen den oberen. Blätter und Astwerk aus dem letzten Herbst zwingen sie, hintereinander zu gehen. Stufen aus Felsgestein führen zu einem Steg hinunter.

»Hast du das schon die ganze Zeit vorgehabt?«

»Nein. Ich war mir nicht sicher.«

»Und jetzt bist du's.«

Jo dreht sich um, lächelt, zieht Leah nah an sich heran, die um eine Treppenstufe größer ist. »Warst du schon mal lange mit jemandem zusammen?«

»Ja«, sagt Leah und war es nie.

»Länger als sechs, sieben Monate?«

»Ja«, sagt Leah wieder.

»Dann weißt du ja, daß ein paar Monate keine Zeit sind.« Jo schiebt ihr die Arme unter die Jacke und küßt sie lange, so, eine

Stufe unter ihr, daß Leah sich vorkommt wie eine Beschützerin, den Kopf vorgebeugt als Sonnendach zwischen Jo und dem Himmel. Dabei ist es doch umgekehrt.

Jo fragt sie aus. Bis in die Nacht hinein sitzen sie auf dem Balkon, auf eisernen Klappstühlen, die Jo bei einem Trödler gekauft hat. Fabrikneu. Die Erstverkaufsmarke klebt immer noch an den Stuhlbeinen. Sie sehen den Mond heller werden, ihn über den Spitzen der Pinienbäumchen hochsteigen, bis er weiß über Jos Stirn spannt und ihre Augen verdunkelt.

Leah trinkt viel mehr Bier als sonst, während sie versucht, Jo alles so gut wie möglich zu beschreiben. Die Bitumenplatten am Hackeschen Markt, die Glasschautafeln auf jedem Bahnsteig. Immer noch wird es U-Bahnschilder geben, wo die Station mit zwei Namen ausgeschrieben ist; der untere von beiden von roten Klebebändern durchkreuzt, was Jo amüsiert.

Leah erzählt von Randgebieten, wo sie die Neubauviertel zu Wohnparks umgestalten und Aztekenkunst auf Plattenbauten sprühen. Jo findet es unanständig und irritierend, daß man jetzt mit dem Auto durch das Brandenburger Tor fahren kann. Von sich spricht sie fast nie mehr, als hätte sie ein für allemal alles gesagt. Nur den Wunsch nach einer gemeinsamen Wohnung, wo die Dielen nicht vom Rattern der U-Bahn beben und früh die Sonne ins Zimmer kommt, wiederholt sie. Sie wiederholt ihn mit einer Dringlichkeit, als glaube sie nicht daran, und deshalb schwört Leah, ironisch verrenkt und auf Knien.

Sie erzählt von türkischen Grillparties im Tiergarten, vom Christopher Street Day und der Schickeria am Prenzlauer Berg, von den Postboten, die erst nachmittags um drei kommen, und vom Schlachtensee im Sommer.

»Wir werden telefonieren«, sagt Jo. Es wird eine seltsame Verbindung über tausende Kilometer werden. Luftlinie, denkt Leah, da spart man ein paar hundert.

Jedesmal, wenn sie jetzt zu Jo kommt, fehlt mehr in der Wohnung. Den Hocker hat sie dem Nachbarn geschenkt, einmal steht die Couch unten auf der Straße, und die Klappstühle hat sie zurück zum Trödler geschafft. Auch die Jalousie hat sie schon verkauft. Und irgendwann wird sie selbst es sein, die fehlt.

Nachts hält sie sich an Leah fest, bis Leah der Schweiß ausbricht und sie die Bettdecke zurückschlagen muß.

Als Leah das letzte Mal kommt, sitzt Jo zwischen den Latten ihres Bücherregals, Schrauben liegen verstreut auf dem Teppich.

»Vier Koffer sind es geworden.« Jo zeigt zur Wand, wo sie die Koffer der Größe nach aufgestellt hat, eine Abreise nach der anderen.

»Hoffentlich kommst du damit durch den Zoll.«

»Ich kann dir nicht mal mehr einen Kaffee anbieten. Aber du hast ihn ja immer nur aus Höflichkeit mitgetrunken.«

»Er war gar nicht schlecht.« Leah zählt die Koffer. Es bleiben vier. »Du hast ihn nur manchmal ein bißchen zu stark gemacht.«

»Ich habe ihn mit Absicht zu stark gemacht. Um zu sehen, wie du reagierst. Nein. Das stimmt nicht. Ich habe ihn so gemacht, wie ich ihn am liebsten hab.«

»Dunkel, schlank und schön.«

»Es sind ja nur ein paar Monate.«

»Lächerlich! Was sind schon ein paar Monate.«

»Weißt du, als du zum ersten Mal hier gewesen bist? Wie du den Hocker umgeworfen hast? Das war doch Absicht!«

»Sag Torsten einen Gruß von mir –«

»Ja.«

»– er soll sich ja um dich kümmern.«

»Wie stellst du dir das denn vor: Torsten, kümmerst du dich bitte um mich?« Jo lacht kurz und schiebt ein Brett parallel neben ein anderes.

»Ja. Genau so. Das ist das erste, was du zu ihm sagst.«

Sie umarmen sich lange, aber ein richtiger Abschied wird es nicht. Leah schiebt Jo von sich. »Wie das dämliche Foto«, sagt sie und streift mit dem Handrücken über ihren Hals. »Besser als das.« Die vorspringende Ader über dem Schlüsselbein. Jo nickt und geht hinter ihr her zur Tür.

Sie haben ausgemacht, sich hier zu verabschieden, in der Wohnung. Es soll nicht so aussehen, als stünde irgend etwas tatsächlich in Frage.

»Ist ja nicht das erstemal«, sagt Jo und nimmt Leahs Hand vom Treppengeländer und küßt jeden einzelnen Knöchel ihres Handrückens.

»Doch«, sagt Leah hastig, »ich glaube schon. Sonst haben wir uns nie verabschiedet.«

Bis in die Nacht hinein verfolgt sie die Nachrichten wegen eines lächerlichen Aberglaubens, aber vorher kann sie nicht schlafen. Es ist wie mit den Abzählreimen; ist die letzte Zahl ungerade, passiert etwas Schreckliches. Wenn sie mitgeflogen wäre, wäre die Zahl nicht ungerade. Dann wären sie zwei.

Leah fühlt sich in dieser Nacht, als hätte sie den letzten entscheidenden Moment verpaßt. Erst als es hell zu werden beginnt, wird sie ruhiger, schaltet schließlich das Gerät ab und geht ins Bett. Jo ist in Frankfurt gelandet.

Bevor sie am nächsten Morgen ins Konsulat geht, schaltet sie die Nachrichten ein auf allen Sendern. El Niño hat ein Dorf verwüstet, die katalanischen Hochebenen sind einer für die Jahreszeit untypischen Dürre zum Opfer gefallen, ein Öltanker ist leckgeschlagen. Nirgendwo ein Absturz, oder ein Fahrwerk, das im Baum hängenbleibt, keine Flugzeugentführung, kein Attentat, kein menschliches oder maschinelles Versagen, die Welt ist friedfertig, und Jo ist in Frankfurt gelandet.

Die Gegenstände im Zimmer sind wieder Gegenstände, seit Jo weg ist. Sie findet ein Hibiskusblatt unter dem Fenster, dessen Spitze noch grün ist. In Gedanken packt sie bereits. Dabei denkt sie an Jo in Berlin und stellt nach einer Weile fest, daß es gar nicht Berlin ist, an das sie denkt, sondern Manhattan. Es wird eine Weile dauern, bis sie sich daran gewöhnt, daß Jo jetzt zu Berlin gehört, und sie wird die Berliner Cafés jedesmal mit Cafés im Village verwechseln.

Gegen zehn geht sie los, bringt zum ersten Mal seit Wochen ihre Jeans wieder bei der Chinesin vorbei und fährt ins Konsulat. Die Arbeit lenkt ab. Sie trägt schmutzige Gläser in die Küche, ein ganzes Tablett voll Gläser, und bemüht sich, sie möglichst nicht aneinanderklirren zu lassen. Es ist angenehm, eine Arbeit zu machen, die nichts mit dem Fotografieren zu tun hat und sie nicht an Jo denken läßt. Am frühen Nachmittag hat sie alle Gläser gespült und in die Schränke geräumt, wo man sie abends zum Kulturforum wieder herausnehmen wird, und Frau Schall kommt kontrollieren. Merkwürdigerweise stört es sie nicht. Dann stellen sie die Tische auf Lücke hintereinander ins Foyer, und Leah sieht zu, wie Frau Schall auf jedem Tisch säuberlich eine weiße, gebügelte Decke glattstreicht und dabei Ähnlichkeit mit ihrer Mutter hat.

Sie denkt an die Schunkelabende in Marburg, an volle Restaurants im Sommer, an die Laternen in Seitenstraßen und an dickbauchige Weingläser und erklärt ihren Versuch, sich das mit Jos Augen vorzustellen, für Unsinn. Frau Schall läuft geschäftig durch den Raum und bemüht sich, die Gläser genau symmetrisch einander gegenüberzustellen. Es verlangt Konzentration, und am Ende herrscht penetrante Ordnung. Aber diese Ordnung garantiert Jos Existenz. Gegen sieben geht Leah nach Hause, duscht und guckt die Schubladen durch, ob sie neues Fotomaterial besorgen muß. Als die Katze mit einem Satz auf der Laternensammlung landet, klingelt das Telefon. »Leah, ich bin's.«

»Na? Bist du gut angekommen?«

»Ja. Mit allen vier Koffern. Stell dir vor, ich hatte zehn Kilo zuviel, aber sie haben es durchgehen lassen.«

»Du klingst ganz aufgeregt.«

»Ja! Die Menschen sind anders, die Luft, die Kleidung, meine Sehnsucht nach dir. Ich muß mich erst zurechtfinden.«

»Du siehst bestimmt gerade sehr schön aus.«

»Kleine. Du bist soviel jünger, und trotzdem bin ich es, die sich noch zurechtfinden muß.«

»Das macht nichts! Ganz Berlin wird dich anbeten. Rufst du vom Flughafen aus an?«

Verschiedene Tonspuren laufen neben und über Jos Stimme, und in dieses Getöse, das scheinbar immer und immer noch lauter werden kann, bohrt sich eine metallische Männerstimme. Nach einer Weile merkt Leah, daß es eine Stimme ist, die sie nicht versteht, und glaubt für einen Moment noch, es spielte keine Rolle. Irgend jemand im weltumspannenden Netz hätte sich ins Gespräch geklinkt, weil er Sentimentalitäten nicht vertragen kann. Ein Wichtigtuer, ein Spanner. Da glaubt sie es plötzlich nicht mehr.

»Mach's gut, Liebste«, sagt Jo. »Ich muß auflegen, die Münzen sind durch. Und vergiß mich nicht.«

Leah grinst. Alle Kraft der Welt zerrt an ihren Mundwinkeln. Es dauert entsetzlich lange, bis sie sich Jos Gesicht wieder vorstellen kann. Die Stimme im Hintergrund hat Orte aufgezählt in der mechanischen Weise von Ansagerstimmen auf Flughäfen oder in Bahnhöfen, aber in einer fremden Melodie, in merkwürdigen Kettensätzen. Jos Gesicht ist plötzlich aus Berlin weggerutscht.

Nach einem Moment ist Leah nicht mehr erschrocken, sondern voll Wut und eifersüchtig darauf, daß Jo immer, für ihr ganzes restliches Leben etwas haben wird, was ihr Verhalten rechtfertigt. Für immer.

Sie muß sich erinnern, was sie Jo als letztes gesagt hat. Es fällt ihr nicht ein. Es fällt ihr nicht mal mehr ein.

Im Kino sieht sie Henry. Sie sitzt im selben Kino, in dem sie mit Jo gewesen ist. Sie nimmt Jos Hand neben sich auf der Plüschsessellehne, sacht, um sie nicht zu erschrecken. Ausnahmsweise sind ihre Finger warm. Es ist die Nachtvorstellung, Menschen mit Bierflaschen und Tortillachips sitzen um sie herum. Nur den Film kennt sie nicht. Es ist nicht der, den sie mit Jo gesehen hat. Es wäre Zeitverschwendung, sich mit Jo den gleichen Film noch mal anzusehen. Sie weiß nicht, in welchem Film sie sitzt, bis sie auf einmal Henrys Gesicht auf der Leinwand entdeckt. Eine kurze Sequenz nur, Kamera close-up auf seinem schwitzenden Gesicht, er hat einen Schlauch in der Nase und liegt auf weißen Krankenlaken. Das Bett rüttelt, ein Lastkraftwagen, ein Krankentransport mit Schwestern vom Roten Kreuz. Zuerst begreift sie gar nichts, denkt nur: der also auch. Bis sie sich daran erinnert, daß sie im Kino sitzt und an Henrys Briefe und begreift, daß sie Henry in einem Film sieht. Henry dort auf der Leinwand ist blaß geschminkt und gesund und spielt für kurze Zeit einen sterbenden Soldaten. Schnitt.

Die Kamera schwenkt über eine Straße, dann sieht man einen verfallenen Landsitz. Eine Frau, die Spiegelscherben auf Schnüre hängt, um ihr Gesicht zu sehen. Henry ist in Kairo, ihm geht es gut, und Leah hat seine letzten Briefe noch nicht geöffnet. Der Film geht weiter, aber sie wartet immerzu auf Henry, der nicht mehr auftaucht. Nur andere Soldaten, amerikanische, italienische. Bis zum Ende des Films sucht sie fiebrig jede Einstellung ab. Sie muß ihn noch mal sehen, ihn und die Wüste und das Gesicht der Thomas, die von der Leinwand spricht, wie sie damals mit ihr gesprochen hat. Ihre Lippen sind genauso rot und sacht geschminkt, und sie steht in der Wüste, bevor der Sandsturm aufkommt, und sagt etwas zu einem Mann neben ihr. In diesem Sprechen ist kein Unterschied. Es ist dieselbe Art zu sprechen, in der sie damals an einem sonnigen Tag im Park des Brooklyn Museums gesprochen hat. Damals. Aber es ist jetzt nicht weniger echt.

Noch einmal sieht sie Henry, den Schweiß, den sie ihm ins Gesicht geschminkt haben, und wie ihn die Wunde in der Brust schmerzt. Auch der Schmerz ist echt, und er braucht nichts weiter dafür zu tun. Es strengt ihn überhaupt nicht an, denkt Leah.

Auf der Leinwand ist er mehr er selbst, als sie ihn je erlebt hat. Es ist ein erträglicher Schmerz. Dieser Schmerz und die Wahrheit sind deshalb erträglich, weil sie sichtbar sind.

Als der Film zu Ende ist, weiß sie nicht wohin und ruft Bodo an. Die Nacht verbringt sie mit ihm in einem Café in Hell's Kitchen. Sie reden nichts. Sie sitzen nur da, anfangs erwähnt Leah den Film, aber Bodo hört nicht zu. Er trinkt langsam eine Margarita nach der anderen, und später wechselt er zu Kaffee. Sie sitzen da, und Leah merkt, wie in ihre rechte Hand das Gefühl zurückkehrt. Die Fingerspitzen sind taub, seit sie im Kino Jos Hand gehalten hat. Fingerspitzen, muß es heißen, denkt sie, nicht Lippen. Taubheit in den Fingerspitzen ist wie Stummsein.

»Es ist immer das gleiche«, sagt Bodo, als die ersten Gäste morgens das Café betreten. Laut und ausgeschlafen bestellen sie Milchkaffee und Croissants. »Ich kannte eine, die dachte jeden Morgen, als sie aufgewacht ist, ihr Mann würde mit seinem Gepäck unten in der Halle sitzen und warten. Daß sie nur runtergehen müßte in die Halle, und da unten sitzt er und wartet. Dabei haben sie ihn von der Straße weg verschleppt. Nach Workuta. Das liegt jenseits vom Polarkreis, und wo Stalin seine Finger drinhatte, ist bekanntlich kein Gras mehr gewachsen.« Er lacht und fährt sich über die Haarbüschel. »Jeden Morgen. – Aber Workuta gibt's ja zum Glück nicht mehr.«

Auf einmal ist sie unsäglich enttäuscht, von sich und von Bodo, und wartet nur darauf, daß es endlich hell wird und sie sich verabschieden kann.

Sie sieht sich den Film noch zweimal an, und Henry ist großartig wie zuvor.

Ihr Atelier in der Wäscherei sieht aus, als wäre sie vor zehn Jahren das letzte Mal hiergewesen. Um die Stative hat die Chinesin Wäschesäcke gestapelt, der ganze Raum ist voller Wäschesäcke, sie liegen unter dem Fensterbrett, vor dem Schränkchen und an der blauen Fotowand. Sie stapeln sich einer über dem anderen zu schiefen Barrikaden, und Leah sieht Staudämme wieder und wieder brechen und alles überfluten.

Das hier wird immer eine Wäschekammer bleiben. Sie zerrt das Stativ zwischen den Säcken heraus, fährt es auf eine tragbare Höhe zusammen und trägt es nach draußen. Upper East Side, morgens um elf. In den Straßen sind kaum Autos unterwegs, die Leute sind in den Büros oder beim Lunch. Leah kann die Straße aus verschiedenen Winkeln aufnehmen, ohne auf Menschen achten zu müssen. Sie schraubt die Stativbeine fest und fotografiert die Häuserfront, die Straßenflucht mit den parkenden Autos am Bordstein und nimmt sich für jede Einstellung Zeit.

Es ist ein windstiller Tag, und es kommt ihr vor, als hätte sie die Straße schon ewig vor der Linse gehabt, mit dem Grocery Store an der Ecke in der schmalen, quadratischen Begrenzung des Objektivs. Sie schwenkt nach links. Hinter dem Ladenfenster taucht die Chinesin auf, ihr verschwommenes Lächeln, mit dem sie gerade Schmutzwäsche aus einem Beutel in den großen Korb schüttet, wo die Wäsche gesammelt wird, bevor sie zum Kochen in die Kessel kommt.

Leah stellt das Objektiv scharf. Als sie das Gesicht der Chinesin ganz klar hat, sieht sie, daß die Chinesin nicht lächelt. Sie ist alt. Ihr Gesicht ist ein steinaltes Gesicht, das sich eingegraben hat in die Umgebung ihrer Kleidung. Leah stellt auf Dauerbelichtung und drückt auf den Auslöser.

So hätte sie Jo aufnehmen müssen. Im Vorübergehen und mit einer Belichtungszeit, die sie im Material eingeschrieben, aber letztendlich auf dem Foto unsichtbar gemacht hätte. Jo wäre vorübergegangen, aber das Licht auf dem Material wäre stärker gewesen als sie. Das Foto hätte die Straße ohne sie gezeigt.

Nur so hätte sie Jo aufnehmen dürfen, weil es das sein wird, was Jo sieht, wenn sie nach zehn Jahren zurückkommt: Berlin auf einem lange belichteten Foto, mit bekannter Architektur, aber entleert von allem Lebendigen.

Für Stunden verschwindet Leah in der Dunkelkammer. Sie

steckt die Abzüge mit Klammern auf der Wäscheleine fest. Und dann entdeckt sie das Licht. Das berühmte Licht von New York, das sie für einen Werbetrick gehalten hat. Allein mit sich und den Apparaten im Dunkeln strahlt es ihr von den Bildern entgegen.

Das berühmte, blasse New Yorker Licht.

Dieser Roman wurde gefördert von der Stiftung Kulturfonds und dem Ministerium für Wissenschaft, Forschung und Kultur des Landes Brandenburg.

Silvia Bovenschen

Sarahs Gesetz

256 Seiten. Gebunden

Zwei Lebensgeschichten, eine gemeinsame Erinnerung.
Ein Buch für die Freundin.

Silvia Bovenschen erzählt von ihrer Freundin, der Malerin Sarah Schumann. Sie erzählt von einer ungewöhnlichen Freundschaft, die seit vierzig Jahren besteht, und im Erzählen erfährt sie, was sie sonst vielleicht nie erfahren hätte. Es sind Bilder eines bewegten Lebens, Bilder von Krieg und Flucht und Rebellion. Sarah Schumann ist ebenso streng wie liebevoll, manchmal hat sie etwas Wildes, aber sie ist keine Despotin, sie erlässt keine Gesetze. Sie IST das Gesetz. ›Sarahs Gesetz‹ ist die Hommage an eine außergewöhnliche Frau und die Geschichte einer Freundschaft.

»Ich habe sie natürlich gefragt, ob es ihr
recht sei, wenn ich ein Buch über sie schriebe.
Sie hat gesagt: ›Ja.‹ Sie schien nicht verwundert.«

»Nun hat Silvia Bovenschen neben
die Gemälde von Sarah Schumann ein literarisches
Porträt gestellt. […] Das ist Silvia Bovenschen selbst
nun mit der Sprache gelungen. «
Monika Rinck, Frankfurter Allgemeine Zeitung

fi 1-002472 / 1

Teresa Präauer
Für den Herrscher aus Übersee
Roman
Band 19721

Ich bin tapfer durch die Lande gezogen und geflogen und hab dann dich gesehen und mir gesagt, so ein Dreikäsehoch mit Elefantenohren braucht ein Geschwisterkind, dessen Glanz auf ihn abstrahlt und das ihm zeigt, wie man mit solchen Ohren, wenn auch nicht schön sein, so doch fliegen kann.

»Frohsinn ist möglich: Teresa Präauers erster Roman
erzählt von lauter Höhenflügen.«
Paul Jandl, Die Welt

»Wer diesen Prosaband öffnet,
erlebt eine warme, aber kräftige Sprachwindböe
und wird in die Höhe getragen«
Swantje Karich, Frankfurter Allgemeine Zeitung

Ausgezeichnet mit dem
aspekte-Literaturpreis 2012

fi 19721 / 1